ROMAN

VIOLA RIES

Lavendel SPLiTTER

hansanord

Impressum

1. Auflage 2011

© 2011 by hansanord Verlag

ISBN: 978-3-940873-11-8

Covergestaltung, Layout: Judith Wittmann
Lektorat: Scripta Literatur-Studio
Druck: Friedrich Pustet KG, Regensburg

Für Fragen und Anregungen:
info@hansanord-verlag.de

Fordern Sie unser Verlagsprogramm an:
vp@hansanord-verlag.de

hansanord Verlag
Johann-Biersack-Str. 9 | 82340 Feldafing | Tel. 08157 596948
info@hansanord-verlag.de | www.hansanord-verlag.de

hansanord ist ein Imprint
des IMAGINE Verlag – Thomas Stolze

hansanord

*Dieses Buch ist in Liebe meinen
beiden Söhnen gewidmet.*

Und meiner Begegnung mit EZ!

Inhaltsverzeichnis

I. Teil

1. Kapitel 11
2. Kapitel 24
3. Kapitel 33
4. Kapitel 40
5. Kapitel 46
6. Kapitel 55
7. Kapitel 64
8. Kapitel 72
9. Kapitel 80
10. Kapitel 85
11. Kapitel 96
12. Kapitel 109
13. Kapitel 114
14. Kapitel 119
15. Kapitel 126
16. Kapitel 135
17. Kapitel 143
18. Kapitel 152
19. Kapitel 163
20. Kapitel 172

II. Teil

21. Kapitel 179

22. Kapitel 189
23. Kapitel 200
24. Kapitel 210
25. Kapitel 221
26. Kapitel 231
27. Kapitel 241
28. Kapitel 248
29. Kapitel 256
30. Kapitel 262
31. Kapitel 271
32. Kapitel 278
33. Kapitel 283
34. Kapitel 294

III. Teil

35. Kapitel 306
36. Kapitel 319
37. Kapitel 324
38. Kapitel 331
39. Kapitel 339

Epilog 357
Ein-Raum-Wohnung 361
Danksagung 362

Lavendel
SPLiTTER

I. Teil

~

Unkraut ist die Opposition
gegen die Regierung der Gärtner

Oskar Kokoschka

1. Kapitel

~

Ich habe sie immer verabscheut, jene hohen kirchlichen Feiertage, die als Anlass für Familientreffen missbraucht werden. Es ist Weihnachten, also müssen wir uns sehen. Endlich Ostern, welch schöne Gelegenheit, sich mit Allen aus der Familie zu treffen.

Schrecklich!

Vor etlichen Jahren bin ich extra weit rausgezogen aus der Stadt, um möglichst unerreichbar für jeden, mittlerweile auch für meine Kinder, zu sein, aber zu besagten Festlichkeiten habe ich insbesondere von Letztgenannten noch nie eine Chance bekommen, mich zu entziehen. Dabei hab ich bis jetzt wirklich nichts unversucht gelassen, solcherlei Zusammenkünfte für alle Anwesenden so unerträglich wie nur möglich zu gestalten. Nicht, dass ich nicht vorzüglich für alle koche, oder zu gegebenem Anlass auch für reichlich Geschenke sorge. Nein, diesbezüglich haben die Meinen nichts auszustehen. Vielmehr ist es meine berühmte Launenhaftigkeit, die es ihnen nie wirklich erlaubt, sich entspannt an den großen Eichentisch in meinem Esszimmer zu setzen, um all das in Ruhe und Frieden zu genießen, was ich gezaubert habe.

Ruhe ist im Alter durchaus zu meinem Metier geworden, mit Frieden hingegen habe ich noch nie viel im Sinn gehabt, und ich werde einen Teufel tun daran, jetzt, mit Ende 60, noch etwas zu ändern. Mit Vorliebe, und ehrlich gesagt ich genieße es, schneide ich spätestens beim Dinner der Reihe nach all jenen Themen an, die ohne Weiteres in der Lage sind, eine mehr als unangenehme Stimmung, wenn nicht sogar einen Eklat, in kürzester Zeit heraufzubeschwören.

Ich lege die Sprengsätze und wälze mich in Ergötzen darin zuzusehen, wie sich meine Söhne, von ihren Frauen dabei geradezu panisch unterstützt, verzweifelt als Bombenentschärfer versuchen und jedes Mal scheitern. Wie dumm sie doch mitunter sind, wie leicht aufs Glatteis zu führen. Würden sie es auch nur einmal schaffen, sich in solchen Momenten in Gelassenheit zu üben, dann hätten sie fürwahr eine reelle Chance, mich auflaufen zu lassen. Aber Gelassenheit ist in meiner Familie unser aller Achillesferse, auf die ich bauen kann bei meinen zugegebenermaßen nicht immer ganz fairen Attacken. Ich hingegen profitiere bei Gegenangriffen von meinem fortgeschrittenen Alter, welches mich hat ausdauernder in diesem Punkt werden lassen. Dem Herrgott sei Dank.

Mein ältester Sohn Gerard gleicht seinem Vater mit den Jahren immer mehr und gerät dadurch für mich zur leichtesten Beute. Über 40 Jahre hat mir mein verstorbener Mann, Gott hab ihn selig, Gelegenheit dazu gegeben, mich an ihm, einem notorischen Besserwisser und gleichermaßen Langweiler, auszuprobieren. Mich geradezu auszutoben in Machtkämpfen und provozierenden Spielchen, um ihn auf die Palme zu bringen, oder in seinem Fall besser gesagt mit seinem dicken Hintern auf die Stacheln seiner heißgeliebten Kakteensammlung. Theophil, nachfolgend nur noch liebevoll Theo genannt, hegte eine krankhaft zu nennende Liebe zu diesen Wesen, die sich, obwohl gemeingefährlicher Natur, Pflanzen nennen dürfen und in meinen Augen damit allen anderen ihrer Art nicht gerecht werden. Sage und schreibe 173 Blumentöpfe, angefüllt mit diesen hässlichen Lebewesen, standen jahrein, jahraus auf unserer Marmorfensterbank im Wohnzimmer, die von Theo vor vielen Jahren in Extrabreite in Italien bestellt und nach erfolgter Lieferung eigens von ihm eingebaut worden war. Ich kann es heute kaum noch glauben, dass ich Jahrzehnte lang bereit war, Woche für Woche jene Fensterbank vom Staub zu befreien und dafür besagte 173 Töpfe ab- und wieder aufzubauen. Ich weiß nicht, wie Theo es gemacht hat, aber er merkte sich tatsächlich jeden einzelnen Stellplatz jedes verhassten Kaktusses, und kaum drehte ich der von ihm so geliebten Heerschar von Stacheln nach getaner Arbeit den Rücken, machte er sich unverzüglich daran, selbige wieder in die richtige Position, abhängig von Sonneneinstrahlung und Topfgröße, zu bringen. Dabei schimpfte er unaufhörlich leise vor sich hin, in fast unterwürfig zu nennendem Ton den Kakteen gegenüber um Verzeihung bittend, bezüglich der durch mich erlittenen Schmach, falsch platziert worden zu sein.

Bei Gerard daheim sind es nicht Kakteen, die seiner putzwütigen Frau zur Freude gereichen, sondern eine nicht minder große Sammlung von Miniaturautos, liebevoll angerichtet auf einem für jedermann gut zu sehenden Glasregal, welches sich mitten im Flur seines kleinen Hauses befindet. Melanie darf nun, wie ich seinerzeit, immer wieder freitags das Staubtuch zücken, damit am Wochenende den geladenen Gästen der umfangreiche Schatz in vollem Glanze präsentiert werden kann. Wenn Gerard abends nach einer anstrengen Woche aus dem Autohaus heimkehrt, in dem er als Geschäftsführer tätig ist, gilt sein erster wohlwollender Blick nicht etwa Frau und Kindern, die nicht minder geputzt auf den Herrn des Hauses bereits sehnsüchtig warten, sondern dem farbenfrohen Fuhrpark. Ich bin mir sicher, Melanies eheliches Sexualleben hängt insbesondere am Wochenende von der Staubfreiheit und ordnungsgemäßen Anordnung jener Miniaturkolonne ab. Bei mir wenigstens war es so, und warum sollte sich mein lieber Sohn in diesem Punkt von seinem Vater unterscheiden? Leider gibt mir meine geschätzte Schwiegertochter nicht die Gelegenheit, mir diesbezüglich Gewissheit zu verschaffen, weil sie mit mir nicht über Sex im Allgemeinen und schon gar nicht über Sex im Besonderen mit meinem ältesten Sohn spricht. Sie wird wissen, warum! Weitere Spekulationen darüber langweilen mich eigentlich, weil ich dann unweigerlich wieder an Sex mit Theo denken muss, was wiederum meinen Erinnerungen an seine Kakteensammlung gleichkommt.

Jerome, mein jüngster Sohn, kommt zugegebenermaßen mehr nach mir, was ihn jedoch in keiner Weise vor meinen Verbalattacken schützt. Allenfalls ist er vielleicht ein wenig häufiger in der Lage, mich kurzzeitig abzuwehren, weil er glaubt, mich besser verstehen und somit einschätzen zu können. Er punktet durchaus das ein oder andere Mal, aber einen Sieg nach Runden hat er deswegen noch lange nicht nach Hause getragen. Bei aller Lebhaftigkeit, die er an den Tag legt, und genau in diesem Punkt gleichen wir einander, ist und bleibt er ein Langweiler wie sein Vater. Ist für nichts wirklich zu begeistern, lediglich wellenartig zu erwärmen, was leider nie und nimmer dazu ausreicht, sich auf Dauer mit ihm zu beschäftigen. Im Gegensatz zu Gerard hat er noch nicht einmal ein Hobby oder sonst wie eine Passion, die eine tieferliegende

Leidenschaft bei ihm vermuten ließe. Alles was er macht, geschieht in einer verlässlichen Gründlichkeit, die von seiner grundlegenden Oberflächlichkeit abzulenken versteht, ihm allerdings einen gut dotierten Job bei einer Bank verschafft hat. Doch sieht man genauer hin, in der Hoffnung, es bei ihm mit einem tiefsinnigen jungen Mann zu tun zu haben, wird man schnell enttäuscht. Außer mit einem blendenden Lächeln vermag er auf Dauer mit nichts zu blenden. So einfach ist das und gleichzeitig so schwer zu ertragen.

Wie viele Stunden meines Lebens hab ich damit vertan, darüber nachzusinnen, warum beide Kinder so missraten durchs Leben laufen, mir so wenig bedeuten, es immer wieder verstehen, mich aufs Vortrefflichste zu langweilen und gerade dadurch zu beleidigen? Ich weiß es einfach nicht. Dann muss eben Theo herhalten und althergebrachte Studien zum Thema Vererbungstheorie, um mich vom Makel der Schuld diesbezüglich zu befreien. Aber ganz ehrlich, auch die wäre ich letztendlich bereit zu tragen, so egal ist es mir eigentlich.

Was hätte ich darum gegeben, eine Tochter zu haben. Halte ich mich doch seit fast einem halben Jahrhundert an der Vision fest, diese nach meinem Ebenbild hätte formen zu können und die Welt dadurch um einen wirklich bedeutenden Menschen bereichert zu haben. Sei es drum, es hat nicht sollen sein.

Was mich nun dazu bewogen hat, diesen kleinen Exkurs unseres herzlichen Familienlebens an eben diesen Festtagen als Einleitung meiner Niederschrift zu nehmen, ist der Umstand, dass ein solches Treffen oder vielmehr der als Anlass dienende Feiertag dazu beigetragen hat, eine neue Bekanntschaft zu machen, die mir als einziger Lichtblick dieses Tages in Erinnerung geblieben ist, wenn meine nun folgende Schilderung dies im ersten Moment auch nicht vermuten lässt.

Es osterte geradezu in allen nur erdenklichen Farben in meinem Haus in Form einer Schar von liebevoll bemalten Eiern meiner Schwiegertochter Judith, die wir alle gerade dabei waren zu suchen und zu finden, als es an meiner Haustür klingelte. Klingeln ist eigentlich zu viel gesagt. Das Geräusch, welches mich aus meiner Lethargie aufschrecken ließ, war der krächzende Versuch einer eingestaubten Glocke, Aufmerksamkeit auf sich zu ziehen. Meine Türen standen allesamt immer auf, waren nie verschlossen, allenfalls geschlossen, und jeder, der es gewagt hatte, mich in den letzten Jahren zu besuchen, wusste eigentlich darum. Dass ich keinerlei Riegel vorlegte, um mich sichtbar abzugrenzen, sollte in keinem Fall eine einladende Wirkung auf etwaige Besucher haben, war vielmehr ein Ausdruck meiner Befreiung von welchen Riegeln und Schlössern auch immer, nach Theos Tod. Dass nun doch jemand am ausgeleierten Pingelstrang gezogen hatte, ließ mich sofort vermuten, dass es sich hierbei nur um einen Fremden handeln könne, der sein unerwünschtes Eindringen in mein Haus dadurch anzukündigen suchte. Zumindest hatte dieser Überfall den positiven Beigeschmack für mich, dass ich mich für einen kurzen Moment dem einhelligen Geschnatter und fröhlichem Gegackere meiner Familie würde entziehen können.

Mit diesem ambivalenten Gefühl aus Dankbarkeit und Genervtheit öffnete ich schwungvoll die Tür.

Er war groß, hatte kurz geschnittene, leicht gewellte graublonde Haare, trug eine rahmenlose Brille, und ich war mir binnen von Sekunden sicher, einen hiesigen Finanzbeamten vor mir zu haben. Die Korrektheit und Strenge, die er verströmte, ließen sogar mich im ersten Moment davon Abstand nehmen, ihn in der mir eigenen, zuweilen sehr barschen Art und Weise zu begrüßen. Stattdessen sagte ich gar nichts und sah ihn nur an, wie er mir später jedoch verriet, nicht gerade sehr freundlich, und er bereute im selbigen Moment, auf seine Frau Rut gehört zu haben.

Diese hatte ihn nämlich, mit einem selbstgebackenen Osterlämmchen ausgestattet, zu mir geschickt, um damit ihren Willen zu einer herzlichen neuen Nachbarschaft zu bekunden. Leider war sie selbst aufgrund einer Zerrung im Rücken verhindert, ihren Antrittsbesuch mit ihrem Gemahl zusammen zu erledigen, was mir ihre Bekanntschaft erst einmal ersparte.

„Bitte entschuldigen Sie die Störung, zumal an einem Feiertag. Und wie ich sehe, haben Sie auch noch Besuch, sodass es mir ein wenig unangenehm ist, Sie hier und jetzt aufgesucht zu haben, aber ich wollte mich nur kurz als ihr neuer Nachbar vorstellen."

Was für ein Satz! Ob so ein Mann jemals obszöne Worte in seinem Leben benutzt hatte?

Ich hing noch an meinem letzten fragenden Gedanken, als er mir sichtlich verunsichert den Teller mit dem Tiergebäck reichte. Weil ich, außer instinktiv zuzugreifen, nichts weiter tat, fühlte er sich wohl genötigt weiterzusprechen.

„Mein Name ist Norgard Amsung, und wir haben das kleine Haus hinter der Biegung bezogen."

Dabei zeigte er in die Richtung, von der er gesprochen hatte, als wüsste ich nicht, was er meinte, dabei wohnte ich seit Jahren hier und nicht er.

Ich war noch nicht einmal in der Lage, seiner Bewegung blicklich zu folgen, zu sehr war ich schockiert von der sich mir bietenden Szene sowie dem Gesprochenen.

Ich stand da mit einem reich bepuderten Minilämmchen in meinen Händen, welches umrandet von Gänseblümchenblüten auf einer grünen Serviette lag, wohlgemerkt auf einem Teller, und dennoch den Eindruck erweckte, als würde es auf einer Wiese grasen, und starrt einen Finanzbeamten an, der vorgab, Norgard zu heißen.

Was er in diesem Moment sah, hat er mir nie verraten, vielleicht, weil er zu sehr mit aufkeimenden Fluchtgedanken beschäftigt war, um zu sehen?

Ich schaffte es, mich zu sammeln, einen Schritt zur Seite zu treten und ihn mit den schlichten Worten: „Wie nett!", hereinzubitten.

Als hätte ich Anstalten gemacht, ihn zu schlagen, hob er ruckartig beide Hände in abwehrende Haltung und trat entgegen meiner Aufforderung einen Schritt zurück.

„Oh, bitte nicht. Ich möchte Sie nicht über Gebühr stören, wollte Ihnen nur kurz meine Aufwartung machen. Vielleicht komme ich zusammen mit meiner Frau, die Sie herzlich grüßen lässt, ein anderes Mal wieder, wenn es günstiger ist."

Kerzengerade, wie von einem verschluckten Besenstil unterstützt, stand er vor mir und schien dabei doch jeden Moment in sich zusammenzufallen.

Ich konnte mir ein Grinsen nicht verkneifen, entstanden durch einen Blitzgedanken, der mein Gehirn gestreift hatte: Fette Beute!

„Aber nicht doch", säuselte ich zuckersüß, „ich bin entzückt, Ihre Bekanntschaft zu machen. Kommen Sie doch bitte kurz herein, dann kann ich Sie gleich meiner Familie vorstellen, und vielleicht kann ich Sie ja noch dazu überreden, einen Kaffee mit uns zu trinken?"

Ich hatte die Kröte, die er von mir zu schlucken bekam, dermaßen dick in Honig gewälzt, dass ihm um der Höflichkeit willen nichts anderes übrig blieb, als mir ins Wohnzimmer zu folgen.

Geradezu wie abgesprochen waren meine wohlerzogenen Schwiegertöchter gerade dabei, den Kaffeetisch zu decken, als wir eintraten. Alle Augen richteten sich augenblicklich auf uns und wanderten, ihre Verwunderung nicht in der Lage zu verstecken, zwischen dem Gebäckteller, meinem Besucher und mir hin und her. Den folgenden Satz ließ ich mir auf der Zunge zergehen, wie hernach den ersten Biss von dem zugegebenermaßen locker leichten Zuckerlämmchen.

„Kinder, das ist mein neuer Nachbar, Herr Norgard Amsung, der mir seine Aufwartung macht. Heißt ihn aufs Herzlichste willkommen und deckt bitte für ihn mit."

Die betretene Stille, die danach unverzüglich eintrat, bildete für mich den Zuckerguss auf meinem Auftritt, und ich genoss das sich breitmachende Unbehagen aller Anwesenden in vollen Zügen.

Melanie fasste sich als Erste ein Herz, die beklemmende Situation zu retten, und kam mit ausgestreckter Hand auf Herrn Amsung zu, die dieser, geradezu begierig gleich einem Rettungsanker, ergriff und mit einer Herzlichkeit schüttelte, als hätten sich alte Bekannte in meinem Wohnzimmer wiedergetroffen. Der nun folgenden allgemeinen Begrüßungs- und Vorstellungsrunde drehte ich fast augenblicklich den Rücken zu, um mich in die Küche zu retten. Die Tür ließ ich bewusst einen Spalt bereit offen, um weiterhin zumindest akustisch mit der sich im Wohnzimmer abspielenden Szene verbunden zu bleiben. Als ich hörte, wie Gerard sich vorstellte, war ich mir sicher, durch die Wand hindurch seine leichte Verbeugung zu sehen, die seine verbindlichen Worte begleitete. Er brauchte genau 2 Sätze, um dem Neuankömmling kundzutun, dass er im hiesigen Autohaus als Geschäftsführer tätig sei und dass er ihm in dieser Funktion zukünftig gerne jederzeit zur Verfügung stehen würde, falls die Neuanschaffung eines Fahrzeuges im Hause Amsung anstehen sollte. Jerome und Judith begnügten sich gottlob damit, ihre Namen zu nennen und dem Gast die anhängigen Kinder vorzustellen. Melanie war bereits damit beschäftigt, unserem Gast einen gebührenden Platz an der Tafel zuzuweisen, selbstredend den von Theo, den dieser uns großzügigerweise hinterlassen hatte und den bis dato niemand gewagt hatte, für sich in Anspruch zu nehmen.

Als ich den Raum mit zwei Kaffeekannen bewaffnet wieder betrat, bot sich mir ein Bild fröhlicher Eintracht. Praktizierte Gastfreundschaft gegenüber einem Fremden war in meinem Haus eine durchaus ungewöhnliche Szenerie, zumindest, wenn sie mit einer Einladung am Kaffeetisch endete. Ich hatte noch nicht einmal Platz genommen, da prustete mir Gerard geradezu überschwänglich die Frage entgegen, ob ich denn wüsste, dass Herr Amsung von Beruf Richter sei, allerdings im Ruhestand. Als hätte Gerard im gleichen Moment selbst die juristische Staatsprüfung abgelegt, saß er mit stolzgeschwellte Brust direkt neben unserem Gast und kloppte diesem anerkennen auf die Schulter. Ich weiß nicht, was mir peinlicher war: das aufgeplusterte, joviale Verhalten meines Ältesten oder das spürbare Unbehagen meines Gastes.

Er komme aus Schweden und wolle mit seiner Frau seinen Lebensabend hier in unserer schönen Gegend verbringen, fügte Melanie, ihren Mann in seiner Kundigkeit über den Fremden noch überbietend, hinzu.

Ich fühlte mich verpflichtet eine Frage meinerseits an Herrn Amsung zu richten, die eigentlich dazu dienen sollte, seiner Entscheidung, in unser Land gekommen zu sein, Respekt zu zollen .

„Was verschlägt einen Mann aus dem kühlen Norden in unsere warmen Gefilde, zumal in eine Gegend, die ihre eigenen Gesetze zu haben scheint, zumindest was das Zusammenleben zwischen Mensch und Natur in dieser Abgeschiedenheit anbelangt?"

„Ich bin weniger als Gesetzeshüter oder der Juristerei wegen in die Provence gezogen, sondern mehr oder weniger einem lang gehegten Wunsch meiner Frau gefolgt, die sich sehr verbunden fühlt mit dieser entzückenden Landschaft."

Er sah mich direkt an und mir gefiel, was ich glaubte zu sehen: Kampfgeist.

„Ich darf also annehmen, Ihre verehrte Frau kann nicht nur gut backen, sondern auch vorzüglich Kochen, unter Zuhilfenahme von Kräutern der Provence versteht sich?"

Gerard fiel fast vom Stuhl und konnte sich ein ermahnendes „MUTTER" nicht verkneifen.

Herr Amsung jedoch behielt die Fassung, vielmehr schien er sich auf seinem Stuhl neu zu positionieren, indem er diesen näher an den Tisch heranzog und damit seinen Entschluss, sich von meinen Unverschämtheiten nicht vertreiben zu lassen, zu unterstreichen suchte.

Mit der scheinbar gleichen Entschlossenheit setzte ich mich ans andere Kopfende vom Tisch, ihm direkt gegenüber. Ich lächelte ihn lieblich an, als wollte ich ihm gekoppelt an dieses Lächeln den einladenden Duft von Lavendel quasi als Begrüßung über den Tisch schicken. Kaum am anderen Tischende angekommen, schickte er mir besagtes Lächeln nicht weniger duftgeschwängert zurück, und ich bildete mir ein, für einen kurzen Moment läge der Geruch von Thymian in der Luft. Ich hasse Thymian, und in Verbindung mit Lavendel schien sich da eine geradezu explosive Duftkombination in meinem Wohnzimmer zusammenzubrauen.

„Nun lasst uns doch erst einmal das mitgebrachte Gebäck von Frau Amsung probieren, eh wir weitere Informationen von uns preisgeben", warf Judith mit einer Nonchalance in die Runde, die ich ihr nie und nimmer zugetraut hätte. Wie ich von Jerome wusste, besuchte meine, von mir als leicht unterbelichtet eingestufte Schwiegertochter seit ein paar Monaten einen Rhetorikkurs an der hiesigen Volkshochschule. Sollten die dort gemachten Erfahrungen bereits Früchte tragen?

Momente des Schweigens wurden lediglich durch das Geklapper von Besteck unterbrochen und es machte sich eine schwere Stille breit, als hätte die schwüle Mittagshitze des nahenden Hochsommers bereits Einzug in meinem Esszimmer gehalten.

Die Belobigungen des umgehend verzehrten Lämmleins wollten kein Ende nehmen, wurden jedoch meinerseits mit keinem Wort bekräftigt. Herr Amsung bedankte sich im Namen seiner Frau in alle Richtungen und gelobte, selbiger die Freundlichkeiten zu überbringen, über die sie sich bestimmt besonders freuen würde.

In meine Richtung gewandt und mit jedem seiner Worte den Blick intensiver auf mich gerichtet, ließ er sich geradezu überschwänglich über jene, über die Lande hinaus viel gerühmte Gastfreundschaft der Franzosen, insbesondere der Menschen aus der Provence aus, die er nun hatte am eigenen Leib erfahren dürfen und wofür er ebenso dankbar sei wie seine Frau über die getanen Äußerungen bezüglich ihrer Back-kunst. Dann erhob er sich, nickte freundlich in die Runde und kam um den Tisch herum geradewegs auf mich zu. Ich blieb demonstrativ sitzen, obwohl es meine Aufgabe gewesen wäre, ihn zur Tür zu begleiten, deren Richtung er für alle erkenn-bar ansteuerte. Ohne dass ich den Hauch einer Chance geha-bt hätte, ergriff er meine rechte Hand und führte sie mit dem Charme eines französischen Adeligen an seine Lippen, jedoch ohne diese wirklich in Kontakt mit meiner Haut zu bringen.

„Meine Liebe, ich danke Ihnen ganz besonders für das herzliche Willkommen, welches Sie mir mit Ihrer Familie haben angedeihen lassen, und ich bin mir sicher, dass ist der Auftakt einer ebenso herzlichen Nachbarschaft, auch wenn es mir nicht vergönnt war, IHREN Namen zu erfah-ren. Aber ich bin mir sicher, dazu werden wir noch reich-lich Gelegenheit haben."

Ohne eine Antwort von mir abzuwarten, verließ er den Raum und schloss die Tür zum Flur leise, aber mit spürbarem Nachdruck, der selbst meinem sich bereits erhoben Sohn Ger-ald die Kraft aus den Beinen zu nehmen schien, auf das er un-seren Gast nicht mehr hinausbegleiten konnte oder wollte.

Selbst die ansonsten umtriebigen Kinder saßen ruhig auf ih-ren Stühlen, und ich konnte mich des Eindruckes nicht erweh-ren, die nun eingetretene Stille wurde von allen wie nach einer geheimen Absprache eingehalten, um diesen Moment meiner Schmach für alle so lang anhaltend wie möglich zu gestalten.

Schweden – Frankreich: 1 zu 0, und für einen kurzen Moment lang glaubte ich das hämische Lachen meines fuß-ballbegeisterten Ehemannes zu hören, trotz der Niederlage Frankreichs.

2. Kapitel

~

Genauso forsch, wie ich soeben erst angefahren war, musste ich bremsen, dazu gezwungen von einer kleiner grau-blonden Frau, die wie ein aufgescheuchtes Huhn hinter der Biegung auf die Straße gesprungen war. All meine sorgsam auf den Beifahrersitz gestellten kleinen Blumentöpfe, die auf Theos Grab zu seiner Freude gereichen sollten, fielen kopfüber auf den Fußboden. Dafür saß nun Bertrand sozusagen neben mir, was ihn, wie ich sehr genau wusste, sehr freute, denn er hasste es, auf der Rückbank sitzen zu müssen. Bertrand war mit seinen fast 15 Jahren genauso hässlich wie blind und im gleichen Maße mein Ein und Alles, seit ich ihn vor 5 Jahren aus dem Tierheim befreit hatte. Er lief, rein biologisch betrachtet, unter der Gattung Hund, würde aber im Zweifelsfalle, zumindest im nassen Zustand, ohne Probleme auch als übergroße Kanalratte Anerkennung erfahren.

Wie dem auch sei, ich war ausgebremst worden und stocksauer darüber. Ich stellte den Motor ab und stieg mit Schwung aus meinem Auto, um besagte Dame vor mir auf der Straße unumwunden zu fragen, ob sie verrückt geworden sei, mir so vor das Auto zu laufen. Eh ich jedoch auch nur einen Ton herausbrachte, fing sie bereits an, sich in Akzent geschwängertem und somit nur schwer zu verstehendem Französisch bei mir zu entschuldigen. Sie sei ganz in das Ballspiel mit ihrem Enkelkind vertieft gewesen und dem weggesprungenen Ball hinterhergelaufen, ohne darüber nachzudenken, dass da eine Straße direkt vor ihrem Haus vorbeilief. Ob ich mich verletzt hätte?

Während sie mit mir sprach, war hinter ihr ein kleines Mädchen von ca. 6 Jahren aufgetaucht, mit ebenso blonden Haaren wie seine Großmutter und wunderschönen, großen blauen Augen.

„Oh, da ist ja schon mein kleiner Liebling. Darf ich vorstellen, das ist Linda und mein Name ist Rut Amsung." Während mein Blick noch auf das Kind gerichtet war, hielt sie mir ihre Hand hin und lächelte mich freundlich an. Ich reichte ihr meine Hand, ohne dabei jedoch meinen Namen zu nennen, so sehr hielt mich der Anblick des Kindes gefangen.

Dieses kleine Mädchen war die Verkörperung meiner Vision meiner ungeborenen Tochter, und sie war mir augenblicklich vertraut.

„Hast du dich erschrocken, dass ich so scharf gebremst habe, als deine Großmutter auf die Straße gelaufen ist?" Ich war in die Hocke gegangen, um auf Augenhöhe mit dem Kind zu sein, als ich es ansprach. Sie legte ihren kleinen Kopf ein wenig zur Seite, sah mich verwundert an, antwortete aber nicht.

„Sie spricht leider noch nicht viel Französisch, denn sie besucht uns das erste Mal hier in Frankreich. Sie lebt mit meiner Tochter und deren Mann in Stockholm und verbringt einen Teil ihrer Sommerferien bei uns." Rut streichelte sanft den Kopf ihrer Enkeltochter, während diese mich immer noch ansah.

„Kann es sein, dass Sie unsere Nachbarin sind, die mein Mann vor ein paar Tagen besucht hat?"

Ob ich wollte oder nicht, ich musste mich mit Rut unterhalten, denn sie hatte natürlich recht mit ihrer Vermutung.

Da stand sie nun also vor mir, die Produzentin des leckeren Rührteig-Lämmchens, und zwang mich ein weiteres Mal zu etwas, was ich nicht tun wollte; mich bei ihr für die nette Aufmerksamkeit zu bedanken.

„Das war eine ganz reizende Idee, Frau Amsung, und meine Familie und ich haben ihren Kuchen sehr genossen. Ich bin sicher, ich werde bald eine Gelegenheit finden, mich zu revanchieren."

„Wie wäre es mit jetzt gleich? Kommen Sie so doch bitte für einen Augenblick mit hinein und trinken eine Tasse Kaffee mit uns, sozusagen als Wiedergutmachung für den Schreck, den ich ihnen eingejagt habe?"

War diese Schwedin aufdringlich oder einfach nur freundlich? Ich konnte mich nicht entscheiden ob ich sie nett oder penetrant finden sollte. Linda nahm mir eine vorläufige Entscheidung ab, indem sie mich einfach an die Hand nahm und mit sich ins Haus ziehen wollte. Auch wenn sie meine Sprache nicht verstand, erklärte ich ihr, dass ich erst mein Auto würde wegfahren müssen und ob sie kurz mitkommen wolle, damit ich ihr Bertrand vorstellen könnte. Sie lachte mich an und folgte mir ohne jede Scheu zu meinem Auto. Ich setzte sie neben Bertrand auf den Beifahrersitz und stellte die beiden kurz einander vor. Augenblicklich streichelte sie den Hund, der sich wohlig an sie rankuschelte. Zusammen fuhren wir das kurze Stück bis zum Haus, wo uns Rut bereits an der Tür erwartete. Als Linda aufgeregt auf sie zulief, deutete Rut ins Haus und wies das Kind auf Schwedisch an, etwas zu tun, was ich nicht verstand. Zu mir gewandt erklärte sie, dass es leider nicht möglich sei, den Hund mit ins Haus zu nehmen, weil sie unter einer Tierallergie leiden würde.

Penetrant, ich entschied mich für penetrant!

Bertrand musste also wieder ins Auto zurück, gab mir somit aber gleichzeitig Gelegenheit, meinen Besuch so kurz wie möglich zu gestalten, weil ich würde ihn nicht so lange allein lassen können, zudem bei der Hitze. Dass er es liebte, bei egal welchem Wetter, während meiner Abwesenheit auf dem Fahrersitz zu warten und das Auto zu bewachen, brauchte ich ja nicht zu erzählen, würde diese schwedische Allergikerin auch nicht interessieren.

Herr Amsung stand in der Küche, mit dem Rücken zur Tür und bereitet den Kaffee zu. Als ich eintrat, drehte er sich um und lächelte mich an. Erst jetzt, wo ich Linda kennengelernt hatte, fiel mir auf, dass er dieselben tiefblauen Augen hatte wie das Kind. Schöne Augen, klar in Farbe und Blick. Wir sahen uns an und für einen kurzen Moment hatte ich das Gefühl, er freute sich, mich zu sehen. Aber wahrscheinlich war das nur diese schwedische Freundlichkeit, die von der nordischen Steifheit dieser Menschen abzulenken suchte.

„Ich hatte nicht erwartet, Sie so schnell wieder zu sehen, Madame, aber wie Sie sehen, hatte ich recht. Ich bekomme noch Gelegenheit, Ihren Namen zu erfahren. Soll ich meine Frau fragen, oder sagen Sie ihn mir selbst?"

„Ihre Frau wird Ihnen da auch keine Hilfe sein", erwiderte ich verlegen und verärgert zugleich, „denn auch sie ist noch nicht in den Genuss gekommen, etwas so Profanes wie meinen Namen zu erfahren".

„Arbeiten Sie für den französischen Geheimdienst, oder ist es in dieser Gegend einfach nicht üblich, sich mit seinem Namen vorzustellen?" Er hatte sich wieder dem Kaffee zugewandt und somit von mir ab. „So üblich, wie es wohl in Schweden zu sein scheint, jedem Fremden gleich seinen Namen zu verraten, so unüblich ist es in diesem Land, sich von einer Dame abzuwenden, mit der man spricht", zischte ich leise zurück und dreht mich ebenfalls um, um den Raum in Richtung Terrasse zu verlassen, auf der sich seine Frau befand.

Ich hatte niemals damit gerechnet, dass er mich anfassen würde, und erschrak zu Tode, als ich seine Hand auf meiner Schulter spürte. Ruckartig drehte ich mich um und sah ihm direkt in die Augen. Seine Hand wanderte meinen Arm hinunter und ergriff meine rechte Hand, um sie wiederum zu seinen Lippen zu führen. Diesmal jedoch berührten diese meinen Handrücken ganz leicht. Ich ließ es verwundert, aber durchaus nicht gänzlich abgeneigt geschehen.

„Fangen wir einfach noch einmal von vorne an: Ich heiße Norgard und wie heißen Sie, meine Liebe?" Er war ganz ernst und flirtete nicht, trotzdem war mir jetzt unbehaglich zumute. Er war mir zu nah, und das nicht nur körperlich. Es war sein Blick, der mich zwang ihn anzusehen und letztendlich wohl auch, ihm endlich meinen Namen zu verraten.

„Fleur Valleron, geborene Millard, seit fast 6 Jahren verwitwet, Mutter zweier erwachsenen Söhne und Großmutter von 4 Enkelkindern, allesamt Jungen."

„Wie schön, Ihre Bekanntschaft zu machen, Fleur." Er führte mich, immer noch meine Hand haltend, sanft in Richtung Terrasse, was mir mehr als unangenehm war. Wie musste das für Rut aussehen, wenn ihr Mann eine andere Frau an der Hand führte, zumal im eigenen Haus. Die Schweden sind ein wunderliches Volk. Vielleicht liegt es daran, dass sie viele Monate über in der Dunkelheit leben, dass sie vielleicht meinen, im Licht stehend gleich zudringlich werden zu müssen? Ich war mir sicher, dass ich den Kontakt zu diesen neuen Nachbarn nicht weiter würde vertiefen wollen. Was sollte es mir bringen, mich mit einer penetranten Schwedin und ihrem aufdringlichen Mann einzulassen, außer eben Ärger über all diese mir so fremden Eigenschaften?

Linda saß nun, wie ich erfuhr, mit gewaschenen Händen und ordentlich geflochtenen Zöpfen am Gartentisch und sah mich erwartungsvoll an. Sie hob leicht ihre kleinen Schultern und sagte in fragendem Ton: „Bertrand?"

„Oh, der sitzt im Auto und wartet auf mich, darum kann ich auch nicht allzu lange bleiben, fürchte ich", antwortete ich mehr in Richtung von Rut. Sie sollte gleich wissen, dass ich mich weder von ihrer steifen Höflichkeit noch den Zudringlichkeiten ihres Mannes würde dazu zwingen lassen, länger als nötig Gast in ihrem Haus zu sein, egal mit welchen weiteren selbstgebackenen Leckereien sie aufwarten würde.

„Wer nun in Gottes Namen ist Bertrand?", wollte Norgard von mir und Linda gleichermaßen wissen. Eh ich antworten konnte, erzählte Linda ihm auf Schwedisch, wie ich annehmen musste, von meinem Hund. Norgard erhob sich augenblicklich und streckte seiner Enkeltochter die Hand hin, um sie aufzufordern, ihr zu folgen. Rut verzog leicht genervt das Gesicht und versuchte wohl, ihn mit schwedischen Worten von etwas abzuhalten, doch ihr Mann ignorierte ihre Worte.

Momente später sprang Bertrand hoch erfreut an mir hoch und erschnüffelte die Terrasse, sehr zum sichtlichen Missfallen von Rut. Linda kam mit ihrem Großvater im Schlepptau und einer großen Schüssel mit Wasser wieder auf die Terrasse, die von Bertrand mit einem wohligen Grunzen zur Kenntnis und sogleich in Beschlag genommen wurde. Rut schien sich auf ihre Höflichkeit besonnen zu haben, nachdem Norgard leise auf Schwedisch mit ihr gesprochen hatte.

„Ich habe meiner Frau erklärt, dass es für den Hund unmöglich sei, in dieser Hitze im Auto zu warten, und dass es ihr ganz bestimmt nicht schaden würde, ihn hier auf der Terrasse zu haben, weil wir an der frischen Luft sind. Sie müssen wissen, meine Frau reagiert auf Tierhaare allergisch, indem sie husten muss, aber ich bin mir sicher, hier kann nichts passieren."

Mit gespielter Dankbarkeit lächelte ich Rut an und vergrub hernach meinen Blick in meine Kaffeetasse.

„Sie haben mir Bertrand in ihrer Aufzählung als Familienmitglied verschwiegen, meine Liebe. Dabei scheint er es doch zu sein, mit dem Sie leben?"

„Vielleicht liegt es daran, dass es meine Eigenart ist, die männlichen Wesen, mit denen ich lebe, zu verschweigen, weil sie nicht von Bedeutung sind?"

Ich hätte mich selbst ohrfeigen können für diese Antwort, die mich zum einen in eine feministische Ecke drückte, in der ich nie und nimmer zu Hause war (und das trotz Theo!), und zum anderen tat ich meinem geliebten Hund damit mehr als unrecht, denn er war sehr wohl von Bedeutung für mich. War es nun die Selbstgefälligkeit dieses Richters, die ich ihm unterstellte, welche mich so provozierte, oder die strenge Rechtschaffenheit, die seine Frau für mich ausströmte, was mich veranlasste, derartig zickig zu reagieren? Gut, ich war in den letzten Jahren seit Theos Tod nicht dafür bekannt gewesen, besonders entgegenkommend oder gar freundlich zu sein, insbesondere nicht zu Fremden, die als Touristen nicht gerade selten um mein Haus herumscharwenzelten. Aber sogar ich hatte doch einmal Umgangsformen gelernt. Hatte ich diese zusammen mit Theo auf dem örtlichen Friedhof begraben, um mich gänzlich zu befreien von jeglichen Zwängen? Oder ärgerte es mich einfach nur, dass Norgard mir meine Ausrede, bald wieder gehen zu können, zunichte gemacht hatte, indem er Bertrand befreit und mich nun eingesperrt hatte?

Rut hingegen schien durch meine letzte Äußerung amüsiert zu sein, denn sie lachte ihren Mann an und erklärte ihre Reaktion in holprigen Französisch: „Mein Lieber, wir scheinen einen Gast zu haben, der dir in Wortspielereien in nichts nachzustehen scheint. Wie schön." Und in meine Richtung fügte sie erklärend hinzu: „Sie müssen nämlich wissen, mein Mann liebt Doppeldeutigkeiten und feinsinnigen Humor."

Ach wie schön, dachte ich nur, das erklärt vielleicht auch seinen Drang nach dem Austausch von Körperlichkeiten mit ihm unbekannten Frauen. So viel zum Thema Doppeldeutigkeiten.

Ich wollte nur noch weg. Ich wollte keine neuen Nachbarn, die mich in Zukunft dazu zwingen würden, langsamer den Weg in Richtung Dorf hinunterzufahren. Ich wollte auch nicht dazu gezwungen werden, in Zukunft hinter der Wegbiegung meinen Kopf für ein wohlmeinendes Nicken in Richtung bewohntes Nachbarhaus in Position zu bringen für den Fall, Madame oder Monsieur Amsung könnten in der Hofeinfahrt stehen. Und schon gar nicht wollte ich besucht werden oder mit weiterem schwedischen Gebäck oder Tatschereien verwöhnt werden.

Jetzt wollte ich nur noch zu Theos Grab, meine Blumen für ihn einpflanzen, sie reichlich bewässern, das ein oder andere hämische Wort an ihn richten und dann heimfahren. Und das Ganze, eh diese unsägliche Unterhaltung ihren weiteren Verlauf nehmen konnte.

Mathild fiel mir ein, die ich später auch noch besuchen wollte. Diesem Einfall nach außen hin mit überschwänglicher Gebärde folgend in Form von einer mir an die Stirn schlagenden Hand, äußerte ich meine Erinnerung an sie zudem in abruptem Aufstehen. Ich erhob mich und erklärte, dass ich ganz vergessen hätte, dass ich meine Freundin noch besuchen wollte und ich ja vorher noch ins Dorf zum Friedhof müsste. Mit der mir größtmöglichen Freundlichkeit reichte ich Rut meine Hand und verabschiedete mich von ihr, nicht jedoch ohne mich für meinen Aufbruch zu entschuldigen. Norgard schickte ich mein Lavendellächeln über den Tisch, um mich dann wesentlich herzlicher von Linda zu verabschieden, die sichtlich traurig darüber war, Bertrand hergeben zu müssen. Und dieser dämliche Hund machte mir einen weiteren Strich durch die Rechnung, indem er meiner Aufforderung, mir ins Auto zu folgen, eben nicht folgte, sondern sich dicht an Linda heransetzte und mich durch seine verschleierten Augen ansah, als wäre er soeben zudem noch taub geworden. Unerwartete Hilfe bekam ich von Norgard. Er streichelte Bertrand aufmunternd und wiederholte meinen Wunsch, nicht jedoch ohne ihm und Linda zu versprechen, dass sich alle drei recht bald für einen gemeinsamen Spaziergang verabreden würden. Bertrand, die Ratte, folgte mir hernach mit hängendem Kopf zum Auto. Seine gerechte Strafe für diesen Verrat erhielt er umgehend von mir, indem ich ihn in den Kofferraum meines Kombis verbannte.

3. Kapitel

~

Den ersten Ausbruch meines tiefen Unbehagens bekam natürlich Theo ab, indem ich die mitgebrachten Blumen lieb- und wahllos auf seinem Grab platzierte, begleitet von einem Schwall wütender Schimpfworte: Oh mein Lieber, das wären Nachbarn ganz nach deinem Geschmack gewesen. Er von Rang und kaum auszusprechendem Namen und sie die personifizierte Rechtschaffenheit. Ich bin mir sicher, es hätten reichlich Abende nicht endend wollender Diskussionen über Recht und Ordnung, Sitte und Anstand in unserem Haus stattgefunden, die dir wahrscheinlich mehr Orgasmen in Folge beschert hätten, als jeder noch so gute Sex zwischen uns in jungen Jahren. Tja, das haste nun davon, dass du so früh sterben musstest, aber Abzuwarten war ja noch nie eine deiner Stärken gewesen.

Bertrand schlief zu meinen Füßen und bot somit ein Bild herzzerreißender Treue am Grabe seines Herrchen, welches er jedoch nie kennengelernt hatte. Zu Theos Lebzeiten wäre ein Haustier undenkbar gewesen. Tiere verband er von je her mit Schmutz und Ungeziefer, unsinniger Arbeit und Kosten. Da war eine Kakteensammlung doch wesentlich dankbarer, kostengünstiger und vor allem schmutzfreier. Die alljährlich sich im Frühjahr einfindenden Blattläuse auf seinen Lieblingen liefen nicht unter Ungeziefer, sondern galten als eine üble Laune der Natur, an der natürlich ich schuld war, wenn ich es z.B. gewagt hatte, seine Lieblinge zu sehr zu wässern oder eben einmal nicht regelmäßig die Fensterbank von Staub zu befreien. Wie dem auch sei, er hätte mich damals ultimativ vor die Wahl gestellt, Er oder der Köter, doch leider habe ich nie die Chance bekommen, eine solche Wahl treffen zu dürfen. Tja ...

Nachdem das Grab meines Gatten den Eindruck einer leidlich gepflegten Ruhestätte machte, konnte ich mich mit beruhigtem Gewissen auf den Weg zu Mathild machen. Es würde mich wieder einiges an Überredungskunst kosten, sie davon zu überzeugen, mir einen Kaffee zu machen, aber das war mir ihre Gegenwart wert.

Ich kannte Mathild genauso lange wie Bertrand, hatten wir uns damals doch im Tierheim kennengelernt, als auch sie sich einen Hund dort abholte. Lulu war im Gegensatz zu meinem Hund geradezu eine Schönheit, von der sich selbst Bertrand in seinem hohen Alter noch betören ließ. Trotz erfolgreicher Kastration gerieten seine männlichen Hormone, die er eigentlich gar nicht mehr haben dürfte, in Wallung, wenn er sie sah, und so bildeten auch für ihn die Besuche bei Mathild den wöchentlichen Höhepunkt. Unsere Plaudereien wurde von ihm genutzt hinter Lulu herzujagen, in der Hoffnung, einen Stich bei ihr zu landen. Beschnüffeln ließ sie sich gerne, besteigen jedoch nicht, was nicht selten eine wilde Jagd durch Mathildes kleinen Laden zur Folge hatte.

Meine Freundin ist Bildhauerin und Malerin, die davon lebt, ahnungslosen Touristen ihre Machwerke als typisch provenzalische Kunst zu verkaufen, und das sogar recht erfolgreich. Ihr Laden befindet sich mitten im Zentrum unseres kleinen Dorfes und wird häufig von durch die Landschaft geradezu verzauberte Menschen besucht, die bereitwillig Mathildes nicht minder zauberhaften Worten lauschen, wenn sie ihnen ihre Kunstwerke erklärt. Einer Erklärung bedürfen sie, denn meine Freundin hat es sich zur Angewohnheit gemacht, ihre Träume in Kunst zu verwandeln, um ihnen hernach ebenso kunstvolle Namen zu geben. Dazu reicht sie der kaufwilligen Kundschaft einen ebenso selbst kreierten Tee aus allem, was die Provence an Kräutern zu bieten hat, meiner Meinung nach ein Gebräu, dem die wildesten Alpträume meiner Freundin zugrunde liegen müssen, seinem Geschmack nach zu urteilen. Darum auch meine wiederholte Bitte nach einem Kaffee, wenn ich sie besuche. Mathild schwört auf den Tee ob seiner angeblich verjüngenden Wirkung. Ich hingegen halte ihn für ihr bestes Verkaufsargument, denn nicht selten habe ich es erlebte, dass nach dem aufgezwungenen Verzehr dieser lokalen Köstlichkeit die Kunden sich sehr schnell zu einem Kauf entschieden haben, nur um nicht noch mehr davon trinken zu müssen. Von dem Gesöff und seinem immerwährenden Geruch im Lädchen einmal abgesehen, halte ich mich sehr gerne bei Mathild, insbesondere in ihrem Atelier auf. Die besten Gespräche hatten wir immer hier. Ich in einem alten Sessel sitzend, sie auf einem knochigem Schemel hockend, die Arme bis zu den Ellenbogen in Farbe. Ich besuche sie oft am frühen Nachmittag, wenn ihr Laden noch geschlossen ist, denn sie öffnet erst um 4 Uhr. Was das anbelangt, war ich an diesem Tag spät dran, und wir hatten nur einen kurzen Moment der gemeinsamen Ruhe, bevor sie ihre Tür für die kaufwilligen Touristen öffnete.

„Schön, dass du vorbeikommst, Fleur", begrüßte sie mich in gewohnt liebevoller Art und Weise, „ich muss dir was erzählen. Ich habe einen lukrativen Auftrag reinbekommen und muss gleich ein paar wichtige Besorgungen machen, damit ich nachher mit der Arbeit beginnen kann. Würdest du so nett sein und für ein oder zwei Stunden auf meinen Laden aufpassen?"

Es kam öfter vor, dass sie mich bat, in ihrem Laden auszuhelfen, wenn sie spontan etwas vorhatte. Leider war es noch nie vorgekommen, dass ich in dieser Zeit etwas für sie verkauft hatte, obwohl ich mir alle Mühe gab. Nicht, dass ich es nicht verstand, ihre Kunst anzupreisen, aber ich weigerte mich konstant der Kundschaft den Tee anzubieten, der wie gesagt nicht minder berühmt ist wie ihre Kunstwerke.

Da ich an diesem Nachmittag nichts weiter vorhatte, willigte ich in ihre Bitte ein und sie verließ, ohne dass wir uns großartig unterhalten hatten, ihr Geschäft. Ich tat was ich immer tat, wenn ich alleine war im Laden, ich räumte ein wenig auf. Ich liebte es, die Regale umzudekorieren, die Mathild in meinen Augen wahllos mit ihren Kunstwerken bestückte.

Ab und an töpferte sie Teekannen, die ich besonders schön fand, die für sie jedoch von minderer Bedeutung waren, jedoch reißenden Absatz fanden. Sie glasierte sie in den schönsten Farben, stellte aber regelmäßig kleinere Bilder oder Staturen davor, die sie selbst für schöner hielt. Ich ordnete gerade zwei Teekannen neu an und war versunken in meine Dekorationsideen, als ich die Türglocke vernahm. Ohne mich umzudrehen, säuselte ich ein freundliches „ich komme sofort" hinter mich, als ich auch schon eine Hand auf meiner Schulter spürte. Ruckartig drehte ich mich um und ließ vor Schreck eine der Kannen fallen.

„Wir in Schweden sagen, der Zufall ist manchmal der beste Gehilfe!"

„Wobei, andere Menschen zu Tode zu erschrecken?", fauchte ich gereizt zurück.

Er hatte sich gebückt, um die Scherben aufzuheben, und auch ich ging in die Knie.

„Oh Fleur, was ist das nur mit uns beiden", lachte er mich an in einer derart entwaffnenden Art, dass auch ich anfangen musste zu lachen.

„Wie schön, Sie sobald schon wiederzusehen. Ich wusste ja gar nicht, dass Sie hier arbeiten. Ich hatte gehofft, Madame Rouland zu treffen, um mit ihr noch ein paar Einzelheiten bezüglich meines Auftrages zu besprechen."

„Mathild ist nicht da. Sie macht ein paar Besorgungen und darum passe ich auf ihren Laden auf. Ansonsten arbeite ich hier nicht, ich helfe nur ab und zu meiner Freundin."

„Das ist also die Freundin, die Sie noch besuchen wollten. Wie klein die Welt doch ist. Nun haben wir schon gemeinsame Bekannte hier im Dorf." Täuschte ich mich, oder freute er sich wirklich darüber?

„Kann ich Mathild etwas ausrichten?"

„Ich fürchte nein, ich komme am besten später noch einmal wieder. Was denken Sie, wann sie wieder da ist?" Wir standen nun beide voreinander mit Scherben in den Händen und Verlegenheit machte sich breit, aber ich konnte nicht sagen, was mich so verunsicherte.

Mathild rettete die Situation. Sie hatte ihr Portemonnaie vergessen und war deswegen noch einmal zurückgekommen. Sie strahlte uns beide glücklich an und übersah dabei die Scherben.

„Monsieur Amsung, was für ein Glück, dass ich Sie noch einmal treffe, bevor ich einkaufen gehe, so spare ich mir einen Anruf bei Ihnen. Fleur, das ist der Herr, der mir einen Auftrag erteilt hat. Er möchte sein Haus mit ein paar meiner Kunststücke ausstatten, aber ich habe ganz vergessen zu fragen, welche Farbe dabei vorherrschend sein soll? Ich hatte an reichlich gelb und orange gedacht. Wäre Ihnen das recht?"

„Die Farben der Sonne, was für eine reizende Idee. Ich bin mir sicher, sie werden auch meiner Frau gefallen. Aber noch viel sicherer bin ich mir, dass Sie, Madame, schon die richtige Wahl treffen werden. Ich vertraue Ihnen da voll und ganz, immerhin sind Sie die Künstlerin."

Parallel zu seinem Gesäusel hatte er Mathilds Hand ergriffen und küsste sie in der mir bekannten Weise. Regelrecht angewidert wand ich mich ab. Ich hatte also auf Anhieb recht gehabt mit meiner Vermutung, dass besagter Herr Richter ein alternder Schwerenöter war, der, kurz bevor sein Ofen vollends vom Erlöschen bedroht war, noch einmal richtig einheizen wollte, und wir Frauen waren seine Kohle. Abscheulich.

Mathild hingegen wirkte in keiner Weise abgeneigt, und für einen kurzen Moment gewann ich den Eindruck, sie hätte dem schwedischen Casanova am liebsten noch ihre zweite Hand zum Kuss geboten. Um diesem klebrigen Austausch von internationalem Geschäftsgebaren nicht mehr weiter beiwohnen zu müssen, verzog ich mich mit den Scherben ins Atelier und überließ die beiden ihrem gegenseitigen Gegurre und Geschnurre.

Mathild rief mir noch einen fröhlichen Gruß durch die Räumlichkeiten zu und verließ ihren Laden mit Monsieur Amsung im Schlepptau, wie ich annahm. Meinem Ärger luftmachend machte ich Bertrand verbal zur Schnecke, der wieder einmal Lulu penetrant nachstellte. Ich sollte ihn in Norgard umtaufen, dass wäre wohl passender. Natürlich hörte der Hund mich nicht, dafür bellte er viel zu laut auf Lulu ein, wohl in der Hoffnung, sie möge diese krächzenden

Laute als Liebeswerben auch erkennen. Als ich mich umdrehte, stand er in der Tür zum Atelier an den Türrahmen gelehnt und sah mich an. Ohne ein Lächeln.

„Sie mögen mich nicht?"

„Nein."

„Warum nicht?"

„Weiß nicht."

„Das glaube ich Ihnen nicht."

„Ich empfinde Sie als aufdringlich!"

„Dafür sind Sie sehr abweisend!"

„Na, dann haben wir ja die Lösung des Problems."

„Da bin ich mir nicht so sicher."

Er ging ohne ein weiteres Wort des Abschieds und ich fühlte mich wie ein Vollidiot.

4. Kapitel

„Ich versteh wirklich nicht, was du hast. Er macht doch einen sehr netten Eindruck, dein neuer Nachbar. Er ist höflich, zuvorkommend, sehr gepflegt und gebildet. Alles was Theo nicht war, wie du mich hast in der Vergangenheit Glauben machen. Wie muss ein Mann denn sein, damit du ihn nett findest, Fleur?"

Mathild hatte es sich bequem gemacht auf meinem Sofa und spielte mit entrücktem Blick mit ihrem Weinglas. Bertrand lag neben ihr und schlief. Er war total erschöpft vom nachmittäglichen Gerangel mit Lulu, welches für ihn wieder einmal erfolglos ausgegangen war. Tiere sind einfach blöd, lernen nicht dazu und schon gar nicht aus ihren Fehlern.

„Ich habe das Gefühl, du verwechselst im Moment Geschäftsinteresse mit persönlichem Interesse. Als Kunde gesehen mag er ja ganz nett sein, als Mensch hingegen, wohlmöglich noch als jemand, für den ich mich als Gesprächspartner interessieren würde, lehne ich ihn ab."

Mathild grinste schelmisch: „Ich habe gerade mehr als Frau gesprochen, meine Liebe, wenn du verstehst, was ich meine?"

„Du willst mir doch nicht sagen, dass du Monsieur Amsung als Mann attraktiv findest?"

„Warum denn nicht? Er sieht doch gut aus für sein Alter. Wie alt ist er überhaupt?"

„Woher soll ich denn das wissen? Meinst du, nur weil er mein Nachbar ist, weiß ich wie alt er ist? Ich schätze mal so unser Alter, Ende sechzig, Anfang siebzig."

„Das hätte ich auch geschätzt und dafür finde ich, sieht er noch sehr gut aus. Nicht so verbrannt wie die Männer hier aus dem Dorf, mit ihrer Lederhaut und ihren vielen Falten."

„Ich interessiere mich weder für die Männer aus der Gegend hier noch für Fremde."

„Das solltest du aber, wenn du nicht weiterhin alleine bleiben willst, Fleur."

„Mir macht es aber im Gegensatz zu dir nichts aus, alleine zu sein.

Ich war zu lange mit einem Langweiler verheiratet, um noch so naiv zu sein anzunehmen, nicht alle Männer wären im Grunde ihres Herzen langweilig. Am Anfang geben sie sich vielleicht noch Mühe, aber wenn sie sich deiner sicher sind, läst das auch bald nach. Hör doch auf, dir etwas vorzumachen, Mathild. Mit dir und Philipp ist es doch auch nicht anders."

„Jetzt wirst du aber unfair, Fleur. Gerade mit mir und Philipp ist es anders. Da er verheiratet ist und wir uns nur in aller Heimlichkeit treffen können, erhalten wir uns jene anfängliche Spannung, von der du gerade gesprochen hast. Er ist immer noch so zuvorkommend wie am ersten Tag und so leidenschaftlich wie in unserer ersten Nacht."

„Bitte, meine Liebe, mach dir doch nichts vor. Wie oft seht ihr euch? Alle zwei Wochen mal? Und da er in der Zwischenzeit garantiert keinen Sex mit seiner Mildred hatte, ist er natürlich leidenschaftlich. Und mit seinen kleinen Geschenken hält er dich bei Laune. Ich kann wirklich nicht verstehen, warum du dich überhaupt auf so ein Arrangement einlässt?

„Weil ich ihn liebe vielleicht?"

„Und, liebt er dich denn auch?"

„Aber sicher. Er sagt, ich sei seine Inspiration für seine Gedichtbände, sein Antrieb für seine Geschäfte in Paris, sein Lichtschein am Firmament des grauen Alltags."

„Und warum bitte schön verlässt er Mildred nicht endlich, um für den kläglichen Rest seines Lebens im Licht zu leben?"

„Fleur, wir haben so oft darüber gesprochen. Er kann das Mildred nach über 40 Jahren Ehe einfach nicht antun. Das käme einem Mord gleich. Sie würde es nicht überleben, wenn er sie verlassen würde. Außerdem hat er Angst, dass seine Kinder sich dann von ihm abwenden würden."

„Und darum vögelt er lieber im Geheimen? Ach Mathild, es ist so, wie es immer ist, egal wie alt die Kerle sind. Sie verstecken sich hinter ihren Familien, um alte Bequemlichkeiten und gesellschaftliches Ansehen in der Stadt nicht aufgeben zu müssen, und treiben es bunt im Hinterland, um es sich noch einmal selbst zu beweisen. Und das Ganze nennen sie dann Liebe, weil sie gelernt haben, dass Frauen das nun mal brauchen, um sich der Sünde hinzugeben. Versteh mich nicht falsch. Ich will nicht als Moralist auftreten, aber ich mache mir einfach Sorgen um dich. Ich habe ganz oft das Gefühl, für dich ist diese Affäre etwas anderes als für Philipp."

„Ich verstehe deinen Unmut nicht Fleur? Ich gehe keinerlei Verpflichtung ein, kann mein Leben weiter leben wie bisher und habe regelmäßig guten Sex. Und das in meinem Alter!"

„Ach ja, und was ist mit Weihnachten oder seinem Geburtstag, oder wenn du krank bist? Tu doch nicht so, als würdest du dich nicht manchmal einsam fühlen, oder dich danach sehen, ihn einfach einmal dann treffen zu können, wenn DIR danach ist"

„Ja, das stimmt, aber ich liebe ihn nun mal, Fleur, und ich

kann es nicht ändern. Dieser Mann gibt mir Lebensfreude, die sich in meiner Kunst widerspiegelt. Er ist der Quell meiner Kreativität. Es geht doch bei unserer Beziehung nicht nur um Sex, sondern vielmehr um die vielen guten Gespräche, die wir haben. Gerade der Austausch unserer gleichen Gedanken ist es, was uns verbindet. Wir passen einfach gut zueinander."

„Ist ja schon gut, Mathild. Ich will dir deine Affäre auch nicht madig machen. Für mich käme so etwas einfach nie in Frage. Ich genieße meine Unabhängigkeit, auch meine emotionale. Ich habe das Gefühl, ich kann jederzeit gehen, wohin ich will, ohne dabei Rücksicht nehmen zu müssen.

Das habe ich mir so lange gewünscht, und wenn mir dann doch einmal nach Gefühlsduselei sein sollte, dann ruf ich meine Kinder an und lass mir die Enkelkinder vorbeibringen. Hinterher bin ich dann doppelt froh, alleine leben zu können."

„Du hörst dich bitter an, Fleur?"

„Ist das ein Wunder, nach meiner Ehe mit Theo? Aber nun lass uns über etwas anderes sprechen."

„Ja, wie sieht eigentlich die Frau von M. Amsung aus?"

„Rut? Ich würde sagen, so wie man sich eine alternde Schwedin aus besseren Kreisen nun mal vorstellt. Ehemals blond, nun aber ergraut, so einen Bubikopf-Haarschnitt den man eigentlich hat, wenn man bei einer Bank arbeitet, ziemlich schlank und flachbrüstig, gänzlich ungeschminkt, alles in allem langweilig unscheinbar."

„Hast sie dir aber doch recht genau angesehen, meine Liebe!"

„Ich sehe mir die Menschen, mit denen ich es zu tun habe, immer genau an, ganz besonders, wenn ich sie nicht leiden kann."

„Und das kannst du jetzt schon sagen, dass du sie nicht leiden kannst?"

„Oh, du wirst mich bestimmt verstehen, wenn du sie erst einmal gesehen hast. Du glaubst nicht, was sie als erstes gemacht hat, nachdem sie in das Haus vom alten Huart eingezogen ist. Sie hat vorm Haus einen Garten angelegt, mit vielerlei kleinen entzückenden Blümchen, alles ordentlich in Reih und Glied, und die Erde ist in eine Richtung geharkt."

„Wie hat sie das denn geschafft? Der Boden war doch komplett verdorrt?

„Das ist mir egal, wie sie das geschafft hat, ich will damit nur sagen: Zeige mir deinen Garten und ich sage dir, wer du bist! Wer hier in der Gegend hat einen geharkten Vorgarten, wer?"

„Mir fällt jetzt so spontan keiner ein."

„Siehst du, das meine ich. In unsere Gegend passt kein Garten mit ordentlichen Beeten. Die Natur lässt sich hier nichts vorschreiben, das hat sogar Theo verstanden und es irgendwann aufgegeben, dem Unkraut in seinem Gemüsegarten Herr werden zu wollen. Auf jeden Fall sieht der gesamte Garten meiner lieben Nachbarn aus, als könne man dort jederzeit eine Notoperation durchführen, so steril meine ich."

„Na ja, vielleicht ist das schwedische Gartenkultur?"

„Und warum ist Madame Amsung dann nicht einfach in Schweden geblieben und hat dort weiterhin der Gartenkultur gefrönt, anstatt die Gegend hier mit ihrem Sauberfraucharme zu verunstalten? Du wirst es ja sehen, wenn du deine Arbeiten dort ablieferst. Ich kann mir ehrlich gesagt nicht vorstellen, wie deine Kunst in dies Haus hineinpassen soll? Andererseits passt es wieder zu solchen Leuten, sich mit Lokalkolorit zu schmücken, um in der Heimat damit angeben zu können nach dem Motto: Seht her, wie offen wir für Kunst und Kultur sind, und das noch auf unsere alten Tage. Zum Kotzen, wenn du mich fragst."

„Ertragreich, wenn du mich fragst. Vergiss bitte nicht, dass ich von solchen Leuten lebe, und zwar nicht schlecht. Gib mir noch etwas Wein, ich werde heute Nacht hier schlafen."

„Das ist eine gute Idee und morgen früh frühstücken wir gemütlich, bevor du in deinen Laden fährst. Weißt du, das genau ist es, Mathild, wonach ich mich in der Vergangenheit so gesehnt habe. Tun und lassen zu können, wonach einem ist. Mit Theo im Nacken war so etwas nicht möglich. Kein ordentlicher Mensch frühstückt in der Woche mit Freunden im Garten, einfach nur zum Zeitvertreib. Wie ich dieses Leben mit diesem Spießer gehasst habe!"

5. Kapitel

~

Die Sonne strahlte, wie bestellt, und wir lungerten entspannt mit ausgestreckten Beinen, in abgewetzte Bademäntel gehüllt, noch ungeduscht und ebenso ungekämmt in meinem verwilderten Garten herum, als Bertrand anfing zu bellen. Mein Gesicht der Sonne entgegengestreckt, fauchte ich ihn, ohne die Augen zu öffnen, an, er solle die Klappe halten und sich in den angrenzenden Wald verpieseln, wenn er unbedingt am frühen Morgen Vögeln hinterherjagen wolle.

Ein männliches Räuspern und eine helle Kinderstimme ließen mich augenblicklich hochfahren. Dabei löste sich der Gürtel an meinem Bademantel und ich stand barbusig vor meinem geschätzten Nachbarn und Linda. Mathild hatte sich ebenso erhoben und wir beide müssen wohl ein Bild des Grauens abgegeben haben für unsere Besucher. Mathilds Bademantel, oder besser gesagt der alte von Theophil, umwickelte zwar weiterhin schützend ihren fülligen Körper, doch auch sie bot nicht gerade das Bild einer gut gekleideten Französin an einem sonnigen Morgen.

Norgard hatte wenigsten soviel Anstand, mich zu übersehen und meiner Freundin als Erste die Hand zu reichen. Bis er sich mir zuwenden konnte, hatte ich den Gürtel fest um meine Taille gezurrt, dass mir fast die Luft wegblieb. Knallrot und mit gesenktem Blick reichte ich ihm verlegen die Hand.

„Sie haben es hier aber gemütlich, meine Damen. Ich hoffe, ich störe nicht? Meine Enkelin und ich wollten Bertrand zu einem Morgenspaziergang abholen."

„Wie schön, Sie zu sehen", flötete Mathild ihm entgegen, und das für mich Schlimme war, sie schien es auch noch ehrlich zu meinen. „Wollen Sie sich nicht zuerst mit einem Kaffee und einem Glas Milch stärken?" Ohne eine Antwort abzuwarten, stürzte sie ins Haus, um zwei Tassen zu holen, und überließ mich meiner Peinlichkeit. Linda spielte bereits mit Bertrand. Norgard hatte sich derweil interessiert meinem Garten zugewandt, und ich stand da wie ein Trottel, nicht in der Lage, mich zu bewegen oder etwas zu sagen. Im Geiste taxierte ich meinen Körper mit den Augen eines fremden Betrachters. Mein Blick blieb an meinen schweren, nach unten tendierenden Brüsten hängen, folgte dann gnadenlos den Schwangerschaftsstreifen auf meinem gewölbten Bauch, um sich letztendlich an meinen dicken Oberschenkeln zu ergötzen. Ich war nicht im eigentlich Sinne übergewichtig, eher mollig zu nennen, doch das Wort „knackig" hatte bereits seit 20 Jahren keine Anwendung mehr für mich gefunden. Ich konnte nur froh sein, dass M. Amsung nicht noch in den Genuss meiner nackten Rückseite gekommen war. Mein dicker Hintern hätte ihm bestimmt jegliche Lust auf den angebotenen Kaffee genommen, was wiederum nicht unbedingt von Nachteil für mich gewesen wäre.

Leise vor sich hin summend, kam Mathild mit dem Geschirr aus dem Haus zurück und verwickelte unseren Gast völlig unbefangen in ein Gespräch über meine prächtigen Kräuter, natürlich nicht ohne einen Hinweis auf ihren selbstkreierten Tee zu geben. Ich nutzte die Gelegenheit und verdrückte mich ins Haus direkt unter die Dusche in der Hoffnung, wenn ich wieder in den Garten kommen würde, unsere Gäste losgeworden zu sein. Dem war natürlich nicht so. Linda und Bertrand spielten selbstvergessen mit einem Ball, und Mathild und Norgard unterhielten sich angeregt über das Leben in der Provence. Als ich den Gartentisch erreicht hatte, strahlte mich der Schwede mit entwaffnender Freundlichkeit an.

„Oh, wen haben wir denn da? Fleur, meine Liebe, Sie sind ja kaum wiederzuerkennen. Nasse Haare stehen ihnen gut. Da sieht man erst, wie lang Ihre Haare eigentlich sind. Ich finde lange Haare für Frauen sehr weiblich."

Mathild gluckste hörbar und ich schnaubte wie ein Ochse.

„Wie recht Sie haben. Ich spiele auch bereits seit Längerem mit dem Gedanken, meine Haare schwarz zu färben, damit sie noch länger wirken und ich sie morgens bei meinem Ausritt über meine Felder im Wind eindrucksvoll flattern lassen kann. Oder aber, ich sie über gewisse nackte Körperstellen legen kann, in Ermangelung einer zuverlässigen Bekleidung."

„Nicht doch, nicht doch, das wäre zu schade. Dann müsste ich auf einen starken Wind hoffen, um in den Genuss von vorhin zu kommen."

Ich drehte mich wortlos um und ging ins Haus. Wenige Minuten später folgte mir Mathild.

„Was sollte das denn? Was ist eigentlich los mit dir? Wenn der Mann eines nicht ist, dann ein Langweiler, und du behandelst ihn wie einen frechen Rotzlöffel."

Ich schwieg und schmollte.

„Du musst doch zugeben, dass du ihm die Vorlage selbst gegeben hast, und dann darfst du auch nicht beleidigt sein, wenn er sie in einen Treffer verwandelt. Ich finde es interessant, das zu beobachten. So kenne ich dich überhaupt nicht. Sonst bist du doch immer diejenige, die austeilt."

Ich schwieg weiterhin, und mein Groll weitete sich auf Mathild aus.

„Ich muss mich jetzt beeilen, wenn ich pünktlich im Geschäft sein will und vorher noch duschen will. Ich lass dich ausnahmsweise mit dem Tischabräumen im Stich." Sie küsste mich kurz auf die Wange und entschwand in Richtung Bad.

Wenn ich auf eines keine Lust hatte, dann später, wenn Norgard den Hund zurückbringen würde, ihm nochmals zu begegnen. Kurzentschlossen entschied ich mich dazu, in die nächste Stadt zu fahren, um einige Besorgungen zu machen. Er würde Bertrand einfach hier abgeben, der dankbare und entkräftete Hund würde sich sogleich in den Schatten zum Schlafen legen und die schwedische Brut würde mein Grundstück verlassen. Um Linda tat es mir leid, hatte ich doch kein Wort mit ihr gesprochen. Was musste sie jetzt wohl von mir denken? Ich konnte nur hoffen, sie würde ihrer Oma nicht sogleich von der nackten Nachbarin am frühen Morgen erzählen. Aber, da war ich mir sicher, dass würde bestimmt ihr Opa tun, und Rut würde pikiert den Mund verziehen und dem Kind verbieten, mich noch einmal zu besuchen.

Ich hinterließ für Mathild eine kurze schriftliche Nachricht und fuhr direkt zu meinem Lieblingseinkaufszentrum. Die rechte Einkaufswut wollte sich dennoch nicht einstellen. Alles, was ich mir anhielt, kam mir unpassend vor. Ich fühlte mich zu dick, die Mode schien nur für jüngere Frauen gemacht zu sein, und das, obwohl ich mich nie altersgemäß gekleidet hatte. Ich bevorzugte Jeans und zu große Oberteile und flache Sportschuhe. Bequem sollte es sein. In meinem Alter war es nicht mehr wichtig, schick zu sein. Ich betrachtete mich nachdenklich in einem großen Spiegel, als eine junge Verkäuferin, die meine Enkeltochter hätte sein können, auf mich zukam. Sie legte den Kopf schief und betrachtete mich schweigend, was ich als unhöflich empfand. Bevor ich jedoch etwas sagen konnte, sprach sie mich an, oder besser gesagt zu meinem Spiegelbild.

„Irgendetwas stimmt nicht mit Ihnen!"

„Wie bitte?"

„Ich meine, die Kleidung passt auch zu einer Frau, die 20 Jahre jünger ist als Sie, und sie steht Ihrem Körper auch, aber Ihr Kopf passt nicht dazu."

Was war heute los? Regte mein bloßer Anblick alle Leute dazu an, mich zu demütigen und zu verspotten? Ich würde mir doch von so einer Göre nicht solche Frechheiten bieten lassen. Die junge Damen hingegen schien gar nicht zu bemerken, wie sehr sie mich gerade gekränkt hatte.

„Sie müssen schon entschuldigen, dass ich mich in meinem hohen Alter überhaupt noch aus dem Haus wage, aber meine Kartoffelsäcke sind alle aufgetragen, und da dachte ich, ich probier es mal mit etwas Modischem. Aber Sie haben mich davon überzeugt, dass das wohl eine Schnapsidee war."

Sie lachte aus vollen Halse über meine Bemerkung, so laut, dass ich mich umblickte, ob uns bereits andere Leute beobachten würden.

„Sie sind echt lustig, Madame. Genau das habe ich gemeint. Ihre Frisur passt nicht zu Ihnen. Sie ist viel zu brav. Ihr Zopf lässt Sie streng aussehen und eben älter. Ich finde, Sie sollten zu Ihrem sportlichen Outfit kurze Haare tragen.

Und rot müssen sie sein."

„Machen Sie sich lustig über mich"?

„Nein, ganz bestimmt nicht. Ich finde, Sie haben wunderschöne Augen und mit roten Haaren würden sie noch viel besser zur Geltung kommen. Wie alt sind Sie, wenn ich fragen darf?"

„66!"

„Ich bin mir sicher, mit kurzen Haaren würden Sie wie 56 aussehen."

Die Kleine gefiel mir.

30 Minuten später saß ich bei „Cut and Go" mit kurz geschnittenen Haaren, die in einer roten Pampe einwirkten, mit einem Glas Sekt in der Hand und in ein Gespräch mit einem schwulen Friseur verwickelt. Ramon, so hieß der gute Mann, erzählte mir von seiner Laufbahn als Friseur und, dass erst dieser Beruf ihm dazu verholfen hätte, sein Coming-out zu haben. Erst dadurch hätte er den Mut gefunden, zu seiner weiblichen Seite zu stehen und sich zu seiner Vorliebe für Männer im Bett zu bekennen. Was war mit der jungen Generation los? Hatten sie gar keine Hemmungen mehr, über alles zu sprechen, inklusive ihrer verkorksten Sexualität? Und, dass Respekt vor dem Alter komplett OUT zu sein schien, hatte mir die Bedienung aus dem Modehaus bereits gezeigt. Von ihr war auch der Vorschlag gekommen, umgehend zum Friseur zu gehen. Danach sollte ich sie nochmals aufsuchen, und sie würde mir beim Aussuchen neuer Modelle helfen.

Gesagt, getan, und nun saß ich hier und sah ungläubig meiner Metamorphose vom alten Weib zur flippigen Mitt-Fünzigerin willenlos zu.

Als Ramon mir die Haare ausgewaschen hatte und mir den Fön in die Hand drückte, konnte ich nicht glauben, was ich sah. Mein Gesicht wirkte durch die kräftige Haarfarbe noch farbloser als zuvor, meine Augen sahen müde aus und ich kam mir wie ein Gespenst vor.

Aber, was ein sensibler schwuler Friseur ist, der weiß, was in den Köpfen seiner Kundinnen rumspukt.

„Sie föhnen sich jetzt ihre Haare selbst und ich zeige Ihnen, wie es geht. Und danach schicke ich Ihnen Josie, die schminkt Sie ein wenig nach. Mit leuchtend roter Farbe auf dem Kopf müssen Sie sich in Zukunft jetzt immer etwas schminken, damit Sie nicht zu blass aussehen. Warten Sie ab, Sie werden begeistert sein." Ich ließ mir also noch ein Glas Sekt bringen und föhnte unter Ramons gestrengem Blick meine Haare in alle möglichen Richtungen. Als ich fertig war, sah ich aus, als hätte ich an einer Steckdose geschlafen.

Josie kam mit einem Cognac in der Hand an meinen Stuhl, setzte sich neben mich und hielt mir kommentarlos das Glas hin.

„Und? Meinen Sie, da ist noch was zu retten?"

„Ich verstehe nicht Madame?"

„Sehen Sie mich doch an. Ich sehe dank Ramon so aus, als wäre ich mit meinem Kopf in einen Ventilator gekommen!"

„Ich würde eher sagen, Sie sehen dank meinem Kollegen zehn Jahre jünger aus. Wenn ich Sie fertig geschminkt habe, wird er Ihre vollen Haare mit etwas Gel in die Schlussform bringen und ihre eigenen Kinder werden sie nicht wiedererkennen. Ich bin mir sicher, Ihr Mann würde Sie auf der Stelle wieder heiraten."

„Was der Herrgott verhindern möge", murmelte ich in mein Cognacglas und schloss die Augen.

Als ich sie öffnete, traute ich selbigen nicht mehr. Tatsächlich saß da eine andere Frau als die, die vor 60 Minuten den

Laden betreten hatte. Meine grünen Augen strahlen unter einem dezenten Make-up und harmonierten ausgezeichnet mit meiner neuen Haarfarbe.

Ramon quiekte wie ein angestochenes Schweinchen entzückt los, als er mich sah. Seine geschmeidigen Finger kneteten einen Hauch von Gel in meine Haare und ich sah perfekt gestylt aus, ohne überkandidelt zu wirken. Ich war sprachlos.

Josie und Ramon versammelten noch zwei weitere Kolleginnen um meinen Stuhl und zu viert beglückwünschten sie mich zu meinem Entschluss, eine derartige Radikalkur vorgenommen zu haben. Das dritte Glas Sekt wurde gereicht und leicht beschwipst verließ ich zehn Minuten später und um 100 Euro leichter den Salon. Ein erster Blick in einen Ganzkörperspiegel im Modehaus verriet mir sofort die Notwendigkeit des Kaufes neuer Kleidung.

Die Kleine, die ihre Arbeit sehr gut verstand, verpasste mir zwei neue Hosen und vier dazu passende Oberteile. Sie brauchte allerdings etwas länger dazu, mich davon zu überzeugen, dass gerade meine heißgeliebten weiten Oberteile meiner Figur nicht schmeichelten, sondern eher das Gegenteil bewirkten. Ich probierte etliche figurbetonte, enge Oberteile an und musste ihr recht geben. Wenn mein leicht dicklicher, frühschwanger aussehender Bauch bedeckt war und mein Busen durch die pfiffige Taillierung zur Geltung kam, sah ich gar nicht mehr so füllig aus.

„Wenn Sie jetzt noch 2 bis 3 Kilo abnehmen und vielleicht etwas Sport betreiben zur Festigung des Gewebes, Madame, dann kommt niemand darauf, dass Sie bereits in 4 Jahren 70 werden!"

Wie aufbauend!

Also los! Gleich zwei Stockwerke höher in die Sportabteilung gesprintet, neue Turnschuh gekauft, ein Springseil und zwei leichte Hanteln.

Gleich am nächsten Morgen würde ich zusammen mit Bertrand den Wald unsicher machen.

Egal, wie blöd ich dabei aussehen würde, erkennen würde mich ja eh niemand.

6. Kapitel

~

Wo trieb sich der blöde Hund nur wieder rum? Er lag weder im Schatten hinterm Haus noch war er irgendwo im Haus zu finden. Als ich mich gerade auf die Suche in den Wald begeben wollte, klingelte das Telefon. Es war Norgard, der mir ohne ein Wort der Begrüßung ins Ohr säuselte:

„Wenn Sie ihren Mitbewohner suchen, Fleur, der liegt bei uns und schläft friedlich. Wäre das nicht eine schöne Gelegenheit, ihn bei uns abzuholen und mit uns einen Kaffee zu trinken? Rut hat frischen Pfirsichkuchen gebacken, den müssen Sie einfach probieren."

Wie stumpf sind Schweden eigentlich, ging es mir durch den Kopf?

Am Morgen noch waren wir im Streit auseinandergegangen, keiner von uns mehr an übliche Höflichkeiten gebunden, und nun lud er mich zum Kaffee ein, als wäre es das Normalste von der Welt. Wahrscheinlich hatte Bertrand, die Ratte, sich nicht lange bitte lassen, seinen Mittagsschlaf in Nachbars Garten abzuhalten, wohl weißlich in der Hoffnung, von Linda in das Reich der Träume gestreichelt zu werden. Männer, egal ob Mensch oder Tier, sind alle gleich, total Lust gesteuert.

Nicht sicher, was ich antworten sollte, fasste ich mir gedankenverloren in die frisch geschnittenen Haare, was mir wiederum zu einer sofortigen Entscheidung verhalf.

Nie und nimmer würde ich mich meinem verehrten Nachbarn so präsentieren.

„Das ist wirklich ganz reizend, Norgard. Ich will wirklich nicht unfreundlich sein, aber ich komme gerade aus der Stadt und bin sehr erschöpft. Ich würde es vorziehen, ein wenig alleine zu sein, um mich auszuruhen. Schicken sie Bertrand, wenn er aufgewacht ist, einfach nach Hause, er kennt den Weg. Und nochmals vielen Dank für ihre Mühe mit ihm, und viele Grüße an Rut und Linda."

„Schade, ich hätte es schön gefunden, mit ihnen zu plaudern. Der Hund hat überhaupt keine Mühe gemacht. Linda ist geradezu verliebt in ihn, und selbst Rut hat sich an seine Gegenwart gewöhnt. Aber, wie Sie wollen. Ich schicke ihn dann später rüber. Bis bald, Fleur."

Ich legte mich natürlich nicht hin, sondern probierte nochmals die neu erstanden Sachen der Reihe nach vor dem Spiegel an. Wann hatte ich das zuletzt gemacht, wie ein junges Mädchen vor dem Spiegel herumzuhüpfen und verschiedene Grimassen dabei zu ziehen?

Etwa eine Stunde später wurde mein Name gerufen und ich traute meinen Augen kaum.

Mr. Aufdringlich stand da in meinem Garten, Bertrand zu seinen Füßen und in der Hand wieder ein Tellerchen mit Selbstgebackenem. Ich rannte ins Badezimmer und schlug mir ein Handtuch über meine neue Frisur.

Wie der Dusche so eben entstiegen, erschien ich im Garten, ein herzliches Lächeln auf die Lippen gezwungen.

„Norgard, wie aufmerksam. Sie haben sich die Mühe gemacht Bertrand vorbeizubringen. Das wäre aber nicht nötig gewesen."

Seinem Blick ausweichend bückte ich mich, um den Hund zu streicheln, obwohl mir mehr danach war, ihn im

Keller einzusperren. Bertrand kannte mich zu gut, um sich von meiner Scheinheiligkeit beeindrucken zu lassen, und er drückte sich fester an Norgard. Damit hatte er sich um sein Abendleckerli gebracht, dieser Verräter.

„Ich scheine Sie schon wieder gestört zu haben, Fleur. Ich muss an meinem Feingefühl arbeiten. Ich verspreche, mich zu bessern. Meine Frau lässt Sie schön grüßen und Ihnen ein Stück des Kuchens durch mich überbringen, da sie gerade Linda badet, die nach dem Spaziergang ausgesehen hat, wie ein kleines Ferkel. Schade, dass Sie nicht dabei waren, es war zu schön, das Kind und den Hund zu beobachten. Aber vielleicht ein anderes Mal?"

Sein Blick wanderte hinter mich und augenblicklich wusste ich, was er erspäht hatte. Ich hatte in der Gewissheit des Ungestörtseins die neuen Turnschuhe, samt Hanteln und Springseil auf der Terrasse liegen gelassen. Mich überkam sofortiger Ärger, zum einen über meine Nachlässigkeit, zum anderen darüber, dass das wohl nicht mehr möglich zu sein schien, in meinem Garten und Haus Sachen herumliegen zu lassen, wie ich wollte. Ich musste diesen allgegenwärtigen Nachbarn endlich loswerden.

Er ging, ohne zu fragen, ob es mir denn recht sei, an mir vorbei auf meine neuen Errungenschaften zu und nahm die Turnschuhe in die Hand.

„Gute Wahl, meine Liebe. Ich wusste ja gar nicht, dass Sie laufen. Noch eine Gemeinsamkeit, die wir haben. Ich laufe auch gerne und, wenn es geht, jeden Tag, am liebsten am frühen Morgen.

Was halten Sie davon, wenn ich Sie morgen früh abhole, und wir laufen ein Weilchen gemeinsam durch den Wald?"

Das hatte mir gerade noch gefehlt. Ich, in meiner schäbigen Jogginghose und den neuen Turnschuhen, mit der

Kondition eines Lungenkranken neben Marathon-Man durch den Wald zu keuchen. Danke, aber eine Blamage pro Woche dürfte reichen.

Was ging mir das auf die Nerven, diesen Typen ständig abwimmeln zu müssen.

„In ein paar Tagen bestimmt gerne Norgard, aber ich laufe meine Schuhe in der Regel immer gerne alleine ein, für den Fall, dass ich Blasen bekomme. Dann will ich niemandem auf die Nerven fallen, mit meinem Gehumpel. Ich komme aber sicher auf Ihr Angebot zurück, sobald das erste Profil von der Sohle runter ist." Dabei lächelte ich zuckersüß. Irgendwann musste doch selbst dieser Nachfahre der Wikinger, die nicht gerade durch ihre Sensibilität berühmt geworden waren, es merken, wenn eine Frau nichts von ihm wollte.

„Dann werde ich darauf hoffen, dass wir uns durch Zufall im Wald treffen", entgegnete er mir nicht weniger süß. „Außerdem bin ich mehr als gespannt darauf, Ihre neue Haarfarbe im Schein der Sonne zu sehen".

Aufdringliches Arschloch! Ich konnte nicht anders. Ich musste dieses Wort immerzu denken, als er sich von meinem Grundstück entfernte. Und als wäre ich nicht schon sauer genug gewesen, trottete dieser dämliche Hund auch noch hinterher und ich rief mir fast die Seele aus dem Hals, um ihn zurückzuordnen.

Was war nur los? Wieso wusste Mr Besserwisser nun auch noch, dass ich meine Haare gefärbt hatte? Als ich zurück im Haus vor dem Spiegel stand, war es mir klar. An der Stirn hatten sich ein paar vorwitzige Strähnchen aus dem Handtuch gestohlen. Wie ich diesen nordischen Fischfresser einschätzte, bildete er sich jetzt sicher ein, meine äußerliche Veränderung hätte etwas mit seiner Bemerkung vom Vormittag zu tun. Na, der würde sich wundern, wenn er mich mit kurzen Haaren zu sehen bekommen würde. Trotzdem rutschte mir das Herz auf einmal in die neue Jeans. Welcher Teufel hatte mich geritten, meine Haare derart zu verändern?

Ich musste Mathild anrufen und sie bitten zu kommen, um mich zu begutachten.

Sie kam sofort, meine beste und einzige Freundin. Lange sagte sie nichts, dann lächelte sie süffisant und klatschte in die Hände.

„Was so'n neuer Nachbar doch alles bewirken kann?"

„Wie bitte? Du spinnst wohl. Das hat doch nichts mit dem borniertem Typen von nebenan zu tun. Gerade im Gegenteil, wo er doch so auf Frauen mit langen Haaren steht."

„Stellst du dich jetzt so dumm, oder merkst du es wirklich nicht? Dieser Mann bringt dich in Wallung, so oder so. Du siehst einfach super aus, mindestens zehn Jahre jünger. Ich hätte nie gedacht, dass das möglich ist, in unserem Alter noch so toll auszusehen. Da will ich auch hin. Wo warst du?"

Nachdem ich ihr bei diversen Gläsern Wein ausführlich erzählt hatte, wie es zu meiner Veränderung gekommen war und wie Ramon samt Kollegen dies Wunderwerk vollbracht hatten, wurde Mathild sehr nachdenklich.

„Weißt du, was ich nicht verstehe, Fleur? Du bist jetzt schon seit fast sechs Jahren allein, und nie gab es in dieser Zeit einen neuen Mann für dich. Warum eigentlich nicht?"

„Ach, ich weiß nicht. Ich glaube, ich bin mit dem Thema durch. Theophil hat da ganze Arbeit geleistet. Er hat mir in den letzten 20 Jahren das Gefühl gegeben, dass ich als Frau nicht viel zähle. Ich meine als Hausfrau und Mutter vielleicht, auch wenn er selbst da so getan hat, als wüsste er alles besser. Aber als Frau aus Männersicht hab ich nicht viel getaugt. Er hat schon lange nicht mehr mit mir geschlafen, und wenn ich ehrlich bin, war das nicht besonders schlimm für mich. Nicht, dass ich nicht manchmal Lust auf Sex gehabt hätte, aber da waren die Kinder und es gab auch immer etwas zu tun im Haus und Garten, und da bin ich dann drüber hinweggekommen. Und ich finde nicht gerade, dass Anfang sechzig ein günstiges Alter ist, um sich noch mal auf den Markt zu schmeißen, und jetzt ist es eh zu spät."

„Hast du Theo eigentlich geliebt?"

„Zu Anfang unserer Beziehung ganz bestimmt. Wir haben uns kennengelernt, da waren wir beide gerade 20 Jahre alt. Damals war Theo wirklich ein fescher Typ. Groß und schlank und ungemein lustig. Ich weiß wirklich nicht, wo seine Heiterkeit mit den Jahren abgeblieben ist. Er ähnelte immer mehr seinem Vater, und meinen Schwiegervater konnte ich in seiner bigotten Art nie leiden. Es ging Theo in den letzten Jahren unserer Ehe nur noch um unser Ansehen in der Gemeinde und beruflichen Erfolg und natürlich um seine Kakteensammlung. Wenn ich mir heute so meine beiden Söhne und ihre Frauen anschaue, dann glaube ich einfach, das muss so sein in Beziehungen. Zuerst zählt die Liebe noch und dann, mit der Zeit, geht es um ganz andere Dinge. Ich glaube, die wirklich große Liebe, die, die einen fast um den Verstand bringt, gibt es nicht und wenn, dann nur, wenn man jung und unbedarft ist. In unserem Alter geht es doch meistens nur noch darum, nicht alleine zu sein, und das war wirklich nie eins meiner Probleme. Ich bin gerne allein und lese meine geliebten Bücher, geh mit Bertrand spazieren oder pflege meine Kräuter, oder ich besuche meine beste Freundin. Wirklich verbindliche Freundschaft gibt es doch sowieso nur unter Frauen, Mathild. Männer und Frauen passen einfach nicht zusammen, auch wenn sich das jetzt abgelutscht anhört."

Mathild schien über meine Ausführungen nachzudenken.

„Ich habe über unser Gespräch von gestern Abend nachgedacht, als wir über meine Beziehung zu Philipp gesprochen haben und du mich gefragt hast, warum ich mich auf so ein Arrangement einlasse. Ich denke, weil ich diesen Mann wirklich liebe, Fleur. Er berührt meine Seele und versetzt sie in ungeahnte Schwingungen. Wenn ich mit Philipp zusammen bin, dann habe ich das Gefühl, bei mir angekommen zu sein. Ich war mit einigen Männern zusammen und bei keinem von ihnen hat es dazu gereicht, dass ich einen davon heiraten wollte. Philipp würde ich auf der Stelle heiraten."

„Umso schlimmer finde ich eure Beziehung für dich. Du hast eine Sehnsucht und vielleicht auch eine Idee davon, wie du gerne mit dem Mann, den du liebst, zusammen leben würdest, und weißt gleichzeitig, dass das nie der Fall sein wird, weil er sich nicht scheiden lassen wird, um eure Liebe willen. Macht dich das nicht traurig?"

„Manchmal schon, wenn ich einen dieser schlimmen depressiven Tage habe, an denen ich noch nicht einmal malen kann. Aber gleichzeitig weiß ich, dass ich es immer wieder so machen würde, mich mit ihm einzulassen, weil jede Minute mit ihm ein Geschenk für mich ist. Er ist die Liebe meines Lebens. Vielleicht kannst du das nicht verstehen, weil du sie nie hattest, diese eine große Liebe, für die du alles opfern würdest."

„Ich bitte dich, Mathild, aus dem Alter bin ich wirklich raus, mich oder was auch immer für einen Mann zu opfern.

Nein, ich bin froh, dass ich gesund bin, mein Auskommen habe, in einer schönen Gegend lebe und mit mir selbst zufrieden bin."

„Bist du das denn wirklich? Ich meine, warum wirkst du dann zuweilen so bitter, so zynisch und unnachgiebig, so unversöhnlich?"

„Weil es da sehr wohl Dinge in meinem Leben gibt, mit denen ich eben nicht ausgesöhnt bin, und da gehört meine langjährige Ehe mit Theo sicher auch dazu oder meine beiden Söhne, die so gar nicht zu dem geworden sind, was ich mir von ihnen erträumt habe."

„Was war es denn, was du dir für sie gewünscht hättest?"

„Dass sie authentischer durch Leben laufen würden und nicht nur eine Kopie ihres Vaters abgeben. Ich hatte gehofft, ihnen etwas von mir mitgegeben zu haben, von meiner unkonformistischen Art und Weise. Eine Idee von Freiheit vielleicht, der Freiheit, die in jedem von uns wohnt und ihn dazu berechtigt, sein Leben selbstbestimmt zu leben."

„Aber vielleicht tun sie das ja, nur eben nicht so, wie du es dir vorstellst?"

„Ach Mathild, du verstehst nicht, wovon ich spreche. Wie oft bin ich mit den Kindern in den Wald gegangen und habe ihnen alles dort erklärt. So häufig waren wir in Paris in Museen, um zu sehen, was andere Menschen hervorgebracht haben. Ich bin mit ihnen ins Theater gegangen, habe alle ihre Sportarten unterstützt, sie dazu ermuntert, Bücher zu lesen und Musik zu hören. Und was ist dabei herausgekommen? Der eine Sohn liest heute lediglich nur noch Fachzeitschriften über Autos und anstatt Musik hört er den ganzen Tag Verkehrsfunk im Radio. Ich weiß nicht, ob ihm bei Staumeldungen aus unserer Region einer abgeht oder wenn er von Unfällen mit Totalschaden hört? Rechnet er sich dann schon wieder potenzielle Kunden aus und reibt sich in diesem Fall die Hände? Und der andere Sohn, den ich wirklich mal für talentiert gehalten habe mit seiner Begabung, andere Menschen Detailgetreu nachzumachen, nutzt diese Fähigkeit heute dafür, auf Betriebsfesten der Bank, in der er arbeitet, zur Freude seiner Kollegen Kunden nachzuäffen, um damit Lacher zu ernten. Nein, Mathild, beide sind nur billige Kopien ihres Vaters geworden, und sie sind mir so fremd, dass es mich schmerzt, mit ihnen länger als eine Stunde zusammen zu sein. Ich habe keine gemeinsamen Themen mit meinen eigenen Kindern, und das ist bitter. Ich denke, sie halten mich für eine verschrobene Alte, der man es nicht recht machen kann. Sei es drum."

„Ich habe nun mal keine eigenen Kinder und kann da wahrscheinlich wirklich nicht mitreden, aber sie haben vielleicht recht in ihrem Gefühl, dir nicht zu genügen. Hast du da mal drüber nachgedacht?"

„Ich bin es leid, über meine Söhne nachzudenken. Sollen sie ihr Leben führen, wie sie es für richtig halten, aber bitte nicht von mir erwarten, dass ich Beifall dazu klatsche. Es ist ja nicht so, dass ich sie nicht mag, aber ich musste eben erkennen, dass sie so gar nicht so geraten sind, wie ich es mir erhofft hatte, und darum bin ich auch auf Theo so sauer. Er hat mich nie dabei unterstützt, den Jungs die Welt nahezubringen, mit all ihren Farben und Möglichkeiten. Und Jungs orientieren sich nun mal ab einem gewissen Alter ganz stark am Vater. Darum habe ich mir wohl auch immer so sehr eine Tochter gewünscht. Ein weibliches Wesen, dem ich nahe sein könnte, das sich an mir orientiert, bereit ist, von mir zu lernen. Hat nicht sollen sein."

7. Kapitel

~

Seit drei Tagen nun klingelte jeden Morgen um 7 Uhr der Wecker bei mir. Trotzdem sah mich Bertrand immer noch verwundert an, wenn ich gestiefelt und gespornt die Treppe runterkam, mit den Hanteln in Händen und der Hundeleine um den Hals.

Ich hatte mich dazu entschieden, es langsam angehen zu lassen und mich in sportlichem Walking zu üben, die Armbewegung durch das Schwingen der Hanteln unterstützt. Die Schuhe saßen wirklich vortrefflich, nur meine Oberarme schmerzten mittlerweile so stark, dass ich nach Beendigung meines Trainings kaum noch in der Lage war, die Zahnbürste zu halten.

Kaum hatte ich an diesem Morgen die Tür zum Garten geöffnet, fing Bertrand an zu bellen und hüpfte freudig erregt auf den Rasen. Da stand er in voller Größe, in einen dunkelblauen Nobel-Jogginganzug gehüllt, mit einem Handtuch um den Hals und einem Siegerlächeln auf den Lippen.

„Ich dachte mir, drei Tage sollten zum Einlaufen der Schuhe ausreichen. Außerdem habe ich Sie bereits zweimal heimlich im Wald beobachtet, wie Sie Ihre Hanteln schwingend durch die Botanik gehen. Wirklich beeindruckend. Mit Ihren roten Haare kann man Sie gar nicht mehr übersehen, ob man will oder nicht. Der Haarschnitt steht Ihnen übrigens ausgezeichnet, wenn ich das sagen darf!"

Als wenn Monsieur Amsung je danach fragen würde, was er sagen dürfte und was nicht.

„Wie schön, Sie zu sehen. Ich wollte Sie heute anrufen und mich für morgen mit Ihnen verabreden", log ich ihm frech ins Gesicht. Ich duschte grundsätzlich erst nach dem Laufen und sah im Moment wieder einmal entzückend aus mit meinen, in alle Richtungen abstehenden Haaren, ungeschminkt und mit einer 20 Jahre alten Jogginghose am Hintern. Wir würden ganz bestimmt ein Traumpaar abgeben. Er gab bei dieser Vorstellung den durchtrainierten Endsechziger und ich die schnaufende und keuchende Möchtegern-Mitt-Fünfzigerin, die man gut und gerne auch auf Ende 60 schätzen könnte, weil eben ungeschminkt. Also, alles beim Alten. Man ist doch angeblich so alt, wie man sich fühlt, und ich ging im Moment gerade auf die 80 zu.

„Sie haben ja so recht damit, zu walken anstatt zu joggen. Das soll sowieso viel gesünder für die Gelenke sein. Rut ermahnt mich jeden Morgen, es nicht zu übertreiben, weil sie keine Lust hat, mich in Zukunft im Rollstuhl durch die Gegend zu schieben."

Ich fand die Vorstellung von einem auf den Rollstuhl und somit auf seine Frau angewiesenen schwedischen Nachbarn eher verlockend, und hätte meine Kondition es zugelassen, dann wäre ich ab diesem Morgen in einen 5-km-Sprint verfallen, nur um seine Gelenke schnellstmöglich zu ruinieren.

In meinem speziellen Fall blieb mir jedoch nichts anderes übrig, als so selbstverständlich wie möglich neben ihm herzutrotten, in der Hoffnung, er würde mein Keuchen geflissentlich überhören. Eine ganze Zeitlang wanderten wir forschen Schrittes durch den Wald, ohne uns dabei zu unterhalten, wozu ich aufgrund meiner völlig überforderten Lunge auch gar nicht in der Lage gewesen wäre.

An einer Wegbiegung blieb er plötzlich stehen.

„Hätten Sie Lust, einmal meinen Weg mit mir zu gehen? Ich kenne eine wunderschöne Stelle im Wald, die ich Ihnen gerne zeigen würde."

„In der Regel folge ich nicht wildfremden Männern in den dunklen Wald, aber in Ihrem Fall will ich einmal eine Ausnahme machen", flirtete ich betont übertrieben, um meine Unsicherheit zu überspielen. In Gedanken las ich bereits die Schlagzeile des nächsten Tages: „Hässliche rothaarige alte Frau auf Holzstapel im Wald vergewaltigt. Wer ist der Perversling, der so etwas macht?"

„Es ist gar nicht so weit, das schaffen Sie bestimmt, und glauben Sie mir, der Weg lohnt sich."

Ich lächelte säuerlich und folgte ihm auf „seinem" Weg. Was bildete sich der Lüstling eigentlich ein. Ich wohnte seit Jahren hier und war zig Mal im Wald gewesen. Meinte er wirklich, er könnte mir eine mir noch unbekannte Stelle zeigen?

Trotzdem wusste ich bereits nach einigen hundert Metern nicht mehr, wo wir waren. Hier war ich wirklich noch nie gewesen, was ich aber niemals zugegeben hätte.

Nach zirka einer Viertelstunde Fußmarsch gelangten wir an einen kleinen See, den ich nie zuvor wahrgenommen hatte, weil er sehr versteckt im Unterholz lag. Bertrand hingegen schien die Stelle bereits zu kennen, denn er stürzte sich mit ungeahnter Vitalität in die Fluten, dass ich schon dachte, er würde ertrinken. Ich hatte meinen Hund noch nie zuvor so schwimmen gesehen.

Als hätte Norgard meine Gedanken gelesen, erklärte er mir, dass er mit Linda und dem Hund zusammen bereits hier gewesen sei. Sie hätten den kleinen Weiher durch Zufall entdeckt, als sie Bertrand ins Dickicht gefolgt waren, nachdem sie einen Stock für ihn geworfen hatten, er damit aber nicht zurückgekommen war.

Es war ganz still an dieser Stelle im Wald, nur ab und zu hörte man aus der Ferne einen Vogel trällern. Wir setzten uns auf einen großen Stein am Ufer und sahen dem Hund beim Baden zu.

„Ist es hier nicht einfach nur wunderschön? Ich liebe die Ruhe, die von diesem Platz ausgeht."

Norgard sah mich zum ersten Mal sehr ernst an. Keine Spur von Kampfeslust oder Flirterei war in seinen Augen zu entdecken. Gerade das machte mich verlegen.

„Ja, es ist wirklich sehr schön hier. Obwohl mich die Abgeschiedenheit dieses Ortes doch etwas unruhig macht."

„Sie müssen sich nur darauf einlassen, Fleur. Haben Sie keine Angst. Schließen Sie die Augen und lauschen Sie den Geräuschen des Waldes."

„Im Moment höre ich nur das Plantschen des Hundes", lachte ich verlegen auf.

Norgard nahm meine Hand und hielt sie ganz sanft.

„Wissen Sie, warum ich hier so gerne bin?" Ohne wirklich eine Antwort von mir abzuwarten, fuhr er fort. „Ich habe Heimweh nach Schweden, Fleur, jeden Tag, den ich in dieser wunderschönen Gegend bin. Und ich kann nichts gegen dies kindliche Gefühl tun. Ich liebe die schwedischen Wälder, weil sie so dunkel und dicht sind. Es gibt bei uns ganz viele solcher kleiner Seen und jeder davon scheint ein

Geheimnis in sich zu bergen." Er hielt immer noch meine Hand. Ich konnte seinen Pulsschlag spüren.

„Haben Sie mit ihrer Frau darüber gesprochen,. Ich meine, ihr davon erzählt, dass Sie Heimweh haben?"

„Nein, und das werde ich auch nicht tun. Sie hat so viele Jahre in unserem gemeinsamen Leben Rücksicht auf mich genommen, insbesondere auf meine Karriere, und viele Umzüge in Kauf genommen. Ich bin mir sicher, auch sie hatte bestimmt ganz oft Heimweh. Rut stammt aus Südschweden, direkt von der Küste, und sie liebt die milderen Temperaturen und die Sonne. Mit mir war sie gezwungen, viele Jahre in Stockholm zu verbringen, und ich hatte oft den Verdacht, dass sie dort zuweilen unglücklich war. Sie müssen wissen, Rut hat Innenarchitektur studiert und seit unserer Heirat auf die Ausübung ihres Berufes verzichtet, weil zwei Karrieren wären nicht vereinbar gewesen. Sie schwärmt, seit ich sie kenne, von der Provence, ihren Menschen, dem Lebens- und sicher auch Einrichtungsstil. Ich bin es ihr einfach schuldig, die letzten Jahre, die uns noch bleiben, an einem Ort zu verbringen, den sie ausgesucht hat."

„Ich kann und will das nicht beurteilen. Ich will nur so viel sagen, dass ich weiß, wie es ist, an einem Ort zu leben, von dem man glaubt, dort nicht hinzugehören. Theo und ich haben viele Jahre in der Nähe von Paris gewohnt und sind erst einige Jahre vor seinem Tod hier aufs Land gezogen. Ich komme aus der Provence, wenn auch nicht direkt von hier. Ich war immer eine Landpomeranze, die den Wald mochte mit all seinen Tieren, die darin leben, all den Pflanzen. Ich habe es geliebt, als Kind mit meinem Vater Kräuter und Pilze sammeln zu gehen. Während der meisten Jahre meiner Ehe mit Theo war dafür in meinem Leben einfach keine Gelegenheit. Wir hatten zwar auch einen Wald in der Nähe unserer Reihenhaussiedlung, aber das war nicht dasselbe. Ich kann mir gut vorstellen, was Sie meinen, wenn Sie von Ihrem Heimweh sprechen, aber ich kann auch die Sehnsucht Ihrer Frau verstehen. Es ist ein Dilemma, würde ich sagen, in dem Sie da stecken."

Es war das erste Mal, dass Norgard und ich uns ernsthaft und ohne spitze Bemerkungen unterhielten, und es gefiel mir.

„Ja, so kann man es wohl nennen. Wenn ich hier bin, und ich gehe mittlerweile jeden Tag hierher, dann lese ich oft in einem meiner Lieblingsbücher. Ich bin ein Bücherwurm, müssen Sie wissen. Rut interessiert sich mehr für Kunstbücher oder eben Bücher über Innenarchitektur. Ich hingegen liebe das geschriebene Wort."

„Dann lade ich Sie hiermit offiziell ein, in mein Haus zu kommen. Ich habe Schränke voll mit Büchern, in verschiedenen Sprachen, über die unterschiedlichsten Themen." Ich war aufgestanden und stand nun direkt vor ihm.

„Das ist dann wohl die erste ernst gemeinte Einladung in Ihr Haus, bei der ich mich nicht als aufdringlicher Störenfried fühlen muss. Wie schön, Fleur. Sie ahnen nicht, wie sehr mich das freut."

Er streckte mir seine Hand hin und ich schlug ein, wie zur Besiegelung eines Friedensvertrages.

Auf unserem Rückweg unterhielten wir uns über alle möglichen Autoren, die wir gelesen und für gut befunden hatten, und machten dabei die Entdeckung, dass wir eine Reihe der gleichen Bücher mochten.

„Interessieren Sie sich für Philosophie", fragte er mich, als wir fast mein Haus erreicht hatten?

„Es ist schon lange her, dass ich diesbezüglich etwas gelesen habe", antwortete ich ausweichend.

„In meiner Studienzeit war es angesagt, sich damit zu beschäftigen."

„Was haben Sie denn studiert?"

„Französisch und Geschichte. Eigentlich bin ich ausgebildete Lehrerin für das Collège, aber warum fragen Sie, ob ich mich für Philosophie interessiere?"

„Ich interessiere mich sehr dafür, versuche meine Fragen an das Leben dadurch zu beantworten, dass ich nachlese, was sich weit gebildetere Menschen als ich bereits für Gedanken darüber gemacht haben."

Er schien ein wenig gedankenverloren zu sein, wie er da in meinem Garten vor mir stand, den Blick hinter mich in die Ferne gerichtet. Wir hatten die Stille des Waldes in meinen Garten retten können, denn auch hier war es ganz ruhig, leise. Ich betrachtete meinen Nachbarn und hatte das Gefühl, er würde anders aussehen heute morgen, doch ich kam nicht drauf, was es war. Als er mich unvermittelt ansah, schreckte ich zurück, denn ich hatte ihn angestarrt, was mir peinlich war.

„Sie werden lachen, aber Theo und ich haben uns für unsere Hochzeitseinladungen einen Spruch von Sören Kierkegaard entliehen, weil wir es beide nicht so mit der Religion haben und eben keinen religiösen Spruch auswählen wollten. Also haben wir die Bücher zur Hand genommen, die wir damals viel gelesen haben, und da gehörte der gute alte Sören eben auch dazu."

„Wissen Sie noch, welcher Ausspruch das war?" Er schien ehrlich interessiert.

„Ich will versuchen, ob ich ihn noch hinbekomme. - Die Ehe ist und bleibt die wichtigste Entdeckungsreise, die der Mensch erleben kann. - Ja, ich glaube, so war das."

„Wissen Sie, dass Kierkegaard nie geheiratet hat?"

„Na, er wird wissen warum", antwortete ich lachend.

„Glauben Sie nicht an die Ehe?"

Mir wurde mulmig. Das Gespräch hatte eine unvermutete Tiefe und somit Vertraulichkeit erreicht, der ich allerdings gefühlsmäßig noch nicht folgen konnte. Was sollte ich jetzt sagen?

Nein, ich glaube nicht an die Ehe, weil gerade meine Ehe ein Reinfall war? Das würde zu weit gehen, aber ihn anzulügen wäre ebenso unpassend.

„Verzeihen Sie, Fleur, ich wollte Ihnen nicht zu nahe treten. Lassen Sie uns meine Frage auf später verschieben, wenn wir mehrere Spaziergänge hinter uns haben, ja? Ich darf doch hoffen, das wir unseren Ausflug von heute morgen noch öfter wiederholen werden?"

Er hatte mich gerettet.

„Interessieren Sie sich für Kierkegaard?", fragte ich ausweichend.

„Er gehört zu den Philosophen, den ich am meisten gelesen habe. Manchmal glaube ich, ich teile die Schwermut mit ihm und die Unfähigkeit, sich selbst zu verzeihen."

Er nahm meine linke Hand, diesmal jedoch ohne sie zu küssen, drückte zu kurz und ging ohne ein weiteres Wort.

Ein seltsamer Abschied, doch zugleich ein Auftakt für eine neue nachbarschaftliche Beziehung, dessen war ich mir sicher.

8. Kapitel

Seit über einer Woche nun trafen wir uns jeden Morgen um sieben in meinem Garten, ohne uns jemals dafür verabredet zu haben. Bertrand hatte sich an den neuen Zeitrhythmus in unserem Haus gewöhnt und stand bereits schwanzwedelnd am Fuße der Treppe, wenn ich runterkam.

Meine Kondition wurde immer besser und selbst meine Lungenflügel schienen sich langsam, bezüglich ihres Volumens, an die neue Sauerstoffmenge zu gewöhnen.

Wenn wir von unserer kurzen Wanderung zurückkamen, die uns in die verschiedensten Ecken des Waldes führte, dann tranken wir noch eine Tasse Kaffee zusammen . Und immer sprachen wir über Bücher. Ich liebe es, über Bücher zu sprechen, über ausgefallene Geschichten oder eine besonders schöne Sprache.

Alles war erlaubt, selbst meine Vorliebe für Krimis.

Ich hatte meine alten Bücher von Sören wieder aus dem Keller geholt und angefangen sie zu lesen und ich erinnerte mich. Wenn ich eine besonders interessante oder gar provokante Stelle gefunden hatte, diskutierten wir darüber und glitten nicht selten in das Thema Religion ab.

Norgard pflegte seinen Glauben an Gott mit Inbrunst, ohne jedoch dabei zu versuchen, mich zu bekehren. Wir stritten und wir lachten viel, aber vor allem, wir gewöhnten uns aneinander.

Ich griff alte Gedanken von früher auf, die das Thema der Freiheit des Menschen in der Wahl seiner Möglichkeiten beinhalteten. Wenn ich alleine war, kamen Gefühle in mir hoch, längst begraben geglaubt, doch lange noch nicht tot.

Norgard zwang mich zum Nachdenken, ob ich wollte oder nicht.

Seit Ostern hatte ich keinen meiner Söhne wiedergesehen, lediglich das ein oder andere Mal telefoniert. Der Geburtstag meines jüngsten Sohnes Jerome stand an und sollte groß gefeiert werden. Er wurde 40 Jahre alt. Mich plagte seit Tagen der Gedanke an ein passendes Geschenk für ihn, denn es wollte mir partout nichts einfallen.

Genervt vom ergebnislosen Nachdenken fuhr ich zu Mathild in den Laden, in der Hoffnung dort vielleicht ein schönes Bild für ihn zu finden. Ich hatte seit ein paar Tagen nichts von ihr gehört und erschrak, als ich sie sah. Sie hatte dunkle Ränder unter den Augen, sah schmaler aus als sonst und wirkte sehr bedrückt.

Als ich sie zur Begrüßung in den Arm nahm, fing sie augenblicklich an zu weinen.

„Was ist los, meine Liebe? Bist du vielleicht krank? Kann ich etwas für dich tun?"

„Philipp hat Mildred alles von uns erzählt, weil sie einen Brief von mir an ihn gefunden hat."

„Aber ich dachte, du schreibst ihm immer ins Büro, damit sie die Briefe nicht finden kann?"

„Einen davon hat er mit nach Hause genommen, weil er ihn, wie er sagt, inspiriert hat für ein neues Gedicht, welches er daheim verfassen wollte. Er hat dann vergessen, den Brief wieder mitzunehmen, und sie hat ihn gefunden."

„Und jetzt? Was ist jetzt, was dich so traurig macht?"

Mathild war in die Küche gegangen und setzte einen Kaffee in der Kaffeemaschine an. Sie weinte dabei leise vor sich hin.

„Jetzt will er sich von mir trennen, weil Mildred ein Riesentheater gemacht und sogar mit Selbstmord gedroht hat. Sie hat umgehend ihre älteste Tochter angerufen und die ist dann gekommen, um ihrem Vater die Leviten zu lesen, von wegen Verräter und Betrüger und so. Die übliche Nummer halt."

„Ich verstehe trotzdem nicht ganz. Was hat er denn geglaubt, was passieren würde? Ich meine, genau das war doch zu erwarten, wenn das mit euch beiden rauskommt. Er muss doch eigentlich vorbereitet gewesen sein, so lange, wie das schon mit euch geht. Hat er wirklich gedacht, er kann eure Beziehung für immer für sich behalten?"

„Ich weiß nicht, was er gedacht hat. Wahrscheinlich gar nichts, so wie Männer nun mal so sind. Sie machen sich immer erst Gedanken über ein Problem, wenn es da ist. Das Wort Profilachse kennen die doch gar nicht."

Auf dem Tisch stand ein überquellender Aschenbecher. Mathild hatte angefangen zu rauchen in den letzten Tagen und sie steckte sich auch jetzt eine Zigarette an.

„Willst du auch eine?"

„Nein danke, ich habe doch angefangen zu laufen und da passt das gerade nicht."

„Wie läuft es sich denn mit einem Schweden im Schlepptau?", fragte sie kraftlos, und ich war mir sicher, sie wollte im Moment nicht wirklich eine Antwort darauf hören.

„Egal, ich wüsste viel lieber, was hier im Moment gerade abläuft. Was heißt das, wenn du sagst, er will sich von dir trennen? Hat er sich nun definitiv von dir getrennt oder nicht?"

Sie fing wieder heftiger an zu weinen. War kaum in der Lage zu sprechen.

„Er sagt, er braucht eine Auszeit, um sich darüber klar zu werden, was er will. Als wenn er darüber nachdenken müsste. Er hat doch immer gesagt, dass er sich von seiner Frau nicht trennen wird."

„Na ja, sagen kann man in der Theorie viel. Vielleicht ist das Ganze ja ein Segen für dich, weil er jetzt mal nicht mit dem Unterleib über eure Beziehung nachdenkt, sondern mit seinem Hirn?"

„Nein, Fleur, ich bin mir sicher, dass unsere Beziehung beendet ist. Es ist nur noch eine Frage der Zeit, wann er den endgültigen Schlussstrich zieht. Mildred hat einfach nach über 40 Jahren Ehe die besseren Karten."

„Oder eben nicht. Vielleicht überdenkt er jetzt sein Leben einmal ganz neu und vor allem, was er sich noch davon erwartet. Ich meine, ihr hatte doch nicht eine über zweijährige Affäre, weil er so glücklich mit Mildred ist?"

„Ich weiß nicht, warum wir eine Affäre hatten, zumindest kann ich das für ihn nicht mehr beantworten. Ich weiß gar nichts mehr, außer, dass ich ohne diesen Mann nicht leben kann."

Sie legte ihren Kopf auf die Tischplatte und einige Strähnen ihrer Haare fielen in den Aschenbecher. Asche auf ihr Haupt.

Ein Bild der totalen Verzweiflung bot sich mir und mir wurde mulmig.

Genau das war es gewesen, was ich versucht hatte, ihr vor einigen Tagen zu erklären, als ich von meiner emotionalen Unabhängigkeit gesprochen hatte, die mir so wichtig ist. So sah es also aus, wenn man diese verloren hatte und dann verlassen wurde. Ich wusste nicht, was ich ihr sagen sollte. Sie tat mir unendlich leid und ich wurde wütend auf Philipp.

Bertrand lag ausnahmsweise einmal still zu meinen Füßen und ließ Lulu, die sich im Garten sonnte, links liegen.

„Männer sind Arschlöcher. Das war immer so und das wird sich auch nie ändern!"

Ich strich Mathild sanft über den Kopf, doch sie bewegte sich nicht. Ich hätte sie so gerne aus dem Aschenbecher gehoben, doch anscheinend hielt sie diesen Platz im Moment für den einzig richtigen für sich.

„Philipp ist kein Arschloch. Er war immer ehrlich zu mir, hat mir nie etwas vorgegaukelt, was eine Trennung von seiner Frau anbelangt."

„Ja, sicher, und sich damit immer schön den Rücken freigehalten. Ach hör doch auf, Mathild. Warum sitzt du dann jetzt hier und heulst dir die Augen aus dem Kopf? Weil Philipps Worte in all den Jahren bezüglich seiner Ehe so sehr mit seinen Worten bezüglich seiner Gefühle zu dir übereingestimmt haben? Ich meine, wie kann man der einen Frau die Sicherheit geben, sie nie zu verlassen, und gleichzeitig einer anderen Frau seine tiefe Liebe eingestehen? In was für einer Welt leben wir denn? Haben Worte keine wirkliche Bedeutung mehr, und wenn doch, welchen Sinn ergeben dann solch widersprüchliche Aussagen? Worum geht es denn bei Beziehungen und Liebe? Um Sicherheit? Gerade darum kann es doch nicht gehen. Wir erhalten doch alle keine Garantie auf Lebenszeit, wenn wir heiraten. Geht es nicht gerade in Liebesdingen um Wahrhaftigkeit und um die freie Wahl lieben zu können, wen wir wollen?"

Mathild hob schwerfällig den Kopf und sah mich an, als hätte ich ihr gerade eröffnet, dass ich ins Kloster gehen wolle.

„Was ist denn mit dir los? So hab ich dich ja noch nie sprechen gehört? Machst du seit neuestem eine Therapie?"

Zumindest hatten meine Worte eine kurze Unterbrechung ihres Tränenflusses erreicht und sie schenkte uns zwei Tassen Kaffee ein.

„Nein, aber ich mache mir wieder Gedanken. Das ist neu!"

„Komische Gedanken."

„Finde ich gar nicht. Mir ist in den letzten Tagen nur wieder eingefallen, worum es mir einmal in meinem Leben gegangen ist. Mir war meine persönliche Freiheit einmal sehr wichtig. Ich wollte mich nie in Schablonen pressen lassen oder ein Leben führen, das eigentlich nicht meines ist. Das ist mir nur leider verloren gegangen, vielleicht weil ich dachte, alles müsste genau so sein, wie es war, weil es eben alle so machen. Ich habe mich oft in meiner Rolle als Ehefrau und Mutter so fremd gefühlt. Ich bin ausgebildete Lehrerin und habe nie in diesem Beruf gearbeitet. Hat Theo vielleicht einmal gefragt, ob es mir recht war, zu Hause zu bleiben und die Kinder groß zu ziehen , während er die Welt bereist hat? Ich war immer darauf angewiesen, was er mir von seinen Ausflügen in das Leben da draußen mitgebracht hat. Ich war eine Art Schmarotzer, der sich von seinen Geschichten ernährt hat, weil ich keine eigenen hatte.

Und selbst in den Jahren nach seinem Tod habe ich nicht wirklich angefangen mir ein eigenes Leben aufzubauen. Ich hab einfach als Witwe von Theophil Valleron weitergemacht und mir eingebildet, ich wäre endlich frei von all den Zwängen der vielen Ehejahre. Einen Scheißdreck bin ich. Ich lebe immer noch in unserem Haus, in denselben Möbeln, schlafe sogar noch in unserem Ehebett, weiterhin schön auf meiner Seite, als würde ich damit rechnen, dass er eines Nachts nach Hause kommen würde. Ja, ich habe mir einen Hund angeschafft, verschließe die Haustür tagsüber nicht mehr, um meine neue Freiheit zu demonstrieren, und schlafe sogar in der Woche morgens lange, wenn mir danach ist. Wenn das der Lohn für all das sein soll, was ich mir in 40 Jahren Ehe angetan habe, na dann herzlichen Glückwunsch, Fleur. Welch reiche Ausbeute!"

Mathild schien auf einmal seltsam ruhig, mit ihrer Kaffeetasse in der Hand, an die Spüle gelehnt.

Ich bekam augenblicklich ein schlechtes Gewissen, so viel von mir erzählt zu haben, dabei war sie es doch, die einen Grund hatte traurig zu sein.

„Ich habe das nie so gesehen, Fleur. Ich dachte immer, du wärst eigentlich ganz zufrieden gewesen mit deinem Leben, auch wenn du über deinen verstorbenen Mann hergezogen hast. Welche einigermaßen ehrliche Frau tut das nicht? Ich habe mich in meinem Leben immer nach Kindern und einer eigenen Familie gesehnt. Einem Mann, der abends zu mir nach Hause kommt und schon an der Tür ruft: Was gibt es heute zu essen?

Zu mir kam nie jemand nach Hause, zumindest niemand, der auch wirklich bleiben wollte.

Ich habe das oft auf meine Kunst geschoben, neben der in meinem Leben auch meistens gar kein Platz für eine andere Person war, nicht wirklich. Es gab durchaus viele Momente, in denen ich glücklich war wegen meiner Ungebundenheit, aber ich war auch verdammt oft einsam. Ich hab das nur nie zugegeben, noch nicht einmal vor mir selbst. Ich wäre so gerne eine wirklich bedeutende Künstlerin geworden. Eine, über die die Welt spricht, weißt du? Und ich dachte immer, alles dafür tun und opfern zu müssen, denn der wahre Künstler muss leiden. Vielleicht wollte mich ja sogar der ein oder andere Mann in meinem Leben heiraten, nur hab ich es nie dazu kommen lassen, dass sie den Mut gehabt hätten, mich zu fragen. Ich habe meine Unabhängigkeit wie eine Rüstung um mich herum getragen, durch die nichts durchdringt. Ich konnte mir einfach nicht vorstellen, mein Leben mit einem anderen Menschen ganz und gar zu teilen, ohne dabei meine Kunst zu verlieren. Ich habe mir selbst jegliche Alternativen verboten. Bis Philipp kam. Mit ihm konnte ich mir das erste Mal in meinem Leben vorstellen zu teilen. Nicht nur das Bett oder meine Gedanken, einfach alles. Aber genau das wollte er nie. Und ich habe gehofft. Ich dachte, wenn er erst einmal merkt, was für eine wunderbare Frau ich bin und wie schön und spannend das Leben mit mir sein kann, dann würde er seine Haltung überdenken. Jedes Mal, wenn er mir gesagt hat, dass er mich liebt und wie wichtig ich für ihn in vielen Beziehung sei, dann dachte ich: Jetzt hat er verstanden, was es heißt, wirklich zu leben. Mit mir zu leben!"

„Vielleicht geht es ihm genauso wie dir und deinen verbauten Möglichkeiten im Leben? Vielleicht hat er auch einfach nur Angst, Mathild? Einfach nur Angst? Vielleicht ist es irgendwann wirklich zu spät, etwas zu verändern? Ich weiß es nicht, aber genau das würde ich gerne noch rausfinden in meinem Leben."

„Und wie willst du das machen, Fleur?"

„Kann ich dir im Moment nicht sagen. Ich spüre einfach nur, dass ich noch ganz viele unbeantwortete Fragen in mir habe, die jetzt endlich nach einer Antwort verlangen. Vielleicht geht es einfach nur darum, sich auf die Suche zu machen, selbst wenn man nicht genau weiß, wonach man sucht. Nicht mehr zu suchen, weil man denkt, schon alles gefunden zu haben, bedeutet vielleicht, sich den Rückweg aus einer Sackgasse selbst zu versperren? Ich weiß es nicht. Ich weiß so vieles einfach nicht!"

„Fleur, du machst mir Angst!"

9. Kapitel

~

Wir hatten einfach ein paar Sachen von ihr eingepackt, ein Schild mit dem Hinweis auf Krankheit ins Fenster des Ladens gehängt und waren zu mir gefahren.

Mathild schlief in Jeromes Zimmer und stand immer erst gegen Mittag auf. Nachts sprachen wir stundenlang miteinander, tranken viel Rotwein, und lernten uns auf eine neue, intensive Art und Weise kennen, die ich so nie für möglich gehalten hätte.

Eine Woche war es her, seit ich Norgard abends angerufen hatte, um ihm für die nächsten Tage abzusagen. Ich hatte ihm kurz die neue Situation erklärt und er hatte sehr verständnisvoll reagiert, obwohl ich ihm keinerlei Details erzählt hatte.

Trotz der langen Nächte wurde ich morgens pünktlich um halb sieben wach, nicht zuletzt weil Bertrand sich mühevoll die Treppe hochquälte, um mich abzuholen. Leider ohne Erfolg, wie er feststellen musste. Bis aufs Bett kam er gekrochen und leckte ergeben meine Füße, um mich zu überreden, mit ihm in den Wald zu gehen. Ich habe es ihm wieder und wieder erklärt, ihn aber am vierten Tag ohne weiteren Kommentar aus dem Bett geschmissen. Ab da kam er nicht mehr, sondern lag vorwurfsvoll direkt am Fuß der Treppe und bewegte sich auch keinen Zentimeter von der Stelle, wenn ich runterkam. Ein schmollender Hund und eine lädierte Freundin, die Anstalten machte, zur Problemtrinkerin zu werden, machten mir das Leben zwar nicht gerade leichter, dafür aber interessanter.

Mathild und ich machten nachmittags Spaziergänge in den Wald, aber das schien Bertrand nicht wirklich zu entschädigen. Er vermisste etwas und mir ging es ebenso.

Am Nachmittag des Dienstages der neuen Woche klopfte es überraschend an meinem Küchenfenster und ich konnte Lindas blonden Lockenschopf erkennen. Freudig erregt stürzte ich zur Terrassentür und blieb wie angewurzelt stehen.

Rut stand dort mit ihrer Enkeltochter an der einen Hand und einem weiteren Teller Selbstgebackenem in der anderen.

Sie lächelte verlegen und fragte höflich, ob sie auch wirklich nicht stören würde. Linda würde seit Tagen nach Bertrand fragen und ihr Mann wollte nicht vorbeikommen, weil er von meiner kranken Freundin wüsste, die zu Besuch sei, und es für unpassend hielt als Mann ungefragt aufzukreuzen. Deshalb habe sie sich kurzerhand entschieden vorbeizukommen und zur Stärkung etwas Kuchen mitgebracht. Außerdem wollte sie nachfragen, ob sie uns irgendwie helfen könne?

Ebenso höflich bat ich sie herein und versicherte ihr natürlich, dass sie keineswegs stören würde. Mathild war im Flur erschienen und sie war, wie ich im selben Moment erkennen konnte, nicht mehr ganz nüchtern. Wir hatten seit 3 Uhr in der Küche gesessen und uns bereits ein erstes Gläschen Rotwein genehmigt und wie ich nun feststellte, Mathilde auch wohl noch ein paar mehr.

Ich stellte die Damen einander vor und betete zu Gott, dass Mathild nicht irgendeinen abfälligen Satz bezüglich unserer Besucherin fallen lassen würde. Doch zu meiner Verwunderung war sie geradezu erfreut darüber, dass wir

Besuch erhalten hatten, und legte einladend den Arm um Rut. Leicht schwankend gingen die beiden vor in die Küche, und ich machte mich an der Kaffeemaschine zu schaffen. Mathild schob mit einer schwungvollen Bewegung die Weingläser samt Flasche zur Seite, damit Ruts Kuchen auf dem Tisch Platz finden konnte. Ich konnte ihren Blick dabei genau beobachten und war mir sicher zu wissen, was Madame Amsung jetzt wohl gerade dachte. Auf sie musste meine Küche wie eine Spielunke wirken und ebenso riechen, so viel wie Mathild schon wieder geraucht hatte.

Ohne weitere Umschweife erzählte Mathild ihr ausführlich, dass ihr verheirateter Freund sie gerade verlassen hatte und sie deshalb bei mir wohnen würde. Innerlich zählte ich bis drei, denn ich war mir sicher, genau so lange würde Rut brauchen, um fluchtartig diesen Ort des Verderbens zu verlassen. Doch sie bewahrte Fassung und zeigte sich teilnahmsvoll und interessiert. Vielleicht lag es auch daran, dass Mathild angefangen hatte zu weinen und wieder ein Bild der Verzweiflung abgab, welches selbst den hartgesottensten Moralisten erweichen ließ.

Meine Freundin wartete gar nicht erst, bis der Kaffee fertig war, sondern nahm sich trotz ihrer Tränen ein Stück vom Kuchen und schenkte sich ein weiteres Glas Rotwein dazu ein.

„Bring für unseren Gast auch ein Glas, damit wir auf die verdammten Männer anstoßen können", forderte mich Mathild, leicht lallend, auf.

Rut hob nur abwehrend die Hände in meine Richtung und ich stellte stattdessen eine Tasse vor sie hin, begleitet von einem wissenden Lächeln.

„Ich fürchte, für Rut ist es noch zu früh für Wein, denn ich glaube mich zu erinnern, dass man in Schweden, wenn überhaupt, dann doch wohl erst am Abend Alkohol zu sich nimmt", wollte ich Mathild erklären, damit sie sich nicht zu verletzt fühlen würde.

„Wein ist doch kein Alkohol", empörte sie sich dennoch. „Wir in Frankreich, insbesondere in der Provence, bekommen den doch schon mit der Muttermilch verpasst." Sie stand auf, torkelte zum Schrank und holte ein Glas heraus, um es auffordernd vor Rut abzustellen. Eh ich rettend eingreifen konnte, hatte sie ihr bereits eingeschenkt und hielt meiner Nachbarin das volle Glas provozierend unter die Nase.

Ich sah mich nur hilflos nach Linda um, denn ich wollte auf keinen Fall, dass das Kind diese Szene mitbekommen musste. Da wurde ihre Großmutter, der Ausbund an Tugend schlechthin, gezwungen, am hellen Nachmittag Alkohol zu trinken. Nein, das würde das Kind nicht verkraften.

Doch letztendlich war es Rut, die die Situation rettete, indem sie das Glas ergriff und Mathild zuprostete. „Auf die verdammten Männer!" Etwas leiser in meine Richtung erklärte sie sehr entgegenkommend, dass sie sich ja wohl auch langsam an die Sitten und ·Gebräuche ihrer neuen Heimat gewöhnen müsse, und warum dann nicht gleich an einem schönen Nachmittag damit anfangen. Respekt, Frau Architektin!

Der mitgebrachte Kuchen schmeckte wie immer himmlisch und ich bedankte mich diesmal ehrlich bei Rut für das leckere Mitbringsel. Es tat mir gut zu sehen, dass Mathild seit Tagen endlich wieder feste Nahrung zu sich nahm, und alleine darum war ich Rut dankbar.

„Mathild ist übrigens die Künstlerin, bei der Ihr Mann etwas für ihr Haus in Auftrag gegeben hatte", klärte ich Rut auf und bereute im selben Moment meine Schwatzhaftigkeit.

„Möchten Sie lieber gleich in Rotwein bezahlt werden oder doch mit Bargeld?", frotzelte Rut schelmisch in Mathilds Richtung, was diese wiederum zum Lachen brachte.

Sollte es wirklich möglich sein, dass diese dröge Schwedin, zumindest für den heutigen Tag, unsere Retterin sein sollte im Tal der Tränen?

Ich fing an sie zu mögen.

„Ich habe Sie mir ganz anders vorgestellt, nachdem was Fleur mir über Sie erzählt hat. Sie sind ja richtig witzig, meine Liebe. Kommen sie uns ruhig öfter auf ein Weinchen besuchen. Sie tun mir gut!", grölte Mathild über den Tisch.

Jetzt war ich es, die am liebsten in drei Sekunden den Raum verlassen hätte.

Wahrscheinlich würde ich meine Nachbarin nie wieder zu Gesicht bekommen und ihren Mann aus Solidarität auch nicht. Schöne Scheiße.

Rut überging den ersten Teil des Satzes geflissentlich und versprach zudem, Mathilds Einladung für die Zukunft gerne anzunehmen.

Und wirklich, es wurde ein schöner Nachmittag, mit allerlei Klatsch und Tratsch französischer, wie schwedischer Natur.

Gegen halb sechs allerdings verließ uns Rut, mit dem Hinweis, ihr Mann würde sie sicher schon vermissen und sich Sorgen machen. Als sie mit Linda an der Hand mein Grundstück verließ, meinte ich, den ein oder anderen unsicheren Schritt bei ihr festzustellen.

Na, dann Prost.

10. Kapitel

~

Als am darauffolgenden Tag morgens um 9 das Telefon klingelte, ahnte ich sofort, wer mich da sprechen wollte und machte mich innerlich auf eine Standpauke gefasst.

Dementsprechend reserviert nannte ich beim Abheben meinen Namen.

„Das ist ja wohl die Höhe", drang es in dem erwarteten vorwurfsvollen Ton an mein Ohr.

„Da schickt man ahnungslos, wie man als Ausländer in der Fremde nun mal ist, die eigenen Frau zu den erkrankten Nachbarn, um Hilfe und Beistand anzubieten, und was bekommt man zurück? Eine betrunkene alberne Gattin, die man in solcherlei Zustand seit dem weit zurückliegenden eigenen Polterabend so nicht mehr erlebt hat. Ich bin empört."

Eh ich darauf antworten konnte, lachte er aus vollem Hals los und ich mehr als erleichtert mit.

„Was haben Sie mit meiner Frau gemacht, Fleur? Sie war ja wie verwandelt gestern Abend. Der Nachmittag bei Ihnen hat ihr anscheinend mehr als wohl getan, und sie hat mir den ganzen restlichen Abend begeistert von dem Spaß erzählt, den sie drei Schnapsdrosseln miteinander hatten. Das nächste Mal komme ich wieder mit, das sage ich Ihnen."

„Ich schwöre, ich bin gänzlich unschuldig, Herr Richter. Die ganze Schuld trifft Mathild, die in ihrer hemmungslosen südfranzösichen Art Ihre Frau verleitet hat. Ich möchte jedoch betonen, dass diese sich nicht gerade vehement gewehrt hat. Ich sage Ihnen, ich habe den Verdacht, Sie haben keine Ahnung, mit wem Sie da verheiratet sind. Wenn da mal nicht der Rotwein die eigentliche Triebfeder für Ihre Frau war, das Land zu wechseln?"

„Jetzt, wo Sie es sagen. Seit Neuestem kocht meine Frau auffällig oft mit Alkohol. Ihren legendären schwedischen Pfirsichkuchen verfeinert sie mittlerweile mit diesem herrlichen Pfirsichlikör hier aus der Gegend. Oh mein Gott, was hab ich getan, diese Frau in die Unterwelt hinabsteigen zu lassen. Seien Sie ehrlich, Bertrand heißt in Wirklichkeit Zerberus und ist der Bluthund an der Pforte zum Hadis? Und Sie, meine Liebe, wer sind Sie in Wirklichkeit?"

„Ich werde einen Teufel tun, Ihnen das zu verraten. Das müssen Sie schon selbst herausbekommen."

„Wie wäre es mit jetzt gleich? Ich verzehre mich nach einem Spaziergang mit Ihnen, Fleur. Mein Hirn ist regelrecht eingetrocknet in den letzten Tagen, weil es nicht von Ihren provozierenden Fragen malträtiert wurde. Ich brauche diese Qual. Bitte weisen Sie mich nicht ab. Mathild schläft doch bestimmt noch, oder?"

„Ich sehe, Ihre Frau Gemahlin hat gepetzt. Sie haben recht, Mathild hat jetzt bestimmt noch so viel Restalkohol im Blut, dass sie noch nicht einmal den Weg zum Klo schaffen würde, ohne dabei Gefahr zu laufen, die Badewanne mit Selbigem zu verwechseln. Ich hoffe, sie schläft noch ein Weilchen. Ich frage mal eben Zerberus, ob er mitkommen will."

Welch überflüssige Aktion, aber dennoch Reiz erhöhend.

„Sie haben Glück, der Bluthund will mal eben kurz den Hadis verlassen, um kleine Elfen im Wald zu jagen. Wann können Sie hier sein?"

„Sehen sie doch mal aus dem Fenster?"

Ich traute meinen Augen kaum. Odysseus in persona stand da in meinem Garten, mit einem kleinen Telefon am Ohr, und grinste mich schelmisch an.

„Na warten Sie, Sie bornierter Affe, ich hetze den Hund auf sie!" Und wirklich, nachdem Bertrand trotz trüber Augen durch die Terrassentür erkannt hatte, wer da in unserem Garten sein Unwesen trieb, schlug er mit sich überschlagender Stimme, heiser krächzend an und schmiss sich mit voller Wucht gegen die geschlossene Scheibe, dass ich schon dachte, er bricht mir das Glas entzwei. Wie ein wildgewordener Stier stürzte er auf Norgard zu und sich ihm sogleich winselnd zu Füßen, um sich ebenso stürmisch wieder zu erheben und in freudiger Erregung unserem lang vermissten Gast auf die Schuhe zu pinkeln.

Ich konnte nicht anders, als zu lachen und meinem Nachbarn hämisch anzugrinsen.

„Das haben Sie nun davon, sich des schnellen Sieges bewusst in meinen Garten zu schleichen und den Flehenden zu mimen. Sie wahren sich wohl ziemlich sicher, dass ich mitkommen würde, was?"

„Und ich hatte recht," lachte er mich strahlend an. Wir standen wie zwei Kinder am Weihnachtsbaum voreinander und strahlten ob der Wiedersehensfreude um die Wette. Bertrand sprang zwischen uns aufgeregt abwechselnd an uns hoch und freute sich mit. Ich schob es hinterher auf genau diesen störende Umstand, dass wir es nicht geschafft hatten, uns zu umarmen, weil der blöde Hund dies, mit seinem schwachsinnigen Rumgehüpfe, unmöglich machte.

Aber zumindest schmollte er jetzt nicht mehr.

„Sie haben ja ein Handy", fing ich das Gespräch leicht verunsichert an, um von unserer unverhohlenen Freude abzulenken, die mir in meinem Alter sehr wohl peinlich war.

„Ja, und ich hätte gerne Ihre Handynummer, damit ich Sie in Zukunft immer und überall erreichen kann. Ich bin nämlich nicht mehr bereit, auf Sie zu verzichten!"

„Ich habe aber gar kein Handy. Ich brauche so einen modischen Kram nicht, um genau das nämlich nicht zu sein; immer und überall zu erreichen."

„Das ist doch nicht Ihr Ernst. Jeder hat heute ein Handy. Ich könnte es mir ohne gar nicht mehr vorstellen. Überlegen Sie doch mal, Sie verirren sich im Wald und niemand weiß davon. Wäre das nicht einfach fürchterlich? Mit einem Handy könnten Sie mich anrufen und ich würde augenblicklich zu Ihrer Rettung aufbrechen."

„Für solche Notsituationen hab ich Bertrand. Spätestens wenn der Fresssack Hunger bekommt, findet er den Weg nach Hause."

„Das sieht Ihnen aber gar nicht ähnlich, sich auf ein halbblindes männliches Wesen zu verlassen."

„Würde ich das nicht auch tun, wenn ich Sie zu meiner Rettung rufen würde?"

„Mein Augen sind noch sehr gut in Schuss, da machen Sie sich mal keine Sorgen, Frau Lehrerin."

„Ich meinte auch weniger Ihre sehenden Augen, Herr Richter ..."

Augenblicklich blieb er direkt vor mir stehen und sah mich unumwunden an.

„Ich sehe schon seit einiger Zeit nicht mehr nur mit den Augen, aber wahrscheinlich haben Sie recht, mein anderer Blick ist zeitweise noch getrübt."

Was war denn das jetzt? In was für eine Situation hatte ich uns da reingebracht? War ich denn total verrückt geworden, so eindeutig mit einem fast siebzigjährigen, verheirateten

Mann zu flirten? Mit zwanzig war das meine Masche gewesen, die Männer konfrontativ aus der Reserve zu locken. Seitdem hatte ich davon jedoch nicht mehr Gebrauch gemacht. War es jetzt soweit, dass ich mich zurückentwickelte? Was um Himmels willen reaktivierte die Fleur von damals in mir? Diese Treffen mit diesem Mann waren nicht gut für mich. Ich neigte seit Neuestem dazu, die Kontrolle über mich zu verlieren. Was würde als Nächstes passieren? Spontan eintretende Inkontinenz, gepaart mit vermehrtem Speichelfluss? Oder lag es an dem erhöhten Alkoholkonsum der letzten Tage? Das war es, ich war mir sicher. Ich musste aufhören, mit Mathild jeden Abend zu trinken, dann würde ich auch wieder klarer im Hirn werden und nicht solchen Müll verzapfen.

„Bitte entschuldigen Sie, ich wollte Ihnen nicht zu nahe treten. Ich weiß auch nicht, warum ich das mit Ihren Augen gesagt habe."

Aber er wollte mich noch nicht entlassen.

„Sie haben ja gar nicht über meine Augen gesprochen, sondern über meine Sichtweise, und ich wüsste nicht, warum Sie sich dafür entschuldigen sollten. Lassen Sie uns doch dabei bleiben. Was denken Sie, sehe ich nicht klar?"

Wir gingen langsamen Schrittes weiter, was es mir erleichterte, nachzudenken.

„Ich weiß nicht, wie ich es ausdrücken soll? Sie haben mir so oft über Ihre Sehnsüchte in ihrem Leben erzählt, über Ihr Heimweh, über Ihre Verpflichtung Ihrer Frau gegenüber, nachdem was sie alles für Sie in ihrem Leben getan hat. Ich kann das nur bedingt verstehen."

„Was verstehen Sie daran nicht? Dass ich jetzt hier lebe, weil es der Wunsch meiner Frau ist? Ich dachte, ich hätte mich da verständlich ausgedrückt, als ich es Ihnen erklärt habe?"

„Das haben Sie ja auch, trotzdem ist das etwas für mich, was sich nicht alleine mit dem Kopf abhandeln lässt. Sicher klingen Ihre Beweggründe schlüssig, vor allem wenn man berücksichtigt, dass Sie eigentlich immer so gelebt haben."

„Wie? Wie habe ich Ihrer Meinung nach gelebt?"

„So abhängig von den Wünschen und Erwartungen anderer."

Er lachte kurz auf, aber es klang weniger amüsiert, als vielmehr abwehrend.

„Dann haben Sie mir vielleicht doch nicht richtig zuge-hört. Ich sagte Ihnen doch, dass es meine Frau war, die sich in all den Jahren unserer Ehe nach mir und meinem Beruf richten musste, nicht ich mich nach ihr?"

„Sind sie sich da so sicher?"

„Fleur, bitte, ich kann Ihnen wirklich nicht folgen. Ich meine, ich muss doch wissen, wie es gewesen ist, ich war doch dabei!"

„Warum sind Sie eigentlich Richter geworden?"

„Was hat denn das damit zu tun?"

„Weiß ich noch nicht, vielleicht aber eine ganze Menge?"

„Meinen Sie etwa, ich habe mich immer für so selbst-gerecht gehalten, dass ich meinte, auch Recht über andere sprechen zu müssen?"

„Ich meine gar nichts. Ich will mich vor allem nicht mir Ihnen streiten Norgard. Bitte lassen Sie uns das Thema wechseln, der Tag hat doch viel zu schön angefangen, um jetzt mit einem Streit in den Nachmittag überzugehen."

„Ich streite mich nicht mit Ihnen, Fleur. Ich will Sie nur verstehen, also ziehen Sie jetzt nicht den Schwanz ein."

„Ich? Ich ziehe ganz bestimmt nicht den Schwanz ein. Sie sind es doch, der meinen Fragen ausweicht, indem er sich dumm stellt."

Er schwieg und ich konnte nicht einschätzen, ob er ärgerlich oder nur nachdenklich oder beides war.

„Vielleicht bin ich ja wirklich so dumm, wie Sie mir unterstellen?"

Seine Stimme war ganz sanft geworden, leise, und sie ließ mich aufblicken. Wir waren an dem kleinen See angekommen. Ich hatte schon seit einigen Minuten nicht mehr auf den Weg geachtet und war nun erstaunt darüber, wo wir uns befanden. Auch er schien sich für einen Moment lang orientieren zu müssen.

„Komisch, dass wir gerade hier gelandet sind", fügte er seinem letzten Satz hinzu, als hätte er meine Gedanken gelesen.

„Kommen Sie, wir setzen uns hin. Das Gras ist ganz trocken und weich."

Er breitete galant seine Jacke auf dem Boden aus und wir setzten uns recht nah beieinander, weil die Jacke, wollten wir beide darauf Platz finden, keine größere Distanz zuließ.

Mit starr gerichtetem Blick nach vorn, wartete ich unbehaglich darauf, dass unsere Unterhaltung weitergehen würde. Er aber schwieg.

„Ich halte Sie ganz bestimmt nicht für dumm Norgard", ergriff ich, die Stille zwischen uns nicht mehr aushaltend, erneut das Wort.

„Ich wüsste nur einfach gerne, wie Sie dazu gekommen sind, dass Sie Richter geworden sind, weil ich glaube, dass die Berufswahl viel über einen Menschen aussagt."

„Mein Vater war Rechtsanwalt und wollte immer, dass ich, als sein einziger Sohn, eines Tages seine Kanzlei weiterführen würde. Ich wollte aber ganz bestimmt nicht seine Kanzlei und Mandanten übernehmen. Ich wollte mir etwas Eigenes aufbauen. Und ganz sicher wollte ich etwas von der Welt sehen und mich mit einer eigenen Kanzlei nicht an einen Ort fest binden.

Also habe ich angefangen, Medizin zu studieren, Tiermedizin um genau zu sein."

„Sie wollten Tierarzt werden?"

„Ja. Sie schauen so verwundert. Meinen Sie, ich wäre kein guter Tierarzt geworden?"

„Oh, das kann ich weiß Gott nicht beurteilen, dafür kenne ich Sie viel zu wenig. Sie sollten Bertrand fragen? Ich meine nur, Tiermedizin und Juristerei liegen nicht gerade nah beieinander, oder täusche ich mich da? Was ist passiert, dass Sie es dann doch nicht geworden sind?"

„Das kann ich Ihnen genau, wenn auch nicht gerade gerne sagen. Ich bin dreimal durch das Physikum gefallen und dann war Schluss mit Herrn Doktor. Sie glauben gar nicht, wie peinlich mir das vor meinem Vater war. Mit einer flammenden Rede, von wegen die Welt würde auf einen Tierheiler wie mich da draußen nur warten, hatte ich mich damals nach Stockholm an die medizinische Fakultät von ihm verabschiedet, um gescheitert heimzukehren. Ich war dermaßen frustriert darüber, meine Füße nun wieder unter seinen Tisch halten zu müssen, dass ich mich für einige Monate außer Stande sah, überhaupt irgendetwas zu tun. Ich hing mit meinen Freunden ab, lebte von dem kargen Taschengeld, welches mir mein Vater großzügigerweise zukommen ließ, und bemitleidete mich zutiefst. Eines Tages hatte mein Vater dann schlichtweg die Schnauze voll, von meinem Schmarotzerdasein und er stellte mir ein Ultimatum. Entweder ich würde mich nun an der juristischen Fakultät einschreiben, oder aber er würde mit sofortiger Wirkung alle finanziellen Zuwendungen streichen und mich meinem weiteren Schicksal überlassen.

Die Aussicht an irgendeiner heruntergekommenen Tankstelle in Stockholm die Nachtschicht übernehmen zu müssen, um wenigsten ein kleines Zimmer bezahlen zu können, hat mich dann letztendlich in die Arme von Justizia getrieben."

„Mit Erfolg, wie ich sehe."

„Warum habe ich das Gefühl, Ihre letzte Äußerung war eher als abfällige Bemerkung gemeint, denn als Belobigung?"

„Es steht mir weder zu, sie zu belobigen, noch sie abzuwerten, Norgard. Ich frage mich nur, warum es keine Zwischenlösung für Sie gab, sondern scheinbar nur entweder der Fall in die Gosse, oder eben eine erfolgreiche Karriere als Anwalt oder Richter?"

„Sie dürfen nicht vergessen, dass ich jung war und in welchen Kreisen ich aufgewachsen bin. Ich war doch gar nicht reif genug dafür, mich wirklich frei entscheiden zu können."

„Aber warum denn nicht? Ich meine, Sie haben sich doch auch frei für das Studium der Tiermedizin entschieden?"

„Und bin kläglich gescheitert. Nein, meine Liebe, mit diesem Misserfolg im Nacken habe ich mir nicht wirklich eine neue, revolutionäre Entscheidung bezüglich meines weiteren beruflichen Werdegangs zugetraut. All meine Freunde studierten damals bereits erfolgreich in fortgeschrittenen Semestern. Ich wollte einfach nicht länger als Looser dastehen, der nicht wirklich etwas vorzuweisen hatte, außer vielleicht die Freiheit der Wahl."

„Aber geht es bei Kierkegaard nicht gerade darum? Ich meine, hat nicht gerade er die Selbstverantwortung des Menschen für sein persönliches Glück durch die Möglichkeit der freien Wahl der Entscheidung proklamiert? Ich dachte, Sie hätten ihn gelesen?"

„Gelesen schon, aber verstanden vielleicht nicht? Nehmen Sie mir das wirklich übel, Fleur?"

„Nein, ganz bestimmt nicht. Ich denke nur, dass Sie bis heute nicht darüber nachgedacht haben, was vielleicht aus Ihrem Leben geworden wäre, wenn Sie damals den Mut gehabt hätten, dem gesellschaftlichen und dem Druck Ihres Vaters zu widerstehen und eine ganz andere Wahl getroffen hätten. Und sei es die, Tankwart zu werden. Vielleicht wären Sie ja sogar glücklich geworden, mit einem Imperium von Zapfsäulen? Ich kann Sie schon verstehen, Norgard. Wer von uns wusste damals schon genau, was er wirklich werden wollte. Mathild vielleicht, die hat nie etwas anderes gemacht, als ihrer Kunst zu frönen, komme was da wolle. Sie hat sich mit Putzjobs oder als Kellnerin in Paris über Wasser gehalten, aber immer an ihrem Traum festgehalten, einmal eine bedeutende Künstlerin zu werden."

„Vielleicht lag es daran, dass ich damals eben noch keinen Traum hatte, an dem ich mich festhalten konnte, außer vielleicht dem, Tierarzt zu werden, was ich ja nun gründlich vermasselt habe. Aber was hat das alles mit Ihrer Eingangsfrage bezüglich meiner Berufswahl zu tun? Welche Rückschlüsse meinen Sie nun ziehen zu können?"

„Es ging in unserem Gespräch vorhin doch darum, dass Sie auch heute Sehnsüchte in sich verspüren, deren Erfüllung Sie aber nicht nachgehen können, weil, egal welche Verpflichtungen wem auch immer gegenüber, Sie davon abhalten. Ist das nicht das Gleiche wie damals?"

„Das ist mir zu einfach. Sie vergessen, dass da fast 50 Jahre gelebtes Leben zwischen stehen und mit ihm Menschen, die mir lieb und teuer sind".

„Sag ich doch, genau wie damals!"

Er rückte von mir ab, um mich aus der Distanz ansehen zu können.

„Sie wollen mir doch nicht wirklich weißmachen, Fleur, dass das die gleiche Situation wie damals ist, als ich nur für mich verantwortlich war?"

Er schien ärgerlich geworden zu sein und kämpferisch. Letzteres machte es mir leichter, Ersteres besser zu ertragen.

„Warum sollte ich versuchen, Ihnen etwas weißmachen zu wollen, mein Lieber", entgegnete ich nicht weniger kämpferisch. „Ich frage mich nur, wann Sie anfangen, sich endlich einmal für sich ganz alleine verantwortlich zu fühlen?"

„Sie hören sich an wie eine pubertierende Jugendliche, die ihrem alten Herrn versucht klar zu machen, dass altruistisches Denken aus der Mode ist und reine Selbstsucht der einzige Weg zum Glück ist!" Er war aufgestanden und zum Wasser gegangen.

„Warum sind Sie jetzt so ärgerlich, Norgard? Ich versuche nicht, Sie von Egoismus zu überzeugen, wie Sie es nennen. Mein Thema seit dem Tod meines Mannes ist das der Eigenverantwortung, die ein jeder Mensch seinem Lebensglück gegenüber hat. Meinen Sie nicht, ich hätte nicht auch viele Entscheidungen in meinem Leben getroffen, die ich aus Angst vor Veränderung, aus vorgeschobener Rücksicht meiner Familie gegenüber, nicht getroffen habe? Ich wäre heute nicht mehr hier, wenn ich den Mut gehabt hätte, in mich hineinzuhören und daraus Konsequenzen zu ziehen?"

„Was wollen Sie eigentlich von mir? Ich liebe meine Frau über alles und es macht mir nichts aus, um ihretwillen hier zu leben. Es geht uns mehr als gut, wir haben zwei tolle Kinder und wunderbare Enkelkinder, wir sind gesund und haben uns selbst nach fast 50 Jahren Ehe immer noch was zu sagen. Und ein bisschen Heimweh ändert auch nichts daran!"

„Na, dann ist es ja gut!"

11. Kapitel

~

In einer halben Stunde wollte Gerard mich abholen, damit wir zusammen zur Geburtstagsfeier meines jüngsten Sohnes fahren konnten. Dieser richtete sein Fest in einer mir unbekannten Waldgaststätte etwa 50 Kilometer von unserem Dorf aus, und Gerard hatte sich angeboten mich mitzunehmen, damit ich mir nicht selber den Weg zu suchen brauchte. Wahrscheinlich hielt er mich für unfähig, Karten zu lesen, oder aber er wollte mir mal wieder ein neues Auto vorführen, welches er zum sagenhaften Einkaufspreis in seiner Firma erstanden hatte.

(Und tatsächlich fuhr er 30 Minuten später mit einem nagelneuen schwarzen Mercedes vor, mit dem er seinem kleinen Bruder ganz bestimmt mal wieder seinen beruflichen Erfolg unter die Nase reiben konnte. Ich verabscheute diese angeberische Seite meines ältesten Sohnes zutiefst und fragte mich immer wieder, von wem er das haben konnte. Und wieder gelangte ich zu dem gleichen Ergebnis: von Theo!)

Ich stand unentschlossen in meiner Küche und starrte auf den Tisch. Auf ihm lagen zwei Gegenstände, beide als Geschenk für Jerome geeignet, und ich konnte mich nicht entscheiden, welches ich nun einpacken sollte.

Zum einen handelte es sich um ein sehr hübsches, kleines Bild von Mathild, welches sich hervorragend in dem neuen Wintergarten von Jerome und Judith machen würde.

Daneben lag die abgewetzte Ausgabe einer Abhandlung über Kierkegaards Schriftstück: „Stadien auf dem Lebensweg", welches ich erst vor ein paar Tagen aus meinem Keller geholt und verschlungen hatte: Es hatte mich zutiefst beeindruck und berührt, und bereits da war die Idee in mir geboren worden, es meinem Jüngsten zu lesen zu geben. Ich war mich nicht wirklich sicher, warum gerade ihm; vielleicht weil ich meinte, er ähnele mir von beiden Kindern am ehesten und möge deshalb vielleicht auch am ehesten verstehen, was ich ihm damit zu sagen wünsche. Ich traute mich nicht so richtig, ihm lediglich ein altes Buch von mir zu schenken. Oder traute ich mich nicht, weil ich Angst davor hatte, er könne nicht verstehen, warum ich ihm gerade dieses Buch schenken wolle? Aber was sollte mir schon passieren, außer dass er mich mal wieder nicht verstehen würde? Die Kluft zwischen uns würde sich vergrößern, und davor hatte ich Angst. Ich spürte seit langem das erste Mal, dass es mir nicht egal war, was meine Söhne von mir dachten und dass ich mich danach sehnte, eine Art Lebenskonsens mit ihnen zu finden.

Während ich auf meinen Küchentisch schaute, wurde ich traurig. Ich vermisste meine Kinder!

Das fordernde Hupen von Gerards nagelneuer Hupe ließ mich aus meinen Gedanken hochschrecken und spontan nach dem Buch greifen. Ich wollte verhindern, dass er mich in dieser unschlüssigen Situation erleben würde, und packte es ein. Dazu stellte ich noch schnell eine Flasche edlen Rotwein und stand, eh Gerard meine Küche betreten hatte, fix und fertig im Flur.

„Gut schaust du aus, Mutter", sagte er nach der ersten Schrecksekunde, denn er hatte mich noch nicht mit der neuen Frisur gesehen. Ich hatte keinen meiner Söhne seit

Ostern zu Gesicht bekommen, was mir jedoch erst in diesem Moment auffiel.

Als wir zum Auto und somit zu seiner Familie kamen, öffnete er mir schwungvoll die Beifahrertür und stellte mich den Insassen als die „neue Oma" vor, was erst einmal eine betretene Stille bei allen hervorrief. Melanie ergriff als erste das Wort und ergoss sich in Bewunderung für mein neues Äußeres. Mein ältester Enkelsohn, Robert, konnte sich jedoch nicht verkneifen festzustellen, meine Haare hätten die gleiche Farbe wie die hiesigen Feuerwehrautos, was wiederum meinen jüngsten Enkel, Noel, dazu ermutigte meine Haare anzufassen, verbunden mit der Frage nach ihrer Echtheit. Melanie schlug ihm entsetzt auf die Hand und schimpfte mit Robert, was die Situation für mich nicht wirklich erträglicher machte. Gerard tat das, was er immer machte, wenn ihm etwas unangenehm war; er ignorierte alle Beteiligten und gab Gummi.

Ich sah ihn sofort und im ersten Moment hatte ich den Verdacht, er könne dort auf uns gewartet haben. Norgard hatte beide Hände tief in seinen Hosentaschen vergraben und schaute unserem Wagen entgegen. Erst als Gerard seine Fahrt verlangsamte, zog er die rechte Hand aus der Hosentasche und hob sie zum Gruß. Dabei sah er mir direkt ins Gesicht.Wir hatten uns seit unserem Disput im Wald vor zwei Tagen weder gesehen noch gesprochen, und für einen kurzen Moment stockte mir der Atem: Ich betete zu Gott, dass mein geschwätziger Sohn wenigstens dieses eine Mal weiterfahren würde, was ansonsten eher selten der Fall war, wenn er am Straßenrand jemanden stehen sah, der ein potenzieller Kunde sein könnte.

Mein Gebet wurde erhört und Gerard begnügte sich mit einem freundlichen Kopfnicken und fuhr geradewegs weiter. Ich war noch nicht einmal dazu in der Lage gewesen und ärgerte mich über mich selbst. Norgard und ich waren nicht gerade beschwingt das letzte Mal auseinandergegangen, eher bedrückt, um nicht zu sagen mit einer hilflosen Sprachlosigkeit behaftet, die sich wie eine Wand zwischen uns, auf unserem Rückweg vom See, geschoben hatte.

Den Rest der Fahrt grübelte ich darüber, was Norgard wohl nun von mir denken würde? Dass ich eine alberne Kuh sei, die schmollte, weil sie kein Recht bekommen hatte, zudem von einem Richter? Dabei war es mir gar nicht darum gegangen, recht zu bekommen, und streiten wollte ich mich mit ihm auch nicht. Aber warum nur war er so bockig gewesen, so uneinsichtig meinen Gedanken gegenüber? Ach, sollte er doch denken, was er wollte. War ja eh nur ein Nachbar, noch nicht einmal ein Freund, also Schwamm drüber!

Jerome stand bereits mit ein paar Gästen vor der Waldschenke und stieß mit sprudelndem Sekt mit ihnen auf sein Wohl an. Gut sah er aus, mein Jüngster. Er trug die für Männer aus der Gegend typische Bräune im Gesicht und noch hatte die sengende Sommersonne seiner Haut in Bezug auf Falten nicht viel anhaben können. Gerard sah da bedeutend älter aus, was bestimmt von seinen Solariumsbesuchen im Winter kam. Seiner Einstellung nach mussten erfolgreiche Menschen braun sein; warum nur fragte ich mich, hatten es dann Farbige in unserer Gesellschaft, und ganz besonders in unserer Gegend, so schwer erfolgreich zu sein?

Als Jerome unser Auto kommen sah, kam er direkt auf meine Tür zu und half mir aus dem Auto. Ich hatte das Gefühl, er freute sich wirklich, mich zu sehen. Mit ausgebreiteten Armen begrüßte er mich herzlich und ich erwiderte dies, seit langem, mit der gleichen Herzlichkeit. Er hielt mich hernach auf Armeslänge von sich und sah mich für einen kurzen Moment schweigend an.

„Das ist Oma", klärte ihn Noel naseweis auf und diesmal verzichtete gottlob Melanie darauf, ihn zu tadeln.

„Die siehst einfach toll aus, Mama. Bestimmt zehn Jahre jünger. Was ist los? Bist du etwas auf deine alten Tage verliebt?"

Gerard ersparte es mir, darauf antworten zu müssen, indem er seinen Bruder auf sein neues Auto aufmerksam machte.

„Sieh mal, was ich dir mitgebracht habe, Brüderchen", frotzelte er. „Das Neueste vom Neusten, was der Automarkt zu bieten hat. Na, da bist du platt, was?"

„Platt wäre ich, wenn du ihn mir zu meinem Geburtstag schenken würdest", konterte Jerome immer noch mit Blick auf mich.

„Kein Thema, wenn ich erst mal mein eigenes Autohaus habe, dann können wir gerne über einen brüderlichen Preis sprechen. Solange musst du dich mit unserem etwas kleineren Geschenk begnügen. Melanie, gib Jerome mal die Topfblume aus dem Kofferraum und pass bitte auf, dass du nicht so viel Erde auf dem Boden verteilst." Damit ging er direkt auf die kleine Gruppe vorm Haus zu und für einen Moment dachte ich, er wolle Verkaufsgespräche über den Mercedes mit den dort Stehenden führen. Melanie und die Kinder folgten ihm im Gänsemarsch.

Ich sah Jerome lange schweigend an und er ertrug die Stille zwischen uns ohne ein Wort.

„Ich habe nur eine Kleinigkeit für dich mein Junge, und zudem ist es noch etwas Gebrauchtes. Aber es kommt von Herzen und ich hoffe, du kannst etwas damit anfangen?

Ich dachte, es wäre passend für einen lauschigen Sommerabend auf deiner Terrasse, mit einem Glas Rotwein dazu. Vielleicht gefällt es dir ja. Es ist etwas ganz Altes von mir, was ich vor ein paar Tagen im Keller wiederentdeckt habe, und ich musste dabei sofort an dich denken. Ich würde mich freuen, wenn wir uns vielleicht mal darüber unterhalten würden, wenn du es gelesen hast und du Lust dazu verspürst?"

Bedächtig hielt er das noch eingepackte Buch in Händen und betrachtete es, immer noch schweigend.

„Ich werde dein Geschenk öffnen, wenn ich nachher alleine bin. Ich will es mir bewusst ansehen und nicht, wie die anderen Geschenke, in mich hineinschlingen. Ich bin sehr gespannt darauf. Danke." Er küsste mich unverhofft auf die Stirn und ich konnte mich nicht erinnern, dass er das jemals zuvor getan hatte. Mein jüngster Sohn rührte mich an. Ich wurde wohl doch alt und sentimental.

Die Feier gestaltete sich für mich angenehmer als erwartet. Ich war überrascht darüber, wie viele Freunde mein Sohn hatte, die sich auch noch die Mühe gemacht hatten, sich für ihn etwas Besonderes zu seinem Ehrentag auszudenken. Sie führten einen selbstgeschriebenen Sketch vor, der diesmal meinen Sohn karikierte, und landeten dabei so treffsichere Pointen, dass es ein Vergnügen war, zuzusehen. Ich lachte aus vollem Hals und die gute Stimmung trug den Rest des Abends. Das Essen war vorzüglich und ich kam nicht umhin, meine Schwiegertochter wieder und wieder für die gute Organisation des Festes zu loben. Ich beobachtete sie verstohlen, wie sie am Arm von Jerome im Kreise ihrer gemeinsamen Freunde stand, und meinte, das erste Mal zu sehen, warum die beiden geheiratet hatten.

Sie liebten sich wirklich, küssten sich immer wieder oder hielten Händchen wie frisch Verliebte. Ein schönes Paar.

Nach diesem gelungenen Abend fiel ich erst gegen 4 Uhr in der Früh ins Bett und schlief am darauffolgenden Tag bis Mittag, und hätte mich Bertrand, der dringend in den Garten wollte, nicht geweckt, hätte ich bestimmt noch länger geschlafen.

Ich war soeben erst der Dusche entstiegen, als es an meiner Haustür klopfte.

Nur im Bademantel bekleidet öffnete ich und war nicht schlecht erstaunt, Jerome vor mir zu sehen. Er sah frisch erholt und gutgelaunt aus und fragte mich höflich, ob er eintreten dürfte.

Geradezu schüchtern stand er in meiner Küche und bot sich an, uns einen Kaffee zu kochen.

Mit zwei Kaffeetassen bewaffnet gingen wir in den Garten und setzten uns in die Sonne.

Erwartungsvoll sah ich ihn an, denn ich konnte mir seinen Besuch nicht erklären.

Er druckste rum und rang nach Worten.

„Mama, ich habe mich gestern sehr gefreut, dich zu sehen, und habe mich gefragt, warum wir uns eigentlich nicht öfter treffen?"

„Ach, weißt du, ich habe immer was zu tun und ich fahre auch so ungern Auto, wie du weißt, da komme ich eben selten dazu, euch zu besuchen", wich ich seiner Frage verlegen aus.

„Weißt du eigentlich, dass ich ziemlich oft an dich denke?", fragte er mich rundheraus.

„Nein, und wenn ich ehrlich bin, kann ich mir das gar nicht vorstellen. Warum solltest du an mich denken?"

„Ich weiß auch nicht, woran es liegt, aber ich habe manchmal im Laufes des Tages Gedanken die ich dir gerne mitteilen möchte, aber bis ich dann Zeit habe, dich anzurufen, sind sie schon wieder weg.

Du weißt ja, wie das ist, wenn man berufstätig ist."

Er saß mir gegenüber und hielt den Kopf gesenkt. Mir wurde mulmig.

„Hast du Sorgen, Jerome?"

„Nein, höchstens, dass ich mir manchmal um dich Sorgen mache, wie es dir so geht und ob du alles hast, was du brauchst?"

„Jetzt hör aber auf, ich bin doch noch keine 80 und kann noch gut für mich alleine sorgen."

„Ja, und genau darum geht es, Mama. Du vermittelst mir, seit ich das Haus verlassen habe, das Gefühl, dass du mich nicht brauchst. Dass du eigentlich niemanden brauchst. Du bist immer so distanziert, so kontrolliert, so selbstsicher, als wäre die einzige Last, die du hast, die Kinder zu haben, die du eigentlich nicht um dich haben willst?"

„Wer oder was hindert dich daran, mich zu besuchen?" Die Unterhaltung nahm für mich unangenehme Züge an. Was war los mit ihm? Steckte er in seiner Midlifekrise und anstatt sich für jüngere Frauen zu interessieren, wie das wohl die meisten Männer in so einer Krise taten, meinte er, sich seiner Mutter widmen zu müssen?

„Du hinderst mich daran!"

„Ich, wieso?"

„Vielleicht, weil ich nicht weiß, worüber ich mit dir reden soll, ohne dass wir dabei in Streit geraten?"

„Mach dir darum nicht so viele Gedanken, Jerome, es liegt wohl mehr an mir, als an dir, dass wir so häufig streiten."

„Ja, aber warum? Ich habe so oft das Gefühl, dass du sauer

auf mich bist. Manchmal denke ich, meine bloße Anwesenheit reizt dich bis aufs Blut. Was hab ich denn an mir, dass dir so zu wider ist?"

Für einen kurzen Moment hegte ich den Verdacht, er würde gleich anfangen zu weinen, so wie er es früher getan hatte, wenn er etwas ausgefressen hatte. Er kam mir, so, wie er da vor mir saß, so klein und verletzlich vor, und ich konnte mich nicht daran erinnern, wann ich ihn das letzte Mal so gesehen hatte. Ich konnte ihm nicht antworten. Er hatte ja recht, mit dem was er sagte. Ich war ärgerlich über meine Söhne, über die Art und Weise, wie sie in meinem Augen ihr Leben, ohne es zu hinterfragen, führten. Aber was wusste ich denn wirklich über sie? Beruhte ihre Lebensführung nicht vielleicht doch auf einer bewussten Entscheidung? Das konnte nicht sein. Sie mussten es doch gespürt haben, wie eingesperrt ich mich immer in dieser Kleinfamilienidylle gefühlt hatte und dass ich nur für sie ausgehalten hatte. Dass ich um ihretwillen nicht schon vor vielen Jahren ihren Vater, lange bevor er gestorben war, verlassen hatte. Und jetzt, wo sie erwachsen waren, lebten sie genau das gleiche Leben, muteten sich und ihren Familien die gleiche trügerische Illusion vom trauten Familienglück zu. Nichts, aber auch gar nichts schienen sie gelernt zu haben, schon gar nicht Selbstverantwortung.

Ich hatte jedoch nie mit meinen Kindern über all das gesprochen, was mich bewegte, was mich traurig gemacht hatte, was ich verloren glaubte in meinem Leben.

Eine große Traurigkeit übermannte mich, und nun war ich es, die mit den Tränen kämpfte.

„Mama, ich habe es dir bestimmt schon ganz lange nicht mehr gesagt, aber ich liebe dich. Weißt du das eigentlich?" Er war aufgestanden und stand nun neben mir, den Blick in die Ferne gerichtet und seine rechte Hand auf meine Schulter gelegt.

Ich erhob mich ebenfalls und umarmte ihn spontan. Wir weinten beide.

„Ich liebe dich auch, Jerome, und ich habe es dir auch schon ganz lange nicht mehr gesagt, vielleicht weil ich es vergessen hatte. Es mag sich für dich vielleicht seltsam anhören, aber du bist mir mit den Jahren so fremd geworden. Ich hatte mir so vieles für dich erträumt, aber nichts davon schien einer deiner Träume gewesen zu sein. Vielleicht hat mich das so wütend auf dich werden lassen und auch auf deinen Bruder. Geht es dir mit deinen Kindern nicht auch so? Hast du nicht Visionen, wenn du Christoph oder Michel in die Augen siehst?"

„Oh, doch, das habe ich, aber ich versuche immer dabei auf dem Teppich zu bleiben und mir klar zu machen, dass ich nicht das Recht habe, sie an meine Wünsche zu binden. Sie sind doch frei Mama und müssen doch ihren Weg gehen."

„Dann bist du klüger, als ich es war. Ich habe immer nur euren Vater gesehen, der viele seiner Talente im Laufe der Jahre in sich begraben hat, und mit ihnen auch all das, was uns einmal verbunden hat. Genau das wollte ich meinen Söhnen ersparen, sich selbst zu verlieren im Alltag und den berufliche Anforderungen."

„Aber warum denkst du, dass dir das nicht gelungen ist, uns mit auf den Weg zu geben?

Vielleicht ist es ja das, was ich meine, wenn ich sage, dass ich am Tage oft an dich denken muss und dir gerne Gedanken von mir mitteilen würde. Ich bin mir sicher, ganz viel von dem, was du dir für mich gewünscht hast, ist auch in mir und ich spüre es."

Er sah mich freundlich lächelnd an und ich fühlte mich auf eine sanfte Art und Weise von seinen Worten getröstet.

„Der Grund, warum ich heute hier bin, ist, dass ich dir etwas von mir schenken möchte. Dein Geburtstagsgeschenk hat mir Mut gemacht, denn so richtig habe ich mich nicht getraut."

„Aber was hat denn mein Geschenk damit zu tun?"

„Du hast gesagt, es sei etwas Altes und Gebrauchtes und du hättest beim Wiederfinden an mich denken müssen. So ist es mir mit meinem Geschenk für dich gegangen. Ich habe es auch schon vor Wochen in einem meiner Schreibtischschubladen wiedergefunden und wusste nicht so recht, was ich damit machen sollte, und dann bist du mir eingefallen."

Er griff in eine seiner Jackentaschen und holte ein kleines transportables Telefon heraus, so eines, wie Norgard es neulich bei sich hatte, nur eine ältere, etwas größere Ausgabe. „Das ist ein Handy, Mama."

„Ich weiß, was ein Handy ist, Jerome", entgegnete ich lachend.

„Ich möchte es dir gerne schenken, damit ich dir in Zukunft meine Gedanken spontan zukommen lassen kann."

„Aber Junge, ich habe doch ein ganz normales Telefon. Darüber kannst du mich doch jederzeit anrufen, wenn du magst."

„Genau das ist der Punkt, Ma. Ich will dich nicht immer anrufen, oder kann es aus Zeitgründen nicht."

„Ich verstehe nicht, was denn dann der Unterschied zwischen den beiden Telefonen sein soll. Willst du, dass ich das Handy immer bei mir trage, damit ich jederzeit für dich erreichbar bin, selbst beim Einkaufen oder auf dem Friedhof? Nimm es mir nicht übel, aber ich kann mir mich mit so einem Teil am Ohr an der Fleischtheke nicht vorstellen, oder wenn ich gerade deinem Vater neue Blumen aufs Haupt pflanze."

„Mit so einem Handy kann man nicht nur telefonieren, Mama, man kann sich auch sogenannte Kurzmitteilungen schreiben. Komm, setzt dich neben mich, ich zeige es dir mal."

Er hatte wieder Platz genommen und tippte bereits in das kleine Teil wie auf einer Minischreibmaschine Buchstaben. Es war eine Nachricht für Judith, dass er gleich nach Hause kommen und Kuchen mitbringen würde. Dann drückte er weitere Tasten und schickte die Nachricht ab. Das ging alles so schnell, dass ich kaum folgen konnte.

„Nun warten wir Mama."

„Worauf denn?"

„Darauf, dass meine Frau mir antwortet, und ich wette, sie wird mir schreiben, ich soll unbedingt Sahne mitbringen."

Und wirklich, es dauerte nur einen kurzen Moment und das Teil piept zweimal kurz auf. Stolz hielt mir Jerome das Handy unter die Nase.

„So, und jetzt drückst du hier und hier drauf und dann kannst du lesen, was Judith geschrieben hat."

Er sollte recht behalten, in jeder Beziehung. Meine Schwiegertochter hatte wirklich geschrieben, dass er Sahne mitbringen sollte, aber auch noch ein Pfund Kaffee.

„Ist das nicht einfach nur toll?" Er sah mich erwartungsvoll an und ich wollte ihn nicht enttäuschen.

„Wirklich klasse."

Mein Gesichtsausdruck muss Bände gesprochen haben, denn er fing an zu lachen.

„Ich weiß genau, was du jetzt denkst: So'n neumodischen Kram brauchst du doch gar nicht. Trotzdem, probier es doch mal und du wirst sehen, es erleichtert das Leben kolossal."

Er zwang mich geradezu, eine Antwort an Judith zu schreiben, und erklärte mir sehr langsam, wie es funktioniert.

„Ich werde es versuchen Jerome, aber bitte erwarte nicht zu viel. Ich denke, der Spaß ist ungemein teuer, und überhaupt, wie bezahlt man denn diese Kurznachrichten?"

„Mach dir darum mal keine Sorgen, dass ist alles in meinem Geschenk mit drin. Ich bezahle die Telefonrechnung, denn das Ding ist ja eh noch auf meinen Namen angemeldet."

Eh ich noch etwas sagen konnte, legte er mir ein Heftchen auf den Tisch mit dem Hinweis, es handele sich dabei um die Gebrauchsanweisung, drückte mich noch einmal und verabschiedete sich eiligen Schrittes.

Etwa fünf Minuten später erhielt ich meine erste SMS: Ich hab dich lieb Mama. Jerome

12. Kapitel

Es vergingen ungefähr 24 Stunden, eh ich mich dran machte, mir die Gebrauchsanweisung durchzulesen. Im Innenteil des Heftes fand ich einen handgeschrieben kleinen Zettel von Jerome, auf den er mir drei Handynummern geschrieben hatte: Seine eigene, die von Gerard und die von Mathild. Ich erinnerte mich daran, dass Mathild auch so ein Teil hatte, aber nicht daran, sie jemals eine SMS schreiben gesehen zu haben.

Nun gut, ich würde es wagen: Es dauerte ungefähr 10 Minuten bis ich die drei Worte: Ich grüße dich: eingetippt hatte. Ich setzte bewusst nicht meinen Namen unter die Nachricht und schickte sie mit zitternden Fingern ab.

Nichts passierte. Also ging ich mir erst einmal eine Tasse Kaffee aus dem Haus holen.

Als ich wieder in den Garten kam, konnte ich auf dem Display des Handys lesen, dass ich eine Kurzmitteilung erhalten hatte. Aufgeregt öffnete ich sie.

Wer grüßt mich da?, wollte sie wissen.

Na, rate doch mal!, verfasste ich in weiteren 10 Minuten.

Philipp?, gab sie mir zur Antwort und ich bekam augenblicklich ein schlechtes Gewissen.

Nein, ich bin es, Fleur, mit neuem Handy.

Fast augenblicklich, nachdem ich die Nachricht abgeschickt hatte, klingelte mein neues Telefon.

Ihre Stimme klang erfreut.

„Oh wie schön, meine Liebe, du hast jetzt auch ein Handy. Wie kommst du dazu?"

Ich erzählte ihr in kurzen Sätzen, wie es dazu gekommen war, den tiefergehenden Teil der Unterhaltung mit Jerome jedoch bewusst auslassend.

„Ich wollte dich eh gleich anrufen, um mich bei dir einzuladen. Hast du Zeit, wir haben uns doch schon seit ein paar Tagen nicht mehr gesehen?"

Hocherfreut lud ich meine Freundin ein. Seit sie nach anderthalb Wochen Obdach in meinem Haus wieder in ihren kleinen Laden zurückgekehrt war, hatten wir wenig Kontakt gehabt, und es würde mir guttun, sie wieder einmal um mich zu haben. Außerdem machte ich mir immer noch Sorgen um sie, seit Philipp sie verlassen hatte.

Sie sah besser aus, ausgeruhter und nicht mehr so verquollen im Gesicht. Wir unterhielten uns lange über dies und das, bis sie mich direkt auf Norgard ansprach.

Ich stockte, wusste nicht, was ich antworten sollte, entschied mich dann aber doch, ihr von unserem Streit im Wald zu erzählen. Dabei erregte ich mich wieder derart, dass sie mich verwundert ansah.

„Was ist los mit dir, Fleur? Wenn ich es nicht besser wüsste, würde ich glauben, du hast deine Regel? Du bist so aggressiv, wenn du von Norgard erzählst. Warum regt dich seine Einstellung denn so auf, er ist doch nur dein Nachbar?"

„Da hast du sehr wohl recht und das wird auch so bleiben, dass er eben nur mein Nachbar ist. Er ist mir viel zu verstockt, zu konservativ, so gefestigt in seinen Ansichten, dass er mich bestimmt bald langweilen wird, wenn ich meine nachbarschaftliche Beziehung zu ihm vertiefen würde. Er ist eben ein Schwede und genau so unterkühlt kommt er auch daher."

„Aha!"

„Wie, AHA?"

„Na ja, ich dachte gerade nur, dafür, dass er nur dein Nachbar ist und dich eigentlich gar nicht interessiert, beschäftigst du dich aber auffallend viel mit seinem Seelenheil."

„Ach, das hat nichts zu sagen. Ich dachte vielleicht in ihm einen interessanten, männlichen Gesprächspartner gefunden zu haben, mit dem ich auch mal erwachsen streiten kann, aber das scheint ein Widerspruch in sich zu sein: Ich meine, männlich und sich erwachsen streiten zu können."

„Sag mal, kann es vielleicht sein, dass du dich ein bisschen in den Mann von nebenan verliebt hast?"

„Bist du jetzt total verrückt geworden?"

„Ja, aber warum denn nicht? Er sieht doch gut aus, ist gescheit und witzig und hat auch noch Interesse an Dir?"

„Und ist verheiratet, Mathild, hast du das vergessen?"

„Als wenn das ein Grund wäre, sich nicht in jemanden zu verlieben."

„Ich weiß ja, wer es sagt. Außerdem erwähnte ich doch bereits, dass er wahrscheinlich ebenso ein Langweiler ist wie Theo seinerzeit, mit seinen antiquierten Ansichten und seiner verstockten Art und Weise, niemals davon abzurücken. Und überhaupt, als Mann finde ich ihn nicht gerade besonders anziehend.

Ich stehe mehr auf den südländischen Typ."

„Darum bist du ja auch mit einem der ortsansässigen Herren liiert? Hör doch auf, Fleur, wir haben doch oft genug über genau diese Typen gelästert, mit ihrer Lederhaut und ihren vielversprechenden Glutaugen, die nie und nimmer das halten, was sie versprechen. Ich glaube viel mehr, du stehst genau auf so einen Typ wie Norgard einer ist. Groß, blond, gebildet. Leicht unterkühlt und sportlich elegant."

„Wenn du ihn so toll findest, dann schmeiß du dich doch an ihn ran. Meinen Segen hast du!"

Meine letzte Bemerkung tat mir im selben Moment leid, weil sie einfach taktlos gewesen war und ich mich genau in diesem Punkt ganz bestimmt nicht über Mathild lustig machen wollte. Aber sie hatte mich geärgert mit ihrer Vermutung, ich könnte in Norgard verliebt sein. In NORGARD! Lächerlich!

Nach einer kurzen Pause fragte mich Mathild, wie unser Streit am See denn nun ausgegangen sei?

„Gar nicht", war meine kurze Antwort.

„Wir haben seitdem weder gesprochen noch uns gesehen, und ich werde die Letzte sein, die daran etwas ändert!"

„Schade!"

„Warum?"

„Weil ich finde, dass er dir guttut. Er regt dich an, zumindest in gedanklicher Beziehung, und er ist ein Widerpart zu dir. Endlich mal ein Mann, der es mit dir aufnehmen kann. Gib doch wenigstens zu, dass dir eure Spaziergänge gefallen haben."

„Ich kann sehr wohl auch alleine spazieren gehen und mich wohl fühlen, Mathild!"

„Ja, aber kannst du dich auch genauso gut alleine unterhalten?"

„Wenn Unterhaltungen so enden wie gehabt, dann kann ich gut darauf verzichten."

„Jetzt bist du es aber, die bockig und halsstarrig ist, Fleur."

„Was erwartest du denn? Dass ich hingehe und mich entschuldige für das, was ich gesagt habe?"

„Warum meinst du, dass sich überhaupt einer von euch bei dem anderen entschuldigen muss? Ihr hattet eine Meinungsverschiedenheit, mehr nicht. Was ist so schlimm daran?"

„Eigentlich nichts, aber mich regt sein selbstgerechtes Auftreten auf, seine Unfähigkeit, mal über sich nachzudenken."

„Tja, da du da ja so ganz anders bist, meine Liebe, wird das dann wohl wirklich das Ende eine sich anbahnenden Freundschaft sein. Schade, wirklich schade!"

„Wieso hat Jerome eigentlich deine Handynummer?", versuchte ich das Thema zu wechseln.

„Weil er sich Sorgen um dich macht. Er hat mich schon vor Längerem um meine Nummer gebeten für den Fall, dass er dich einmal nicht erreichen kann, aber trotzdem wissen will, wie es dir so geht."

„Jerome macht sich Sorgen um mich?"

„Ja, und nicht nur der!"

13. Kapitel

Montag, Dienstag, nichts! Kein Anruf, kein zufälliges Treffen im Dorf, kein plötzliches Auftauchen in meinem Garten, rein gar nichts! Dreimal schon war ich mit Bertrand zu Fuß den Weg runtergelaufen, in der Hoffnung Norgard vielleicht durch Zufall zu sehen, aber Pustekuchen.

Am Mittwochmorgen hatte ich mich kurzerhand dazu entschlossen, meine Söhne mit ihren Familien für den kommenden Samstagnachmittag zu meiner legendären Fischsuppe in meinen Garten einzuladen. Ich fuhr in meinem alten Auto den Weg runter, um ans Meer zu fahren, zu meinem Lieblingsfischhändler Gustav, der weit und breit den besten Fisch verkaufte und genau wusste, was ich brauchte und wollte.

Rut stand an der Straße und winkte mir lebhaft zu. Ob ich wollte oder nicht, ich musste, um nicht unhöflich zu sein, anhalten. Nachdem wir uns fast wie alte Freundinnen begrüßt hatten, erzählte sie mir, dass sie für drei Tage allein mit Linda sei, weil Norgard nach Paris gefahren wäre, um einige private Dinge wegen ihrem Umzug hier nach Frankreich zu klären. Als ich ihr von meinem Vorhaben, ans Meer zu fahren, erzählte, leuchteten ihre Augen auf. Also bot ich ihr und Linda an, mich zu begleiten, um ihnen unsere schöne Küste einmal näher zu zeigen.

Begeistert nahmen beide das Angebot an und wir machten uns auf den Weg. Bertrand und Linda saßen eng umschlungen auf der Rückbank und Rut machte es sich vorne bei mir bequem.

Augenblicklich fragte sie mich nach Mathilds Befinden und ich beteuerte, dass diese sich auf dem Weg der Besserung befinden würde.

„Es muss schrecklich sein, verlassen zu werden, von dem Mann, den man liebt", antwortete sie mir nachdenklich. „Wenn ich mir vorstelle, Norgard käme auf die Idee, mich eines Tages zu verlassen, nicht auszudenken. Ich glaube, ich würde mich umbringen."

„Tja, genauso hat Philipps Frau auch reagiert. Sie hat ihrem Mann mit Selbstmord gedroht."

„Bitte verstehen Sie mich jetzt nicht falsch. Ich wollte Mathild keine Vorwürfe machen, dass sie die Geliebte eines verheirateten Mannes geworden ist. Ich habe halt nur für einen kurzen Moment an die andere Seite gedacht. Wahrscheinlich ist es für alle Beteiligten schlimm, ein Dilemma eben, und was will man da machen?"

„Nun ja, Philipp hat gemacht. Er hat Mathild verlassen und sich zu seiner Frau bekannt, und das, nachdem er zwei Jahre eine Liebesbeziehung zu Mathild unterhalten hat. Ich finde, die Männer machen es sich meistens zu leicht. Sie genießen die neue Beziehung, mit dem Rückhalt der alten im Nacken, und wenn es brenzlig wird, kehren sie einfach von ihrer Affäre heim, wie nach einem Ausflug in eine Art Vergnügungspark."

„Aber wusste Mathild denn nicht, worauf sie sich einlässt? Sie wusste doch, dass er verheiratet ist?"

„Wenn es denn immer so einfach wäre, Rut. Die Liebe fragt halt nicht, ob es denn gerade da passt, wo sie sich niederlassen will. Und wie wir Frauen nun mal sind, nähren wir mit unserer unerschütterlichen Art das Prinzip Hoffnung und den Glauben an die Liebe."

„Aber die Ehefrau liebt ihren Mann doch auch, was ist denn mit ihrem Glauben an die Liebe und an das Prinzip Hoffnung?" Rut sah mich direkt an und ich bekam das Gefühl, mich auf dünnem Eis zu bewegen.

„Aber was erwarten sie denn, Rut? Dass Mathild sich auch darum Gedanken macht und dann ihre eignen Gefühle abwägt? So läuft das nun mal nicht. Der Mensch denkt zu erst an sich und dann erst an andere, und wenn es um Liebesdinge geht, vielleicht noch nicht einmal das."

„Ich könnte das nicht."

„Was könnten sie nicht? Ihren Mann betrügen oder die Rolle der Geliebten eines verheirateten Mannes einnehmen?"

„Beides, denke ich!"

„Dann ist es ja gut. Dann sind Sie ja nicht gefährdet, falls Ihnen einmal so etwas passieren sollte."

Ich wurde ärgerlich. Da war sie wieder, diese nordische Besonnen- und Rechtschaffenheit. Was nicht sein durfte, gab es eben auch nicht. Das Leben in Schweden schien anderen Gesetzen unterworfen zu sein als das im Rest der Welt. Ein Hoch auf die Vernunft!

Es wurde trotzdem noch ein schöner Nachmittag. Linda und Bertrand hatten einen Riesenspaß am Strand, indem Linda Steine ins Wasser warf, nach denen der fast blinde Hund versuchte zu tauchen und natürlich keinen mehr wiederfand. Jedes Mal, wenn Bertrand triefend nass aus den Fluten kam und sich erwartungsvoll vor Linda hinsetzte, warf sie einen anderen Stein, und er raste wieder todesmutig los, als hätte sie mit Hundefutter geworfen. Nachdem ich meinen Fisch eingekauft hatte, tranken Rut und ich einen Kaffee an der Strandpromenade und sahen den beiden Spielenden zu. Sie war höchstinteressiert an meinem Rezept für die Fischsuppe und ich musste ihr versprechen, ihr einen kleinen Rest davon zum Probieren übrigzulassen.

„Wann werden sie mit meinem Mann wieder zum Laufen gehen? Er vermisst ihre Gesellschaft morgens im Wald?"

„Ach, ich weiß nicht", versuchte ich auszuweichen. „Wir sind eigentlich nie so richtig verabredet. Es ergibt sich halt morgens, wenn wir uns treffen. Ich hatte in den letzten Tagen auch keine Zeit zum Laufen", log ich sie an.

„Da müssen Sie aber mal meinen Mann hören. Der hat Sie bereits als Laufpartnerin für die nächsten 10 Jahre fest verplant. Er ist so froh darüber, endlich jemanden gefunden zu haben, der diese Leidenschaft mit ihm teilt und mit dem er sich zudem gut unterhalten kann. Ich bin mir sicher, sobald er aus Paris zurück ist, wird er Sie wieder besuchen. Tun Sie ihm den Gefallen und auch mir, und laufen Sie wieder mit ihm. Ihm tut der Sport gut und ich bin davon befreit, mitlaufen zu müssen. Ich hasse es durch den Wald zu laufen, bis man aus der Puste ist. Früher habe ich das oft ihm zuliebe getan, aber meine Knochen spielen da heute nicht mehr mit. Darf ich ihm ausrichten, dass Sie ihn erwarten?"

Ich zögerte.

„Bitte, Fleur. Er war nicht gar gerade gut gelaunt in den letzten Tagen, bevor er weggefahren ist, eben weil er nicht gelaufen ist. Er war gerade zu unausstehlich, aber bitte sagen Sie ihm nicht, dass ich das gesagt habe."

„Ist doch Ehrensache. Wir Frauen müssen doch zusammenhalten. Also gut, ich werde mich bei ihm melden. O.K.?"

„Danke."

Als wir am späten Nachmittag in die Hofeinfahrt von Ruts Haus fuhren, blieb mir fast das Herz stehen. Norgards schwarzer Volvo stand vor dem Haus und die Haustür stand offen.

„Oh, wie schön, mein Mann ist schon zurück. Ich hatte ihn noch gar nicht erwartet. Kommen Sie doch noch auf ein Glas Rotwein mit hinein, Fleur. Er wird sich freuen, Sie zu sehen."

Da war ich mir nicht so sicher. Ich für meinen Teil wollte ihn auf keinen Fall zusammen mit seiner Frau und Linda wiedersehen und in die allgemeine fröhliche Begrüßung mit einstimmen. Darum entschuldigte ich mich unter dem Vorwand, noch einen weiteren unaufschiebbaren Termin zu haben, außerdem musste der frische Fisch dringend gekühlt werden.

Ich ließ Linda und Rut gerade die Zeit auszusteigen, da brauste ich auch schon wieder davon. Den Blick fest auf den Rückspiegel geheftet mit der Angst im Nacken, Norgard doch noch in der Haustür zu erblicken, streifte ich um Haares Breite den Gartenzaun, um mit aufheulendem Motor panisch das Weite zu suchen.

Welch gelungener, zudem unauffälliger Abgang. Bravo!

14. Kapitel

Die Sonne ging langsam unter und ich saß gelangweilt in meinem Garten. Ich hatte weder Lust zu lesen, fernzusehen oder zu telefonieren. Bertrand schlief selig zu meinen Füßen und lediglich sein Schnarchen erinnerte mich daran, dass ich doch nicht ganz alleine war. Trotzdem bahnte sich ein Gefühl der Einsamkeit bei mir an. Ein lang vergessenes Gefühl, denn seit Theos Tod hatte ich mit Einsamkeit nicht mehr zu kämpfen, so paradox sich das auch anhören mag. In meiner Ehe war ich einsam gewesen. Abgeschnitten von vielen meiner Gefühle, außer meiner Wut. Es war mir dennoch nicht möglich gewesen zu ergründen, warum ich denn so wütend war. Ich hatte es auf meinen Alltagsgroll gegen Theo geschoben und nicht geahnt, dass viel tieferliegende Gefühle sich dahinter verbargen.

Nach der ersten Trauerphase um meinen Mann, und die hatte es wirklich gegeben, war es mir erst wieder möglich gewesen, über mich nachzudenken, in mich hineinzuhören und eine lang verstummte Stimme wahrzunehmen. Ich konnte mich wieder an viele Wünsche in meinem Leben erinnern, die ich vor langer Zeit gehegt hatte, und war sogar in der Lage, einige davon in die Tat umzusetzen. Einer davon hatte meinem Garten gegolten. Theo war stets darum bemüht gewesen, diesen in tadellosem Zustand zu halten. Die Beete waren allesamt gründlichst vom Unkraut befreit.

Die Zusammenstellung der Blumen fügte sich farblich genau abgestimmt zu einem Gesamtbild zusammen, dessen krönender Abschluss die bunten Polster auf unseren Gartenstühlen bildeten. Selbst die Tischdecke musste immer passend dazu sein.

Es hatte schön ausgesehen, ohne Frage, doch meinen Vorstellungen von einem Lustgarten entsprach diese sterile, streng kontrollierte Einteilung nicht.

Bereits wenige Wochen nach seinem Tod hatte ich tagelang damit verbracht, Blumenzwiebeln umzusetzen, Lavendel und andere wild wuchernden Kräuter dazwischen zu setzen, zwei Obstbäume mitten auf den Rasen zu pflanzen, Kantensteine zu entfernen und einen kleinen Teich nahe der Terrasse anzulegen. Mit Mathilds Hilfe war es mir zudem gelungen, eine Art Bachlauf zu konstruieren, den ich mit den verschiedensten Steinen aus der Umgebung ausschmückte.

Ein Jahr später sah mein Garten genau so aus, wie ich ihn mir immer vorgestellt hatte, lustvoll wild und wunderschön bunt. Eine Oase an Farbe und Duft.

Eine weitere Freiheit, die ich mir seit Theos Tod nahm, war die, mein Auto so gut wie nie zu waschen. Der immerwährende Staub in der Luft hafteteschichtweise auf der Kühlerhaube und ließ die sich darunter befindende Farbe (dunkelblau) nur noch erahnen. Ein Auto war für mich lediglich ein Fortbewegungsmittel, von dem ich erwartete, dass es ansprang und mich von A nach B transportierte. Theo hingegen hatte sein Auto fast mit der gleichen Hingabe gepflegt wie seinerzeit seine Kakteen. Der Kauf von neuem Autowachs war bestimmt erbauender für ihn gewesen, als ein Geschenk zu Weihnachten für mich aussuchen zu müssen. Sei es drum. Zu meinen Lebzeiten würde dieses Auto nicht mehr in den Genuss von Pflegemittel jedweder Art kommen!

Ebenso hatte ich die Farbe der Wände im Haus erneuert. Dem tristen Weiß war ein erquickliches Hellorange und Gelb gefolgt. Mein Schlafzimmer hingegen erstrahlte in einem vollen Burgundrot. Die Möbel auszutauschen hatte ich mich jedoch nicht getraut, meine Söhne wären bestimmt entsetzt gewesen, wenn ich alsbald nach dem Tod ihres Vaters das schwere Eichenbett samt passendem Schrank gegen ein leichtes Rattangestell und kleinere Kommoden ausgetauscht hätte.

Mit einem Glas Rotwein in der Hand stand ich nun genau vor diesem Lust abtötenden Monstrum und dachte das erste Mal ernsthaft darüber nach, mich davon zu trennen. Und ich dachte an Sex! Wie lange war es her, dass ich wirklich guten Sex genossen hatte? Ein Liebesspiel, das all meine Sinne berührte und nicht nur darauf abgezielt war, meinem männlichen Partner zu einem Orgasmus zu verhelfen. Ich erinnerte mich vage an die ersten Jahre meiner Ehe, in denen Theo sich noch Mühe gegeben hatte, auf meine Bedürfnisse einzugehen, an die Male, bei denen wir beim Sex gelacht und rumgealbert hatten, wir noch experimentierfreudig gewesen waren. Wie wäre es wohl heute für mich, mit einem Mann zu schlafen? Ich würde mich wahrscheinlich so ungeschickt wie ein junges Mädchen bei ihrem ersten Mal anstellen. Natürlich wusste ich rein theoretisch immer noch, wie man einem Mann Freude bereiten konnte, aber allein die Vorstellung einen nackten Mann anzufassen, ihn auf seine Brust zu küssen, seinen Hintern lustvoll zu kneten und sich ihm in freudiger Erregung entgegen zuschieben, ließ mich den Kopf schütteln. So weit würde es wohl nie mehr kommen, selbst wenn sich einer finden würde, der mit einer körperlich ausgelaugten Frau wie mir Sex haben wollte. Nie und nimmer würde ich es zulassen, dass ein Mann meinen nackten Körper zu Gesicht bekommen würde, mit all seinen Falten, dem Hängebusen, dem immer schwanger aussehenden Bauch, den wabbeligen Oberschenkeln und dem ausgesessenen Hintern. Insgeheim hatte ich Mathild immer dafür bewundert, mit wieviel Leichtigkeit und Selbstbewusstsein sie in dieser Beziehung Philipp begegnet war. Ich legte mich noch nicht einmal mehr im Badeanzug in meinen Garten und ging demzufolge auch schon seit Jahren nicht mehr schwimmen, obwohl ich die Bewegungen im Wasser immer geliebt und als sehr sinnlich empfunden hatte. Ich war immer eine sehr gute Schwimmerin gewesen, und als die Jungs noch klein waren, hatte es keinen See in der Umgebung gegeben, in den wir nicht voll Lebenslust hineingesprungen wären.

Alles lang her. Vorbei!

Bertrand lag müde auf dem Sofa und sah mich aus schläfrigen Augen fragend an, als ich das Wohnzimmer betrat. Spürte er meine innere Unruhe. Es war gegen 10 Uhr am Abend, aber ich konnte mir nicht vorstellen, ins Bett zu gehen, obwohl ich durchaus meine körperliche Erschöpfung wahrnahm. Unschlüssig setzte ich mich in den großen Ohrensessel und ließ meinen Blick durchs Zimmer wandern. Mein Gott, was für ein langweiliger Abend.

Als meine Hand sich in Richtung der auf dem Tisch liegenden Fernbedienung für den Fernseher streckte, blieb mein Blick an meinem Handy hängen. Ich stand auf, um in die Küche zu gehen. Ich suchte auf dem Küchenschrank in meiner Schale, in der ich alle Zettel sammelte, die so im Laufe einer Woche anfielen, Einkaufszettel, Notizen, Werbeblätter und ...

Da war sie, Norgards Visitenkarte, die er mir vor einiger Zeit einmal stolz, ob seiner neuen französischen Adresse drauf, überreicht hatte. Zwei Telefonnummern waren verzeichnet, wovon mich jedoch im Moment nur eine interessierte. Seine Handynummer.

Das Abspeichern von Nummern hatte ich in den letzten Tagen hinreichend geübt und Mathild hatte mich um Umgang mit der Tastatur und ihren manigfaltigen Möglichkeiten fit gemacht.

Telefonieren und das Absenden und Beantworten von Kurzmitteilungen beherrschte ich mittlerweile sehr gut, und ich hatte auch die Einladung zum Essen an meine Söhne auf diesem Wege versandt und prompt Rückmeldungen erhalten. Muttern auf dem Weg in die Neuzeit!

Nachdem ich Norgards Nummer eingespeichert hatte, drückte ich zaghaft auf die für Kurzmitteilungen vorgesehene Zeile. Ich könnte ja mal einfach eine SMS an ihn formulieren, nur so zum Spaß, abschicken würde ich die eh nicht. Außerdem würde mich das im Tippen trainieren, also warum nicht?

Mein dritter Formulierungsversuch sagte mir inhaltlich am ehesten zu:- Morgen, 7 Uhr, Treffen auf dem Kriegspfad? Fleur.-

Ich brauchte noch ca. 10 Minuten, mich zu entscheiden, die Nachricht auch wirklich abzuschicken. Na dann mal los!

Mit zitternder Hand legte ich danach das Teufelswerkzeug sofort aus der Hand, als würde ich Gefahr laufen, mir selbige daran zu verbrennen.

Als ich oben im Badezimmer vor dem Waschbecken stand und von heftigen Zweifeln an meiner letzten Aktion hin- und hergerissen die Zahnbürste nachdenklich in meinem Mund bewegte, hörte ich es: Piep, Piep!

Mit Schaum vorm Mund rannte ich die Treppe hinunter und ergriff mein Handy. Sie haben eine Kurzmitteilung erhalten!

Fleur, jetzt hängst du voll drin, fuhr es mir durch den Kopf.

Der Hund muss bestimmt gedacht haben, sein Frauchen ist jetzt total übergeschnappt, wie es da mit weißen Blasen vor dem Mund und vor sich hintropfend am Wohnzimmertisch steht und gebannt auf ein kleines Gerät starrt. Er sollte sich alsbald an diese oder ähnlich ungewöhnliche Szenen gewöhnen.

-Mit oder ohne Waffen?- Knapp und deutlich hatte er mir geantwortet, ohne mir jedoch zuzusagen.

-Natürlich mit!- antwortete ich spontan.

-Ich komme mit Bluthund und was bringen sie mit?-

Drei Minuten später wusste ich, dass er plante, neue Laufschuhe anzuziehen, damit er im Ernstfall besser weglaufen könne. Das würde ihm dank Zerberus nie und nimmer gelingen. Zudem hätte ich bereits Fallgruben ausgehoben, während er in Paris war, antwortete ich keck.

Er schrieb nicht minder frech, er wäre gar nicht wirklich in Paris gewesen, sondern hätte in dieser Zeit heimlich Tretminen im Wald vergraben.

Bertrand war die Situation nicht mehr geheuer. Mir war, als würde er mit seinem zottigen Kopf schütteln, als er den Raum in Richtung Küche verließ, um dort geräuschvoll zu trinken.

Gute Idee! Ich folgte ihm kurzentschlossen, um endlich meinen Mund auszuspülen und mein Gesicht von der mittlerweile angetrockneten Zahnpasta zu reinigen. Als ich hinter Bertrand unvermittelt auftauchte, erschrak sich der Hund derart, dass er entsetzt einen Schritt zur Seite sprang, wobei er seinen Wassernapf umstieß. Egal, die Pfütze würde ich morgen aufwischen, ich hatte Wichtigeres zu tun. Mein Handy in der einen, ein Wasserglas in der anderen Hand stand ich an der Spüle, als es an mir war, sich zu erschrecken. Das Gerät in meine Hand vibrierte beim Piepen und vor Schreck ließ ich es in die Spüle fallen. Hastig griff ich sofort wieder danach in der Angst, die soeben eingegangene SMS könnte verloren gegangen sein. Nichts war passiert!

Bevor ich überhaupt auf seine letzte Nachricht hatte antworten können, schrieb mir Norgard, dass er um Punkt 7 Uhr in meinem Garten stehen würde, und sollte ich aus Angst vor ihm nicht erscheinen, er rücksichtslos mein Schlafzimmer stürmen würde.

Meinen Rat, dies an seiner Stelle besser nicht zu tun, aus reinen Selbstschutzgründen, denn mein großblumiges Frotteenachthemd hätte eine schier erschlagende Wirkung auf jeden Mann, war das Nächste, was ich ihm via Handy zukommen ließ.

Ich sollte mir darum mal keine Gedanken machen, schließlich hätte er mich ja auch bereits ungeschminkt gesehen und wäre entzückt gewesen.

Alle Achtung: Mein schwedischer Nachbar flirtete ungehemmt wie ein jugendlicher Herzensbrecher! Spätestens jetzt war ich mir sicher: Madame Amsung weilte bereits im Bett!

15. Kapitel

~

In dieser Nacht schlief ich mehr als unruhig. Ich kam mir vor, wie ein kleines Mädchen, das den Morgen seines herannahenden Geburtstages nicht erwarten konnte. Bereits um 6 Uhr stand ich auf, duschte widersinnigerweise bereits vor dem Laufen und versuchte danach krampfhaft, mir meine mittlerweile leicht rausgewachsene Frisur zu föhnen. Danach sah ich aus wie ein Wischmopp. Einzelne Haare standen bockig zu Berge, andere wiederum lagen förmlich angeklatscht am Kopf. Beherzt griff ich zum Haargel und knetete mit der Verzweiflung eines viel zu spät aufgestandenen Bäckers fast die ganze Tube in meine Haare. Prima, jetzt sahen sie wieder so aus, wie vor dem Föhnen. Also wieder mit dem Kopf unter Wasser und das klebrige Zeug rausgewaschen: 10 vor 7! Wie ich diesen ungeduldigen Mann meinte zu kennen, war er bestimmt bereits in 5 Minuten in meinem Garten und wartete nur darauf, dass ich um Punkt 7 Uhr eben nicht dort erscheinen würde, um wie angekündigt mein Haus zu stürmen. Ein Dilemma sondergleichen, in dem ich mich da befand. Mit nassen Haaren rauszugehen würde ihm augenblicklich verraten, dass ich bereits geduscht hatte, und das wollte ich natürlich verhindern, denn warum sollte ich das getan haben???

Mir die Haare in Form zu föhnen, blieb mir einfach nicht die Zeit, und eine Mütze aufzusetzen wäre mehr als albern bei mindestens 13 Grad Außentemperatur. Obwohl ...

Ich entschied mich doch für Letzteres und dafür, ihm einfach zu erzählen, ich litte im Moment an einer leichten Mittelohrentzündung, und darum die Mütze. Gesagt, getan und bereits drei Minuten später auch schon wieder bereut. Nicht, dass ich nicht todschick aussah im Frühsommer mit dicker Wollmütze auf dem Kopf, aber etwas warm war es schon, um nicht zu sagen so heiß wie beim Inhalieren über einer kochenden Wasserschüssel unter einem Handtuch. Zumindest muss ich binnen kurzer Zeit so ausgesehen habe, als käme ich gerade genau daher.

Ohne große Begrüßung setzten wir uns pünktlich auf die Minuten in Bewegung, als würden wir seit Jahren nichts anderes machen, morgens in aller Herrgotts Frühe.

„Welchen Weg nehmen wir? Ich meine, welchen Weg haben Sie mit Tretminen ausgelegt?", eröffnete ich das Gespräch.

„Oh, das ist vollkommen egal. Ich hatte ja fast drei Tage Zeit und da habe ich dann quasi flächendeckend gearbeitet."

„Komisch, dass wir uns da nicht begegnet sind, weil ich doch sozusagen zeitgleich meine Fallgruben ausgehoben habe!"

„Im Gegensatz zu Ihnen trage ich eine gewisse Tarnkappe durch meine natürliche Haarfarbe und kann mich gut im Unterholz verstecken. Rotkäppchen fällt es diesbezüglich wohl etwas schwerer, nicht dem Wolf zum Opfer zu fallen, oder?"

„Rotkäppchen haben vielleicht eine auffallendere Haarfarbe, aber doof sind sie deshalb noch lange nicht, zumindest nicht so doof, einem alten, längst ergrauten Wolf mit Sehhilfe in die Pfoten zu laufen!!!"

„Wie wenig Sie sich doch mit Wölfen auskennen, meine Liebe. Selbst komplett blinde Wölfe wittern allein durch ihren sensiblen Geruchssinn jedes Rotkäppchen, egal wo und wie es sich versteckt!"

„Aha, wie interessant. Und wo war Rotkäppchen dann in den letzten Tagen, Herr Wolf?"

„Im Haus der Großmutter natürlich und hat im Bett gewartet, dass der Wolf doch noch vorbeikommt, um von ihm mit Haut und Haaren gefressen zu werden."

Eingebildetes Arschloch! Ich schwitze unter meiner Wollmütze wie ein Affe in der Sonne und war dabei, ein Wortgefecht gegen diesen alten Wikinger zu verlieren. Zudem hatte er einen eiligen Schritt angeschlagen, dem ich ebenso kaum folgen konnte. Ich war dabei, auf ganzer Strecke zu verlieren. Toller Tag! Soeben war ich auf eine seiner Tretminen getreten und befand mich rein gefühlsmäßig total in der Luft. Es galt wieder Boden unter die Füße zu bekommen.

Irgendwo musste doch eine Fallgrube zu finden sein.

„Soweit ich weiß, bevorzugen Rotkäppchen junge knackige Wölfe, die sich an drallen Rothaarigen nicht so schnell den Magen verderben, oder wohlmöglich daran zu ersticken drohen. Alte Wölfe mit einem Gebiss sind doch gar nicht mehr in der Lage, auf einmal so eine große Portion zu verschlingen. Manch Gevatter Wolf hat ein derartiges Mahl nicht überlebt!"

Er riss mich förmlich an meinem linken Arm zurück, faste auch meinen rechten, hielt mich fest und küsste mich auf den Mund. Ich starrte ihn an, wie vom Donner gerührt. Er hingegen atmete hörbar ein und rülpste. Der Mann rülpste, nachdem er mich geküsst hatte! Ich war fassungslos, verdattert, schockiert, außerstande etwas zu sagen.

Er ließ mich ebenso unerwartet los, wie er mich gepackt hatte, und strahlte mich mit hochgezogenen Augenbrauen und weit aufgerissenen Augen erwartungsvoll an.

„Und, wie war das, für einen gebisstragenden Wolf? Ich habe Sie gerade mit einem Happs verschlungen meine Liebe, inklusive Abschlussrülpser, wie es sich für ein Tier gehört!"

Ich konnte immer noch nichts sagen.

„Nun Rotkäppchen, noch Fragen an Gevatter Wolf, oder können wir jetzt weitergehen?"

Wir gingen weiter, zuerst allerdings schweigend.

„Ich wollte Sie nicht erschrecken, Fleur. Bitte verzeihen Sie, wenn ich Ihnen zu nahegetreten bin, aber mir war danach, Sie zu küssen. Sie waren dermaßen kokett und Sie sehen so süß aus mit Ihrer Mütze auf dem Kopf und den unzähligen Schweißperlen auf der Stirn, dass ich nicht anders konnte. Außerdem haben Sie mich bis aufs Blut gereizt, mit Ihrer letzten Äußerung. Da mussten Sie doch quasi mit einem sofortigen Gegenbeweis rechnen?"

Jetzt erst konnte ich lachen, und zwar aus vollem Halse.

„Eins zu Null für Sie, Norgard, Sie sind einfach unübertrefflich!"

„Und das nach dem ersten Kuss! Ich bitte Sie, Fleur, halten Sie sich mit Ihren Komplimenten zurück, Wie setzen mich für weitergehende Aktionen unter Druck. Wie soll ich mich da noch steigern? Aber jetzt mal im Ernst: Sind Sie mir böse wegen eben?"

„Nein, das bin ich nicht, wenn ich auch etwas brüskiert war im ersten Moment, aber ich weiß ja, wie es gemeint war."

„Ach ja?"

Wir sahen uns an und das war eigentlich der Moment, indem meine Knie weich wurden. Was war schon so ein Blick gegen einen flüchtigen Kuss? Der Mann hatte recht, er war noch steigerungsfähig. Ich musste raus aus diesem Zauberwald, oder zumindest mich abkühlen, sonst würde ich wegen dieser dämliche Mütze noch einen Hitzeschlag bekommen, und zwar nur wegen der Mütze!!!

Der kleine, unser kleiner See, die Rettung, lag direkt vor uns. Gott war doch auf meiner Seite.

Ohne Rücksicht auf meine Lüge riss ich mir die Mütze vom Kopf und kühlte mein Gesicht mit kaltem Wasser. Als ich mich umdrehte, hatte Norgard sich bereits die Schuhe ausgezogen, und im ersten Moment befürchtete ich, er wolle sich komplett ausziehen. Nach der Aktion von vorhin würde mich das nicht wundern. Er grinste mich an und schlenderte auf mich und den See zu.

„Keine Angst, Fleur, ich bleibe angezogen. Ich möchte mir nur meine qualmenden Füße etwas erfrischen, wer weiß, was der Rückweg mir noch abverlangen wird?"

„Sie sehen mir aber nicht so aus, als hätten Sie heute noch vor, vor mir wegzulaufen. Ich hätte mir besser neue Laufschuhe angezogen, denn auf Bertrand ist wohl auch kein Verlass. Wo ist der blöde Hund eigentlich und vor allem, wo war er, als sein Frauchen in höchster Gefahr war?"

„Sie waren nicht eine Minute in Gefahr und das hat Ihr Hund gespürt. Verlassen Sie sich auf sein Gespür."

Und als hätte Bertrand uns zugehört, sprang er hinter einem Busch hervor und mit Schwung ins Wasser. Dabei machte er Norgards Hose dermaßen nass, dass dieser aussah, als wäre er in den See gefallen. Diesmal lachte ich ungehemmt los.

„Soviel zum Gespür des Hundes!"

Norgard fluchte leise vor sich hin. „So ein Mist. Ich bin bis auf die Unterhose nass. Fleur, ich kann jetzt keine Rücksicht mehr auf Ihr unschuldiges Frauenherz nehmen. Ich werde mich kurz meiner Hose entledigen, um diese auszuwringen. Bedanken Sie sich bei Ihrem Hund."

Eh ich noch die Chance hatte, mich geniert umzudrehen, stand er auch schon in Boxershorts vor mir, und ich starrt unverhohlen auf seine Beine. Schöne gerade, schlanke, behaarte Beine. Er hatte meinen Blick bemerkt und sah an sich herunter.

„Meine Frau sagt immer, ich hätte mit einem Storch um die Beine gewettet."

„Und wer hat Ruts Meinung nach gewonnen?"

„Na ich, das sieht man doch."

„Der arme Storch. Kommt der denn mit Ihren dicken Beinen überhaupt in die Luft, wenn Sie jetzt Seine haben?"

„Das hätte er sich vorher überlegen müssen. Mit einem Wolf wettet man eben nicht."

„Aber die Behaarung des Wolfes haben Sie behalten?"

„Natürlich, schließlich haben wir nur um die Beine gewettet, nicht um die artgerechte Behaarung."

„Ich sehe schon, bei Ihnen muss man vorsichtig sein, wie man sich ausdrückt. Da kommt es auf jedes Detail an."

„Und ob. Ich lass mich doch nicht über den Tisch oder Waldboden ziehen!"

„Oder in Fallgruben locken?"

„Oder in Fallgruben locken, wie wahr!"

„Macht es Ihnen etwas aus, wenn ich die Hose für einige Minuten in die Sonne zum Trocknen lege und wir uns hier ins Gras setzen?"

„Ob Sie es glauben oder nicht, Herr Nachbar, aber ich habe bereits vorher Männer in Unterhosen gesehen, also tun Sie sich keinen Zwang an."

„Aber bestimmt noch keinen schwedischen?"

„Das stimmt, aber ich muss feststellen, das macht über die Grenze hinaus keinen wirklichen Unterschied."

„Ist Ihre Hose eigentlich gar nicht nass geworden?"

„Keine Chance! Und wenn ich aus allen Nähten nur so vor Wasser triefen würde, ich würde mich nicht vor Ihnen ausziehen."

„Wieso, denken Sie, ich habe noch nie eine andere Frau als die meinige in Unterhosen gesehen?"

„Lassen wir das bitte!"

„Schade, ich hatte nämlich gehofft, Sie zu einem Bad im See überreden zu können. Es ist so herrlich warm heute morgen. Bestimmt 20 Grad und das Wasser ist auch ganz weich und warm."

„Ich schwimme nicht!"

„Ach ja, ich habe vergessen, dass Sie ja eine Mittelohrentzündung haben. Sie müssen aber tüchtig geschwitzt haben unter ihrer Mütze. Ihre Haare sind ganz feucht."

„Ja, ich setzte sie auch wohl besser wieder auf, damit ich mich nicht noch mehr erkälte."

Er legte sein Hand auf meine Hand, die die Mütze festhielt.

„Bitte nicht. Ich glaube, das ist nicht wirklich gut, wenn Sie so schwitzen. Lassen Sie Ihre Haare erst einmal in der Sonne trocknen. Ich passe auf, dass Sie keinen Zugwind abbekommen."

Sanft strich er mir ein paar Strähnen aus der Stirn.

„Sie sehen so jugendlich aus mit Ihren nassen roten

Haare, und so spitzbübisch. Das mag ich so an Ihnen, Ihre Frechheit und Direktheit und die Jugend in Ihren Augen. Ich glaube, das war der Grund, warum ich Sie vorhin einfach küssen musste. Sie wirken auf mich manchmal wie ein junges Mädchen, so kokett und leicht."

„Ich wirke wie ein leichtes Mädchen auf Sie?"

„Warum machen Sie das immer wieder, Fleur?"

„Was mache ich?"

„Sie machen alle Komplimente kaputt, die ich Ihnen mache? Glauben Sie mir nicht, wenn ich Ihnen sage, dass Sie mir gefallen?"

„Ich weiß nicht?"

„Was wissen sie nicht? Wie Sie auf Männer wirken? Das können Sie mir nicht erzählen. Allein wie Sie sich bewegen, zeugt davon, dass Sie eine sehr selbstbewusste Frau sind."

„Wie beweg ich mich denn?"

„So sinnlich, so weiblich, so weich und schwungvoll zugleich, eben wie eine Frau, die weiß, das sie eine Frau ist!"

Ich spürte es augenblicklich. Ich wurde feuerrot. Jetzt konnte ich nur noch beten, dass meine Gesichtsfarbe nicht noch dunkler wurde als meine Haare. Nicht auszudenken, wie bescheuert ich dann aussehen würde.

Verlegen stand ich auf.

„Ich glaube, wir gehen jetzt besser zurück, Norgard."

„Aber warum denn, es ist doch herrlich hier."

„Sie verunsichern mich."

„Warum, weil ich Ihnen Komplimente mache? Das sind Sie doch sicher gewohnt, Fleur?"

„Vielleicht, weil Sie verheiratet sind?"

„Das hätte ich jetzt nicht von Ihnen erwartet, dass Sie so spießbürgerlich denken. Ich habe Sie doch nicht gefragt, ob

Sie mit mir ins Bett gehen wollen. Ich habe Ihnen nur gesagt, dass ich finde, dass Sie eine schöne, interessante Frau sind. Was ist daran denn so schlimm?"

„Bitte, Norgard, lassen Sie uns gehen, mir ist das peinlich."

„Warum ist es so schwer, Fleur, dass wir Freunde werden? Warum nur?"

Kopfschüttelnd zog er sich die nasse Hose wieder an und wir machten uns ohne ein weiteres Wort auf den Rückweg.

Bertrand trabte zufrieden und selbstvergessen hinter uns her. Wenigstens einer, der sich die gute Laune an diesem sonnigen Tag nicht verderben ließ.

Ich für meinen Teil beschloss, nie wieder mit meinem Nachbarn spazieren zu gehen.

Nie wieder!

16. Kapitel

~

„Könntest du bitte heute Abend bei mir vorbeikommen? Oder, nein, ich komme besser zu dir, damit wir auch wirklich ungestört sind."

Mathild erzählte mir später am Abend, ich hätte mich bei meinem Anruf verstört angehört, dass sie schon dachte, es wäre etwas Schlimmes passiert.

Wir tranken unseren geliebten Rotwein in ihrem Garten und unterhielten uns im Schein der vielen Fackeln, die sie aufgestellt hatte. Ein wunderschöner Abend, lauschig warm, beschaulich ruhig, einfach herrlich zum Quatschen.

„Was ist denn los, Fleur? Bedrückt dich etwas?"

„Ich muss dir etwas erzählen, was mir heute passiert ist und mit dem ich nicht so recht klar komme. Es geht um Norgard und mich."

Sie nickte lediglich, sah aber nicht wirklich überrascht ob des Themas aus.

Diesmal erzählte ich ihr alles, jedes Detail, jeden Wortlaut originalgetreu, jeden Sonnenstrahl auf dem kleinen See erwähnte ich in aller Ausführlichkeit. Ich wolle, dass sie mich wirklich verstand.

Mathild hätte mich jedoch auch ohne meine weitreichenden Ausschmückungen verstanden. Ich glaube, sie hatte zu diesem Zeitpunkt schon längst verstanden. Nur ich, ich wollte einfach nicht verstehen.

Zuerst antwortete sie nicht, dass ich schon dachte, sie wäre vielleicht eingeschlafen oder hätte gelangweilt abgeschaltet.

Dann jedoch sprach sie sehr leise und vorsichtig nach den richtigen Worten suchend:

„Fleur, nimm es mir nicht übel, aber die Geschichte hört sich an, wie eine Geschichte zweier Verliebten, die nicht wissen, wie sie es sich sagen oder besser noch, wie sie es leben sollen."

Ich schaute sie abwartend an.

„Ich meine, sieh dir die Geschichte, die du mir gerade erzählt hast, doch mal aus der Distanz an. Da lernen sich zwei nicht mehr ganz junge Menschen kennen. Beide haben bereits ein gelebtes Leben hinter sich und sind reich an Erfahrung und Wissen über sich selbst. Sie finden durch Gespräche und die Vorliebe für Bücher zueinander. Sie diskutieren durchaus kontrovers, aber sie haben auch ganz viel Spaß miteinander, weil sie den gleichen Humor haben. Aber vor allem Fleur, sie haben sich etwas zu sagen. Nicht den üblichen Small Talk, sondern Dinge, die sie wirklich bewegen, gleiche Gedanken zuweilen und auch unterschiedliche Einstellungen. Sie führen tiefsinnige Gespräche. Aber immer, wenn es um Gefühle geht, dann fangen sie an zu streiten. Spätestens dann, wenn es um ihre Beziehung zueinander geht, um die Sympathie, die sie für einander hegen, und auch vielleicht um erotische Anziehung, dann geht gar nichts mehr. Findest du das nicht verdächtig? Wobei ich fairerweise sagen muss, dass ich das Gefühl habe, dass du mit solchen Situationen mehr Probleme zu haben scheinst als Norgard. Warum denn? Findest du es nicht einfach herrlich, dass da ein Mann ist, der sich für dich interessiert und zwar auch als Frau? Mensch Fleur, was glaubst du denn, wie oft uns das noch im Leben passieren wird, in unserem Alter?" Sie sah mich freundlich lächelnd an und mir fiel das erste Mal auf, wie hübsch sie war, besonders im Kerzenschein. Philipp musste ein wahrer Idiot sein, eine solche Frau gehen zu lassen.

„Ach so einfach ist das doch nicht, Mathild. Ich meine, der Mann ist verheiratet und wir flirten zuweilen wie Pubertierende. Du kannst mir doch nicht erzählen, dass er sich ernsthaft für mich interessiert? Er will auf seine alten Tage noch mal ein bisschen spielen, vielleicht sich beweisen, dass er trotz Gebiss noch anziehend auf Frauen wirkt."

„Trägt er eigentlich wirklich ein Gebiss?

„Nein, ich glaube nicht."

„Und warum sagst du das dann immer? Ist das deine Art, ihn dir unattraktiv oder noch älter zu reden?"

„Warum sollte ich das denn machen? Ist doch völlig unwichtig, ob er ein Gebiss trägt oder ich ihn unattraktiv finde. Ich werde es auf jeden Fall nicht dazu kommen lassen, ihn einmal ohne Gebiss zu sehen. Ohne Hose hat mir schon gereicht! Ehrlich gesagt habe ich mir über ihn als Mann noch gar keine Gedanken gemacht!"

„Das glaube ich dir einfach nicht, Fleur. Warum wehrst du dich dann so vehement, wenn er dir als Mann begegnet? Ich finde, du tust alles dafür, dass er dich für unansehnlich und zickig hält, rennst aber gleichzeitig zum Friseur, um dich um 10 Jahre erfolgreich verjüngen zu lassen. Was willst du eigentlich?"

„Der Gang zum Friseur hat nichts mit Norgard zu tun. Wie oft soll ich dir das noch sagen?"

„Bis du es selber glaubst, meine Liebe, genau so lange!"

Mathild hatte ihren Stuhl näher an meinen herangerückt und hielt nun meine Hand.

„Ich weiß noch genau, wie es war, als ich Philipp kennengelernt habe. Ich habe mich ab dem Tag erst einmal nur hässlich gefühlt. Alt, unförmig und verbraucht, denn ich habe mich auf einmal mit anderen Augen gesehen. Ich konnte mir sein Interesse an mir nicht erklären und habe nach unzähligen Gründen dafür gesucht, warum er sich mit mir treffen wollte. Den Grund, dass er mich einfach nur schön fand, konnte ich nicht gelten lassen, weil er mir zu abwegig erschien, weil ich es selber nicht glauben wollte. Fleur, du misstraust nicht ihm, du misstraust dir. Wo ist dein Selbstvertrauen als Frau nur geblieben?"

„Bei Theo im Grab!"

Ich konnte nicht anders, ich fing an zu weinen. Wie lange war mir das nicht mehr passiert, dass ich vor anderen Menschen weinte? Noch nicht einmal bei Theos Beerdigung hatte ich mir das gestattet. Sie hatte so recht. Ich bewertete meinen Wert als Frau gleich null, weil ich mich durch Theos Brille betrachtete. Da war ich seit fast fünf Jahren Witwe und trug immer noch seine Brille auf der Nase und hatte es noch nicht einmal bemerkt. Da musste erst ein anderer Mann kommen und mich dran erinnern, dass ich eine Frau war, die zudem wirklich einmal sehr hübsch gewesen war. Wie alt wollte ich werden, bis ich in der Lage war, mich selbst so zu sehen, wie ich war und dafür keine Männer mehr brauchte? So viel zu dem Thema meiner Unabhängigkeit!

„Ach Mathild, was soll ich denn jetzt machen? Ich meine, der Mann ist verheiratet und ich spiele mit dem Feuer und mit jedem neuen Treffen laufe ich Gefahr, mir total die Finger zu verbrennen. Es stimmt, dass ich mich gerne mit ihm unterhalte. Und du müsstest mal seine Beine sehen! Ganz grade, durchtrainierte Beine, Mathild. Welcher Mann hat die schon in dem Alter?"

„Siehst du, es geht doch! Ich glaube nicht wirklich, Fleur, dass es noch in deiner Macht steht, was ab jetzt passiert. Stell dir doch mal vor, du würdest es wirklich schaffen, dich nicht mehr mit ihm zu treffen. Was denkst du, wie lange würdest du das durchhalten?"

„Zwei Tage?"

„Na super, ich würde mal sagen, dann ist doch alles klar. Warum machst du es dir so schwer? Du bist doch nicht alleine dafür verantwortlich, wie es mit eurer Beziehung weitergeht. Er ist doch auch beteiligt. Lass euch doch erst einmal die Zeit, euch wirklich kennenzulernen, vielleicht erübrigt sich ja auch alles Weitere und ihr bleibt einfach nur Freunde?"

„Und wenn nicht? Was mache ich, wenn ich mich wirklich in ihn verliebe und er sich in mich?

Nein Mathild, ich glaube, das Beste wird sein, ich breche diese Beziehung jetzt ab, damit ich nicht Gefahr laufe, mich da in etwas zu verrennen, was aussichtslos ist: Du hast es doch selbst gerade am eigenen Leib erfahren, wie schmerzhaft es ist, unglücklich verliebt zu sein, ohne Hoffnung auf Erfüllung."

„Und ich würde es immer wieder so machen. Keine Minute der letzten zwei Jahre möchte ich missen, Fleur, Keine! Ich habe auf meine alten Tage noch einmal eine tiefe Liebe erleben dürfen und dafür bin ich dankbar, denn ich habe dabei ganz viel über mich gelernt. Insbesondere, dass man seinem Schicksal eh nicht ausweichen kann. Du hingegen möchtest am liebsten immer alles kontrollieren, kein Risiko eingehen. An wen erinnert mich das bloß?"

„Das ist jetzt aber gemein, mich mit Theo zu vergleichen. Ich bin sehr wohl risikobereit. Vielleicht etwas vorsichtig, bin ja auch keine 20 mehr."

„Verdammt noch mal, dann lass dich drauf ein und lass dich treiben. Genieße alles, was sich dir im Leben noch bietet. Mensch, wir sind bald 70 Jahre alt, was denkst du, was da noch alles kommt?"

„Aber genau das ist doch der Punkt. Ich werde in drei Monaten 67 Jahre alt und mein Körper mit mir. Da kann ich im Kopf so jung sein, wie ich will. Meine Brüste, mein Bauch, mein Hinter sehen genau so alt aus, wie ich bin, wenn nicht noch älter. Ich bin aber scheinbar nicht zu alt, um mich noch einmal zu verlieben, jedoch leider viel zu alt, um noch mit einem Mann ins Bett zu gehen, wenn ich verhindern will, dass dieser spätestens, wenn er mich nackt sieht, eine Herzattacke bekommt."

"Spinnst du jetzt total? Das ist doch nicht dein Ernst, oder? Wie alt ist der Schwede noch mal? 25?"

„Nein, er ist bestimmt auch so Ende sechzig, scheint aber immer viel Sport getrieben zu haben. Soweit ich das beurteilen kann, hat er nicht ein Gramm Fett zu viel auf den Rippen."

„Das mag ja sein, Fleur, aber der Mann ist doch nicht doof. Ich meine, der lässt sich doch nicht mit einer Frau in seinem Alter ein und erwartet, im Bett auf eine Endzwanzigerin zu treffen. Wenn er sich wirklich an deinen körperlichen Macken stören sollte, dann kannst du ihn gleich abhaken. Worum geht es dir denn wirklich?"

„Ich habe seit langem mal wieder an Sex gedacht, Mathild, und dabei gespürt, wie viel Angst ich davor habe, es noch einmal mit einem Mann zu versuchen. Ist das nicht verrückt? Wann hört das endlich auf, dass man sich für Sex interessiert? Ich wähnte mich schon längst auf der sicheren Seite und habe vielleicht auch deshalb in den letzten Jahren mein Äußeres vernachlässigt. Ich brauchte mich nicht mehr für den Wettbewerb fit zu machen und ich habe das genossen. Und wenn ich jetzt vor dem Spiegel stehe, sind all meine Selbstzweifel wieder da, nur noch viel schlimmer als früher, weil ich halt älter geworden bin und an gewissen Tatsachen auch mit Schminke und sexy Kleidung nichts mehr ändern kann, außer vielleicht mich total lächerlich zu machen. Ich war mir sicher, raus aus dem Rennen zu sein, und dann kommt so ein blöder Nordeuropäer daher und macht mir meinen inneren Frieden zunichte."

„Wäre es ein Frieden gewesen, Fleur, dann hätte selbst Norgard den nicht so schnell ins Wanken bringen können. Ich glaube eher, da ist ein ganz altes Problem in dir wieder zum Leben erwacht. Gab es eigentlich in deinem Frauenleben jemals eine Zeit, in der du dich schön gefunden hast?"

„Na ja, schön? Ganz hübsch vielleicht, aber immer zu dick, egal, wie viel ich wirklich auf die Waage gebracht habe. Weißt du Theo hat immer ganz zierliche Frauen mit langen Haaren bevorzugt, so die Marke Elfe oder Fee. Ich habe vielleicht mal so mit 19 ausgesehen, aber nachdem dann die Jungs geboren waren, war mein Feen-Dasein auch beendet, und ich bin in die Liga der Wuchtbrummen aufgestiegen."

„Vollweib könntest du auch sagen. Ich habe dich immer als sehr weiblich empfunden mit deinen ausgeprägten Rundungen."

„Sag ruhig mit meinem dicken Hintern, den großen Brüsten und dem vorstehenden Bauch."

„Nein, das sage ich eben nicht, weil ich finde, das ist Ansichtssache. Warum nur machst du dich immer selbst so runter, Fleur? Du bist eine wunderschöne Frau, selbst mit fast 67 Jahren noch. Sieh dir deine Augen an, mit ihrem leuchtenden Grün. Deine vollen Lippen, deine reine weiche

Haut. Und jetzt mit den roten Haaren siehst du richtig frech aus und dein Typ kommt ausgesprochen gut zur Geltung."

„Wenn man dir so zuhört, könnte man meinen, DU seist in mich verliebt?"

„Vielleicht bin ich das ja auch ein wenig?"

Ich starrte sie ungläubig an.

„Fleur, wo ist deine Leichtigkeit und dein Humor hin? Du bist ja total verspannt. Das war gerade ein Witz, also entspann dich. Was hältst du davon, wenn wir beide morgen zusammen zu deinem Friseur fahren und einen richtig tollen Weibertag zusammen verbringen. Ich bin gespannt, ob dein Ramon auch aus mir noch was machen kann. Und hinterher gehen wir schön Essen und geben jede Menge Geld aus, was wir nicht haben, für Klamotten, die wir nicht brauchen."

„Oh ja, du hast recht. Ich könnte wirklich ein paar neue Sommersachen gebrauchen und am Samstag schocke ich dann meine Sippe mit Minirock und bauchfreiem Top! Hast du nicht Lust auch zu meinem Fischsuppenessen zu kommen?"

„Eine schöne Idee. Die Gelegenheit, dich im Mini zu sehen, werd ich mir doch nicht entgehen lassen, und wenn es dabei noch was Leckeres auf den Löffel gibt, bin ich sowieso dabei."

17. Kapitel

~

Ich hatte Norgard noch spät am Abend eine SMS geschickt, dass ich am nächsten Morgen leider verhindert sei, ihn und seine Frau dafür aber für den kommenden Samstag zu meiner kleinen Gartenparty eingeladen. Seit langem verspürte ich mal wieder Lust, für viele Leute zu kochen, den Garten zu schmücken; einfach Menschen um mich zu haben.

In der Zeit, in der Mathild unter Ramons Fingern verjüngt wurde, schlenderte ich ziellos durch das Einkaufszentrum und landete in meinem Lieblingsbuchladen. Bei den Neuerscheinungen war nicht wirklich etwas dabei, was mich dazu bewegen konnte, es umgehend zu kaufen. Also wanderte mein Blick zu dem Regal mit den Klassikern und Gedichtbänden.

Philipp hatte auch schon einige Büchlein herausgebracht, allesamt leichte Liebesgedichte, für einen Schmuckhandelsvertreter gar nicht mal schlecht.

Wie lange war es her, dass ich Gedichte gelesen hatte? Ich entschied mich für einen Band mit frühen Gedichten von Rilke und ließ mich auf einen der Sessel fallen, um ihn zu lesen.

Mit wie wenigen Worten zuweilen hatten er es geschafft, die Liebe zu beschreiben, oder den mitunter verzweifelten Zustand eines Menschen. Ich bewunderte Menschen mit dieser Gabe, durch Worte Bilder und Gefühle in anderen Menschen entstehen zu lassen, und entschied mich kurzentschlossen das Buch zu kaufen.

Als ich in den Friseursalon zurückkam, war Mathild gerade bei ihrem dritten Glas Sekt und somit fast fertig. Die Stimmung zwischen ihr und Ramon schien sehr gelöst zu sein und sie strahlte mich an. Ihre Haare hatten nun ein dunkleres Braun angenommen, welches all ihre grauen Haare abdeckte. Der lange Pony war einem angestuften Seitenscheitel gewichen und ließ sie geradezu verwegen aussehen, mit dem einen halb verdeckten Auge. Ihre restlichen Haare waren in den Genuss einer leichten Dauerwelle gekommen und fielen nun sanft gelockt auf ihre Schultern. Sie sah so weich und verletzlich aus und ich war mir sicher, würde Philipp sie so sehen, würde er augenblicklich seine Frau verlassen.

„Wie machen Sie das bloß, Ramon?", begrüßte ich meinen Friseur herzlich, fast wie einen alten Freund. „Haben Sie sich auf alte Frauen und deren Verwandlung spezialisiert? Sehen Sie sich meine Freundin an: sie sieht einfach zauberhaft aus, wie ein junges Mädchen!"

Ramon trat einen Schritt von Mathild zurück und betrachtete sein Werk zufrieden.

„Es ist doch so, meine Damen: Geben Sie einem Maler Farbe und er kann auf einer guten Leinwand auftragen was er will, es wird ihm gelingen. Auf den Untergrund kommt es an. Ich will damit sagen, Sie beide bringen so viel Verschönerungspotenzial bereits mit, dass ich eigentlich nur noch den Feinschliff übernehmen muss. Und ich weiß wovon ich spreche. Es kommen tagtäglich so viele Frauen zu mir und bei nicht wenigen hab ich das Gefühl, sie halten für mich eine Art David Copperfield, bezüglich dessen, was sie von meiner Frisierkunst erwarten. Aber nicht bei allen gelingt es mir so gut wie bei ihnen beiden, weil eben der Untergrund nicht stimmt, wenn sie verstehen, was ich meine."

„Sie alter Charmeur. Sie wissen doch genau, was Frauen hören wollen. Ich glaube Ihnen kein Wort", entgegnete ich ihm.

Ehe er jedoch darauf antworten konnte, schaltete sich Mathild ein.

„Vergessen Sie, was Sie sagen wollten, Ramon. Bei meiner Freundin ist in Sachen Komplimente Hopfen und Malz verloren. Sie kann sie einfach nicht annehmen. Ich hingegen verstehe, was Sie meinen, und würde das in unserem Fall auch unterschreiben. Vielen Dank, mein Lieber, Sie sind Balsam für meine ausgetrocknete Seele und alleine deshalb werde ich wiederkommen. Stellen Sie den Sekt schon mal kalt."

An der Kasse ließ sie sich nicht lumpen und steckte Ramon ein üppiges Trinkgeld zu.

Als wir draußen waren und ich mich darüber auslassen wollte, legte sie mir ihre Hand auf den Mund.

„Ich will nichts hören, Fleur. Du denkst, ich habe diesen Mann dafür bezahlt, dass er mir ein Kompliment gemacht hat. Und wenn schon! Ich lasse mir von dir nicht meine gute Laune verderben. Wenn du hässlich sein willst, dann sei es. Ich hingegen fühle mich so schön wie lange nicht mehr, und alle sollen es sehen. Und jetzt gehen wir Unterwäsche kaufen!"

„Unterwäsche? Ich brauche keine neue Unterwäsche!"

„Da bin ich mir aber nicht so sicher, mein kleiner Nachtfalter. Wir werden es ja gleich in der Umkleidekabine sehen."

„Denkst du, ich ziehe mich vor dir aus, um dir meine Unterwäsche zu zeigen?"

„Besser mir, als ungeprüft M. Amsung, oder?"

„Du spinnst Mathild!"

„Ganz und gar nicht, Fleur, ich bin halt nur einen Schritt weiter als du, und jetzt rein mit dir in die Kabine."

Ich konnte machen, was ich wollte, Mathild war nicht davon abzubringen, dass ich mich vor ihr ausziehen sollte.

„Genau das hab ich mir gedacht, Nix da mit lustiger Witwe. Damit kannst du vielleicht im Blindenheim die Greise vom Hocker reißen, aber nicht einen scharfen Schweden."

Sie ließ mich halbnackt in der Kabine stehen und verschwand im hinteren Teil des Geschäftes. Wenige Augenblicke später erschien sie mit einem Arm voll mit den verschiedensten Stücken oder besser gesagt Stückchen.

„Das zieh ich nie und nimmer an. Ich mache mich doch in meinem Alter nicht mehr zur Hure. Das kannst du vergessen."

„Hab dich nicht so", und eh ich mich versah, hatte sie bereits meinen BH geöffnet und streifte mir die Träger von den Schultern. Ich hatte keine Wahl, wollte ich mich mit meiner Freundin in der engen Kabine nicht in einem Kampf verstricken. Ich, nur noch mit Unterhose bekleidet und wallenden Brüsten, sie hingegen in voller Montur und mit dem Willen, eines dem Tod geweihten Stieres zum Kampf bereit ausgestattet.

Also probierte ich: schwarze BHs mit Spitze und ohne, die dazu passenden Slips, Seidenhemdchen mit kleinen zarten Röschen drauf gestickt, einen grell pinken Body, knallrote Frauenboxershorts, einen dunkelgrünen Stringtanga (in dem ich besonders vorteilhaft aussah, mit meinen hängenden Hinterbacken und dem wabernden Hüftspeck), und ließ mich von ihr, mittlerweile willenlos, zur Witzfigur in Sachen Dessous machen.

Doch Mathild ließ sich nicht aus der Ruhe bringen, verschwand immer wieder im Laden, um mit neuen Herrlichkeiten, die der Markt hergab, bei mir aufzutauchen und mich zu zwingen, mich auf zwei Quadratmetern unaufhörlich zum Affen zu machen.

„So, jetzt haben wir es," sagte sie nach für mich unerträglichen 30 Minuten.

„Wir nehmen die schwarze Kombination mit Spitze, dazu ein schwarzes und ein weißes Seidenunterhemd mit passenden Pariser Hüftslips, den pinken Body und noch zwei burgundrote Sporthöschen mit den dazugehörigen BHs, falls du doch mal in die Verlegenheit kommen solltest, dich beim Laufen vor Norgard zu entblößen. Mit dieser Ausstattung kann dir nichts mehr passieren, meine Liebe, komme was da wolle!"

„Außer vielleicht, dass man mir meine Kreditkarte sperren wird. Hast du dir mal die Preise angesehen, Mathild?"

„Fleur, ich bitte dich! Um ein erfolgreiches Unternehmen zu starten, muss man schon mal in die Tasche greifen und in Vorkasse treten. Wirst sehen, der finanzielle Einsatz lohnt sich!"

„Was war noch mal das erfolgreiche Unternehmen, das ich gerade starte? Ich kann dir nicht ganz folgen?"

„Dein Vorhaben lautet: Die Verwandlung vom Biest zur Schönheit, inklusive neuem Liebhaber."

„Aha, wusste ich ja noch gar nicht. Schade, dass wir Rut nicht mitgenommen haben. Die hätte sicher ihre reine Freude daran gehabt, dabei zu sein, wie ich mir für ihren Mann, denn der soll doch den Liebhaber geben, wenn ich nicht irre, Unterwäsche aussuche, damit er mir mit Haut und Haaren verfällt."

„Komm mir jetzt nicht mit Skrupeln, dafür ist es zu spät. Das Unternehmen SEX IM ALTER ist angelaufen, Fleur, und mit mir an deiner Seite wird daraus ein garantierter Erfolg."

„Je nachdem, was man als Erfolg verbucht!"

„Hör auf, du alte Heulsuse. Und selbst, wenn Norgard niemals eines von den Teilen zu Gesicht bekommt, dir wird es gut tun, die Sachen zu tragen. Vertrau mir! Die richtige

Unterwäsche ist der Schlüssel zum Erfolg einer jeden Frau, egal welches Ziel man verfolgt."

„Schade, dass ich das nicht früher gewusst habe, dann hätte ich mir ja mein aufwendiges Studium damals schenken können und mir eigentlich nur Reizwäsche zu kaufen brauchen."

„Da gebe ich dir grundsätzlich recht. Ich bin mir sicher, dein Leben wäre anders verlaufen und das von Theo auch. So, und jetzt suchen wir deine kleine Freundin, die dir bereits beim letzten Mal beim Aussuchen deiner neuen Sachen geholfen hat, und behelligen sie mal mit unseren Wünschen."

„Mathild, wenn ich das hier bezahlt habe, werde ich mir für den Rest des Monats noch nicht einmal mehr Brot leisten können, geschweige denn weitere Kleidung. Gott sei Dank habe ich schon den Fisch für Samstag eingekauft, sonst müssten wir stattdessen die Unterwäsche auskochen, um die Suppenteller zu füllen bei meinem Gartenfest."

Doch Mathild schien wie im Fieber zu sein und steuerte unbeirrt auf die Rolltreppe zu, um mit mir in den dritten Stock zu der Damenoberbekleidung zu fahren.

Meine „kleine Freundin" schien auf uns gewartet zu haben, denn sie begrüßte mich augenblicklich, nachdem ich schleppenden Ganges die Rolltreppe verlassen hatte.

Wieder übernahm Mathild selbstredend die Führung des Gespräches.

„Mein Kind, wir haben gerade für meine Freundin hier ein paar Leckereien aus der Dessousabteilung ausgesucht und nun brauchen wir noch was Passende für oben drüber, wenn Sie verstehen, was ich meine."

„Darf ich mal sehen?"

„Aber sicher doch", und Mathild zeigte unumwunden dem Küken meine neue Unterwäsche. Ich wollte augenblicklich im Erdboden versinken, so sehr schämte ich mich.

Doch das junge Ding schien keinerlei Probleme damit zu haben, dass eine alte Oma sich Reizwäsche ausgesucht hatte und jetzt auf eine dazu passende, wohlmöglich noch durchsichtige Bluse hoffte.

„Ich habe es Ihrer Freundin bereits beim letzten Mal gesagt, dass sie sich viel weiblicher und mehr körperbetont kleiden soll. Schön, dass Sie mitgekommen sind, um mich darin zu unterstützen."

Die beiden beachteten mich überhaupt nicht mehr und ich kam mir vor, wie seinerzeit mit meiner Mutter beim Einkauf meines Konfirmationskleides. Es ging zwar um mich, aber ich schien dabei nicht wirklich eine Rolle zu spielen.

Und tatsächlich, die Kleine kam mit einer fast durchsichtigen, getigerten, schwarz-beigen Bluse zurück und einer schwarzen, dreiviertel-langen Hose. In der anderen Hand trug sie eine kurze, dünne Strickjacke, die nur einen Knopf in der Mitte hatte.

„Vielleicht probieren Sie das hier erst einmal, und ich suche in der Zwischenzeit noch einen passenden Rock dazu aus. Sie werden sehen, wenn wir das Richtige kombinieren, erhalten Sie für wenig Geld jede Menge neue Kleidung, die sie beliebig variieren können. Die Hose zum Beispiel können Sie gut und gerne zusammen mit der Strickjacke im Theater anziehen, oder zu einer Cocktailparty, und mit einem sportlichen Rock in einer hellen Farbe kombiniert sind Sie auf jeder Gartenparty ein gern gesehener Gast." Und schwupp, weg war sie.

„Das Kind hat echt was drauf", ließ sich Mathild anerkennend über unsere Bedienung aus.

„Ja, vor allem, wenn es darum geht, den Umsatz des Geschäftes zu erhöhen!"

Mit einer wegwerfenden Handbewegung ließ mich Mathild alleine in die Kabine gehen und setzte sich auf einen gegenüberliegenden Stuhl.

Als ich neu bekleidet wieder vor der Kabine auftauchte, saß sie dort mit einer Tasse Kaffee in der Hand und sah mich erwartungsvoll an.

„Umwerfend. Noch nicht einmal mehr deine dicken Oberschenkel kann man in der Hose sehen. Und die Bluse schmeichelt deinem Busen. Gut, dein weißer Brustpanzer darunter sieht natürlich unmöglich aus, aber dafür haben wir ja schon was Passendes, nicht war?"

Sie zwinkerte mir verschwörerisch zu und ich betete zu Gott, dass niemand ihre letzte Äußerung gehört hatte.

Die Verkäuferin erschien mit einem hell-beigen Rock auf der Bildfläche und äußerte

umgehend ebenso ihr Entzücken.

„Wenn Sie sich jetzt noch die passenden Schuhe kaufen, Madame, dann sind Sie nicht wiederzuerkennen."

„Aber sicher doch! Gibt es in Ihrem Hause auch eine gute Schuhabteilung? Natürlich nur italienische Designerware", entfuhr es mir mittlerweile genervt.

Mathild verdrehte die Augen.

„Das kriegen wir schon. Ich kann dir doch Geld leihen, Fleur. Du kannst doch nicht allen Ernstes in deinen Bio-Sandalen, die zudem 30 Jahre alt sind, zu diesem Rock und der Hose auflaufen.

Wenn schon, denn schon. Wir nehmen das Ensemble und den Rock auch!"

„Ich habe den Rock doch noch nicht einmal anprobiert, Mathild", protestierte ich schwach.

„Ist das ein Stretchrock, Mademoiselle?"

„Ja, das Neuste vom Neusten. Kann man sogar in den Trockner stecken."

„Dann brauchst du ihn auch nicht anzuprobieren, wenn er in deiner Größe ist. Stretch passt immer!

Wenn Sie bitte so freundlich wären und die Sachen inklusive der Unterwäsche zur Zentralkasse bringen würden? Ich brauche jetzt erst einmal was zu Essen, sonst unterzucker ich. Wo ist ihre Cafeteria?"

„Darf ich mich noch schnell umziehen, oder soll ich auch gleich mit zur Zentralkasse und dort im Regal auf dich warten?"

„Nun sei mal nicht so zickig. Du hast gerade einen Haufen neuer Sachen bekommen und machst ein Gesicht, als hätte man dich gezwungen saure Milch zu trinken!"

„Genau so schlecht ist mir auch. Mathild. Wovon soll ich den ganzen Spaß denn bezahlen?"

„Herrgott noch mal, Fleur. Wie oft noch? Wer in der Oberliga mitspielen will, muss die passende Ausrüstung haben. Ende der Diskussion!"

18 Kapitel

10 Minuten später saßen wir im Cafe. Ich bei einer mageren Tasse Cappuccino, Mathild hingegen schlemmte einen Krabbencocktail und ein Glas Weißwein.

„Was für ein herrlicher Tag, Fleur. Ich bin seit Wochen das erste Mal wieder so richtig zufrieden und habe Philipp mal für ein paar Stunden vergessen."

„Hat er sich eigentlich noch einmal bei dir gemeldet?"

„Nein, natürlich nicht. Ich sagte dir doch, dass ich glaube, dass die Sache sich erledigt hat."

„Ich kann das einfach nicht verstehen. Ihr ward für zwei Jahre ein Liebespaar und nun soll so mir nichts, dir nichts alles vorbei sein? Versteh einer die Männer?"

„Tja, was soll ich machen?"

„Hast du ihm denn zum Beispiel mal einen Brief geschrieben?"

„Zig Briefe, Fleur!"

„Und, hat er nicht geantwortet?"

„Ich habe keinen davon abgeschickt."

„Und warum nicht?"

„Vielleicht, weil ich Angst davor habe, es schwarz auf weiß vor mir zu sehen, dass er mich nicht mehr liebt?"

„Dass er sich zu seiner Frau bekannt hat, heißt doch nicht, dass er dich nicht mehr liebt?"

„Aber was macht das für einen Unterschied? Was hab ich davon, selbst wenn er mich noch liebt. Er ist weg und ich bin allein. C'est la vie!"

„ Ich glaube, ich würde mich nicht so schnell geschlagen geben. Es muss doch etwas geben, womit du ihn erreichen kannst? Ich meine, er hat doch kein Herz aus Stein. Er ist doch ein Poet?"

„Dann bleibt mir ja noch, auf sein neustes Werk zu warten, wenn ich wissen will, ob er leidet."

„Jetzt bist du es aber, die bitter ist, Mathild. Du bist doch diejenige, die anderen immer rät, für ihr Glück zu kämpfen. Mich hast du gerade noch regelrecht in den finanziellen Ruin getrieben, mit dem Hinweis, nichts sei für mein Glück zu teuer, und selbst bist du nicht bereit zu investieren."

„Das kannst du doch nicht vergleichen."

„Und warum nicht?"

„Es ist doch wohl viel leichter, Geld zu investieren als gefühlsmäßige Taten."

„Das sagst du. Mir wäre es heute Vormittag, gemessen an dem vielen Geld, das ich ausgegeben habe, wesentlich leichter gefallen, Norgard zu sagen, dass ich mich in ihn verliebt habe, als ein Konto derart überzustrapazieren."

„Na endlich, du gibst es zu, dass du dich verliebt hast."

„Das war jetzt eine Art Metapher, Mathild. Nimm doch bitte nicht alles so wörtlich."

„Wie dem auch sei, ich kann im Moment nicht anders. Vielleicht in ein paar Wochen, aber zurzZeit habe ich nur das Bedürfnis nach Ruhe, oder eben nach so einem schönen Tag wie diesem mit dir. Danke Fleur?"

„Wofür? Dafür, dass ich mich von dir finanzielle hab ruinieren lassen, damit es dir besser geht? Da nicht für, meine Liebe. Gern geschehen, Hauptsache ich sehe deine Augen mal wieder strahlen und deinen Mund lachen." Liebevoll tätschelte ich ihre Hand. Es war schön eine Freundin wie Mathild zu haben.

Als wir uns zirka zwei Stunden später, bepackt wie die Maulesel, inklusive einem Paar neuer Pumps aus reinem Wildleder (ein Schritt in meinen Garten damit und die Dinger sind ruiniert!) auf den Heimweg machten, waren wir beide in Hochstimmung. Mir war es zum Schluss egal gewesen, wie hoch die Rechnung ausgefallen war, vielleicht weil ich es leid war, immer mit der Rechenmaschine im Kopf, wie zu Theos Zeiten, einkaufen zu gehen. Mein letzter Sparvertrag, auch noch aus Theos Lebzeiten, würde bald fällig werden, und im Grunde genommen brauchte ich die Garage, für die das Geld eigentlich geplant gewesen war, auch gar nicht.

Mit dieser neu getroffenen Entscheidung hatte ich plötzlich sogar noch Geld zur Verfügung, das ich für mich und Mathilds Ideen bezüglich meiner neuen Frau-Werdung würde einsetzen können.

„Kommst du noch auf einen Sprung mit in meinen Laden? Ich hab gestern ganz vergessen, dir die Exponate für Norgards Haus zu zeigen, und ich wüsste gerne, wie du sie findest."

Umwerfend! Ich fand die Bilder, die Mathild gemalt hatte, schlichtweg einfach umwerfend!

Die Farben leuchteten in einer Intensität, wie ich meinte sie vorher noch nie erlebt zu haben.

Gelb und Orange, mit einem Stich Rot und einer Spur von hellem Grün harmonierten in einer Art und Weise miteinander, die augenblicklich den Sommer in ein jedes Zimmer zaubern würden. Ich konnte nicht anders, als meiner Freundin meine ernst gemeinte Hochachtung für ihre Leistung auszusprechen. Wie war sie bloß in der Lage gewesen, trotz ihres persönlichen Unglücks, so viel Lebensfreude und Schönheit auf die Leinwand zu bringen? Ich wäre dazu niemals imstande gewesen, zumal aus einer Stimmung der tiefsten Trauer heraus. Mathild war eine wahre Künstlerin für mich, und nicht nur, weil ich selbst nicht fähig war, überhaupt irgendetwas zu malen. Ihre Kunst ermöglichte es ihr, ihre innerste Einstellung zum Leben zum Ausdruck zu bringen, und wer ihre Bilder sah, spürte, dass diese Frau das Leben liebte, selbst wenn dies es nicht so gut mit ihr meinte. Wo nahm sie nur diese Freude, diese positive Grundhaltung her? In diesem Punkt konnte ich von ihr ganz bestimmt noch sehr viel lernen.

Mit der Farbe ihrer Bilder im Geiste fuhr ich beschwingt heim und konnte mich in meinem Schlafzimmer über meine neuen Errungenschaften das erste Mal so richtig freuen.

Vielleicht hatte Mathild ja wirklich recht und es war tatsächlich von Bedeutung, wie bewusst man sich kleidete, um seine innere Einstellung zu sich selbst zum Ausdruck zu bringen.

Erfolg kommt von innen und nicht von der Anerkennung anderer.

So weit, so gut. Ich konnte nur hoffen, dass mich diese Erkenntnis nicht im Moment der ersten öffentlichen Zurschaustellung meiner neuen Weiblichkeit verlassen würde.

Das Klingeln meines Telefons riss mich aus meinen Gedanken.

Es war Rut, die sich höflich für die ausgesprochene Einladung zum Essen bedankte und freudig zusagte. Ob sie noch etwas mitbringen solle, war ihre nächste Frage, und spontan erbat ich mir ihren himmlischen Pfirsichkuchen.

„Ach Fleur, das wird bestimmt ein schöner Nachmittag. Ich lerne Ihre Familie kennen, Linda freut sich wie verrückt und mein lieber Mann ist auch ganz angetan von der Idee, bei Ihnen in den Genuss Ihrer Fischsuppe zu kommen.

Er lässt fragen, ob Sie ihm denn morgen Früh wieder als Laufpartnerin zu Verfügung stehen. Sie müssen wissen, er war regelrecht geknickt, dass er heute alleine in den Wald musste. So langsam bekomme ich den Verdacht, es geht ihm bei seinem morgendlichen Lauf mehr um Ihre Gesellschaft, als um das Laufen selbst."

Mir wurde leicht übel. War es schon so weit, dass Rut etwas von unserer veränderten Situation mitbekam? Ob er ihr von seinem Kuss erzählt hatte? Vorstellen konnte ich es mir nicht, aber was wusste ich denn schon wirklich über die Ehe der beiden? Vielleicht erzählten sie sich ja alles, oder aber, ich machte mir etwas vor und die ganze Sache war für Norgard von weit weniger Bedeutung als für mich? Was war schon ein flüchtiger Kuss, zudem gefolgt von einem Rülpser?

„Bertrand war übrigens heute Nachmittag bei uns zu Gast und Norgard hat ihn mit Würstchen aus der Dose gefüttert. Ich sage das nur, damit Sie sich nicht wundern, falls er vielleicht heute Abend keinen Appetit mehr haben sollte."

Oh, da hab ich gar keine Bedenken. Der Hund kann immer und überall fressen. Vor allem tut er, besonders wenn er woanders zu Besuch ist, immer so, als würde er zu Hause nichts zu fressen bekommen. Richten Sie Ihrem Mann meinen Dank für die Versorgung von Bertrand aus. Ich werde mich am Samstag mit einer Extraportion Suppe dafür bei ihm revanchieren."

„Da wird er sich aber freuen, weil er doch, seit er wieder regelmäßig läuft, abgenommen hat."

Der Glückliche, bei mir hatte sich ein derartiges Erfolgserlebnis bislang noch nicht eingestellt, obschon ich meinte, meine Figur hätte sich ein wenig verändert. Meine Beine kamen mir fester und mein Bauch etwas flacher vor. Aber vielleicht lag es auch einfach nur daran, dass ich seit ein paar Tagen wenig Hunger verspürte, weiß der Himmel warum.

Nach einigem weiterem, belanglosem Geplänkel verabschiedeten wir uns voneinander, nicht jedoch ohne dass Rut mir für ihren Ehegatten das Versprechen entlockt hatte, diesen am nächsten Morgen wieder in den Wald zu begleiten.

Was für eine aberwitzige Situation. Da traf seine Frau die Verabredungen für ihren Mann mit einer anderen Frau. Das erste Mal beschlich mich eine Art schlechtes Gewissen Rut gegenüber, die ich von Mal zu Mal netter und sympathischer fand. Gut, sie war und blieb eine Pedantin, aber durchaus eine lernfähige. Sie konnte witzig und geistreich sein, wenn wir auch nicht die meisten Gedankengänge teilten. Sie war immer freundlich und hilfsbereit und in Notsituationen bestimmt ein verlässlicher Freund. Die ganze Situation wurde immer vertrackter für mich.

Ich musste es zugeben, ich war dabei, mich in ihren Mann zu verlieben, und gleichzeitig entwickelte ich positive Gefühle für sie. Wie sollte das nur enden?

Ich konnte doch nicht wirklich glauben, in ihr vielleicht so was wie eine neue Freundin zu finden, und gleichzeitig die Beziehung zu ihrem Mann vertiefen, in einer eben nicht nur freundschaftlichen Art und Weise. Als ich danach wieder in mein Schlafzimmer kam und die neuen Kleidungsstücke auf dem Bett liegen sah, kam ich mir mies und hinterhältig vor, und ich entschloss mich, keines davon am Samstag zu tragen.

Aber am nächsten Morgen, da würde es ja nicht ganz so schlimm sein, wenn ich vielleicht eines der dunkelroten

Höschen samt BH tragen würde. Es handelte sich dabei ja immerhin um so etwas wie Sportunterwäsche, also eigentlich harmlos und dem Anlass entsprechend.

Punkt 7 Uhr stand ich, für meine Verhältnisse nahezu perfekt gestylt, im Garten und wartete auf meinen ansonsten immer so pünktlichen Nachbarn. Als er um die Ecke bog, wollte ich schon begeistert die Hand zum Gruß heben und ihm lockenderweise zuwinken, als ich in der Bewegung innehielt.

Neben ihm lief Rut, ebenfalls im dunkelblauen Edel-Jogginganzug, mit rotem Stirnband um die grauen Haare und Handtuch im Nacken.

Als sie auf meiner Höhe angekommen waren, keuchte sie mir lachend entgegen, ihr Mann hätte sie dazu überredet, ihn diesmal zu begleiten, und sie war, um endlich Ruhe zu haben, drauf eingegangen.

„Wie schön", flötete ich ihr betont erfreut entgegen und würdigte Norgard mit keinem Blick zur Begrüßung. Augenblicklich erfasste mich Ärger gegen Mathild. Sie war schuld daran, dass ich mich in den letzte zwei Tagen auf meine Gefühle für meinen Nachbarn eingelassen und, wie sich nun herausstellte, hatte irreführen lassen. Alles war doch nur Einbildung gewesen. Nie und nimmer hatte er etwas anderes von mir gewollt, als die pure Unterhaltung, damit ihm beim Laufen durch den Wald nicht langweilig wurde. Und ich blöde Kuh hatte wirklich geglaubt, er sei an mir als Frau interessiert gewesen. Ich hätte doch nur einmal mein Gehirn einzuschalten brauchen, um mich daran zu erinnern, wie aufdringlich er von Anfang an gewesen war, als er mich noch gar nicht kannte. Wahrscheinlich war das seine Masche, um bei Frauen, egal welchen Alters, anzukommen.

Und es hatte ja funktioniert. Ich war wirklich so naiv gewesen, darauf hereinzufallen, womit einmal mehr bewiesen worden war, dass alleinstehende oder vernachlässigte Frauen die leichteste Beute für Heiratsschwindler waren. Wenn das seine Absicht in meinem Fall gewesen wäre, hätte sie unweigerlich zum Erfolg geführt. Früher oder später hätte ich, meinen irregeleiteten Gefühlen blind folgend, die mühsam angesparten Kröten meines verstorbenen Ehegatten diesem Schmarotzer in den Rachen geworfen, um letztendlich nicht nur ohne neue Garage, sondern wahrscheinlich ohne einen Pfennig Geld dazustehen.

Dem Himmel sei Dank, dass mir doch noch rechtzeitig die Augen geöffnet worden waren, und zwar durch die ungewollte Hilfe einer Frau, seiner Frau!

Es war ihm ganz bestimmt nicht um mein Geld gegangen, denn er konnte ja nicht wissen, dass ich am Vortag erst ein kleines Vermögen für neue Unterwäsche und weitere überflüssige Kleidung aus dem Fenster geworfen hatte, aber er hatte mich einer Illusion beraubt. Der Illusion, doch noch als Frau etwas bei einem Mann bewirken zu können, und das war für mich viel schlimmer zu verlieren als alles Geld, welches Theo mühsam auf die hohe Kante gelegt hatte.

Scheiß drauf, da musste ich jetzt durch und zwar ohne das letzte Bisschen an Gesicht zu verlieren, was mir dank Schminke noch erhalten geblieben war.

Wir trabten also, diesmal zu dritt, gemächlich durch den Wald und Rut redete, wahrscheinlich durch die frische Luft dazu angeregt, ohne Unterlass über allerlei unwichtiges Zeug. Ich hörte eigentlich gar nicht richtig zu und schaffte es lediglich, alle paar Meter ein zustimmendes Grunzen von mir zu geben. Auch Norgard verhielt sich für seine Verhältnisse recht ruhig, wahrscheinlich, weil er die Geschichten über seine Kinder und Linda schon alle kannte.

Nach einiger Zeit fiel mir auf, dass Norgard diesmal nicht den Weg zu unserem kleinen See einschlug, und auch Rut fragte nicht danach. Demzufolge hatte er ihr nicht von unserer halb nackten Episode dort erzählt. Ein Lügner war er also auch noch. Tat zum einen so, als führe er eine glückliche Ehe, die keinerlei Geheimnisse voreinander zu kennen schien, und ließ dann aber in seinen Erzählungen einfach einen kleinen, jedoch in Ruts Augen bestimmt nicht unwichtigen Teil aus.

Egal, mein Problem sollte das nicht mehr sein. Ich hatte ihn endlich durchschaut und würde ganz bestimmt nicht noch einmal auf ihn hereinfallen.

Nach einer Stunde kehrten wir zu meinem Haus zurück, und eh einer der beiden auch nur den Hauch einer Idee bezüglich einer gemeinsamen Tasse Kaffee bekommen konnte, verabschiedete ich mich, sobald wir meinen Garten erreicht hatten. Ich schob einen unaufschiebbaren Arzttermin vor, gab ihnen höfliche die Hand und verschwand in meinem Wohnzimmer. Entnervt ließ ich mich auf einen der Sessel fallen. Mir war zum Heulen zumute, trotzdem verspürte ich keine Lust dazu, Mathild von dem morgendlichen Desaster in Kenntnis zu setzen.

Meine Gedanken richteten sich auf den bevorstehenden Samstagnachmittag, und augenblicklich betete ich zu Gott, es möge an diesem Tag regnen, stürmen und schneien, sodass mein Gartenfest unweigerlich ausfallen musste. Selbst die anschließende ausgiebige Dusche änderte nichts daran, dass ich mich schmutzig, auf sonderbare Art und Weise beschmutzt fühlte.

Nur mit meinem Bademantel bekleidet und gänzlich un-geschminkt und ungekämmt ließ ich mich mit einer Tasse Kaffee in meiner Küche nieder und starte vor mich hin. Ich weiß nicht, wie lange ich dort so gesessen hatte, als Bertrand plötzlich anfing zu bellen. Eh ich noch aufstehen und nach-schauen konnte, was ihn zu diesem Lärm veranlasst hatte, stand mein Besucher auch schon in der Küche. Er trug eine verwaschene Jeans und ein ausgeleiertes Sweatshirt. Seine Haare waren ebenfalls noch nass und sein Blick spiegelte meine Laune wieder.

Er sprach kein Wort, nahm sich wie selbstverständlich eine Tasse Kaffee und setzte sich mir gegenüber an den Tisch.

Wir sahen uns an. Keiner von uns lächelte oder ließ sich sonst eine Regung anmerken.

Es vergingen Minuten. Bertrand lag zu meinen Füßen und sah mich verwundert ob der Stille an.

„Ich habe mich in dich verliebt und du weißt das auch, Fleur."

Ich schwieg beharrlich.

„Ich habe Rut heute morgen gebeten mitzukommen, weil ich Angst vor mir selbst bekommen habe. Die Vorstellung, mit dir alleine durch den Wald zu laufen, nachdem ich dich gestern so sehr vermisst habe, hat mich schier zerrissen. Ich wusste, ich würde Gefahr laufen, die Kontrolle zu verlie-ren, wenn ich mit dir allein sein würde. Ich sehne mich so sehr nach dir, Fleur, in jeder verdammten Minute, in der wir nicht zusammen sein können. Ich weiß nicht, was mit mir los ist. Seit Tagen zermartere ich mir mein Hirn und ich finde keine Antwort. Ich habe noch nie eine Frau wie dich kennengelernt. Du bist so sehr du selbst, machst was du willst, lebst dein Leben mit all deinen Zweifeln und deiner Trauer bezüglich deiner nicht gelebten Chancen und bist trotzdem nicht bitter. Du bist witzig und klug, und wenn ich mich mit dir unterhalte, dann habe ich das Gefühl, in einen Spiegel zu schauen. Und du bist schön Fleur, so schön. Wenn deine Haare in der Sonne rot aufleuchten, dann lacht mein Herz. Ich freue mich immer so sehr, dich zu sehen, und zähle die Minuten, bis wir uns wiedersehen können. Ich weiß nicht, wann ich das letzte Mal so empfunden habe. Gleichzeitig fühle ich mich meiner Frau gegenüber beschissen. Jedes Mal, wenn ich zu unserem Treffen aufbreche, mache ich mich zum Verräter an meiner Ehe und denke, ich gehe besser nicht. Aber es scheint nicht mehr in meiner Macht zu liegen. Fleur, du machst einen anderen Menschen aus mir, einen, der fühlt und sich vielleicht das erste Mal in seinem Leben von diesen Gefühlen übermannen lässt."

Ich schwieg immer noch, war nicht in der Lage, irgendetwas darauf zu entgegnen.

Er erhob sich schwerfällig.

„Ich wollte dir das nur sagen, nachdem ich deinen Blick gesehen habe, als du entdeckt hattest, dass ich Rut mitgebracht habe.

Ich ließ ihn gehen, unfähig, mich zu bewegen, zu sprechen, zu fühlen.

19. Kapitel

～

Am Samstag schien natürlich die Sonne. Am Himmel war, mir zum Trotze, nicht eine Wolke zu entdecken und es war bereits am frühen Morgen wunderbar warm.

Mathilde trudelte schon um 10 Uhr ein, um mir bei den Vorbereitungen für das Essen zu helfen. Ich hatte seit unserem Ausflug nicht mehr mit ihr gesprochen, trotzdem sah sie sofort, dass etwas nicht mit mir stimmte.

Beim Ausnehmen der Fische erzählte ich ihr die ganze Geschichte und sie hörte mir andächtig zu.

„Was für ein mutiger Mann dein Richter doch ist", war das Einzige, was sie dazu sagte.

Innerlich gab ich ihr recht, doch sagen konnte ich es nicht, zu verwirrt war ich immer noch.

„Was soll ich denn jetzt machen, Mathilde? Er kommt heute Nachmittag zusammen mit seiner Frau hierher, und ich bin gezwungen, die nette Gastgeberin zu mimen, während meine Enkelkinder und Söhne um mich herumspringen. Ich halte das nicht aus. Soll ich nicht doch vielleicht besser absagen, unter dem Vorwand, ich sei plötzlich erkrankt?"

„Und was würde das ändern Fleur? Ich meine, früher oder später wirst du ihm begegnen müssen, warum dann also nicht gleich heute im Schutze deiner Familie?"

„Vielleicht hast du ja recht. Aber ich befürchte, ich versinke im Erdboden, wenn ich Rut begrüßen muss und er steht daneben. Was für ein Theater, Mathilde. Ich komme mir so schäbig vor."

„Er war es doch, der die Katze aus dem Sack gelassen hat, nicht du. Du hast doch noch alle Möglichkeiten, darauf zu reagieren. Du kannst die Empörte spielen, die Ahnungslose und gänzlich Überraschte, oder aber du machst gar nichts diesbezüglich und tust einfach so, als sei nichts gewesen. Such dir was aus."

„Ich kann aber in so einer Situation nicht schauspielern, zumindest würde es mir sehr schwerfallen, weil ich emotional so angeschlagen bin."

„Ich weiß, meine Kleine, ich weiß. Drum wird dir auch nichts anderes übrigbleiben, als den Nachmittag auf dich zukommen zu lassen. Komm, wir machen uns jetzt schöne Musik an und kochen eine bombastische Fischsuppe. Danach dekorieren wir den Garten schön, blasen das Planschbecken für die Kinder auf, stellen die Gartenmöbel zurecht, und wenn wir Glück haben, bleibt uns dann noch eine halbe Stunde uns hinzulegen und auszuruhen, bevor wir uns zurechtmachen. Ich werde dafür sorgen, dass du himmlisch aussehen wirst, und dann sollst du mal sehen, was das für ein schöner Nachmittag wird."

Sie legte liebevoll den Arm um mich und ich lehnte mich bedürftig an sie an.

Um kurz nach 2 waren wir mit allem fertig. Das Haus duftete nach Kräutern und Fisch und verriet dadurch unsere Kochkünste. Der gesamte Garten war mit Fackeln bestückt worden, im Planschbecken wärmte sich das eingelassene Wasser in der Sonne und die beiden Tische waren mit frischen Blumen von uns dekoriert worden. Aalles in allem bot sich ein Bild der totalen Harmonie, ein buntes Farbenspiel und ein zarter Blumenduft hing über dem Garten.

Wer sich hier nicht willkommen und wohl fühlen würde, war selber schuld.

Erschöpft lagen wir 20 Minuten auf meinem Doppelbett, bevor Mathilde mich zur Eile und unter die Dusche trieb. Als ich erfrischt aus der Duschkabine stieg, stand sie wie ein Hausmädchen mit frischen Sachen auf dem Arm vor mir und ich musste lachen. Natürlich hatte sie es sich nicht nehmen lassen, mir meine neue schwarze Unterwäsche und die fast durchsichtige Bluse samt dem beigen Rock herauszusuchen. Als ich mich widerspruchslos angezogen hatte, erschien sie mit einer Plastiktüte in der Tür und zauberte ein paar flache Riemchensandalen hervor.

„Die hab ich noch in meinem Schrank gefunden und ich finde, die passen hervorragend zu deinem neuen Outfit. Die neuen Pumps wirst du ja wohl nicht in deinem Garten tragen wollen und ehrlich gesagt find ich die für den heutigen Anlass auch überkandidelt. Ich bin sicher, die Sandalen passen dir."

Bevor ich jedoch die neuen Schuhe anziehen konnte, hielt sie mich am Arm zurück.

„MOMENT!"

„Wie bitte?"

Du willst doch wohl nicht zu diesem Rock deine behaarten Beine präsentieren? Nimm es mir nicht übel, meine Liebe, aber deine Unterschenkel könnten auch die von Norgard sein, so viele Haare haben sich im Lauf des Winters darauf versammelt. Setzt dich mal eben gemütlich auf den Klodeckel und lass mich mal machen."

Ich nahm Platz und sie fischte ebenfalls aus der mitgebrachten Tüte eine kleine Spraydose mit Rasierschaum.

„Den hab ich immer im Haus und du solltest ihn für die Zukunft auch auf deine Einkaufsliste setzen. Und nun entspann dich, damit ich dich nicht schneide."

Ruck zuck waren beide Beine enthaart und ich musste ihr mal wieder zustimmen. Es sah wirklich viel besser aus. Es war Jahre her, dass ich mir die Beine rasiert, und wohl auch genauso lange her, dass ich einen Rock getragen hatte.

Bevor ich überhaupt aufstehen konnte, drückte sie bereits aus einer weiteren Tube Schaum in meine Haare, knete diese kräftig durch und griff hernach beherzt zum Fön.

„Mathilde, darf ich dich daran erinnern, dass es sich hier um eine Gartenparty und nicht um den Empfang des Staatspräsidenten handelt. Ich finde langsam, dass du übertreibst."

„Das finde ich ganz und gar nicht. Du bist es nur nicht gewöhnt, dich so bewusst schön zu machen. Warte mal ab, nach ein paar Wochen ist dir die ganze Aktion in Fleisch und Blut übergegangen und du wirst dir ohne Haarschaum regelrecht nackt vorkommen. Nach dem Föhnen cremen wir noch deine Beine ein wenig ein, damit sie nicht so trocken aussehen, und fertig ist meine kleine Blume!"

Und wirklich, ich sah umwerfend aus. Meine Haare lagen so gut wie seit Tagen nicht mehr, der Rock saß wie angegossen, die Bluse erschien gar nicht mehr so transparent, weil der schwarze BH ihr einen dunklen Untergrund bot, und selbst die Schuhe kleideten meine Füße, als wären sie zum Ensemble dazu gekauft worden. Ich war gerührt ob Mathildes Zauberkünste und umarmte sie herzlich. Und sie hatte wieder einmal recht behalten: Mit diesem Outfit fühlte ich mich meiner selbst sicherer und schön. Wie lange hatte ich dieses Gefühl vermisst, eine Frau zu sein.

Zu meiner Verwunderung brauchte Mathilde für die gleiche Prozedur nur eine knappe Viertelstunde und sah nicht minder hübsch aus, als wir zusammen, wie zu unserer ersten Tanzstunde, die Treppe herunterschwebten.

Genau nach Plan traf zuerst Jerome samt seiner Familie ein und die Kinder jubelten, als sie das Planschbecken sahen.

Judith lobte mit ehrlich gemeinten Worten den schön geschmückten Garten und Jerome ließ es sich nicht nehmen, als Erster die Suppe zu probieren. Dieser herzliche Auftakt trug zu meiner inneren Auflockerung bei und ich war froh, meinen jüngsten Sohn um mich zu haben. Als wir für einen kurzen Moment alleine in der Küche aufeinander trafen, nahm er mich in den Arm und drückte mich lange.

„Was habe ich doch für eine schöne Mutter. Was ist los mit dir, Fleur? Gibt es heute etwas zu feiern?"

Er hatte mich noch nie beim Vornamen genannt und es fühlte sich für mich an, wie der Beginn einer neuen Beziehung.

„Ich hatte einfach nur Mal Lust, meine Familie um mich zu haben, und ich finde, das ist Grund genug zu feiern, oder?"

Mit lautem Getöse fiel Gerard mit den Seinen in mein Haus ein. Er hatte es natürlich nicht versäumt, mir einen großen Blumenstrauß mitzubringen, von dem ich allerdings wusste, dass er ihn aus seine Firma mitgebracht hatte. Kunden, die dort einen großen, teuren Wagen erstanden hatten, bekamen bei Abholung als Aufmerksamkeit des Hauses einen solchen Strauß, und am Wochenende durften die leitenden Angestellten evtuell. übrig gebliebene Sträuße mit nach Hause nehmen. Sei es drum, ich freute mich trotzdem.

Das Gejohle der Kinder drang im Haus an meine Ohren und seit langem freute ich mich darüber, Enkelkinder zu haben.

Bertrand tobte ausgelassen zwischen ihnen herum und alle waren guter Stimmung, selbst ich.

Wir hatten alle gerade mit einem ersten Glas Weißwein an den Tischen Platz genommen, als Norgard mit Rut und

Linda im Schlepptau auf der Bildfläche erschien. Augenblicklich rutschte mir das Herz in den neuen Rock.

Gerard übernahm selbstgefällig die Rolle des Gastgebers und stürzte sich geradezu auf die eintreffenden Gäste.

„Welch eine Freude sie wiederzusehen M. Amsung, und wie schön, dass Sie uns Gelegenheit geben, die Produzentin des vortrefflichen Osterlamms endlich einmal persönlich kennenzulernen. Er küsste Rut galant die Hand und stellte ihr seine Frau und seine Kinder vor.

Jeromes Begrüßung der Neuankömmlinge viel bescheidener, für mein Empfinden aber wesentlich sympathischer aus. Auch er stellte Frau und Kinder vor und reichte Norgard und Rut ein Glas Weißwein. Er war es auch, der Linda sah und sie sofort an die Hand nahm und zum Planschbecken führte. Die Jungs wurden von ihm ermahnt, auf die kleine Dame Rücksicht zu nehmen, und Bertrand von ihm angehalten, nicht wieder und wieder mit ins Wasser zu springen.

Jedoch ohne Erfolg, wie alle unter Lachen feststellten.

Erst dann war es mir vergönnt in Begleitung von Mathilde, die wie mein Schutzengel neben mir stand, meine Gäste zu begrüßen. Rut nahm mich in den Arm und auch Mathilde wurde von ihr mit dieser freundschaftlichen Geste bedacht. Norgard reichte zuerst meiner Freundin die Hand, um danach unsicher vor mir stehenzubleiben.

Der Trubel um uns herum erreichte mich nicht mehr. Ich sah nur seine Augen.

Er war es, der die Situation auflöste, indem er mich umarmte und fast beiläufig meinen Rücken streichelte. Es durchfuhr mich bis an die Wurzeln all meiner Nervenbahnen und ich schauderte.

Bis zum Auftischen der Suppe vergingen beinah zwei Stunden, weil alle sich prächtig unterhielten und die frühsommerliche Hitze keinen Hunger aufkommen ließ.

Ich pendelte zwischen Küche und Garten hin und her, sorgte für Nachschub an Getränken, leerte die Aschenbecher und brachte den Kinder frische Handtücher.

„Warum setzen Sie sich nicht endlich zu uns, Fleur?" Ich hatte ihn nicht kommen hören und war dementsprechend erschrocken, ihn so dicht hinter mir zu spüren. Wir standen in der Küche und waren allein. Er siezte mich also wieder. Auch gut.

„Ich muss doch dafür sorgen, dass meine Gäste alles haben, was sie benötigen, um sich bei mir wohl zu fühlen."

„Ich bin mir sicher, alle fühlen sich ausgesprochen wohl, nur bei Ihnen bin ich mir da nicht so sicher. Wäre es Ihnen lieber gewesen, wenn ich heute nicht gekommen wäre? Sie müssen wissen, ich habe mit dem Gedanken gespielt, mich als krank von meiner Frau entschuldigen zu lassen, weil ich dachte, es wäre Ihnen vielleicht lieber so gewesen."

„Das wäre dann aber wirklich verdächtig gewesen, denn ich hatte die gleiche Idee. Nein, Norgard, ich freue mich Sie, Ihre Frau und Linda heute als meine Gäste begrüßen zu dürfen."

Mit einem Tablett voll mit neuem Wein wollte ich an ihm vorbei, doch er stellte sich mir in den Weg.

„Warum laufen Sie vor mir davon, Fleur. War mein Geständnis gestern wirklich so eine große Überraschung für Sie? Ich war mir sicher, Sie wüssten längst um meine Gefühle für Sie."

„Nein, ich hatte keine Ahnung", antwortete ich ausweichend und das war noch nicht einmal gelogen. „Woher sollte ich wissen, was Sie für mich empfinden?"

„Glauben Sie eigentlich, ich küsse jede Frau, mit der ich durch den Wald laufe auf den Mund?"

„Ehrlich gesagt, ja, das glaube ich."

Ich hatte zu meiner unfreundlichen abweisenden Art der ersten Tage unserer Beziehung zurückgefunden und fühlte mich auf sicherem Terrain.

Er nickte nur.

„Schade Fleur, ich dachte, Sie hätten mir gestern zugehört. Außerdem war ich mir ziemlich sicher, Sie empfinden ebenso wie ich. Ich glaubte, in diesem Punkt einmal auf meine Intuition vertrauen zu können, was mir den Mut gab, mich Ihnen zu offenbaren. Aber wahrscheinlich haben Sie recht, ich bin und bleibe ein unsensibler Nordeuropäer. Für wahre Gefühlsäußerungen sind ja die Menschen aus dem Süden zuständig. Ich kann da in puncto Ehrlichkeit und Sensibilität bestimmt noch einiges von Ihnen lernen. Tja ..."

Er nahm mir höflich das schwere Tablett ab und verließ die Küche in Richtung Garten.

Als Mathilde in der Küche erschien, muss ich wohl ein jämmerliches Bild abgegeben haben.

„Darf ich mal raten? Fleur, die Behutsame, hat dem Mann, der sich ihr zu Füßen geworfen hat, mitten ins Gesicht getreten? Zumindest sah Norgard gerade so aus, als er in den Garten zurückkam, als hätte er sich gerade die volle Packung von dir abgeholt. Warum machst du das?"

„Ich weiß es nicht, Mathild. Wenn ich das wüsste, wäre ich ein ganzes Stück weiter. Ich glaube, ich habe eine riesen Angst, vor mir selbst, vor ihm, vor einem Leben als verliebte Frau. Mein Gott Mathild, es geht einfach nicht. Glaub mir, es ist so besser.

Ich will nicht so enden wie du, als verlassene, abgestoßene Geliebte. Bitte nimm es mir nicht übel, wenn ich das so sage, aber dein Zustand in den ersten Tagen, nachdem Philipp dich verlassen hat, hat mir Angst eingejagt. Du hattest so absolut den Boden unter den Füßen verloren und ich konnte rein gar nichts für dich tun. Niemand konnte dir helfen und kann es wohl bis heute nicht. Ich bewundere dich für deine Stärke, mit der du der Situation mittlerweile begegnest. Ich glaube, ich wäre nicht so stark. Ich liebe ganz und gar. Ich habe die Tendenz, mich hinzugeben. Ich dachte, das hätte sich mit den Jahren verloren, aber meine Gefühlswallungen in Bezug auf Norgard haben mir in den letzten Tagen gezeigt, dass ich bin, wer ich bin, egal, wie alt ich werde. Gewisse Dinge ändern sich wohl nie. Ich bin kein Typ für eine schnelle Affäre, nur so zum Spaß. Bei mir ist es immer gleich ernst oder eben gar nichts."

„Ach Fleur, was soll ich denn noch alles sagen und tun, um dir Mut zu machen, dich deinen Gefühlen hinzugeben? Der Mann hat sich in dich verliebt und du dich in ihn. Es gibt dafür keine rationale Erklärung, und anstatt, dass du den Zauber der Liebe auf dich wirken lässt, wehrst du dich mit Händen und Füßen. Wann begreifst du denn endlich, dass Angst der schlechteste Ratgeber ist, den du dir nehmen kannst? Aber weißt du was? Ich halte mich ab jetzt total raus. Mach, was du willst, ich kann es ja doch nicht ändern."

Sie verließ die Küche und ich schleppte mich auf die Toilette. Magengrummeln, Durchfall. Da kam mir die fettige Fischsuppe, die auf dem Herd auf mich wartete, ja gerade recht. Würde meinem in Wallung geratenen Darmtrakt ganz bestimmt guttun. Egal, dann würde ich wenigstens wissen, woran ich sterben musste.

20. Kapitel

~

Erst sehr spät hatte sich meine Familie von mir in ausgelassener Stimmung verabschiedet. Meine Enkelkinder hatten mir einen weiteren Termin für einen neuen Besuch in meinem Garten abgerungen und auch Linda wurde für ein weiteres Bad in den Fluten des Planschbeckens eingeladen. Rut begab sich ebenso mit ihrer Enkeltochter auf den Heimweg, um das erschöpfte Kind ins Bett zu bringen. Norgard und Mathild boten sich deshalb an, mir beim Aufräumen des Gartens zu helfen. Dass Mathild bleiben würde, war mir klar gewesen, denn sie wollte bei mir übernachten. Dass Norgard jedoch nicht bei der ersten Gelegenheit, die sich ihm bot, die Flucht ergreifen würde, forderte selbst mir ihm gegenüber Respekt ab. Er war eben ein Gentleman und wusste, was sich gehörte. Wir trugen das schmutzige Geschirr und die leeren Gläser und Flaschen ins Haus, hingen die nassen Handtücher der Kinder auf die Leine im Garten und verstauten die nicht mehr benötigten Gartenmöbel im Schuppen. Drei Stühle und unsere Gläser ließen wir jedoch stehen, denn Mathild hatte den Vorschlag gemacht, nach getaner Arbeit noch einen Schlummertrunk zu uns zu nehmen. Ich hatte mich im Laufe des Abends wieder beruhigt und selbst mein Magen hatte nicht gegen die heiße Fischsuppe rebelliert. Das Essen war köstlich gewesen und ich war mit Komplimenten überhäuft worden. Alles in allem ein gelungenes Fest!

Während Mathild in der Küche das Geschirr abwusch, machte ich mich daran, einige der Fackeln zu löschen. Der Garten sah zauberhaft aus im Licht der Kerzen, selbst als nur noch ein paar wenige davon brannten. Es war immer noch sehr warm und zudem sternenklar.

Diese anheimelnde Atmosphäre stimmte mich milde, um nicht zu sagen friedlich. Der im Laufe des Tages zu mir genommene Alkohol trug ein Übriges dazu bei, dass ich nicht wie eine Furie aufschreckte, als Norgard mich aus einiger Entfernung im Garten ansprach.

„ Das war ein ganz wunderbarere Tag, Fleur, und ich bin Ihnen dankbar für Ihre Einladung. Wir haben uns sehr wohl gefühlt und ich kann nur hoffen, Sie werden uns die Freude eines baldigen Gegenbesuchs machen, damit wir uns für Ihre Gastfreundschaft revanchieren können?"

„Wissen Sie denn schon, was Sie an kulinarischen Köstlichkeiten reichen wollen?"

„Sie werden lachen, aber meine Spezialität ist Lammbraten in einer Kruste aus Kräutern der Provence. Das habe ich bereits in Schweden immer gekocht, wenn wir liebe Freunde zum Essen eingeladen haben. Sie glauben gar nicht, wie ich mich darauf freue, mein Lieblingsrezept mit selbst gesuchten Kräutern zuzubereiten."

„ Sie dürfen sich gerne an meinem Kräutergarten bedienen."

Er war näher gekommen, fast wie ein Tiger, der sich an seine Beute heranschleicht. Dies sehr wohl bemerkend, verlegte ich mich in diesem Spiel auf die Rolle der Schlange, die ihr Gegenüber versucht durch einen hypnotisierenden Blick in Schach zu halten. Es funktionierte, er blieb weiterhin auf Distanz, wenn auch nur auf verringerter.

„Fleur?"

„Ja!"

„Darf ich Sie etwas fragen?"

„Sicher!"

„Hab ich Sie mit meinem Eingeständnis bezüglich meiner Gefühle für Sie wirklich so erschreckt?"

„Wenn ich ehrlich bin, ja!"

„Aber warum? Was ist denn so erschreckend für Sie daran, dass ich mich in Sie verliebt habe?"

„Das fragen Sie noch?"

„Ja, ich möchte es wirklich gerne wissen!"

„Sie haben doch selbst gesagt, wie schuldig Sie sich Ihrer Frau gegenüber bezüglich eben dieser Gefühle fühlen."

„Aber was haben Sie damit zu tun? Es ist meine Frau und es sind meine Gefühle. Bis jetzt haben wir nichts getan, wessen wir uns schuldig fühlen müssen. Also, was ist Ihr Problem?"

„Wenn man die Angelegenheit nur bis hierher betrachtet, dann haben Sie natürlich recht, Norgard, aber ich glaube, Frauen denken einfach weiter. Ich zumindest denke weiter. Was soll aus Ihren Gefühlen werden?"

„Um das zu beantworten, müsste ich erst einmal wissen, wie Ihre Gefühle für mich sind?"

Die Falle war zugeschnappt, die Schlange saß drin und der Tiger direkt über ihr. Jetzt gab es für die Schlage noch genau zwei Möglichkeiten: blitzartig vorzuschnellen und zuzubeißen, oder aber zu versuchen, sich irgendwie doch noch aus der Falle herauszuschlängeln.

Der Blick auf den Tiger jedoch verriet, dass letzte Möglichkeit nicht wirklich in Betracht kam. Und für die erste Idee fühlte sich die Schlange bereits zu Wein geschwängert.

Ihre müden Augen würden die angestrebte Treffsicherheit eher beeinträchtigen. Hinzukam, dass sich ausgerechnet in diesem Moment nicht ausreichend Gift in den ansonsten prall gefüllten Giftzähnen befand. Soviel war schon mal klar: Schlagen sollte weder zu viel Rotwein trinken noch sich auf ein Spielchen mit einem Tiger einlassen. Scheiß Naturgesetze!

Also, in höchster Not raus aus der Schlangenrolle und rein in die des hilflosen, um Gnade flehenden Häschens. Wie ich diese Rolle hasste, aber was blieb mir anderes übrig?

„Norgard, ich bitte Sie, nein, ich flehe Sie an, quälen Sie mich nicht! Sehen Sie denn nicht, wie sehr Sie mich mit ihrer Offenheit kompromittieren?"

Er lachte auf. Der Tiger lachte den Hasen erbarmungslos aus! So ein Schwein, sich über ein ihm ausgeliefertes Tier auch noch lustig zu machen!

„Ich bitte Sie, Fleur, das kann nicht ihr Ernst sein. Jeder anderen Frau würde ich diese Nummer abnehmen, Ihnen jedoch nicht! Sie sind in keiner nur denkbaren Situation um die richtigen Worte verlegen, und das Letzte, was Sie tun würden, ist um Entgegenkommen und Nachsicht zu bitten. Meinen Sie wirklich, wenn ich denken würde, Sie wären genau so eine Frau, die es nötig hat, sich an einem moralischen Zeigefinger festzuhalten, wenn ein verheirateter Mann ihr seine Verliebtheit eingesteht, dann hätte ich den Mut gehabt, mich zu offenbaren. Letztendlich war es Ihre gnadenlose Direktheit und Ihr Mut zu ehrlichen Worten, was mich bewogen hat, ebenso ehrlich und direkt zu meinen Gefühlen zu stehen. Sie verkaufen sich gerade unter Wert, meine Liebe, und das passt nicht zu Ihnen!"

Das war zu viel! Hasenkostüm wieder aus und erneut die Schlangenhaut übergestülpt.

Gegenangriff!

„Und, was meint der Herr Psychologe, welches Verhalten mir angemessen wäre? Vielleicht, dass ich es diesmal bin, die Sie küsst? Oder, soll ich Sie gleich hier im Kerzenschein auf dem Rasen verführen?"

„Einen Kuss würde ich als durchaus angemessen erachten, selbst wenn er als Abschiedskuss gemeint ist!"

Tod und Teufel, die aufgeplusterte Schlange platzte aus allen Nähten ihrer Haut und stand komplett entblößt vor dem Tiger. Totale Nacktheit einmal ganz anders erlebt.

Jetzt blieb nur noch, die Augen zu schließen und auf den finalen tödlichen Biss zu warten.

Mit einer Sanftheit, die mir drohte, den Boden unter den Füßen zu verlieren, empfing ich den Kuss des Tigers. Weder fordernd noch beherrschend legten sich seine Lippen auf die meinen und ich inhalierte mit der Verzweiflung einer Ertrinkenden den herben Duft seines Körpers, als sollte es mein letzter Atemzug sein. Er hielt mich fest, als ahnte er von der betäubenden Wirkung seiner Zärtlichkeit auf mich. Seine Zunge fand ihren Weg in meinen vor Erstaunen über mich selbst geöffneten Mund und liebkoste meine Zungenspitze mit fragender Zurückhaltung. Ich antwortete ihm in der Sprache der Leidenschaft, und wir küssten uns mit einer Innigkeit, die keine weiteren Fragen offen ließ.

Als mein Blick auf seine Augen traf, in der letzten verzweifelten Hoffnung, eine Ahnung von Siegerlächeln in ihnen zu sehen, wusste ich, ich war verloren. Kein auf einen schnellen Sieg bedachter Krieger hatte mich geküsst, sondern ein soeben besiegter Soldat, altgedient an der Front seiner in ihm fest verankerten Werte.

Der Sinnlichkeit unseres Tuns war alle Ratio und jene mit ihr verbundene Vorsicht gegenüber der sich in unseren Seelen befindenden Verwandtschaft zum Opfer gefallen. Ein bereitwillig erbrachtes Opfer, war erst die Angst davor überwunden!

Eine andere Angst, sollte die freigewordene Stelle im System übernehmen, bereit für den drohenden Verlust der soeben errungenen Freiheit der Wahl der Möglichkeiten, bis zum Äußersten zu kämpfen. Dem Sieg über uns selbst folgte gleichwohl der Aufruf zum Kampf, um eine unmögliche Beziehung, an deren Anfang ein Kuss stand, der die Tür zum Himmel und der Hölle gleichermaßen geöffnet hatte.

II. Teil
WASSER

~

Wenn der Sturm das Meer umschlinget

Schwarze Wolken ihn umhüllen

Beut sich kämpfend seinem Willen

Die allmächtge Braut und ringet

Küsset ihn mit wilden Wellen

Blitze blicken seine Augen

Donner seine Seufzer hauchen

Und das Schifflein muss zerschellen

Clemens Brentano

21. Kapitel

Der Hochsommer drückte uns in diesem Jahr recht früh seinen Willen auf, was bei mir ein dauerndes Schwitzen zur Folge hatte. Dennoch gab es für mich in diesen Wochen Momente der Unsicherheit, ob meine Hitze mehr innerlicher, denn äußerlicher Natur war, so sehr schien ich meinen Gefühlswallungen ausgeliefert zu sein.

Wir hatten es zur Gewohnheit werden lassen, unsere Handys in den unerträglichen Stunden des Getrenntseins als Kommunikationsmedium einzusetzen, welches es uns erlaubte, nahezu immer und überall den Kontakt zueinander aufrechtzuerhalten.

Hätte mir vor ein paar Wochen irgendjemand prophezeit, ich würde eines schönen Tages noch nicht einmal die Toilette ohne mein Handy aufsuchen, ich hätte ihn ausgelacht, wenn nicht sogar für verrückt erklärt. Nun wartete ich darauf, dass mein jüngster Sohn mich alsbald für verrückt erklären würde, ob der hohen Telefonrechnung, die ich ihm durch die Dauerbenutzung der Kurzmitteilungsfunktion, zumutete. Um jeglichen Verdacht einer etwaigen geistigen Verwirrung von mir zu weisen, schickte ich auch ihm mittlerweile etliche kleine Nachrichten pro Tag, nicht zuletzt, um ihm zu beweisen, wie normal der Gebrauch seines Geschenks für mich mit der Zeit geworden war. Meine elektronischen Anfragen wurden immer prompt beantwortet, was einen intensiven Kontakt mit ihm zur Folge hatte. Ein ebenso neues, wie erfreuliches Gefühl stellte sich bei mir ein. Auf einmal wurde ich zum aktiven Teil des Lebens zumindest einer meiner Kinder, und manch Gedankengang von ihm stimmte mich nachdenklich oder ließ mich laut auflachen.

Mit Norgard lief ich weiterhin jeden Morgen meine Runden und wir hatten uns immer so viel zu erzählen, dass es mitunter 10 Uhr wurde, eh er mich wieder verließ.
Wir sprachen über Gott und die Welt, wobei ich sagen muss, dass es mehr sein Gott war, den wir zum Thema machten, denn ich glaube nicht mehr daran, dass ein höheres Wesen unser Dasein bestimmt.

Er versuchte nicht mich zu bekehren, vielmehr mir den Blick für das für mich Unglaubliche zu öffnen, für das ich bis dahin ausschließlich den Begriff Schicksal verwendet hatte.
Meinen Glauben an einen versorgenden und beschützenden Gott habe ich im Laufe meine Ehe verloren. Es war nicht so gewesen, dass ich etwas auszustehen gehabt hätte mit Theo, zumindest nichts, was man als offenkundige Quälerei oder gar Misshandlung verstehen konnte. Vielmehr war es die Unabänderlichkeit des Laufes der Dinge, in unserem speziellen Fall der schleichende Tod unserer Liebe, gewesen, der mich voll der Hoffnung hatte dagegen anbeten lassen, um mich letztendlich in einer Art Rache gegen Gott von ihm abzuwenden, weil er all mein Flehen nicht zu hören schien. Wie viele Versuche hatte es von meiner Seite aus gegeben, mit Theo eine Gesprächsbasis zu finden, ihm meine Seelenlage näher zu bringen. Ich kann nicht sagen, ob er nicht hatte verstehen wollen oder ob es ihm schlichtweg unmöglich gewesen war, mich gefühlsmäßig dort zu

treffen, wo ich mich befand. Uns hatten Welten getrennt, in Sprache und Seelenraum, und meine Resignation darüber hatte nach Jahren den Platz der Hoffnung bei mir eingenommen.

Mit Norgard war das anders. Wenn ich ihm von mir erzählte, dann gab es keine Verständigungsschwierigkeiten, und oft war er bereits vor mir dort, wo ich mit meinen Erzählungen hinwollte. Ihm erging es umgekehrt nicht anders mit mir. Er traute sich, bis dato geheime und nicht selten als abwegig abgetane Gedanken zu äußern, und fand eine Heimat in meiner Gefühls- und Gedankenwelt. Mit ihm fühlte ich mich komplettiert, nicht mehr uneins in und mit mir selbst.

Selbst wenn wir stritten, hatte die alte Angst vor dem Unverstandenbleiben keine Chance mehr, die Herrschaft über mich zu gewinnen. Der anfänglich aufgeregten, flatterhaften Phase der Verliebtheit, folgte die Zeit der sich festigenden tiefen Liebe, der uneingeschränkten Verbunden- und Vertrautheit, die ich in dieser Form nie zuvor erlebt und wahrscheinlich auch nicht wirklich für möglich gehalten hätte. Es schien, als hätte es diese Liebesfähigkeit bereits immer in mir gegeben, und sie hatte 66 Jahre darauf gewartet, geboren zu werden. Norgard war mein Geburtshelfer gewesen, war beharrlich bei mir geblieben, als ich mich schwer getan hatte, innerlich dieser Geburt zuzustimmen und sie zuzulassen, und nun war er da, um meine Liebe freudig zu begrüßen und zu empfangen.

Die Möglichkeit jedoch, dieser Liebe, außer in leidenschaftlichen Küssen, körperlich Ausdruck zu verleihen, blieb für uns das einzige mit Angst behaftete Neuland, in welches wir uns nicht wagen wollten. Unausgesprochen waren wir beide uns darin einig, von diesem Paradiesapfel nicht kosten zu wollen.

Es war wohl ca. 10 Tage nach meiner Fischsuppeneinladung, als er eines Morgens für seine Verhältnisse sehr wortkarg neben mir durch den Wald lief. Ich frage ihn besorgt, ob er vielleicht krank werden würde, aber er verneinte nur mit einem Kopfschütteln. Wir liefen noch einige Meter weiter, als es mir zu bunt wurde und ich abrupt stehen blieb:

„Was ist los mit dir? Irgendetwas hast du doch? Du bist so ganz anders als sonst?"

Er war auch stehen geblieben und sah mich schweigend an. Er sah traurig aus und eine bestimmte Ahnung stieg in mir hoch.

„Du hast recht, es geht mir nicht gut. Ich weiß ehrlich gesagt nicht mehr weiter."

„In welcher Angelegenheit weißt du nicht mehr weiter?"

„Fleur, bitte, du weißt doch genau, was ich meine. Ich meine die Sache mit uns!"

„Die SACHE? Das mit uns ist eine SACHE für dich?"

Ich hatte mich an den Wegrand ins Gras gesetzt und sah zu ihm auf.

Schwerfällig ließ er sich neben mich fallen, und das erste Mal, seit ich ihn kannte, kam er mir so alt vor, wie er auch war. Ein siebzigjähriger alter Mann, von Sorgen gezeichnet. Er tat mir leid, trotzdem hatte ich das Gefühl, auf der Hut sein zu müssen.

„Ich hatte gestern Abend ein Gespräch mit Rut. Sie hat mich rundherum gefragt, was ich für dich empfinde. Ich weiß nicht, wie sie auf einmal daraufkommt, mich nach meinen Gefühlen zu dir zu fragen, und dementsprechend überrascht war ich. Ich war zuerst überhaupt nicht in der Lage, darauf zu antworten, was sie hat ärgerlich werden lassen. Weißt du, wenn Rut ärgerlich ist, dann hat sie so etwas Oberlehrerinnenhaftes. Dann wird ihr Mund ganz spitz, ihre Augen ganz klein und sie sitzt dann immer kerzengerade vor mir. Ich hab sie lange angesehen und nach Worten gerungen."

„Und was hast du ihr nun geantwortet?", fragte ich nicht minder angespannt.

„Ich habe ihr gesagt, dass ich dich sehr gerne mag und dass wir uns sehr gut unterhalten können, über Gott und die Welt. Dass ich dich sehr witzig und klug finde und es mir einfach Spaß macht, mit dir zusammen die Natur zu genießen."

„Aha!"

„Wie, AHA?"

„Na ja, ist doch ´ne ganz nette Umschreibung dessen, was wir wirklich miteinander teilen."

Er dreht sich abrupt zu mir um und sah mich nun direkt an.

„Was hast du denn erwartet? Dass ich zu meiner Frau sage: Du Schatz, ich hab mich in unsere Nachbarin verliebt und wir knutschen immer wie verrückt an einem kleinen See und reden viel miteinander."

„Nein, natürlich nicht. Ach, ich weiß auch nicht."

„Genau so ist es mir eben auch gegangen. Ich wusste nicht, was ich sagen sollte."

„Und was genau ist jetzt dein Problem?"

„Dass ich mir ziemlich sicher bin, dass sie mir nicht wirklich geglaubt hat."

„Hat sie das denn gesagt, dass sie dir nicht glaubt?"

„Nein, so etwas würde Rut nicht tun, das ist nicht ihre Art."

„Verstehe ich jetzt nicht ganz? Wenn sie das Gefühl hat, dass jemand sie belügt, dann hakt sie nicht nach? Spricht nicht über ihr Gefühl des Belogenwerdens?"

„Nein, Rut spricht fast überhaupt nicht über ihre Gefühle. Gut, wenn sie sich gesundheitlich schlecht fühlt oder ihre

Kinder vermisst, das sagt sie dann schon. Aber, was sie wirklich fühlt, so tief in ihrem Inneren, darüber spricht sie nicht.

„Auch nicht, wenn du sie direkt danach fragst?"

Er schwieg.

„Willst du nicht mit mir darüber sprechen, Norgard?"

„Doch schon, ich denke nur gerade nach. Ich glaube, Fleur, meine Frau und ich haben uns schon lange nicht mehr gegenseitig gefragt, was wir wirklich denken und fühlen. Und vielleicht ist das ja auch der Grund, warum ich mit dir so gerne zusammen bin. Du fragst, wie es mir geht, willst wissen, was ich denke und fühle. Durch dich hab ich erst wieder angefangen, über mich nachzudenken, mich zu hinterfragen, Teile in mir zu spüren, die ich entweder vergessen hatte, oder noch gar nicht kannte."

Ich nahm seine Hand und streichelte sie. Er entzog sie mir und spielte nervös mit seinen Fingern. Jetzt schwiegen wir beide.

„Ich finde es so ungerecht, was ich Rut da antue", redete er in Gedanken versunken weiter.

Mein Unbehagen nahm zu.

„Was denkst du denn, dass du ihr antust?"

Er stand auf und lief nun, mit beiden Händen in seinen Hosentaschen vergraben, vor mir auf und ab.

„Mensch Fleur, im Grunde genommen betrüge ich meine Frau mit dir. Gut, wir haben noch nicht miteinander geschlafen, aber was macht das für einen Unterschied? Mit DIR führe ich die Gespräche, die ich eigentlich mit meiner Frau führen sollte. Nach DIR sehne ich mich, wenn ich im Bett liege, mit DIR tausche ich leidenschaftliche Küsse aus.

Ich zähle die Minuten, bis wir uns wieder sehen, lasse niemals mein Handy aus den Augen, um bloß keine deiner Nachrichten zu verpassen".

„Und da wundert es dich, dass deine Frau dich fragt, wie du zu mir stehst?"

„Nein, nicht dass sie mich danach fragt, sondern vielmehr, dass sie überhaupt fragt!"

„Ich glaube, ich kann dir nicht ganz folgen. Wenn ich den Verdacht hätte, dass mein Mann vielleicht eine Liebesaffaire mit meiner Nachbarin hat, dann würde ich keine Sekunde zögern, ihn danach zu fragen. Ich will doch schließlich wissen, woran ich bin."

„Und könntest du auch mit jeder noch so ehrlichen Antwort leben?"

„Ich könnte vielmehr nicht damit leben, belogen zu werden oder weiterhin im Nebel herumstochern zu müssen."

„Aber genau dazu gehört Mut, Fleur, sehr viel Mut, die Wahrheit auch wirklich wissen zu wollen, denn mit der Wahrheit sind nicht selten Konsequenzen verbunden."

„Rut scheint aber nicht die Frau zu sein, die nicht in der Lage ist, die Wahrheit zu ertragen und ihre Konsequenzen zu ziehen."

„Du kennst sie nicht, Fleur."

„Ich hab vielmehr das Gefühl, ich weiß überhaupt nichts über eure Form von Beziehung."

„Wie meinst du das jetzt?"

„Ich meine, dass ich es komisch finde, dass du deiner Frau nicht zuzutrauen scheinst, dass sie die Courage hat, die Wahrheit mit all ihren Konsequenzen wissen zu wollen. Sie ist doch kein Kind mehr. Sie lebt seit fast 50 Jahren mit dir zusammen. Ihr habt gemeinsame Kinder, Häuser zusammen gebaut, deine Karriere vorangetrieben und habt euch in eurem Alter sogar dazu entschieden, euren Lebensabend im Ausland zu verbringen. Ich meine, kein Mensch kennt dich so gut wie deine Frau und niemand kennt sie so gut, wie du es tust?"

„Ist das so, Fleur? Kennt sie mich wirklich?

Ich bin doch gerade selbst erst dabei mich kennenzulernen, und das mit über 70. Das alles verwirrt mich gerade deshalb so, weil ich nicht weiß, was mit mir im Moment geschieht. Ich benehme mich wie ein verliebter Gockel, dass es selbst meiner Frau nicht verborgen bleiben kann, obwohl ich mir alle Mühe gebe, meine Gefühle vor ihr zu verbergen. Und selbst sie scheint sich zu verändern. Seit sie dich kennt, ist sie viel lockerer geworden, viel offener und zugänglicher."

„Das scheint ja wirklich so zu sein, wenn sie sich jetzt sogar schon traut, dich zu fragen, was du für eine andere Frau empfindest."

„Jetzt wirst du zynisch, Fleur." Er war weiter in Richtung zum kleinen See gegangen und ich hatte Mühe ihm zu folgen.

„Norgard, ich will dich nicht kränken, aber ich finde das alles etwas seltsam. Warum zum Beispiel hast du ihr nicht in dem Moment, als sie sich so weit vorgewagt hat, die Wahrheit gesagt? Was wäre passiert, wenn sie es erfahren hätte, wie es im Moment wirklich um dich steht?"

„Ich weiß es nicht. Ich glaube, sie wäre zusammengebrochen, Fleur, denn sie würde das nicht verkraften, ich weiß das. Die Tatsache, dass ich mich nach all den Jahren gemeinsamen Lebens in eine andere Frau verliebt habe, würde sie an allem zweifeln lassen, woran sie bis jetzt immer geglaubt hat. Zum Beispiel an die Unverbrüchlichkeit unseres Ehegelübtes, an die Unendlichkeit unserer Liebe, an unsere Moralvorstellungen, an unser Vertrauen und unsere Verbundenheit. Ich könnte es ihr doch noch nicht einmal erklären. Es ist doch nicht so, dass ich meine Frau nicht mehr liebe. Wir haben in all den Jahren eine gute Ehe geführt. Natürlich gab es auch bei uns Spannungen und Krisen, aber wir haben immer alles zusammen gemeistert."

„Und was lässt dich nun daran zweifeln, dass ihr auch diese Situation zusammen meistert?

„Weil es hier keinen Spielraum gibt. Sie würde verlangen, dass ich mich augenblicklich von dir lossage. Wir könnten uns nicht mehr treffen und dazu bin ich nicht bereit, Fleur. Also was wäre die Konsequenz, sag es mir?"

„Die Konsequenz wäre, dass deine Frau zumindest die Wahl hätte, für sich zu entscheiden, wie sie damit umgehen möchte, was das Beste für sie in dieser Situation ist. So hat sie keine Wahl. Sie ist auf deine Ehrlichkeit angewiesen und liefert sich deinem Wohlwollen ihr gegenüber weiterhin aus. Sie ist und bleibt von deiner Aufrichtigkeit abhängig und kann immer nur reagieren. Du bist ihr immer mehrere Schritte voraus, weil du entscheidest, was sie wissen darf und was nicht. Findest du das fair?"

„Ich versuche doch nur, sie zu schützen. Sie würde mit der Situation nicht fertig werden, glaub mir."

„Was heißt das konkret? Würde sie sich das Leben nehmen? Würde sie versuchen, dich umzubringen oder mich?"

„Nein, natürlich nicht. Nichts von all dem, das widerspricht in allen Punkten ihrer religiösen Einstellung."

„Also, was würde sie tun, vor dem du sie schützen musst?"

„Sie würde emotional zusammenbrechen."

„Und was wäre so schlimm daran? So kontrolliert wie du mir deine Frau beschrieben hast, würde ich es ihr eigentlich wünschen, endlich einmal an ihre wahren Gefühle heranzukommen."

„Aber doch nicht unter solchen Umständen.

Sag mal, Fleur, bist du wirklich so grausam, oder reagierst du jetzt so, weil es hierbei um meine Frau geht?"

„Jetzt bist du es aber, der ungerecht ist. Ich habe nie auch nur ein schlechtes Wort über Rut verloren, noch dir Anlass dazu gegeben, anzunehmen, ich wollte ihr Böses."

„Du willst ihren Mann! Ist das nicht böse genug?"

Ich hielt ihn am Arm fest und rang nach Luft, so aufgebracht war ich.

„BÖSE? Es ist BÖSE sich zu verlieben? Ich bin BÖSE, weil meine Wahl auf einen verheirateten Mann gefallen ist? Spinnst du eigentlich, Herr Richter? Was maßt du dir an, über meine Beweggründe zu urteilen? Man kann es sich doch nicht aussuchen, in wen man sich verliebt. Und außerdem, habe ich mich sehr lange gegen meine Gefühle für dich gewehrt, eben weil du verheiratet bist, und nun nennst du mich BÖSE?? Weißt du, was ich BÖSE nenne? Einem anderen Menschen nicht die Wahl zu lassen, sich in einer schwierigen Situation frei entscheiden zu können, indem man ihm wichtige Informationen vorenthält. Ihn zu belügen, obwohl man behauptet, ihn zu lieben, ihn tagtäglich zu hintergehen und nicht den Mut zu haben, zu seinen Gefühlen zu stehen. DAS, mein Lieber, nenn ich BÖSE und unreif zugleich. Und jetzt entschuldige mich bitte, ich habe den starken Drang, mich gründlich abzuduschen. Vielleicht hab ich ja Glück, und das Böse wäscht sich mit runter!" Mit diesen Worten ließ ich ihn stehen und rannte in Richtung zu meinem Haus, nicht jedoch ohne vorher den Hund kurz und knapp zu mir zu rufen, weil er mitkommen sollte. Bertrand folgte ausnahmsweise sofort meiner Aufforderung und trottete mit gesenktem Haupt neben mir her in Richtung rettendem Heim.

22. Kapitel

~

Er kam weder am nächsten, noch am übernächsten Morgen, um mich zum Laufen abzuholen, und es fing an, sich Verlustangst in mir breit zu machen. Schon am Nachmittag des Streittages hatte ich meine heftigen Worte ihm gegenüber bereut und wäre am liebsten zu ihm gelaufen, um mich zu entschuldigen. Andererseits war ich immer noch wütend auf ihn, weil er mich durch seine letzte Bemerkung so gekränkt hatte. ICH sollte in Ruts Augen böse sein, weil ich mich in ihrem Mann verliebt hatte? Was hatte ich mit dieser Frau zu tun? Nicht ich betrog sie, sondern ihr Mann!

Gut, ich vielleicht auch ein bisschen, denn mit der Zeit hatte sich zwischen Rut und mir so etwas wie eine lockere Freundschaft entwickelt, was ich zugelassen hatte, obwohl ich parallel dazu dabei war, mich in ihren Mann zu verlieben. Aber ich hatte weder das eine noch das andere forciert, und manchmal entwickeln sich die Dinge halt in kontraproduktive Richtungen. Ich mochte Rut wirklich, wenn sie auch so ganz anders war als ich. Trotzdem hatten wir guten Zeiten miteinander, und sie war eine interessierte Zuhörerin und nicht weniger interessante Gesprächspartnerin. Sie erzählte mir viel von ihrer Heimat und schaffte es, mich neugierig auf ein Land zu machen, von dem ich noch nicht einmal mit Sicherheit sagen konnte, zu wissen, wo es auf der Landkarte liegt Sie kochte für mich schwedische Gerichte, ließ mich mitgebrachten schwedischen Met probieren und führte mich, zumindest theoretisch, in die Kunst des Gobelinstickens ein. Alles nicht wirklich Dinge, die ich als ein unbedingtes Muss für meine Allgemeinbildung erachten würde, dennoch interessant, weil eben fremd. Tiefergehende Gespräche vermied ich mit ihr, weil ich mir sicher war, in diesem Punkt nicht wirklich etwas von ihr lernen zu können, außer vielleicht, in meinen Augen, verschrobene Moralvorstellungen, dogmatische religiöse Ansichten oder gesellschaftliche Anstandsregeln, die ich schon lange über Bord geworfen bzw. mit zu Theo ins Grab gelegt hatte.

Seitdem Norgard mir erzählt hatte, dass Rut wohl bezüglich unserer Beziehung anfing misstrauisch zu werden, war ich darum bemüht, ihr nicht zufällig zu begegnen. Ich hätte nicht gewusst, wie ich mich verhalten sollte, zumal ich nicht wusste, was sich in der Zwischenzeit im Hause Amsung getan hatte. Vielleicht hatte Norgard ja meine Worte beherzigt und ihr reinen Wein eingeschenkt? Nein, es war besser so, wie es im Moment war, wenn ich auch nicht wirklich wusste, wie es eigentlich war. Waren Norgard und ich jetzt nur zerstritten oder hatte er beschlossen, sich doch von mir zu trennen, bevor seine Frau hinter unser Verhältnis kommen konnte? Ich wusste es nicht, und er schien nicht das Bedürfnis zu haben, es mich wissen zu lassen.

Ich hatte zu lange alleine gelebt, um nicht mit der neuen Situation klarzukommen. Ich würde einfach aufhören, auf eine Nachricht oder einen Besuch von ihm zu warten, und mich auf die Dinge konzentrieren, die mir lieb und teuer waren. Mein Garten bedurfte dringend einer Generalüberholung, hatte die tagelange Hitze doch ihren Tribut gefordert und einige Pflanzen und Kräuter schienen dringend gewässert, vom Unkraut befreit und vielleicht sogar mal wieder gedünkt werden zu müssen. Ganz zu schweigen vom Rasen, der zwar viel zu lang, aber dennoch mehr als schlapp vor sich hin welkte. Ich würde mir am späten Nachmittag den Rasenmäher schnappen, um den müden Halmen zu Leibe zu rücken, würde meine Kräuter beschneiden, Unkraut jäten und gießen, gießen, gießen. Bis dahin wollte ich es mir an einem schattigen Plätzchen im Garten mit einem guten Buch und einer leckeren selbstgemachten Limonade gemütlich machen. Eigentlich hatte ich vorgehabt Mathild zu besuchen, aber die hatte bereits Besuch von einer alten Freundin aus Paris, die sogar über Nacht bleiben wollte. Egal, ich würde die Zeit schon rumbringen und morgen war ein neuer Tag. Vielleicht würde er sich ja dann bei mir melden ...?

Ich hatte es mir gerade in meinem alten Liegestuhl gemüt-lich gemacht, als Bertrand anfing zu bellen. Nicht so erfreut, wie er es tat, wenn Norgard uns besuchen kam, und trotzdem hoffte ich, das Gebell würde ihm gelten. Ich konnte nicht ge-nau erkennen, wer sich in meinen Garten getraut hatte, denn die Person stand im Gegenlicht. Also rief ich, nicht gerade freundlich, dass es sich hier um ein Privatgrundstück han-deln würde und nicht um einen öffentlichen Wanderweg.

Dass es ein Mann war, der auf mich zukam, konnte ich an der Statur erkennen, nicht jedoch, um wen es sich handelte. Als er fast auf meiner Höhe war, zog er seinen Hut vor mir und verbeugte sich leicht in meine Richtung.

„Bitte entschuldigen Sie die Störung, Madame. Ich weiß, dass dies hier Ihr Grundstück ist, aber ich bin auch nicht zufällig hier." Ich war aufgestanden und sah dem Mann jetzt erstmalig ins Gesicht. Er schien in meinem Alter zu sein, war ausgesucht gekleidet, und hatte ausgesprochen freundliche Augen .

„Und was ist dann der Grund ihres Hierseins?"

„Ich wollte Sie kennenlernen, Madame Valeron. Wenn ich mich kurz vorstellen darf: Mein Name ist Phillip Huart und ich komme direkt aus Paris."

„Aha, Phillip Huart aus Paris. Und was wollen sie mir verkaufen, mein Lieber?"

Er lachte herzlich. „Ich habe Sie mir genau so vorgestellt. Mathild hat Sie vortrefflich beschrieben, meine Liebe. Sie sind direkt und kommen sofort zur Sache."

„Sie aber scheinbar nicht, M. Huart. Ich verstehe immer noch nicht, was es mit Ihrem Besuch bei mir auf sich hat ‚und ehrlich gesagt, ist mir im Moment auch nicht danach, Besuch zu empfangen. Wie Sie sehen, hatte ich mich gerade hingelegt, um ein gutes Buch zu lesen. Was also kann ich für Sie tun?"

Er setzte seinen Hut wieder auf und sein Lächeln verschwand von seinen Lippen. Für einen kurzen ‚Moment glaubte ich, eine tiefe Traurigkeit auf seinem Gesicht zu sehen, und meine ruppige Art tat mir leid.

„Dann will ich Sie nicht länger stören, Madame. Es war nicht richtig von mir, einfach unangemeldet bei Ihnen aufzutauchen. Ich hatte gedacht, wo ich schon mal da bin, will ich die Gelegenheit nutzen, Sie endlich einmal kennenzulernen. Wissen Sie, Mathild hat Besuch von einer Freundin aus Paris und kann und will sich erst morgen mit mir treffen. Bitte entschuldigen Sie die Störung."

Er drehte sich um und wollte gehen. Ganz langsam begriff ich, wer da vor mir stand und mich kennenlernen wollte. Phillip! DER PHILLIP! Mathilds PHILLIP!!!

„Bitte bleiben Sie und entschuldigen Sie meine barschen Worte. Ich hatte wirklich keine Ahnung, wer Sie sind. Sie müssen wissen, Mathild hat mir nie ihren Nachnamen gesagt, und ich konnte darum auch mit Ihrem vollständigen

Namen nichts anfangen. Sie sind mir natürlich willkommen. Bitte bleiben Sie und trinken eine Limonade mit mir."

Ich fasste ihn sanft am Arm und zog ihn mit mir in Richtung der Sitzgruppe.

Erschöpft von der Hitze ließ er sich auf einen der Stühle fallen und sah mich wortlos an.

Ich stellte ihm ein Glas kühler Limonade hin, setzte mich ebenfalls und wartete.

Nach einiger Zeit endlich fing er an zu sprechen:

„Wie geht es meiner Mathild?"

`Ganz falscher Einstieg, mein Lieber`, dachte ich bei mir. `Deine Mathild? Dass ich nicht lache!` Ich wählte nun sehr sorgsam meine Worte.

„Was soll ich sagen? Was wollen Sie hören? Dass sie sich die Augen ausheult? Dass es ihr gut geht? Was wäre denn angenehmer für Sie?" Ich hatte nicht aggressiv gesprochen, dennoch schienen meine Worte ihn getroffen zu haben. Ich eignete mich einfach nicht als mitleidende Gesprächspartnerin für reuige Ehebrecher, zumal, wenn meine beste Freundin dabei die Leidtragende ist.

„Ehrlich gesagt, weiß ich nicht, was ich hören möchte. Vielleicht haben Sie recht und es ist eigentlich egal, was Sie antworten. Es ändert nichts an der Tatsache, dass ich Mathild verletzt habe."

„Nicht nur verletzt, Phillip. Niedergeschlagen, gedemütigt, verraten würde ich sagen."

„Sie sind sehr streng mit mir, Madame."

„Vielleicht liegt das daran, dass ich hier war und versucht habe, die Tränen meiner verzweifelten Freundin zu trocknen, während Sie wahrscheinlich in Paris aus lauter Kummer gerade ein neues Gedichtbändchen verfasst haben. Ist so ein Künstler nicht am kreativsten, wenn er leidet?"

Jetzt war es offenkundig. Ich war stocksauer auf Phillip und endlich hatte ich Gelegenheit, ihn das auch spüren zu lassen. Wenn er jetzt Manns genug war, dann würde er sich der Auseinandersetzung mit mir stellen; ich quasi stellvertretend für alle verlassenen Geliebten und er für alle gestrauchelten Ehemänner. Wohl an denn, wir würden sehen.

„Sie mögen Mathild wohl sehr gerne?" Er lächelte mich trotzdem an, als er zu mir sprach.

„Das würde ich mal so sagen. Wie würden Sie es finden, wenn Ihr bester Freund von seiner großen Liebe von heute auf morgen verlassen worden wäre und seitdem todunglücklich ist. Wären Sie dann neutral der Person gegenüber, die all das Leid verursacht hat?"

„Das weiß ich nicht. Ich würde vielleicht versuchen, der anderen Person erst einmal Gelegenheit dazu zu geben, ihre Sicht der Dinge zu schildern."

„Und was soll da dann groß dabei herauskommen? Ich weiß, dass Sie verheiratet sind und Mathild immer gesagt haben, dass Sie ihre Frau niemals verlassen werden, weil Sie es nicht überleben würde. Ich weiß, dass Sie Mathild nichts in Sachen gemeinsamer Zukunft versprochen haben, dass Sie, was die äußeren Umstände anbelangt, immer offen und ehrlich waren. Ich frage mich nur, wie ehrlich waren Sie sich selbst gegenüber? Ist es nicht vielleicht vielmehr so, dass Sie die tiefe Liebe meiner Freundin dazu genutzt haben, ein gefälliges Affärchen im Hinterland zu haben, welches Sie für die drögen Ehejahre mit Mildred entschädigt, jedoch mit der Sicherheit im Nacken, dadurch keinerlei weitere Verbindlichkeit eingehen zu müssen? Mathild wäre auf ewig ihre Geliebte geblieben, Phillip, weil sie Sie wirklich liebt und alles verhindert hätte, was Sie vertreiben könnte. Leichtes Spiel, oder wie würden Sie es nennen?"

„Wenn es denn ein Spiel gewesen wäre, dann würde es so stimmen, wie Sie es sagen. Aber für mich war es nie ein Spiel, keine Minute lang, das müssen Sie mir glauben. Ich liebe Mathild über alles. Sie verkörpert alles, was mir wirklich etwas bedeutet."

„Ich verstehe, und darum verlassen Sie sie auch, wenn Ihre Frau das von Ihnen verlangt?"

„Meine Frau hat gar nichts von mir verlangt. Ja, sie ist total ausgerastet, als sie von meiner Affäre erfahren hat, aber verlangt hat sie erst einmal nichts. Ich allein hab die Entscheidung getroffen, die Beziehung zu Mathild zu beenden."

„Ich dachte, Sie wollten erst einmal nur eine Auszeit, so zumindest hab ich Mathild verstanden."

„Ja, das stimmt. Aber ich bin heute hergekommen, um mich von ihr zu verabschieden. Leider hatte sie keine Zeit für mich. Ich werde also bis morgen warten, um es ihr dann persönlich zu sagen."

„Wie nobel von Ihnen. Wir hatten eigentlich erwartet, in einem Ihrer nächsten Büchlein von Ihrem Entschluss zu lesen."

„Da hätten Sie lange warten können. Es wird keine weiteren Bücher mehr von mir geben."

Er war aufgestanden und wollte sich eindeutig auf den Weg machen. Als er mir die Hand zum Abschied reichte, sah ich, dass er weinte. Er versuchte noch nicht einmal, es vor mir zu verbergen.

„Ich kann Ihre Wut auf mich verstehen und ich rechne es Ihnen hoch an, dass Sie sich um Mathild kümmern. Ich weiß, was ich ihr antue, bitte glauben Sie mir das. Aber, Fleur, ich weiß noch viel besser, was ich mir antue. Mit Mathild verliere ich ein Stück meiner Seele, meiner Lebensfreude.

Sie war in den letzten Jahren der Grund, warum ich gelächelt habe, wenn ich morgens aufgestanden bin. Sie war es, für die ich unter der Dusche gesungen habe. Es gab keinen Tag, an dem ich nicht an sie gedacht habe, und es wird in Zukunft auch keinen geben, an dem ich das nicht tun werde. Ich reiße mir gerade das Herz heraus, Fleur, bei lebendigem Leib und dennoch ..."

Ich war eine Närrin gewesen, anzunehmen, der Mann hatte mit meiner Freundin gespielt. Er liebte sie aufrichtig, dass konnte ich hören, ich konnte es sehen und fühlen. Er tat mir auf einmal unendlich leid, ebenso wie Mathild und ich konnte seine Entscheidung einfach nicht verstehen.

Ich zog ihn wieder auf seinen Stuhl zurück und er ließ es widerstandslos geschehen.

„Warum verlassen Sie Mathild, wenn Sie sie doch so lieben, und ich glaube Ihnen das sogar, Phillip?"

„Gerade weil ich sie so liebe, gerade deshalb. Meine Frau wird jetzt, da sie von unserer Beziehung weiß, wahrscheinlich keine weiteren Treffen dulden. Sie wird mich früher oder später vor die Wahl stellen: entweder Mathild oder sie. Ich muss mich entscheiden. Nehmen wir einmal an, ich würde es schaffen, mich von meiner Frau zu trennen, und das, obwohl mir meine Kinder die Hölle heiß machen. Und nehmen wir weiter an, ich würde sogar Paris und somit mein persönliches Umfeld der letzten 40 Jahre verlassen, all meine Freunde hinter mir lassen, all meine Erinnerungen, die von mir geliebten Orte, alles was mir lieb und wichtig war in meinem Leben. Ich würde Mildred das Haus überlassen, mit all den Gegenständen, die wir uns zusammen erarbeitet haben, für die wir gespart haben, die uns wichtig waren. Sei es die Fotoalben der Kinder oder die Einrichtung, einfach mit allem. Wäre alles machbar, um mit der Frau zusammenzuleben, die ich liebe. Meine Geschäfte könnte ich auch von hier aus tätigen. Eigentlich muss ich schon seit Jahren nicht mehr arbeiten, ich mache das nur noch, damit ich fit im Kopf bleibe und wir auch im Alter unseren Lebensstandart weiterhin genießen können. Also, nehmen wir mal an, all das würde ich schaffen. So weit, so gut. Aber, Fleur, eines könnte ich nicht hinter mir lassen, und das bin ich selbst. Ich bin, wie ich bin. Ich hatte immer Schuldgefühle meiner Frau gegenüber, habe mich schäbig gefühlt, weil ich sie betrogen habe und für eine andere Frau mehr empfunden habe, als für die eigene Ehefrau, die mir immer treu ergeben war. Aber ich konnte diese Schuldgefühle irgendwie in den Griff bekommen, weil ich Mildred eben nicht verlassen habe, nach 40 Jahren Ehe. Bei ihr zu bleiben, war mein Preis, den ich bezahlt habe für meinen Betrug an ihr. Ich könnte nicht auf Dauer mit den Schuldgefühlen leben, wenn ich sie verlassen würde. Es würde mir vermutlich das Herz brechen, wenn meine Kinder sich gegen mich wenden würden und ich sie und die Enkelkinder nicht mehr sehen dürfte. Und dann, meine liebe Fleur, dann würde ich anfangen, Mathild die Schuld dafür zu geben. Vielleicht nicht sofort, aber irgendwann bestimmt.

Ich bin in den letzten Wochen mit mir ins Gericht gegangen, habe wieder und wieder alles durchgespielt, aber das Ergebnis ist dasselbe geblieben. Ich habe Angst, Angst vor mir selbst. Ich bin kein Hardliner, war ich nie. Ich bin vielleicht feige und zu abhängig von der Meinung anderer Menschen über mich. Aber ich will und kann nicht mehr unehrlich mir selbst gegenüber sein. Bei aller Schwachheit bin ich nicht unverantwortlich in meinem Handeln.

Meine Frau zu verlassen, um mit Mathild zusammenleben zu können, wäre meiner Familie gegenüber unverantwortlich, weil ich sie all dessen berauben würde, woran sie in all den Jahren geglaubt haben. Sie haben an mich geglaubt, an meine Liebe zu ihnen, an mein gegebenes Versprechen.

Und es wäre Mathild gegenüber genauso unverantwortlich, denn ich weiß, das ich nicht der Mann bin, der das durchzieht. Ich würde schwach werden und zu meiner Familie zurückkehren, sei es aus Schuldgefühlen oder Verantwortlichkeit ihnen gegenüber. Nennen Sie es, wie sie wollen. Es macht letztendlich keinen Unterschied.

Ich traue mir so einen Schritt in meinem Alter, mit meiner Vergangenheit, einfach nicht mehr zu. Ich habe Angst, Mathild eines Tages zu verlassen, weil ich es nicht mehr ertrage, als Ehebrecher und Familienzerstörer zu leben. Ich habe Angst, sie vielleicht dafür zu hassen, weil meine Liebe zu ihr mich diesen Preis hat zahlen lassen. Ich bin zu schwach und vielleicht zu alt dafür.

Ich musste das selbst erst einmal für mich akzeptieren und bitte, glauben Sie mir, das macht die Sache nicht einfacher für mich, aber klarer. Ich bete zu Gott, dass Mathild mich versteht und eines Tages ihren Frieden mit mir machen kann. Ich werde sie immer lieben, und alles was ich tun kann, um diese Liebe nicht komplett zu verleugnen, ist, es meiner Frau auch so zu sagen. Und genau das werde ich machen, wenn ich es Mathild gesagt habe. Ich werde Mildred sagen, dass ich Mathild immer lieben werde, aber mich von ihr, zugunsten meiner Familie, getrennt habe.

Ich hoffe nur, dass ich es eines Tages schaffen werde, mir meine Schwachheit selbst zuzugestehen und zu verzeihen. Es ist das größte Dilemma meines Lebens, Fleur, aber diese Liebe zu Mathild ist es wert."

Er hatte mir die ganze Zeit, in der er gesprochen hatte, in die Augen gesehen, und ich sah seine Aufrichtigkeit und seinen tiefen Schmerz. Ich empfand großen Respekt vor diesem Mann und eine ebenso tiefe Traurigkeit für ihn und Mathild.

Ich war nicht in der Lage zu antworten, und ich glaube, das erwartete er auch nicht von mir. Wir saßen noch eine ganze Zeit schweigend beieinander, jeder seinen Gedanken nachhängend. Als die Sonne langsam unterging, lud ich ihn ein, mit mir zu Abend zu essen, und er nahm mein Angebot gerne an.

Den Rest des Abends verbrachten wir bei Kerzenschein und mehreren Flaschen Rotwein in meinem Garten, und es war ein wunderschöner Abend. Wir redeten sehr viel, erzählten uns unsere Lebensgeschichten, lachten zusammen und am Ende des Abends hatte ich das Gefühl, einen neuen Freund gefunden zu haben. Ich mochte Philipp sehr gerne, in seiner warmherzigen, offenen und freundlichen Art. Ich fing an, meine beste Freundin zu verstehen. Ich wollte mir noch nicht ausmalen, wie hart es sie treffen würde, wenn er ihr seinen Entschluss mitteilen würde, aber es gab nichts mehr daran zu ändern. Ich wusste, was das für Mathild bedeuten würde. Sie würde sich aus dem Kreis der Liebenden auf immer verabschieden. Nach Phillip würde es für sie keinen neuen Mann mehr geben. Witwe auf Lebenszeit, innere Isolationshaft ohne Hoffnung auf Begnadigung. Es wollte mir das Herz zerreißen, wenn ich nur daran dachte. Arme Mathild, armer Phillip.

Ich konnte Phillip dazu überreden, die Nacht in meinem Haus zu verbringen, weil es eh schon zu spät dafür war, sich ein Zimmer zu suchen. Außerdem hatte er zu viel Alkohol getrunken, um noch mit dem Auto zu fahren.

Als ich endlich gegen 12 Uhr im Bett lag, fiel mir das erste Mal wieder Norgard ein und mir würde schlagartig übel.

23. Kapitel

Die Sonne schien direkt auf meinen Küchentisch und wir saßen, beide in Bademäntel gewickelt, bei unserer ersten Tasse Kaffee gemütlich zusammen. Ich, in meinem alten, mittlerweile abgewetzten, rosa Lieblingsmantel, er in einem nicht weniger abgetragen aussehenden Morgenmantel von Theo. Eine entspannte Stimmung lag zwischen uns, und trotz des traurigen Anlasses seines Besuches waren wir recht guter Dinge. Phillip hatte ausgezeichnet geschlafen, wie er sagte, und er fühlte sich sehr wohl in meiner Gegenwart.

„Ist es nicht sonderbar, Fleur, dass wir uns erst jetzt, zu diesem mehr als traurigen Anlass kennenlernen und feststellen, dass wir uns mögen? Wäre es nicht viel schöner gewesen, wir hätten uns schon viel früher getroffen, um zusammen mit Mathild schöne Stunden zu verbringen?“

„Ja, das wäre es ohne Zweifel. Aber das Ende ihrer Beziehung zu Mathild muss ja nicht zwangsläufig auch das Ende unserer soeben begonnenen Freundschaft bedeuten. Oder?“

„Ich weiß nicht, Fleur? Meinen Sie, wir können in Kontakt bleiben, uns vielleicht hin und wieder einmal treffen, einfach nur, um uns so nett wie gestern Abend zu unterhalten?“

„Was denken Sie? Ich würde es mir wünschen, könnte es aber auch gut verstehen, wenn die Treffen mit mir Sie zu sehr an Mathild erinnern?“

Er lachte gequält auf. „Ich brauche dazu keinen Treffen mit Ihnen, um mich an Mathild zu erinnern. Jeder Sonnenstrahl, jeder Regentropfen, jede Blume, jedes Lied, einfach alles in meinem Leben, wird mich an sie erinnern, denn sie war mein Leben. Ach Fleur, ich weiß nicht, wie ich es ihr sagen soll? Weiß nicht, wie ich danach weiterleben soll? Welche Bedeutung hat es eigentlich noch für mich, weiterhin mit meiner Familie zu leben, wenn ich Mathild nicht mehr sehen darf? Es tut so ungemein weh. Ich kann nicht mit ihr leben, weil ich den Verrat an meiner Familie nicht ertragen könnte. Ich kann nicht ohne sie leben, weil der Verrat an ihr und unserer Liebe mir das Herz zerreißt. Es gibt keine Lösung für mein Dilemma. Und gerade diese Hoffnungslosigkeit macht es so schwer, dies alles zu ertragen. Es gibt keine Hoffnung für mich, auf ein erfülltes Leben. Wie auch immer ich mich entscheide, ich lasse etwas sehr Wertvolles zurück und beraube mich selbst, egal was ich dadurch vielleicht gewinne. Ich bin jetzt fast 70 Jahre alt und habe nicht gelernt, mit so einer Situation umzugehen. Ich fühle mich wie ein emotionaler Versager."

„Das müssen sie nicht, Phillip. Ich weiß nicht, wie ich mich verhalten würde an Ihrer Stelle, und niemandem steht ein Urteil über Ihre Entscheidung zu, noch nicht einmal Mathild. Ich kann nichts weiter tun, als Ihnen meine Freundschaft anzubieten, und das von ganzem Herzen."

Er nahm sanft lächelnd meine Hände und hielt sie fest, ohne zu antworten.

Auf einmal schreckte ich hoch, weil ich draußen vor der Tür einen Wagen hatte vorfahren hören. Ganz langsam schien er auf dem Kies zum Stehen zu kommen. Ich hörte wie Türen zugeschlagen wurden und fast im gleichen Moment wurde meine Haustür aufgerissen und Linda stürzte herein, dicht gefolgt von ihrer Großmutter, die das aufgeregte Kind wohl versucht hatte zurückzuhalten. Zu spät, Linda stand, von Bertrand freudig begrüßt, in meiner Küche und rief mir ein lachendes BONJOUR entgegen. Hinter ihr standen Rut und Norgard und starrten mit aufgerissenen Augen und Mündern auf die sich ihnen bietende Szenerie. Da saß ihre Nachbarin mit zerzausten Haaren und nur mit einem Bademantel bekleidet mit einem fremden Herrn, der nicht weniger ungekämmt und schlaftrunken aussah, am Küchentisch und hielt Händchen. Alle vier starrten wir uns an, als stünden wir Aliens gegenüber, und die Einzige, die nichts von der allgemeinen Verwirrung und Beklommenheit mitbekommen zu schien, war Linda. Sie schmiegte sich an mich ran und säuselte mir in gebrochenem Französisch ins Ohr, dass sie heute wieder nach Hause fliegen müsse und sich von mir und Bertrand nun verabschieden wolle. Ohne Rut oder Norgard zu begrüßen, nahm ich Linda auf den Schoß und drückte sie. Heute schien ein Tag des Abschieds zu sein, was mich sehr traurig machte. Ich hatte das kleine Mädchen wirklich in mein Herz geschlossen und Bertrand und ich würden sie sehr vermissen.

Rut unterbrach die Stille, indem sie sich überschwänglich für die morgendliche Störung entschuldigte und erklärenderweise hinzufügte, man sei gerade auf dem Weg nach Paris zum Flughafen, um Linda zu verabschieden, die sich aber geweigert hatte, das Land zu verlassen, ohne sich vorher noch von uns zu verabschieden. Norgard stand immer noch sprachlos im Türrahmen und sah Phillip unverhohlen und nicht gerade freundlich an.

Rut kam zu Linda und mir und löste das Kind sanft aus meinen Armen.

„Komm mein Schatz, wir müssen jetzt fahren, sonst verpasst du noch das Flugzeug. Was meinst du, wie traurig dann deine Eltern wären, wenn du nicht wie vereinbart heute Abend wieder in Stockholm bist."

Sieh sah mich dabei freundlich lächelnd an und nahm mir damit meine Unsicherheit ihr gegenüber.

„Fleur, meine Liebe, wir wollen Sie auch nicht weiter stören. Eine kleine Bitte hätten wir aber noch. Wir haben vor, für ein paar Tage in Paris zu bleiben, um uns unsere neue Hauptstadt einmal richtig anzuschauen. Wären Sie so freundlich und würden vielleicht ein, zweimal unsere Beete wässern, damit meine Blumen nicht vertrocknen? Das wäre wirklich ganz reizend von Ihnen. Wir bringen Ihnen dafür auch eine nette Kleinigkeit mit, aus der Großstadt." Sie zwinkerte mir verschmitzt zu und ich hatte den Eindruck, mein männlicher Besuch und unser, für sie wohl eindeutiger Aufzug amüsierte sie über alle Maßen.

„Aber natürlich, Rut, das mache ich doch gerne. Ich wünsche Ihnen eine tolle Zeit in Paris."

Zu Norgard gewandt fügte ich hinzu: "Die Stadt der Liebenden soll ja gerade im Sommer besonders reizvoll sein, und ich wünsche Ihnen romantische Tage."

Norgard sprach immer noch nicht, streckte Linda seine Hand hin und wandte sich zur Haustür. Ich folgte ihm, um Linda noch einmal in den Arm zu nehmen, was sie sich gerne gefallen ließ. Am Auto verabschiedeten wir vier uns freundlich voneinander und selbst Norgard war zu einem „Danke" und „Schönen Tag noch" zu bewegen.

Dann fuhren die drei in Richtung Straße und ich winkte Ihnen hinterher, bis der Wagen an der Wegbiegung verschwunden war.

Als ich die Küche wieder betrat, sah Phillip mich fragend an.

„Ich hoffe, ich habe Sie jetzt in meinem Aufzug, zu dem

zu dieser Tageszeit, nicht kompromittiert vor Ihren Nachbarn?"

Ich lachte gekünstelt. „Ich bitte Sie, Phillip! Wir sind doch schließlich erwachsene und zudem schon ziemlich alte Leute. Da sollte man doch annehmen, ich darf zu welcher Tageszeit auch immer, mit wem auch immer und auch egal in welchem Aufzug an meinem Küchentisch sitzen, oder? Außerdem bin ich meinen Nachbarn doch wohl keine Erklärung schuldig."

„Sicher, aber ich hätte mich ja wenigsten vorstellen können. Es ging nur alles so schnell und, ehrlich gesagt, hat mich die Situation auch ein wenig überfordert. Ich geh jetzt mal duschen und danach fahre ich zu Mathild ins Dorf. Wir sind gegen 11 Uhr im Cafe am Markt verabredet und ich will auf jeden Fall pünktlich sein."

Schwerfällig erhob er sich und schleppte sich zur Treppe. Auf halber Strecke erreichte ich ihn und nahm ihn in den Arm.

„Sie werden das schon schaffen, Phillip. Ich weiß das! Sie sind ein sehr tapferer Mann und Mathild ist eine tapfere Frau. Ich bin in Gedanken bei Ihnen."

„Ich weiß, Fleur, ich weiß. Danke für Ihre freundlichen Worte, aber ehrlich gesagt, ich glaube noch nicht wirklich daran, dass ich es wirklich schaffen werde, mich von meiner Mathild zu trennen. Jetzt, wo ich kurz davor stehe, kommt es mir schlichtweg unmöglich vor, mich für immer von ihr zu verabschieden. Am liebsten würde ich direkt nach Paris fahren und mich vor dem Abschied drücken. Aber damit wäre niemandem geholfen. Ich schulde ihr wenigsten eine Erklärung, und sei sie auch noch so unverständlich für sie."

„Phillip, ich bin mir sicher, eines Tages wird Mathild Ihre Beweggründe verstehen und akzeptieren können. Sie ist eine großherzige und mitfühlende Frau."

Ich sah in an und hoffte, er möge die Zweifel an meinen eigenen Worten nicht in meinen Augen lesen können. Aber was sonst sollte ich einem Menschen sagen, der dabei war, einen Teil seiner Seele zu amputieren, zugunsten des Seelenheils seiner Familie?

Nachdem wir beide uns, geduscht und bekleidet, wieder in der Küche getroffen hatten, verabschiedete sich Phillip sehr schnell und fast wortlos von mir. Es war alles gesagt, was es zu sagen gegeben hatte, und es blieb uns lediglich eine herzliche Umarmung, um unserer Traurigkeit Ausdruck zu verleihen.

Er fuhr, ohne sich noch einmal nach mir umzudrehen, und ich war mir sicher, dass er weinte.

Mir selbst war auch zum Heulen zumute, allerdings war ich mir nicht so sicher, was der wirkliche Grund dafür war. Unter der Dusche hatte ich angefangen darüber nachzudenken, dass Norgard im Begriff war, mit seiner Frau eine Art Liebesurlaub in Paris zu verleben, während ich zu Hause saß und auf ihn wartete. Wollte ich auf ihn warten? Wollte ich mir ernsthaft vorstellen, was die beiden zusammen erleben würden? Würden sie in einem gemütlichen Hotel vielleicht miteinander schlafen? Ich hatte mich vorher noch nie gefragt, ob die beiden wohl noch Sex miteinander hatten, und eigentlich ging es mich auch nichts an.

Würde ich mich betrogen fühlen, wenn er mit seiner Frau schlafen würde? Mit der eigenen Frau? Hatte ich als Geliebte, oder was auch immer ich für ihn war, überhaupt einen Anspruch auf so etwas wie Treue? Und wenn ja, auf was für eine Art von Treue konnte ich Anspruch erheben? Vielleicht auf die, dass er unsere einzigartige Beziehung nicht mit jeder x-beliebigen Nachbarin pflegte? Dass unsere

Form der Vertraut- und Verbundenheit, unsere Seelenverwandtschaft, für ihn genauso etwas Besonderes war, wie für mich? Konnte ich denn wirklich erwarten, dass ein anderer Mensch meine Gefühle in ihrer Intensität und Bedeutung teilte? Dass ich für ihn das Gleiche bedeutete wie er für mich? War nicht alles, was ich glaubte, an Gefühlen bei ihm für mich zu erspüren, reine Spekulation, Interpretation in meinem Sinne? Wie konnte ich mir überhaupt sicher sein, dass er mich liebte, selbst wenn er es mir täglich sagte? Vielleicht war ich für ihn nur eine willkommene Abwechslung in der neuen Heimat, die ihn von seinem Heimweh nach Schweden abzulenken verstand? Wofür stand unsere Beziehung bei ihm? Für die Möglichkeit, sich einer interessanten Gesprächspartnerin zu bedienen, als brauchbare Reflexionsfläche für eigenen Gedanken und Gefühle?

Wofür stand Mathild bei Phillip? Für einen unerfüllten Traum von einem Leben mit einer ganz anderen Person, als der, für die man sich vor über 40 Jahren entschieden hatte? Einer Person, die unausgelebte Gefühle, Bedürfnisse und Sehnsüchte repräsentierte, derer man sich in der Vergangenheit nicht mehr bewusst war? Kam das Kommen und Gehen zu und von dieser Person nicht eher einem Besuch auf einer Art Abenteuerspielplatz gleich, den man in der Gewissheit verließ, jederzeit wiederkommen zu können, wenn einem nach Freiheit und Abenteuer war? Warum nahmen sich verheiratete Männer Geliebte und warum machten diese das mit? Warum war ich bereit, diese Rolle so selbstverständlich zu übernehmen? Mich an einem Betrug an einer Artgenossin zu beteiligen, der ich, wäre sie eine Freundin gewesen, die mir erzählen würde, dass ihr Ehemann sie betrügt, dazu raten würde, der Nebenbuhlerin den Schädel zu spalten. Gab es überhaupt so etwas wie eine allgemeine Moral? Eine, die unabhängig von der Position, die man in einem Beziehungsgeflecht einnahm, eine verbindliche Gültigkeit hatte? War nicht vielmehr alles im Leben relativ? Die Einstellung zu Treue, zu Glaube, zu Freundschaft, zu Grenzen im Allgemeinen? Was war Norgard für mich? Eine willkommene Abwechslung in meinem ansonsten recht eintönigen Leben? Nein, ich war mir ziemlich sicher, dass ich ihn dafür nicht brauchte. Bevor er auf der Bildfläche erschienen war, war ich fest davon überzeugt gewesen, vielleicht nicht glücklich, aber doch zufrieden zu sein. Ich hatte mein Auskommen, meine Freiheit, tun und lassen zu können, was ich wollte, meine beste Freundin, meine Kinder und Enkelkinder. Was also brauchte ich wirklich? Eine unglückliche, weil zum scheitern verurteilte Liebesbeziehung doch wohl ganz bestimmt nicht?

Warum also hatte ich mich nach anfänglichem Zögern dann doch so bereitwillig, geradezu mit Haut und Haaren, auf diese Beziehung eingelassen?

Weil sie mir das Gefühl gab zu leben!

Nicht nur zu überleben, sondern wirklich mit allen Sinnen am Leben teilzunehmen.

Seit Norgard und ich unsere Seelenverwandtschaft zueinander entdeckt hatten, fühlte ich mich am Ende einer endlos erscheinenden Suche. Einer Suche nach einem fehlenden Teilchen in meinem Lebenspuzzle, um es endlich zu vervollständigen, um das Bild zu komplettieren.

Norgard gab mir das Gefühl, mit ihm die Einheit zu bilden, die ich alleine nicht in der Lage war herzustellen. Ich brauchte ihn als mein Spiegelbild dessen, was mir wichtig war, was ich alleine so vielleicht nicht auszudrücken vermochte. Ist es also wirklich so, dass es auf der Welt zu jedem Menschen ein genau passendes Gegenstück gibt und erst die Zusammenfügung beider Teile ein Ganzes ergibt? Ich war 66 Jahre alt und liebte einen Mann wie keinen vor ihm. Mit ihm verband mich selbst nach dieser kurzen Zeit des Kennens bereits eine Übereinstimmung in Gefühlsdingen, die dem Aufeinanderlegen zwei genau gleicher Teile entsprach. Kein Millimeter stand über.

All die Jahre meiner Ehe hatte ich darauf gewartet, diesen Zustand mit Theo zu erreichen, dem Mann mit dem ich zwei Kinder gezeugt und großgezogen hatte. Dem Mann, mit dem ich über 30 Jahre lang mein Leben geteilt hatte, und heute musste ich erkennen, von dem Erreichen dieses Zustands weiter entfernt gewesen zu sein als vom Mond. Ich hatte lediglich eine unbestimmte Ahnung von dem gehabt, wonach ich mich aus tiefster Seele sehnte. Heute hatte diese Sehnsucht einen Namen: Norgard. War ich nicht reich beschenkt worden, in meinem Leben doch noch diese Erfahrung gemacht haben zu dürfen? War das vielleicht der Ansatz, mit dem ich versuchen könnte, Mathild über ihren Verlust hinwegzuhelfen; dankbar dafür zu sein, einmal im Leben sein Gegenstück getroffen zu haben, um die Vollkommenheit an Gefühlsverschmelzung zu erleben? Oder mutete es zynisch an, einer Frau, die gerade DAS verloren hatte, zu raten, dafür Dankbarkeit zu empfinden, es gehabt zu haben?

Ein Geschenk und gleichermaßen ein Fluch war diese Erfahrung, denn sie machte es unmöglich, sich hernach mit weniger zufriedenzugeben. Welche nachfolgende Beziehung könnte schon dieser Tiefe an Gefühl das Wasser reichen? Welcher Mann sich mit DEM EINEN messen, der gekommen war, um zu geben, zu empfangen und zu vervollständigen, und ging, um ein Meer von Tränen und eine nunmehr unstillbare Sehnsucht zu hinterlassen?

Ich hatte das Gefühl, zwei Bowlingkugeln rasten in meinem Kopf von einer Ecke zur anderen, um, dort angeeckt, gleich wieder in die andere Richtung zu schießen.

Worauf hatte ich mich nur eingelassen?

Ich stand auf dem Dach eines Hochgeschwindigkeitszuges und raste einen Berg hinunter, in dem Wissen, dass es keine Notbremse gab, der Zug im Grunde genommen über nicht eine einzige Bremsen verfügte.

Bon Voyage, Fleur. Bon Voyage!

24. Kapitel

Ich brauchte frisches Brot, also musste ich zum Bäcker. Ehrlich gesagt traute ich mich nicht so richtig, ins Dorf hinunter zu fahren, aus Angst, dort unvermittelt auf Mathild zu treffen. Ich hatte das Gefühl, mich selbst erst einmal wieder sammeln zu müssen, nach all meinen verwirrenden Gedanken und Gefühlen. Im Moment wäre ich ihr keine große Hilfe gewesen. Also entschied ich mich ins Einkaufszentrum zu fahren, letztendlich auch, um mich etwas abzulenken.

Immer wieder erwischte ich mich dabei, dass ich an Rut und Norgard dachte:

Wo befinden sie sich wohl gerade? Was sie wohl in diesem Moment machen?

Nach meiner Zeitrechnung mussten sie bald in Paris ankommen, um dort Linda am Flughafen abzusetzen. Und dann?

Wohin ging es dann? Würden sie sich ein lauschiges Plätzchen suchen, für die erste gemeinsame Nacht in Paris? Danach vielleicht ein leckeres Abendessen, in einem der hübschen kleinen Lokale unterhalb von Sacré-Coeur einnehmen? Und dann?

Mein Gott, Fleur, wie masochistisch bist du eigentlich, dir das alles so genau auszumalen?

Ihr Hotelzimmer soll von Kakerlaken nur so wimmeln, das Lokal total überteuert und proppenvoll sein und der laute Rummel, von der Straße heraufschallend, eine kuschelige Nacht zu zweit geradezu unmöglich machen! Mir doch alles egal. Ich würde mir jetzt erst einmal ein dickes Stück Kuchen genehmigen und noch eins für zu Hause einpacken lassen. Dann hatte ich vor, mir im Supermarkt eine Flasche teuren Rotwein zu leisten und fürs Abendbrot ein nicht weniger teures Stück vom besten Lachs, den die Fischabteilung zu bieten hatte.

Wenn Norgard dann in ein paar Tagen wiederkam, würde ich wie eine gemästete Zuchtsau in meinem Garten auf ihn warten, und darauf, dass er mich zur Schlachtbank führen würde.
Wohl an denn, Leben, hier bin ich. Mach mit mir, was du willst, ich hab eh keinen Einfluss mehr drauf.

Ich stand geduldig wartend in der Schlange beim Bäcker, als mein Handy klingelte. Oh bitte, lieber Gott, lass es nicht eine aufgelöste Mathild sein, die mich stehenden Fußes zu sich in den Laden beordert, um ihre Sturzbäche von Tränen zu trocknen. Ich war noch nicht bereit dafür und kurz davor, mein Handy einfach abzuschalten, als ich im letzten Augenblick Norgards Nummer auf meinem Display erkannte. Vor Schreck drücke ich auf genau die falsche Taste und somit das Gespräch weg. Ein lautes NEIN gellte durch die Bäckerei und alle Anwesenden blickten sich augenblicklich zu mir um. Ich würgte ein kaum zu verstehendes `Entschuldigung` heraus und betete zu Gott, oder wer auch immer es in diesem Moment gut mit mir meinte, dass Norgard es erneut versuchen würde. Und siehe da; kaum traf ich mich mit einem gläubigen Mann, wurden meine Gebete erhört. Mein Handy klingelte abermals und vorsichtig drückte ich diesmal die richtige Taste.

„Ja. Hallo!", flötete ich liebenswürdig in den Hörer.

„Fleur, bist du das???"

„Wer soll denn sonst an mein Handy gehen? Natürlich bin ich es Norgard!", erwiderte ich etwas zu schroff, was eigentlich gar nicht meine Absicht gewesen war.

„Na, was weiß denn ich, wem du alles dein Handy anvertraust? Außerdem habe ich gerade schon einmal angerufen und das Gespräch wurde einfach weggedrückt. Was sollte das?"

„Ja, entschuldige, das war ich. Es ist mir aus der Hand gefallen, weil ich gerade dabei war, meinen Einkauf zu verstauen. Ich bin nämlich zur Zeit im Einkaufszentrum", log ich ihn an.

„Wie dem auch sei, ich wollte dich kurz sprechen. Hast du einen Augenblick Zeit für mich, oder bist du nicht allein?"

„Wer sollte denn bei mir sein? Ich geh doch immer alleine einkaufen, zumindest wenn es Lebensmittel sind, die ich brauche?"

„Ich dachte ja nur ..."

„Was dachtest Du?"

„Na ja, bis heute morgen dachte ich ja auch, dass du alleine in deinem Bett schlafen würdest, aber ich habe mich ja wohl eindeutig getäuscht?"

„Warum?"

„Weil du vielleicht gerade zufällig mit einem deiner Liebhaber in deiner Küche gesessen hast, als wir dich unverhofft besuchen gekommen sind."

„Mit einem meiner Liebhaber??? Spinnst du jetzt total? Was glaubst du eigentlich, wie viel von der Sorte ich habe? Einen für jeden Tag?"

„Seit heute morgen meine ich, gar nichts mehr zu wissen und schon gar nicht, dich zu kennen. Ich wollte wissen, was das zu bedeuten hat? Was ist mit uns? Genügt dir schon ein

kleiner Streit, ach was, eine kleine Meinungsverschiedenheit, um dir einen anderen Mann ins Bett zu holen?"

Ich schnappte nach Luft. Was bildete sich dieser borniierte
Affe eigentlich ein? Er war gerade dabei, mit Frauchen ein
paar Tage Liebesurlaub in Paris zu verbringen, und meinte
nun, mich zu einer Rechtfertigung darüber zu veranlassen,
mit wem ich angeblich gemeinsame Nächte verbrachte?

Ich war sprachlos.

„Fleur? Kannst oder willst du mir nicht antworten? Ich hab
nicht viel Zeit für das Gespräch . Wir sind gerade auf einem
Rastplatz und Rut ist mit Linda zur Toilette gegangen. Sie
können jeden Moment wiederkommen. Was ist jetzt?"

Ich war kurz davor, ihm zu sagen, dass er mich mal gerne
haben kann, und wollte auflegen, aber ich war auch froh,
dass er sich bei mir gemeldet hatte. Außerdem schmeichelte
mir seine Eifersucht.

Also machte ich das, was wohl alle verliebten Frauen machen, die Angst davor haben, den Geliebten zu verlieren;
ich rechtfertigte mich.

„Der Mann, mit dem ich angeblich das Bett heute Nacht
geteilt habe, war Phillip, der Freund von Mathild. Er wollte
eigentlich sie besuchen, sie hatte aber erst heute Zeit, sich
mit ihm zu treffen. Darum hat er sich dann kurzfristig
dazu entschlossen, mich zu besuchen, und ich hab ihn eingeladen, die Nacht in meinem Haus zu verbringen, weil es
einfach praktischer für ihn war. Wir haben gestern Abend
lange miteinander gesprochen und Wein getrunken. Mehr
nicht. Und heute Morgen waren wir gerade erst aufgestanden und haben den Morgenkaffee zusammen getrunken,
als ihr aufgekreuzt seid. Alles klar, oder brauch ich `ne ei-
desstattliche Erklärung von Phillip, damit du mir meine
Version von der letzten Nacht glaubst?"

„Nein, natürlich nicht. Entschuldige, dass ich so aufgebracht war, aber du musst mich auch verstehen. Dein Anblick im Bademantel, zusammen mit einem mir fremden Mann in deiner Küche, hat mich wirklich aus der Fassung gebracht."

„Kann ich gut verstehen, zumal du dich ja gerade auf dem Weg in einen Kurzurlaub mit deiner Frau befindest. Wer will sich da schon mit eifersüchtigen Gedanken und Gefühlen belasten?"

„Fleur, bitte, was soll das denn jetzt? Ich bin immerhin mit Rut verheiratet, da wird es doch wohl erlaubt sein, dass ich mit ihr für ein paar Tage zusammen nach Paris fahre?"

„Aber sicher, Norgard, ich bin ja schließlich nur deine ... Was bin ich eigentlich in so einem Fall? Deine Nachbarin, eine Freundin der Familie, deine Joggingpartnerin?"

„Ich muss jetzt Schluss machen, Fleur. Rut und Linda kommen gerade von der Toilette. Ich ruf dich wieder an. Pass gut auf dich auf. Und übrigens: Ich vermisse dich."

Am liebsten hätte ich mein Handy der neugierig zu mir rübersehenden Verkäuferin hinter der Theke an den Kopf geknallt, so wütend war ich auf Norgard. Hätte er in diesem Moment vor mir gestanden, ich hätte ihn wahrscheinlich geohrfeigt. Was bildete der Typ sich eigentlich ein. Hält es vor Eifersucht kaum aus und nutzt die erstbeste Gelegenheit, um mich anzurufen. Wenn es dann aber um meine Gefühle geht, muss er flugs auflegen, weil Madame Amsung vom Klo zurückkommt. So war das also, wenn man sich zur Geliebten eines verheirateten Mannes gemacht hatte: Man war von den Klogängen der Gattin abhängig, um zu seinem Recht zu kommen.

Das wirklich Schlimme an seiner Reaktion aber für mich war, dass er so gar keinen Sensus, geschweige denn Verständnis für meine Eifersucht, meine Gekränktheit zu haben schien. Meine Gefühle tat er als völlig abwegig ab, die Reise mit seiner Frau als das Normalste von der Welt. Was bedeutete das für meine Zukunft? Dass ich ab nun damit zu leben hatte, seinen Persilschein in Sachen Ehe jederzeit akzeptieren zu müssen, um nicht als die nörgelnde Geliebte in dem Schauspiel auftreten zu müssen. So viel zur Würde einer Mätresse!

Das konnte doch nicht wahr sein. Innerhalb weniger Wochen war aus der unabhängigen Fleur ein um Zuneigung bettelndes Anhängsel eines verheirateten Mannes geworden. Jahre des Kampfes um Unabhängigkeit und die freie Wahl der Mittel zum Glück gingen da gerade komplett den Bach runter.

„Ein frisches Graubrot! Geschnitten, aber nicht wieder so dicke Scheiben, wie beim letzten Mal!", fauchte ich die auf meine Bestellung wartende Verkäuferin unwirsch an, dabei war ich noch nie zum Brotkaufen hier gewesen, und mein Hinweis auf die richtig zu schneidenden Schnitten war völlig aus der Luft gegriffen. Tat aber einfach gut, irgendjemanden anschnauzen zu können. Die Welt war voll von Ungerechtigkeiten, warum also sollte es immer nur mich treffen.

Rotwein und Lachs waren vergessen und ich machte direkt auf den Nachhauseweg. Das hatte Norgard ja prima hinbekommen, mir den Tag komplett zu versauen. Na warte, Freundchen! Komm du mir nach Hause. Dir werde ich die Flötentöne beibringen. Ab jetzt wird nach meiner Musik getanzt. Wollen wir doch mal sehen, wer beim Tanz auf dem Vulkan länger durchhält.

Ich war noch nicht ganz um die Ecke meiner Einfahrt gebogen, da sah ich es schon: das Auto meiner besten Freundin vor meinem Haus. Aus meiner Küche drang laute Klassikmusik an meine Ohren und ich machte mich auf das Schlimmste gefasst.

Mathild saß bei einem Glas Rotwein am Küchentisch und sah mich freundlich an, als ich eintrat. Ihr Gesichtsausdruck war entspannt, fast hatte es den Anschein, als würde sie lächeln. Ich war zugegebenermaßen irritiert und machte als erste Amtshandlung in meiner Rolle der Seelentrösterin die Musik leiser. Dann setzte ich mich zu ihr und sah sie einfach nur an.

Sie holte für mich ein Glas aus dem Schrank und goss mir ungefragt ein. Ich bemerkte sofort beim ersten Schluck die gute Qualität des Weines und sah mir das Etikett genauer an.

Ein sieben Jahre alter Bordeaux, mit Sicherheit aus ihrem wohl sortierten Weinkeller.

„Was gibt's zu feiern, meine Liebe", fragte ich sie verwundert.

„Ich feiere meine Freundschaft zu dir, meine kleine Lebensretterin".

„Ich verstehe nicht?"

„Ach komm. Tu doch nicht so unwissend!"

„Nein wirklich, ich hab keinen Schimmer, was ich gemacht haben soll, und ehrlich gesagt ist mir im Moment auch nicht nach einem Ratespiel. Bin etwas genervt, weil ich mich über Norgard geärgert habe. Also, was ist los?"

„Phillip ist heute zu mir zurückgekehrt und das hab ich ja wohl eurer gemeinsamen Nacht zu verdanken", gluckste sie mir fröhlich entgegen.

„WAS?"

„Nein, nein, keine Angst. Ich wollte damit doch nicht sagen, dass ihr was miteinander hattet. Er hat mir von seinen langen Gesprächen mit dir erzählt und dass du ihm die Augen geöffnet hast. Eigentlich war er ja gekommen, um sich für immer von mir zu verabschieden."

„Aha. Und was hat ihn umgestimmt?"

„Er sagte, du hättest ihm klargemacht, wie viel er mir bedeutet, wie sehr ich ihn liebe, und da hätte er gewusst, dass auch er nicht ohne mich leben kann."

„Ist ja, echt interessant. Hätte ich so gar nicht erwartet."

„Warum?"

„Ach, ist ja auch egal. Vielleicht hab ich da was falsch verstanden. Spielt auch keine Rolle, die Hauptsache ist doch, dass du wieder glücklich bist.

Also, wann verlässt er jetzt seine Frau und zieht zu dir?"

„Gar nicht, wie kommst du denn da drauf?"

„Wie ich daraufkomme? Hab ich da irgendetwas verpasst bezüglich der letzten Entwicklung eurer Beziehung? Ich denke, seine Frau macht ihm die Hölle heiß wegen eurem Verhältnis und stellt ihn vor die ultimative Wahl, sie oder du?"

"Nun beruhig dich mal, meine Liebe. Ist ja alles ganz richtig, was du sagst. Ich habe lange mit Phillip gesprochen und wir haben hin und her überlegt, was wir machen sollen. Wir werden uns auf keinen Fall trennen, das kommt für keinen von uns in Frage. Er wird seiner Frau allerdings sagen, dass wir uns getrennt haben und dann erst einmal für ein paar Wochen den treuen Ehemann zu Hause abgeben. Und dann machen wir weiter wie bisher, nur dass wir diesmal noch vorsichtiger bezüglich unseren Treffen sind. Und schreiben darf ich ihm halt auch nicht mehr, und am besten auch nicht mehr anrufen, denn seine Frau wird natürlich sein Handy kontrollieren, von wegen der eingegangenen Anrufe und Kurzmitteilungen. Vorhin, als ich hier auf dich gewartet habe, ist mir noch die Idee gekommen, dass er sich doch

eigentlich ein zweites, sogenanntes geheimes Handy zule-
gen könnte, nur für die Verbindung zu mir. Findest du die
Vorstellung nicht romantisch?"

Mit Romantik hatte all das, was ich gerade von meiner
Freundin zu hören bekommen hatte, für mich nichts zu
tun. Klang eher wie ein Kamikazeunternehmen in Sachen
Liebe. Ich konnte nur wortlos mit den Schultern zucken
und starrte dabei in mein Weinglas.

„Freust du dich denn gar nicht für mich? Fleur, versteh
doch, Phillip ist zu mir zurückgekehrt, leidenschaftlicher
und überzeugter von unserer Liebe als je zuvor.
Eigentlich hab ich es immer gewusst: Diese Liebe ist durch
nichts zu stoppen. Wir sind einfach füreinander bestimmt."
Ich wollte ihr so gerne glauben. Wünschte ihr von Herzen, dass sie mit diesem Mann, der großen Liebe ihres Lebens, endlich glücklich werden würde. Doch mein Herz
war bleischwer und von Freude war bei mir keine Spur zu
bemerken. Welchen
Wert hat auf Dauer eine Liebe, deren Lebbarkeit von
so vielen äußerlichen Faktoren abhängig ist, auf die Mathild nicht den Hauch eines Einflusses hat? Durch Phillips
Kehrtwendung, die ich vielleicht gefühlsmäßig nachvollziehen konnte, für die ich aber letztendlich in puncto Verantwortung Mathild gegenüber kein Verständnis aufbringen
konnte, hatte er es geschafft, dass sie sich nun total von ihm
und somit auch von der Blindheit und Gutgläubigkeit seiner Frau abhängig gemacht hatte.
Jetzt, nachdem sie vom tiefen Schmerz des Verlustes einmal gekostet hatte, würde sie in Zukunft alles dafür tun, um
einen erneuten Verlust zu verhindert. Sie würde auf jede sei-

ner Bedingungen eingehen. Würde sich in einer Dauerwarteposition in Stellung bringen, um, wann immer es für ihn, für beide, günstig war, zur Verfügung zu stehen. Sie würde ihre eigenen Grenzen bis zur Unkenntlichkeit verwischen, würde ihre Würde als Frau, als Mensch im Allgemeinen, aufs Spiel setzen und immer mit der Angst im Herzen leben müssen, enttarnt zu werden. Und wofür? Für die wenigen Male gemeinsam verbrachter Zeit? Für die Illusion, mit der Liebe ihres Lebens doch noch glücklich leben zu können? Für das Gefühl, nicht alleine auf dieser Welt zu sein, und einen Menschen zu haben, der scheinbar alles bereit war, für sie zu tun? Aber eben nur scheinbar. Was würde passieren, wenn Mildred erneut hinter das weiterhin bestehende Verhältnis der beiden kommen würde? Nicht auszudenken!

Diese Liebe hatte sich auf ein Pulverfass verlagert, glich ab nun einem Spaziergang auf einem Minenfeld, und Mathild schien sich dessen noch nicht einmal bewusst zu sein.

Und was war mit Phillip? Dem klaren, sich selbst reflektierten Mann, der mir noch einen Tag zuvor von seiner Selbsterkenntnis erzählt hatte, dass die Verantwortung den Menschen gegenüber, die er liebte, die einzige Konstante in der Bewertungsskala seines persönlichen Dilemmas war? In welcher Währung würde er ab nun den Preis, den er für diese Liebe zahlte, bezahlen? Müsste er ab nun, nicht nur weiterhin mit seiner Frau zusammenleben, sondern darüber hinaus den geläuterten Ehemann spielen, um die Wahrheit absolut undurchsichtig zu machen? Aus dem bis dato lediglich verschweigenden und sicher auch das ein oder andere Mal lügenden Ehemann würde von nun an ein vorsätzlicher, keine andere Wahl mehr habender Lügner und Betrüger werden. Ein Mörder an seiner Moral und seinen

Wertvorstellungen. Ein durch und durch hintertriebener und nur auf seinen Vorteil bedachter Schmierenkomödiant, der letztendlich keine andere Möglichkeit hatte, als anzufangen, seine eigene Ehefrau hassen zu müssen, für dies würdelose und keinerlei Achtung mehr verdienendes Verhalten, damit er seine Schuldgefühle wenigstens halbwegs in den Griff bekommen konnte? Auf einen verdammt harten Wechselkurs hatte er sich da eingelassen.

Ich konnte und wollte mir all das nicht vorstellen und muss wohl, in Gedanken versunken, mit dem Kopf geschüttelt haben.

„Was ist los, Fleur? Warum schüttelst du den Kopf? Ich hatte wirklich gedacht, du freust dich für mich. Und jetzt, nachdem du Phillip endlich kennengelernt hast, dachte ich sogar, du freust dich für uns beide.

Ich wollte mit dir auf mein wieder gefundenes Glück anstoßen, um nicht zu sagen, auf mein neues Leben. Verstehst du denn nicht? Phillip hat sich für mich entschieden. Er wird mich nicht verlassen. Das ist das Einzige, was für mich zählt.

Er wird mich nicht verlassen!"

„Bitte entschuldige, Mathild. Natürlich freue ich mich für dich, für euch. Aber ich hab halt auch meine Zweifel, mache mir ein wenig Sorgen um dich. Ich hoffe, du weißt, auf was du dich da einlässt?"

„Und ob ich das weiß. Und jetzt mach nicht so ein ernstes Gesicht und lass uns feiern!"

Sie goss ihr Glas erneut voll und leerte es in einem Zug. Ich konnte nur hoffen, dass sie in Zukunft nicht noch oft Grund dazu haben würde, ihr Glas zu füllen.

Ich für meinen Teil war total erledigt, hundemüde und erschöpft von all den vielen verschiedenen Gesprächen, die ich in den letzten 24 Stunden geführt hatte.

Mir ging es im Moment nur darum, die Balance auf dem Dach meines Schnellzuges nicht zu verlieren, der für mein Empfinden noch einen Zahn zugelegt hatte.

25. Kapitel

4 Kurzmitteilungen hatte er mir in den letzten 3 Tagen geschrieben und auf keine hatte ich geantwortet, was mich mehr Überwindung gekostet hatte, als den mittlerweile völlig vertrockneten Rasen in meinem Garten bei glühender Hitze zu mähen.

Das war eindeutig der Vorteil, wenn man älter war; man konnte besser mit seinen Impulsen, Emotionen im Allgemeinen umgehen. Ich hatte mir vorgenommen, in Zukunft mit mehr Verstand an die ganze Sache heranzugehen, Gefühle hin oder her. Auf keinen Fall wollte ich so enden wie Mathild, scheinbar komplett abhängig von den eigenen Gefühlen jegliche persönlichen Werte achtlos über Bord zu werfen. Ich wollte meine Grenzen im Blick behalten, um ihre Einhaltung kämpfen, und sei es gegen mich selbst. Zu lieben war das eine, sich dafür aufzugeben etwas ganz anderes.

Wenn Norgard mich das nächste Mal besuchen kommen würde, dann müsste er mir Rede und Antwort stehen bezüglich seiner Vorstellungen unsere weitere Beziehung betreffend. Ich war mir über meine Vorstellungen ziemlich im Klaren. Ich wollte nie und nimmer eine auf Abruf stehende Geliebte werden, eine Frau, die ihr ganzes Leben ihrem Liebhaber widmet, um in Abhängigkeit von seinen Zuwendungen vor sich hin zu warten. Ich hatte vor ihm ein Leben gehabt und würde es auch weiterhin haben. Wenn er mit mir zusammen sein wollte, dann musste er auch bereit sein, dafür Opfer zu bringen. In den letzten Wochen war es doch so gewesen, dass wir uns ausschließlich zu seinen Bedingungen hatten treffen oder telefonieren können. Wenn mir einmal außerhalb dieser Zeit danach gewesen war, Kontakt mit ihm haben zu wollen, dann hatte ich halt Pech gehabt. Als ich angefangen hatte, darüber nachzudenken, war mir erst bewusst geworden, wie unweigerlich ich in ein typisches Verhaltensmuster reingerutscht war, und genau das galt es in Zukunft zu ändern. Und deshalb hatte ich ihm auf keine seiner Anfragen geantwortet. Sollte er ruhig auch einmal schmoren, warten, sich sorgen und umso ungeduldiger unser Wiedersehen herbeisehnen.

Am vierten Tag nach seine Abreise nach Paris war es dann so weit.

Abends um 9 Uhr, ich hatte es mir gerade vor dem Fernseher gemütlich gemacht, stand er unvermittelt in meinem Wohnzimmer. Noch nicht einmal Bertrand hatte ihn kommen gehört und stürzte erst, als er seine Stimme vernahm, wie ein aufgescheuchtes Huhn die Treppe hinunter, direkt zwischen seine Beine. Nachdem der Hund ausgiebig von ihm begrüßt worden war, kam er zu meinem Sessel, kniete sich neben mich und sah mich breit grinsend an.

„Na, meine kleine Wurzelhexe! Hast du in den letzten Tagen geschmollt?"

Ich ergriff eines der Sofakissen und schleuderte es ihm an den Kopf. Er war jedoch schneller und hielt meinen Arm in der Bewegung fest, bog ihn nach hinten und küsste mich herzhaft auf den Mund. Bertrand sprang dazu aufgeregt an meinem Sessel hoch und bellte sich die Seele aus dem Leib. Ich zog Norgard zu mir auf den Sessel und wir fingen an, uns leidenschaftlich zu küssen. Er roch unheimlich gut, war frisch rasiert, und seine weichen Hände streichelten mein Gesicht. Die Erregung übermannte mich geradezu und ich hätte auf der Stelle mit ihm schlafen können. Das war das erste Mal, dass ich wirklich mit diesem Gedanken spielte, und ich spürte, dass es ihm nicht anders erging. Er zog mich auf den Teppich und küsste mich dabei die ganze Zeit. Seine linke Hand fing an meinen Körper zu streicheln, erst die Schulter, dann den Arm, wanderte zu meinem Busen, dann wider hoch zu meinem Gesicht. Ich konnte deutlich seine Erektion spüren und sein schneller gewordener Atem verriet mir zudem den hohen Grad seiner Erregung. Wir hielten für einen kurzen Moment inne und sahen uns fragend an. Diese kurze Unterbrechung hatte jedoch ausgereicht, um den Zauber der Situation und mit ihm unsere überschäumenden Gefühle von uns zu nehmen.

Ich ließ meinen Kopf schwer auf den Boden fallen und sah zur Decke. Er rollte sich zur Seite und wir blieben schweigend auf dem Teppich nebeneinander liegen.

Er war es, der zuerst sprach: „ Ich habe dich so sehr vermisst. Mit jeder Faser meines Körpers hab ich mich nach dir gesehnt. Alles, was ich mir in Paris angeschaut habe, hab ich versucht in meinen Augen zu speichern, um es dir hier zeigen zu können. Ich wollte es so gerne mit dir teilen, hätte so gerne vor Ort deine Stimme dazu vernommen, dein Lachen gehört, deinen Geruch in meiner Nase gehabt. Fleur, du warst die ganze Zeit bei mir, und ich habe die Minuten gezählt, bis ich wieder hier bei dir sein konnte. Der schönste Ort der Welt verliert an Bedeutung, wenn man ihn nicht zusammen mit der Person, die man liebt, genießen kann."

Ich sah ihn schweigend an und hätte auf der Stelle losheulen können. Was für ein Liebesgeständnis machte mir der Mann da, den ich liebte! Wie lange hatte ich in meinem Leben auf solche Worte gewartet, auf diese Hingabe, diese unendliche Zuneigung. Ich schämte mich, in den letzten Tagen Groll gegen ihn gehegt zu haben, versucht zu haben, dieser Liebe mit Verstand zu begegnen. Hier hatten Kalkül und Berechnung nichts zu suchen. Hier bedurfte es keiner Forderungen. Hier ging es um Liebe und die fordert nicht. Liebe gibt und in diesem Moment war ich bereit, diesem Mann alles zu geben. Mein Herz, mein Leben, meinen Verstand, meine Existenz, wenn es sein musste.

Ich schmiegte mich an ihn und streichelte seinen Bauch.

„Ich habe dich auch vermisst, und jetzt, wo du wieder bei mir bist, weiß ich gar nicht, wie ich die letzten Tage überhaupt überstanden habe. Es war die Hölle für mich, dich mit Rut in Paris zu wissen.

So unerreichbar weit weg von mir und zudem mit einer anderen Frau zusammen.

Oh Gott, Norgard, was passiert mit uns? Wie soll es bloß weitergehen?"

„Ich kann dir darauf keine Antwort geben, Fleur, obwohl ich in jeder Nacht darüber nachgedacht habe. So etwas wie mit dir, ist mir noch nie in meinem Leben passiert. Ich habe mich noch nie so zu einem anderen Menschen hingezogen gefühlt. Noch nie so schmerzlich die Nähe des anderen vermisst, wenn er nicht da war. Ich fühle mich wie fremdbestimmt, bin nicht mehr Herr meines Verstandes. Und mit jedem Tag, bin ich mir sicherer, dass Rut ahnt, was mich umtreibt. Sie war so still in Paris, so in sich gekehrt. Gestern war ich kurz davor, mich ihr zu offenbaren. Wir saßen nachmittags in einem wunderschönen kleinen Cafe direkt an der Seine und haben die Sonne und das Treiben um uns herum genossen. Ich war ganz in Gedanken bei dir, und als mein Blick auf Rut fiel, da sah sie mich mit ganz traurigen Augen schweigend an. Wir haben uns nur angeschaut und keiner von uns beiden hat etwas gesagt. Und trotzdem hatte ich das Gefühl, wir verständigten uns in Gedanken miteinander. Ich war quasi schon im Begriff ihr zu sagen, dass ich mich in dich verliebt habe, als ich meinte, ihr Blick würde mir sagen, besser zu schweigen, denn sie würde es nicht ertragen Und ich hab geschwiegen. Heute Morgen sind wir dann fast überstürzt abgereist. Rut meinte, es ginge ihr nicht gut bei der Hitze in der Großstadt, und darum sind wir dann heimgefahren. Auf der ganzen Fahrt haben wir kaum miteinander gesprochen. Und als ich ihr vorhin sagte, dass ich dich kurz besuchen wolle, um uns zurückzumelden, da hatte ich das Gefühl, sie hatte den ganzen Abend damit gerechnet, dass ich gehen würde. Tja, und nun bin ich hier und bin mir sicher, wenn ich gleich nach Hause komme, wird sie wissen, warum es mir so wichtig war, dich zu sehen."

„Und, wirst du ihr diesmal die Wahrheit sagen?"

Er sah mich einige Minuten lang schweigend an, um dann kaum merklich mit dem Kopf zu nicken. Mein Herz machte einen Sprung, wenngleich ich auch Angst bei dem

Gedanken verspürte, was passieren könnte, wenn er ihr die Wahrheit sagen würde. Trotzdem, nach unserem leidenschaftlichen, geradezu überschäumenden Wiedersehen heute Abend war ich mir sicher, dass, egal welche Reaktion von Rut auch kommen würde, uns nichts davon etwas würde anhaben können.

Norgard liebte mich und war erfüllt von dieser Liebe zu mir, und ich war mir absolut sicher, dass er ihren Vorwürfen und Schuldzuweisungen, ihren Drohungen und Verwünschungen würde standhalten können. Wenn nicht heute, wann dann?

Als er sich etwa eine halbe Stunde später von mir verabschiedet hatte, setzte ich mich mit einem Glas Wein in den Garten, mit Blick in Richtung zu seinem Haus.

Vor meinem geistigen Auge sah ich die beiden in ihrem Wohnzimmer sitzen und miteinander reden. Ich erwartete nicht wirklich, dass Rut zetern und schreien würde. Vielmehr sah ich sie in meiner Fantasie in sich zusammengesunken im Sofa sitzen und lautlos weinen.

Bei dem Gedanken bekam ich Mitleid mit ihr. Kein erhabenes, von einer höheren Stufe aus empfundenes Mitleid, eher ein warmes, trauriges, mitfühlendes Gefühl. Ich hegte keine Abneigung gegen sie, mochte sie, und außerdem lag es nicht in meiner Natur, anderen Menschen sozusagen die Pest an den Hals zu wünschen. Dass ich allerdings ab heute Abend in ihren Augen mindestens einem Pestgeschwür gleichkommen würde, war mir durchaus klar.

Ich musste mir Gedanken machen, wie ich ihr in Zukunft begegnen wollte. Ich wäre durchaus zu einem Gespräch von Frau zu Frau bereit. Würde keine Probleme haben, ihr meine Position in dieser Menage a trois deutlich zu machen.

Ich würde mich aber in keinem Fall von ihren Standesdünkeln, Moralvorstellungen und Schuldzuweisungen in die Ecke drücken lassen. In diesen Punkten sprachen wir eindeutig verschiedene Sprachen, was es letztendlich auch wahrscheinlich unmöglich machen würde, eine gemeinsame Gesprächsbasis zu finden.

Ich empfand Rut nicht als meine Feindin, wenn wir auch um die Liebe ihres Mannes buhlten. Ich respektierte sehr wohl, ihr Stellung als seine Ehefrau und seine immer noch vorhandenen Gefühle für sie. Ich wäre eine Närrin gewesen, wenn ich ihm letztere nicht mehr zugestanden hätte. Ich glaube eher daran, dass man sehr wohl zwei Menschen gleichzeitig auf ähnlich Art und Weise lieben kann, nur sind es letztendlich andere Beweggründe, die einen für die ein oder andere Person fühlen lassen. Das, was mich mit Norgard verband, gründete sich nicht auf eine jahrelange gemeinsame Vergangenheit, sondern vielmehr auf eine Art Seelenverwandtschaft, die man einem Außenstehenden wohl kaum erklären kann. Das, was ihn mit Rut verband, war ein nahezu 50-jähriges gemeinsames Leben, welches für mich genauso zu ihm gehörte, wie seine Verbundenheit zu mir.

Aber konnte ich es nicht eigentlich drehen und wenden, wie ich wollte? Letztendlich kam es doch wohl immer dasselbe hinaus: Wir beide wollten mit Norgard unser Leben teilen, was für eine Rolle spielten dabei unsere Intensionen? Wir waren Konkurrentinnen geworden, bezogen auf die Gunst eines Mannes. Wir konkurrierten, ausgestattet mit dem, was wir vorzuweisen hatten. Sie hatte eine lange, gemeinsame Geschichte mit ihm und ich? Lediglich ein überschäumendes Gefühl, eine uns beiden sehr vertraute alte Sehnsucht, der wir unsere Namen gegeben hatten.

So gesehen hatte sie wohl eindeutig die besseren Karten, unterstützt von gesellschaftlichen und familiären Ressentiments, die Norgard, im Falle einer Trennung von ihr, zu erwarten hatte.

Mit wurde wieder flau im Magen bei dem Gedanken, mit welchen Mittel sie seinen Gefühlen für mich zu Leibe rücken würde. Wie lange würde er seine Stellung halten können?

War es nicht hinsichtlich dessen, was eine Trennung von seiner Frau für ihn bedeuten würde, naiv zu glauben, dass er konsequent dafür kämpfen würde? Was würde passieren, wenn die eigenen Kinder sich auf die Seite der Mutter schlagen würden, womit zu rechnen war?

Was, wenn der Druck von allen Seiten auf ihn herniederprasseln würde, verbunden mit Drohungen, Ausgrenzung, Bewertung und Verurteilung? War all dem überhaupt standzuhalten? Vielleicht, wenn man Mitte 30 war, aber mit 70 Jahren?

Gab es einen Zeitpunkt im Leben eines Menschen, an dem es zu spät war, noch einmal die Marschrichtung zu ändern? Vielleicht konnte man sich in unserem Alter noch dazu entscheiden, eine weitere Sprache zu erlernen oder ein neues Hobby in Angriff zu nehmen. Sicher konnte man sein Äußeres noch einmal komplett verändern, um damit zu versuchen, seinem Typ einen anderen Anstrich zu verpassen. Bestimmt war es sogar möglich, in ein anderes Land zu ziehen, wie meine Nachbarn ja erfolgreich bewiesen hatten.

Aber seinen langjährigen Wegbegleiter zu verlassen und damit die gemeinsame Vergangenheit in Frage zu stellen, war schon ein anderes Kaliber. Von wie vielen Menschen hörte man, die das noch wagten? Mir war kein Fall bekannt, weder aus meinem privaten Umfeld noch aus der Presse.

Mein Gefühlskarussell hatte wieder Fahrt aufgenommen. Mir schwirrte der Kopf und der Bauch, und meine Beine fühlten sich wackelig an, als ich zurück ins Haus ging, um ins Bett zu gehen.

Ich hatte mich gerade hingelegt, als mein Handy klingelte. Es war Norgard, der so leise sprach, dass ich ihn kaum verstehen konnte. Im ersten Moment hoffte ich doch wirklich, er würde mir mitteilen, dass er ab sofort bei mir wohnen würde, weil Rut ihn rausgeschmissen hatte.

„Fleur, kannst du mich verstehen? Ich spreche so leise, weil ich nicht möchte, das Rut mitbekommt, dass ich noch telefoniere. Das muss jetzt nicht auch noch sein."

„Ich kann dich gut hören. Wie war es? Wie geht es dir?"

„Es war eigentlich nicht halb so schlimm, wie ich erwartet hatte, was wohl daran lag, dass sie vorbereitet war. Ich brauchte ihr eigentlich nichts zu erzählen, denn als ich nach Hause kam, hat sie mich bereits im Wohnzimmer erwartet und unumwunden gefragt, ob ich ein Verhältnis mit dir habe, was ich bejaht habe. Dann hat sie erst einmal nichts gesagt, war ganz ruhig und gefasst und hat mich nur noch gefragt, was das für sie und mich bedeuten würde? Ich habe ihr gesagt, dass ich das im Moment noch nicht sagen kann. Dass es mir einfach nur wichtig sei, dass sie Bescheid weiß, weil ich sie nicht mehr belügen will. Und du hattest recht, Fleur. Sie hat sich dafür bedankt, dass ich ehrlich zu ihr bin, weil sie die Ungewissheit der letzten Tage nicht mehr ertragen konnte und schon gar nicht das Gefühl, dass ich sie hintergehen würde. Dann hat sie angefangen zu weinen. Ich konnte sie nicht trösten. Was hätte ich auch sagen sollen? Dass es mir Leid tut? Das wäre noch nicht einmal gelogen gewesen, aber sie hätte es in dem Moment nicht von mir hören wollen. Jetzt ist sie ins Bett gegangen und ich schlafe heute im Wohnzimmer. Ich wollte dir nur kurz berichten, wie es gelaufen ist und dass ich morgen früh nicht zum Laufen vorbeikomme. Ich denke, das wäre zu viel für Rut. Kannst du das verstehen?"

„Sicher, mach dir mal um mich keine Sorgen. Ich komm schon klar. Hauptsache dir geht es gut?"

„Was heißt schon gut? Ich fühle mich nicht schlecht, irgendwie erleichtert, aber trotzdem ist es nicht gerade ein angenehmes Gefühl, der eigenen Frau so weh tun zu müssen."

„Das glaub ich dir gerne, umso stolzer kannst du sein, dass du dich überwunden hast, endlich reinen Tisch zu machen."

„Ich melde mich bei dir, Fleur, sobald ich kann. Schlaf gut. Und: Ich liebe dich!"

„Ich liebe dich auch Norgard!"

Als ich aufgelegt hatte, fiel mir auf, dass es das erste Mal gewesen war, dass ich ihm das gesagt hatte.

26. Kapitel

~

Erst am Montagnachmittag sahen wir uns das nächste Mal wieder. Ich hatte den ganzen Sonntag lang nichts von ihm gehört und war am Montagmorgen alleine mit Bertrand durch den Wald gelaufen.

Mit Mathild hatte ich Sonntagabend noch lange telefoniert und ihr dabei den neusten Stand der Dinge erzählt. Sie hatte mir Mut gemacht, an Norgard und unsere Liebe zu glauben. Trotzdem, meine Unsicherheit hatte von Stunde zu Stunde zugenommen.

Zu meiner Angst, er könnte seiner Frau gegenüber doch schwach werden und sich von mir lossagen, war eine andere Angst hinzugekommen.

Ging das alles nicht viel zu schnell? Eigentlich kannte ich Norgard doch kaum. Was wollte ich denn nun? Wollte ich, dass er sich von seiner Frau trennen und zu mir kommen würde, um womöglich mit Sack und Pack bei mir einzuziehen? Wäre es nicht viel schöner, wenn wir erst einmal die Möglichkeit hätten, uns näher kennenzulernen, mehr Zeit miteinander zu verbringen. Wir waren doch keine flatterhaften Teenager mehr, die mir nichts, dir nichts mal eben mit jemandem zusammenziehen, in den sie gerade verliebt sind. Aber wie sollte die andere Variante möglich sein? Würde Rut sich bereiterklären, uns die benötigte Zeit zu geben? Ich an ihrer Stelle würde das niemals tun, würde es gar nicht aushalten zuschauen zu müssen, wie mein Mann seine Tage mit einer anderen Frau, die er vorgibt zu lieben, verbringt. Ich hatte das starke Bedürfnis mich zu schütteln, in der Hoffnung, wieder klar im Kopf zu werden, Verstand und Gefühl wieder in Einklang bringen zu können.

In dieser verwirrten Stimmung traf er mich an, als er mich besuchen kam, und er sah auch nicht viel sortierter aus. Schwerfällig ließ er sich auf einen der Gartenstühle fallen und sah mich aus müden Augen an.

Ich lächelte ihm zu und fragte ihn, wie es ihm ginge.

„Ich fühle mich betäubt, wie in einer Art Nebel. Ich hab total den Durchblick verloren. Jetzt, wo die Karten auf dem Tisch liegen, weiß ich überhaupt nicht mehr, wie ich mich verhalten soll. Komme ich dich nicht besuchen, fühle ich mich unehrlich Rut gegenüber, weil ich viel lieber hier bei dir sein würde. Mache ich mich auf den Weg zu dir, fühle ich mich wie ein Arschloch, ihr das zuzumuten."

„Wie geht es Rut denn? Was macht sie den ganzen Tag?"

„Sie macht nichts anderes als vorher auch. Sie kümmert sich um Haus und Garten, ist heute Morgen zum Einkaufen gefahren, hat das Essen gekocht und jetzt gerade sitzt sie im Garten und liest."

„Hört sich doch erst einmal ganz gut an, oder?"

„Findest du? Mich irritiert das."

„Aber was hast du erwartet? Wie sollte sie sich denn deiner Meinung nach verhalten?"

„Weiß ich nicht, aber so scheinbar unberührt ins Alltagsgeschäft zurückzukehren finde ich nicht nachvollziehbar."

„Für mich hört sich das eher so an, als würde sie unter einer Art Schock stehen und bräuchte gerade diese banalen

Dinge, um nicht vollends abzudrehen. Du glaubst doch nicht wirklich, dass sie unbeteiligt an der ganzen Sache ist?"

„Natürlich nicht. Innerlich spielt sie wahrscheinlich verrückt. Aber selbst in dieser Situation behält sie die Nerven und ist die Selbstbeherrschung in Person, während ich das Gefühl habe, jeden Moment die Kontrolle über mich zu verlieren."

„Um was zu tun?"

„Was weiß denn ich, Fleur. Um auszurasten, sie zu schütteln, meine Sachen zu packen und erst einmal ganz weit weg zu laufen?"

„Ist dir denn im Moment nach Weglaufen?"

Er sah mich traurig an. „Ja, ich glaube, das würde dem am nächsten kommen, was mich im Moment umtreibt. Ich habe das Gefühl, komplett überfordert zu sein mit allem."

„Kann ich denn irgendetwas tun, damit es dir besser geht? Wollen wir ein Stück spazieren gehen?"

„Ja, das ist eine gute Idee. Bewegung tut mir vielleicht gut und hilft mir, meine Gefühle und Gedanken zu sortieren."

Ich rief nach Bertrand, der sich schwerfällig erhob und uns in den Wald folgte. Seit zwei Tagen hatte ich das unbestimmte Gefühl, dass es Bertrand nicht gut gehen würde. Er war träger als sonst, fraß nicht mehr so viel wie üblich und schlief die meiste Zeit. Bestimmt lag es an der drückenden Hitze, die auch ihm zu schaffen machte, zumal in seinem Alter.

So schritten wir drei also gemächlichen Tempos durch den schattigen Wald und schwiegen.

Als wir fast an unserem kleinen See angekommen waren, fragte Norgard mich, wie es mir gehen würde, und ich berichtet ihm von meinen Gefühlswallungen, meinen Gedanken und Ängsten.

„Dann geht es dir ja fast so wie mir. Wie soll es denn nun weitergehen mit uns? Als wir uns noch heimlich getroffen habe, habe ich mich trotzdem besser gefühlt als jetzt. Ich brauche mir doch jetzt keine Vorwürfe mehr zu machen, dass ich etwas hinter Ruts Rücken tue, was sie verletzt. Aber besser fühle ich mich deshalb auch nicht. Jetzt muss ich die ganze Zeit daran denken, wie es ihr wohl geht, was sie gerade macht. Es ist doch bescheuert, aber seit sie die Wahrheit weiß, fühle ich mich nirgendwo mehr wohl. Bin ich bei ihr, bin ich in Gedanken bei dir und vergehe vor Sehnsucht. Bin ich bei dir, denke ich an sie und die Schuldgefühle erdrücken mich ihr gegenüber. Wie ich es auch drehe und wende, es gibt keine Lösung für mich. Ich fühle mich wie zwischen allen Stühlen."

„Vielleicht ist das genau der Punkt, Norgard. Du hast ihr zwar die Wahrheit gesagt, aber trotzdem nicht eindeutig Position bezogen."

Was erwartest du denn? Dass ich meine Frau von jetzt auf gleich verlasse?"

„Nein, du verstehst mich falsch. Du hast innerlich keine Position bezogen, du stehst genau zwischen zwei Frauen, die dich beide lieben und die du beide liebst. Kein leichter Standort, würde ich mal sagen, zumal wenn du den Anspruch hast, es beiden recht machen zu wollen. Ich fände es viel wichtiger für dich herauszubekommen, was DU willst, was DIR gut tut in dieser belastenden Situation. Ich habe das Gefühl, dass du machen kannst, was du willst, du wirst dich immer zerrissen fühlen."

„Und wie stellst du dir den Findungsprozess so einer inneren Positionierung vor? Soll ich meine Sachen packen und wegfahren, um keine mehr von euch zu sehen?"

„Vielleicht wäre das die Idee? Könntest du dir vorstellen, dass es dir gut tut, erst einmal Abstand zu gewinnen, um aus der Distanz auf die Situation zu schauen? Gibt es vielleicht irgendjemanden in deinem Leben, mit dem du dir vorstellen kannst, darüber zu sprechen? Jemand, der dich gut kennt und trotzdem nicht gleich voreingenommen ist?"

Er war stehengeblieben und sah mich an. Er dachte nach.

„Ja, es gibt so jemanden. Warum bin ich nicht alleine daraufgekommen? Christine, meine liebe kleine Stine."

„Wer ist das?"

„Das ist meine jüngere Schwester. Sie ist 15 Jahre jünger als ich und lebt in Stockholm. Sie ist Ärztin am städtischen Krankenhaus."

Norgard lächelte zum ersten Mal, seit wir losgegangen waren.

„Du hast mir noch nie von ihr erzählt. Ich wusste bis jetzt gar nicht, dass du überhaupt Geschwister hast."

„Hab ich dir wirklich nicht von ihr erzählt? Merkwürdig, dabei erzähle ich so gerne von meiner kleinen Schwester. Als sie als Nachzügler unserer Familie zur Welt kam, war ich bereits 15 Jahre alt und damit beschäftigt meine Pubertät irgendwie zu überleben. Mein zwei Jahre jüngerer Bruder Bertil ging mir total auf die Nerven, weil er meinte, immer alles mit mir zusammen machen zu müssen. Die Aussicht auf noch ein weiteres jüngeres Geschwisterkind trug damals nicht gerade zu meiner guten Laune bei. Die Schule kotzte mich an, mein Vater nervte mich mit seinen dauernden Erwartungen an mich, doch endlich erwachsen zu werden, und meine Mutter erwartet ihr drittes Kind. Meine Mutter war damals schon 40 Jahre alt und hatte eigentlich nicht mehr vorgehabt, ein weiteres Kind zu bekommen. Aber es war nun mal passiert und ich hatte das Gefühl, keiner in unsere Familie freute sich wirklich auf die Ankunft von Christine. Als sie dann aber da war, hat sie mein Herz im Sturm erobert. Was war sie für ein süßer

Fratz. Immer hat sie gelacht, mit den tollsten blauen Augen, die du dir vorstellen. Ein Sonnenschein durch und durch. Du musst dir mal vorstellen, ich war bis zu ihrer Geburt immer nach der Schule mit meinen Freunden zusammen gewesen, nichts war mir wichtiger, als mit ihnen abzuhängen. Und auf einmal erklärte ich mich freiwillig dazu bereit, ein Baby mitzunehmen. Die haben alle erst einmal ziemlich blöd geschaut, wie du dir vorstellen kannst. Aber das war mir egal, ich wollte sie so oft wie möglich in meiner Nähe wissen. Bertil war ich dadurch übrigens auch los geworden. Ich hatte ganz schnell so etwas wie einen Beschützerinstinkt für sie entwickelt, nicht zuletzt, weil ich meine Mutter mit der neuerlichen Aufgabe in ihrem Alter als überfordert erlebte. Heute, in der Rückschau, glaube ich, meine Mutter litt damals an einer postnatalen Depression, und sie war heilfroh, dass ich mich um Stine gekümmert habe. Bis heute hat sich das eigentlich nicht wirklich geändert. Ich hab Stine durchs Studium geholfen, Ihr Geld zugesteckt, wenn sie keines mehr hatte, ihr zur Seite gestanden, als ihre Ehe mit Konrad zerbrochen ist, sie in Erziehungsfragen mit ihren drei Kindern unterstützt. Sie hat mich immer um Rat gefragt. Ich glaube, ich war lange Zeit ihr Held, vielleicht sogar ihr Ersatzvater, denn mein Vater konnte mit ihr nie wirklich viel anfangen."

„Meinst du nicht, es wäre auch für deine Schwester ein schönes Gefühl, wenn sie dir nun einmal zur Seite stehen dürfte?"

„Ich weiß nicht. Ich glaube, ich traue mir gar nicht so richtig, sie mit meinen Problemen zu behelligen." „Oder hast du vielleicht Angst davor, dein Heldenbild bei ihr ins Wanken zu bringen?"

Er lachte. „Nein, natürlich nicht, oder vielleicht doch? Ach Fleur, es war eine gute Idee spazieren zu gehen. Es geht mir schon viel besser. Ich werde über deinen Vorschlag nachdenken, mich mit Stine über mein Problem auszutauschen. Vielleicht sollte ich die Gelegenheit nutzen und sie hierher einladen, auch um ihr mein neues Heim zu zeigen."

„Denk in Ruhe drüber nach Norgard, sprich vielleicht sogar mir Rut darüber. Ich denke, es kann nie schaden, über Probleme mit vertrauten Menschen zu sprechen. Ich bespreche doch auch fast alles mit Mathild."
„Wie geht es ihr überhaupt?"

Ich erzählte Norgard kurz, was sich bei Phillip und Mathild in der Zwischenzeit getan hatte, und er hörte sehr nachdenklich zu.

„Die beiden haben sich für einen anderen Weg entschieden als wir beide und ich weiß nicht, was ich besser finden soll?"

„Du findest es richtig, dass sie in Zukunft mehr denn je lügen und betrügen müssen, um wenigsten für ein paar Stunden ihre Liebe leben zu können?"

„So kann man das natürlich sehen, aber ich frage mich gerade, ob zugunsten der Wahrheit jedes Opfer recht und billig ist?"

„Wie meinst du denn das jetzt?"

„Überleg doch mal. Seit Mildred von der Beziehung der beiden weiß, ist sie totunglücklich und ihre ganze Familie mit. An der Liebe zwischen Mathild und Phillip ändert dieses Unglücklichsein jedoch nichts. Also, welchen Wert hat es dann? Ist Mildred durch das Erfahren der Wahrheit wirklich in die Lage versetzt worden zu handeln? Ich denke, doch erst einmal nicht. Sie hadert gerade mit ihrem ganzen Leben, mit allem, was ihr bisher lieb und teuer war. Wie viel Energie bleibt ihr da noch aktiv zu werden, zumal in ihrem Alter?"

„Norgard, jetzt sind wir wieder bei unserer Ausgangsdiskussion. Wahrheit ja oder nein, freie Wahl der Möglichkeiten ja oder nein, Eigenverantwortung und Selbstbestimmung ja oder nein? Ich bleibe bei meinem Standpunkt. Ich selbst möchte mit Respekt und Achtung behandelt werden und darum behandel ich andere Menschen auch so. Mit Respekt und Achtung hat es für mich aber nichts zu tun, wenn ich andere Menschen anlüge und sie hintergehe. Schluss, aus!"

„Und was ist dann mit totkranken Menschen, die nachweislich nicht mehr lange zu leben haben? Würdest du einem Menschen in so einer Situation auch immer die Wahrheit über seinen Zustand sagen? Ihn schonungslos mit der Wahrheit konfrontieren, selbst auf die Gefahr hin, ihm damit das letzte bisschen Lebensfreude und Qualität zu nehmen?"

„Ich glaube schon."

„Und mit welchem Ziel?"

„Damit er vielleicht dadurch noch die Möglichkeit erhält die Dinge zu tun, die ihm in seinem Leben noch wichtig sind und sei es, sich von den Menschen zu verabschieden, die ihm etwas bedeuten."

„Und wenn er das aber gar nicht mehr will? Wenn er lieber nicht wissen will, wie viel Zeit ihm noch bleibt, und ihm die Illusion vom Überleben wichtiger ist als alles andere? Was ist dann eigentlich mit seiner Selbstbestimmung, seinem Recht auf seine Wahrheit?

Es gibt niemals nur eine Wahrheit, meine Liebe. Vielleicht ist es seine Wahrheit in dem Moment, dass er überlebt, und er will daran glauben, komme was da wolle. Meinst du dann, das Recht zu haben, ihm deine Wahrheit aufzuzwingen, und sei sie auch noch so nachweisbar? Worum geht es dir dabei? Um Wahrheit um jeden Preis?"

„So hab ich das noch nie gesehen. Mir ging es wirklich immer darum, nicht belogen zu werden und tunlichst auch andere Menschen nicht zu belügen, von ein paar alltäglichen Notlügen einmal abgesehen. Vielleicht ist der Unterschied der, ob mich jemand nach der Wahrheit fragt, in deren Besitz ich bin und der andere vielleicht nicht. Wie in unserem Fall zum Beispiel. Zum Erlangen der Wahrheit ist Rut auf dich angewiesen, und einer Person, die sich in diesem Punkt in so einer Abhängigkeit zu einem anderen Menschen befindet, dann nicht die Wahrheit zu sagen, das finde ich höchst unfair."

„Gut, so weit akzeptiert. Aber was ist, wenn der andere Mensch die Wahrheit vielleicht gar nicht wissen will und deshalb auch nicht nachfragt, vielleicht, weil er für sich im Vorfeld entschieden hat, die Wahrheit nicht ertragen zu können. Was, wenn das seine Form von Selbstbestimmung ist. Wenn er sich dazu entschieden hat, warum auch immer, die Verantwortung, die mit der Offenbarung der Wahrheit verbunden ist, nicht übernehmen zu wollen oder zu können. Was machst du dann? Ihm doch die Wahrheit aufdrücken, weil DU entschieden hast, dass es besser für ihn ist, sie zu wissen?"

„Weiß ich nicht."

„Sei doch mal ehrlich, geht es dabei nicht auch darum, unser Gewissen zu beruhigen? Vielleicht so nach dem Motto: Ich war ehrlich, hab mir diesbezüglich nichts vorzuwerfen, jetzt sieh zu, wie du damit klarkommst?"

„Hast du das Gefühl, das sind meine Beweggründe Rut gegenüber?"

„Deine vielleicht nicht, aber meine vielleicht?"

„Was das anbelangt, bist du doch fein aus dem Schneider, schließlich hat sie dich doch nach der Wahrheit gefragt. Somit hat sie auch entschieden, dass sie wissen will, woran sie ist."

„Stimmt, aber vielleicht hab ich ihr durch mein Verhalten auch keine andere Wahl mehr gelassen?"

„Wir fangen an, uns im Kreis zu drehen, Norgard. Fakt ist, dass Rut nun die Wahrheit weiß, und wir alle müssen uns der Situation stellen. Wie wir das letztendlich bewerkstelligen, weiß ich noch nicht. Das wird sich zeigen. Wir sind alle erwachsene Menschen und auch nicht mehr die jüngsten. Da muss es doch wohl möglich sein, mit der Situation auch erwachsen umzugehen, oder?"

„Wir werden es sehen, Fleur."

27. Kapitel

~

Rut sollte mir noch am selben Abend Gelegenheit dazu geben, meine Erwachsenheit unter Beweis zu stellen. Gegen 9 Uhr rief sie mich an, und fragte, ob sie rüberkommen dürfte, um mit mir zu sprechen. Ich willigte ein und wartete erwartungsvoll auf sie in meinem Garten. Sie reichte mir höflich die Hand zur Begrüßung und lächelte mich dabei sogar an.

Sie wählte den Stuhl genau mir gegenüber und ich hatte das Gefühl, zwei Kontrahenten saßen da, zum Schlagabtausch bereit. Sie hatte sich zurechtgemacht, war dezent geschminkt und ebenso dezent gekleidet und machte so gar nicht den Eindruck einer leidenden, am Boden zerstörten Frau auf mich. Zum einen verwunderte mich ihr Erscheinungsbild ein wenig, andererseits aber entlastete es mich auch, weil ich dadurch nicht das Gefühl hatte, auf ein unterlegenes Gegenüber übermäßig Rücksicht nehmen zu müssen.

Sie kam gleich zur Sache.

„Fleur, mein Mann hat mir erzählt, dass sie beide sich ineinander verliebt haben und dass sie sich auch bereits körperlich näher gekommen sind. Haben Sie schon mit ihm geschlafen?"

Mich verwunderte ihre Frage sehr, denn ich konnte mir nicht denken, dass sie Norgard nicht bereits dazu befragt hatte. Sei es drum, vielleicht brauchte sie die Sicherheit der doppelten Bestätigung, dass dem nicht so war.

Also verneinte ich wahrheitsgetreu ihre Frage, konnte mir jedoch den Hinweis nicht verkneifen, dass ich weitere

Fragen dieser Art nicht mehr beantworten würde, da nicht ich mit ihr verheiratet sei, sondern Norgard.

Sie akzeptierte meine Antwort mit einem Kopfnicken.

„Vielleicht beantworten sie mir aber, wie es jetzt weitergehen soll. Ich meine, was denken Sie, wie wir drei in Zukunft miteinander umgehen sollen? Sollen wir so tun, als würde es Ihr Verhältnis mit meinem Mann nicht geben, und weiterhin einen ungezwungenen Umgang miteinander pflegen?"

„Entschuldigen Sie, Rut, aber das ist doch lächerlich. Wenn wir eines nicht mehr sind, dann ungezwungen. Ich für meinen Teil würde mir einen weiterhin höflichen und offenen Umgang wünschen, und ich kann Ihnen nur anbieten, dass wir uns gerne über die ganze Sache offen und ehrlich unterhalten können."

„Das hab ich ja bereits bei meiner ersten Frage an Sie gemerkt, wie offen Sie sind,"

entgegnete sie mir leicht gereizt.

„Sie missverstehen mich da auch vielleicht, Rut. Ich will Ihnen gerne Ihre Fragen zu meiner Gefühlslage beantworten, aber ich werde hier nicht Rede und Antwort wie in einem Verhör stehen, um Ihnen darüber Auskunft zu geben, was ich mit Norgard mache und was nicht. Das sind die Fragen, die Ihnen Ihr Mann beantworten muss, wenn er will. Ich bin Ihnen darüber keine Rechenschaft schuldig, weil ich Ihnen gegenüber zu nichts verpflichtet bin."
Meine Erklärung war härter ausgefallen, als ich es vorgehabt hatte, aber nun war es raus und Rut sollte sehen, wie sie damit klarkam. Ich weiß nicht warum, aber sie machte mich aggressiv. Vielleicht weil ich doch eine schwache, aufgelöste Frau erwartet hatte und sie mir gerade die so nicht anbot?

Rut sollte sich als ebenbürtige Gegnerin erweisen.

„Gut, ich akzeptiere Ihre Haltung, wenn ich sie inhaltlich

auch nicht teile. Bis vorgestern dachte ich, wir beide wären auch so etwas wie Freundinnen geworden, und ich kenne es ehrlich gesagt nicht, dass man versucht, der Freundin den Mann auszuspannen."

„Ich versuche nicht, Ihnen Ihren Mann auszuspannen, weil für mich geht es hier nicht um das alte Bäumchen-wechsel-dich-Spiel. Ich habe mich in Norgard verliebt und das war keine vorsätzliche Entscheidung. Es war bis dato nicht meine Art, anderen Frauen den Mann auszuspannen, wie sie es nennen, in Ermangelung eines eigenen, und ich lasse mich von Ihnen auch nicht in so eine Rolle drängen. Nur, weil ich alleinstehend bin, heißt das noch lange nicht, dass ich zur Männer verschlingenden Schlange geworden bin."

„Das wollte ich Ihnen auch nicht unterstellen, aber warum gerade meinen Mann?"

Ich lachte gereizt auf. „Das müssten Sie doch am besten verstehen, meine Liebe. Sie sind seit mehr als 50 Jahren mit ihm zusammen? Oder denken Sie, weil es so schön nah bei meinem Haus liegt, hab ich mich mal eben für Ihren Mann entschieden, dann ist es für unsere Tete a Tete nicht so weit?"

„Sie werden geschmacklos, Fleur?"

„Ich werde geschmacklos? Jede Ihrer Fragen zielte bis jetzt drauf ab, mir einen Vorsatz zu unterstellen, eine billige Affäre aus meinen Gefühlen für Norgard zu machen, und das lasse ich mir einfach nicht gefallen. Sie sind wahrscheinlich in dem Glauben hergekommen, mich als reuige Sünderin vorzufinden, die der Nachbarsfrau, mit der sie zudem auch noch befreundet ist, versucht den Mann auszuspannen und die nun, bei einer Konfrontation mit der Betrogenen um Vergebung bittet? Tut mir leid, Rut, aber ich stehe zu meinem Gefühlen für Norgard und daran wird sich auch nichts ändern. Und was unsere Freundschaft anbelangt, so tut es mir aufrichtig leid, dass diese nun in Mitleidenschaft gezogen wird. Ich habe Sie immer gemocht, und auch daran wird sich für mich nichts ändern. Wenn Sie jetzt im Nachhinein meinen, aus unserer beginnenden Freundschaft eine berechnende Beziehung meinerseits machen zu müssen, die ich vielleicht nur dazu genutzt habe, um an Ihren Mann heranzukommen, dann verletzten Sie sich damit nur selbst. Für mich war es zu keinem Zeitpunkt so."

„Aber wie soll ich das alles denn verstehen?" Ihre Stimme war weicher geworden und ich hatte das Gefühl, sie würde jeden Moment anfangen zu weinen.

„Ich glaube, es gibt im Moment nicht viel zu verstehen, Rut. Die Dinge haben sich in eine für uns alle unvorhersehbare Richtung entwickelt und niemandem ist mit Vorwürfen oder Schuldzuweisungen gedient."

„Mir geht es doch auch gar nicht um Schuldzuweisungen. Ich will doch nur verstehen, warum mein Mann sich nach mehr als 50 Jahren von mir abwendet und einer anderen Frau zu? Ich dachte doch immer, wir hätten trotz aller Probleme, eine gute Ehe geführt. Wir haben uns fast nie gestritten und haben sogar den großen Schritt in ein anderes Land gewagt. So etwas tut man doch nicht, wenn man nicht vorhat, den Rest des Lebens miteinander zu teilen. Fleur, ich versteh es einfach nicht."

Jetzt weinte sie und sie tat mir unendlich leid. Ihre ganze Fassade war zusammengebrochen, und vor mir saß eine Frau, die um all das weinte, an das sie immer geglaubt hatte. An die niemals enden wollende Liebe ihres Mannes, an Treue, an gegenseitige Verantwortung, an ein gegebenes Versprechen, an religiöse Werte, auf die sie ihre Ehe aufgebaut und in denen sie die gemeinsamen Kinder erzogen hatte. Sollte all das jetzt keine Gültigkeit mehr haben?

Sie kam sich wie eine zu Unrecht Verurteilte vor, die dem Henker überantwortet werden soll, und noch nicht einmal weiß, wessen sie angeklagt worden war. Ihre Hilflosigkeit und Trauer drohten mich zu übermannen, und das Verrückte an der ganzen Situation war, dass sie mir wirklich Leid tat und ich sie so gerne getröstet hätte. Aber wie sollte gerade ich das tun? Das Einzige, was ihr in diesem Moment vielleicht Trost gespendet hätte, wäre mein Vorschlag gewesen, Norgard nie wieder zu sehen. Aber wahrscheinlich hätte noch nicht einmal das etwas Linderndes bei ihr zur Folge gehabt, denn an seinen Gefühlen für mich hätte meine Entscheidung auch nichts geändert.

„Rut, ich kann Ihre Trauer gut verstehen. Mir würde es in Ihrer Situation auch nicht anders ergehen. Vielleicht können Sie es mir ja glauben, dass es mir nicht egal ist, Sie so verletzt zu erleben. Aber ich kann an der Tatsache, dass ich Ihren Mann liebe, nichts ändern."

„Aber Sie kennen ihn doch kaum. Wie können Sie ernsthaft glauben, einen Menschen zu lieben, den Sie kaum kennen? Fleur, wir leben jetzt seit über 50 Jahren zusammen und ich habe das Recht zu sagen, dass ich ihn liebe. Aber Sie doch nicht!"

Ich prallte geradezu zurück. Was hatte Rut da soeben gesagt? Ich hätte nicht das Recht zu sagen, dass ich Norgard liebte. Wie aberwitzig mir ihre Aussage vorkam.

„Ab welcher Zeit des Kennens darf man Ihrer Meinung nach denn sagen, dass man einen anderen Menschen liebt, Rut?"

Sie schüttelte trotzig den Kopf. „Ich will damit sagen, Sie wissen doch gar nicht, mit wem Sie es zu tun haben.

Nicht, dass Norgard etwas zu verbergen hätte, aber meinen Sie nicht, dass ich meinen Mann am besten von allen

Menschen auf dieser Welt kenne? Wir haben zusammen zwei Kinder großgezogen, haben ein Haus gebaut, unsere Eltern zu Grabe getragen und Freundschaften über Jahre hinweg aufgebaut, Patenschaften von Kindern übernommen, finanzielle Krisen gemeistert, uns in Krankheiten beigestanden. Wir beten zu dem gleichen Gott, Fleur! Uns verbindet ein Leben, mit allem, was dazugehört. Ich kenne die Schwächen und die Stärken meines Mannes. Sie haben bis jetzt nur seine Stärken, seine Schokoladenseite kennengelernt. Wie wollen Sie da behaupten, Sie wissen, wen Sie da lieben? Sie haben vielleicht eine vage Vorstellung von dem, was Sie meinen zu lieben, ich aber liebe IHN!"

Ich konnte nichts darauf entgegnen und kam mir wie völlig in die Ecke gedrängt vor.

Sollte ich ihr in diesem Moment mit dem Begriff von Seelenverwandtschaft kommen? Ihr erzählen, dass Norgard und ich die selben Sehnsüchte teilten? Wir das Gefühl vollkommener Übereinstimmung hatten, wenn wir zusammen waren? Ich mich ohne ihn uneins fühlte, wie beschnitten? Auf einmal kamen mir meine Gefühle, mein Anspruch auf den Begriff LIEBE in diesem Zusammenhang dafür klein und nichtig vor. Ich fühlte mich wie ein Bettlerkind, das versucht einem reichen Menschen etwas zu verkaufen. Etwas, was man nicht sehen kann, was er nicht kennt und somit auch nicht auf Richtigkeit und Wert überprüfen kann.

Welches Recht nahm ich mir, in diese Lebensgemeinschaft einzudringen und meine Gefühle für Norgard wie ein Flammenschwert vor mir her zu tragen, damit alle esehen konnten, wie es um uns stand, als würde es sein bisheriges Leben nicht gegeben haben?

Ich fühlte mich nur noch schäbig. Diese kleine, zierliche Frau aus dem hohen Norden dieser Erde hatte mir in einer flammenden Rede über ihren Begriff von Liebe und den Anspruch darauf, diesen Begriff benutzen zu dürfen, jeglichen Wind aus den Segeln genommen, mich auf die Rolle einer emotional überreagierenden ausgehungerten Frau minimiert, die sich auf ihre alten Tage noch einmal am Feuer der Liebe erwärmen möchte.

Jetzt war ich es, die darüber nachdachte, wohin ich gehen könnte, um dieser Schmach zu entkommen. Doch kein Platz auf dieser Welt erschien mir weit genug entfernt von diesem persönlichen Fiasko, welches ich gerade erlebt hatte.

28. Kapitel

Eine kurze Mitteilung via Handy, mehr hatte ich ihm nicht zukommen lassen:

`Seile mich für ein paar Tage ab. Fleur.`

Dann war ich zu Mathild in ihren Laden gefahren und hatte freiwillig eine Tasse ihres selbst gebrauten Tees zu mir genommen, den sie mir fürsorglicherweise zubereitet hatte.

Nachdem ich ihr alles erzählt hatte, fragte ich sie, ob sie ein nettes kleines Hotel an der Küste kannte, in dem ich für ein paar Tage unterkriechen konnte. Ich brauchte dringend Abstand. Seit dem letzten Abend war mir alles zu viel geworden. Durch Ruts Einwand gegen meine Liebe zu ihrem Mann war mir der Boden unten den Füßen komplett weggebrochen, und ich kämpfte mit meinen alten Moralvorstellungen, die ich bis dato fest verschlossen in Stahlkisten in meinem persönlichen Leichenkeller wähnte. Im Geiste hörte ich Theo gehässig über mich lachen: `War wohl nix mit deiner lockeren Auffassung von Moral, meine Liebe. Auch du kannst dich nicht über altgediente Begriffe wie Treue und Rechtschaffenheit hinwegsetzen!`

Mathild versuchte mich nach Kräften aufzubauen, an meiner Liebe festzuhalten, mir meine Gefühle zu Norgard von seiner Frau nicht madig machen zu lassen.

„Ach, und was ist mit ihren Argumenten, Mathild? Die Frau hat recht, mit allem, was sie sagt. Ich kenne den Mann doch wirklich kaum. Was, wenn ich mir nur etwas vormache? Wenn ich all meine alten Sehnsüchte auf ihn projiziere, in der Hoffnung, sie mögen durch ihn endlich ihre Erfüllung finden? Nur, weil er mich versteht, wir dieselbe Sprache sprechen, heißt das doch noch lange nicht, dass wir auch sonst gut miteinander harmonieren würden. Lass uns doch erst einmal den Alltag mit all seinen Anforderungen zusammen erleben, vielleicht würde sich dann mein Liebesgefühl in Luft auflösen, wie eine schöne bunte Seifenblase zerplatzen?"

„Das kann alles sein, Fleur, aber probieren geht über studieren. Ich kann dir nur raten, für diese Liebe zu kämpfen. Euch beiden die Zeit zu lassen, euch näher kennenzulernen.

Warum lässt du dich so leicht ins Boxhorn jagen? Ich sag dir, warum: Du hast Angst bekommen vor der Verantwortung, die damit verbunden ist, einen verheirateten Mann zu lieben und vielleicht mit daran beteiligt zu sein, dass eine langjährige Ehe ihren Abschluss dadurch findet."

„Und was mache ich, wenn Rut recht hat und bei der ganzen Sache herauskommt, dass wir uns doch nur etwas vorgemacht haben?"

„Dann kannst du dir wenigsten sagen, es versucht zu haben. Für dein Glück gekämpft zu haben. No risk, no fun, so einfach ist das!"

„Das ist mir aber zu einfach. Man geht doch nicht ein so großes Risiko ein, setzt so viel aufs Spiel, wenn man sich nicht wirklich sicher ist. Und ich bin mir seit gestern Abend eben nicht mehr sicher, ob es das alles wert ist."

„Und was hat dich unsicher werden lassen? Wenn ich dich mal daran erinnern darf, wie aufgewühlt du mir von eurem Wiedersehen am letzten Samstag erzählt hast, was für Gefühle du da in dir gespürt hast, dann frage ich mich, wo das jetzt alles hin ist? Du wärst an diesem Abend bereit gewesen, mit dem Mann auf der Stelle nach Australien auszuwandern, wenn er es gewollt hätte. Du hättest wahrscheinlich noch nicht einmal deine Sachen gepackt, hättest von jetzt auf gleich alles hinter dir gelassen. So etwas macht man doch nicht, wenn man sich nicht sicher ist, oder?"

„Oder man macht so etwas, wenn man wie im Rausch ist. Mathild, Norgard löst so etwas wie einen Rauschzustand in mir aus, ich bin dann wie benebelt, wie ferngesteuert. Was ist denn das? Das ist doch nicht normal. Mensch, ich bin doch keine 17 mehr und das erste Mal verliebt?"

„Nein, Fleur, du bist eine reife, lebenserfahrene Frau, die auf die Liebe ihres Lebens getroffen ist, auf ihr Gegenstück, wie du es nennst. Vielleicht kann Rut es genau deshalb nicht verstehen und muss sich auf ihre Werte und Normen berufen, weil sie es eben so nicht kennt. Alles, was sie mit ihrem Mann verbindet, ist das Ergebnis vieler gemeinsamer Jahre. Ihr habt für eure tiefe Verbundenheit nur ein paar Wochen gebraucht. Wie soll sie das verstehen?

Es ist doch wie alles im Leben eine Sache des Standpunkts. Wenn ich dem, was gut und richtig in meinen Augen ist, dem, was sich bewährt und seit vielen Jahren Bestand hat, in meiner persönlichen Bewertungsskala den Vorrang gebe, dann kann ich gar nicht anders urteilen, als Rut es tut. Wenn ich aber ein Mensch bin, der sich auf seine Intuition verlässt, der an die ungeheure Macht der Liebe glaubt, die Berge versetzen und vielleicht sogar alte Wertesysteme außer Kraft setzen kann, dann zählen für mich Ruts Parameter nicht viel. Wenn du also deine Gefühlswelt durch ihre Brille betrachtest, dann hast du, was deine Selbstbestimmung anbelangt, verloren. Dann, meine Liebe, bist du fremdbestimmt! Wenn du es aber zulassen kannst, dich auf ein ganz neues Gefühlserlebnis einzulassen, neue, vielleicht unbekannte Parameter in deiner Liebesskala als Messpunkte anzuerkennen, dann sieht die Sache doch schon wieder ganz anders aus."

„Aber was ist mit meiner Verantwortung Norgard gegenüber?"

„Wieso deiner Verantwortung ihm gegenüber? Ich versteh dich nicht. Ist der Mann nicht auch an der Sache beteiligt? Ich meine, du hast ihn doch nicht verhext, oder sonst wie in deinen Bann geschlagen. Er ist doch die ganze Zeit dabei, Fleur, oder täusch ich mich da?"

„Aber sein Risiko ist doch ungleich höher als meins."

„Richtig! Sein Risiko, nicht deins! Und wie, meinst du, darüber entscheiden zu können, wie hoch sein Risiko wirklich ist? Da kommen wir doch unweigerlich wieder zum Ausgangspunkt unserer Unterhaltung zurück: Du kennst den Mann doch kaum! Nehmen wir mal an, er langweilt sich bereits seit vielen Jahren mit seiner lieben, treuen Frau, die so leckeren Aprikosenkuchen backen kann? Nur hat er das vielleicht nie so genau gewusst. Und dann ist meine kleine Fleur mit ihrer umwerfenden Art auf der Bildfläche erschienen und der Mann ist wach geworden. Und auf einmal war ihm klar, warum er vielleicht schon seit Jahren keinen mehr hochgekriegt hat."

„Mathild, bitte, du sprichst hier von dem Mann, den ich liebe!"

„Ach, und der darf nach 50 Jahren Ehe keine Erektionsprobleme haben, wenn er mit seiner Frau im Bett liegt?"

„Darüber möchte ich jetzt wirklich nicht nachdenken."

„Und warum nicht? Weil Sex im Alter keine Rolle mehr zu spielen hat, zumindest nicht, wenn es um den Fortbestand einer altgedienten Ehe geht? Wie scheinheilig, Fleur. Meiner Meinung nach ist der Mensch von seiner Geburt an bis zu seinem Tod ein sexuelles Wesen, mit Trieben, Bedürfnissen und Fantasien. Ich meine, schau dir Rut doch an? Meinst du wirklich, dass eine Frau mit derartig schmalen Lippen jemals ihrem Mann einen geblasen hat?"

Jetzt mussten wir beide lachen. Es tat mir gut, bei Mathild zu sein, wenn auch einiges von dem, was sie sagte, polemisch und parteiisch anmutete, es tat gut!

„Hör jetzt auf, ich kann nicht mehr vor Lachen, dafür ist die Sache viel zu ernst."

„Ich meine das auch ernst. Denk doch mal an den animalischen Aspekt eurer Beziehung?"

„An was soll ich denken? Ich hab doch noch nicht einmal mit dem Mann geschlafen."

„Nein, aber ihr wart kurz davor, und so wie du mir eure Knutscherei auf dem Teppich beschrieben hast, kann ich mir gut vorstellen, dass da die Post abgegangen wäre, wenn nicht euer kleiner Moralwachtmeister im Kopf rechtzeitig die Notbremse gezogen hätte."

„Das war nicht unser Moralwachtmeister.

Der wäre mir doch total egal gewesen in dem Moment."

„Und was war es dann?"

„Ich hatte die falsche Unterwäsche an."

„WAS?" Jetzt war es Mathild, die sich nicht mehr einkriegen wollte vor lachen.

„Ja, wer hat mir denn beigebracht, dass es auch in meinem Alter noch wichtig ist, sich sexy zu kleiden? Wer hat mich denn gezwungen, Unsummen für einen Hauch von Nichts auszugeben für den Fall der Fälle? Du warst das doch. DU!"

„Du hast ehrlich im Moment höchster Erregung darüber nachgedacht, was du für Unterwäsche anhast? Meinst du nicht, das wäre Norgard in diesem Fall total egal gewesen? Der hätte dich am liebsten doch sowieso ohne Unterwäsche gesehen. Fleur, Männer wollen sehen, was sie anfassen beim Sex. Darum treiben sie es doch auch am liebsten bei Festbeleuchtung."

„Herrgott Mathild, es ging doch nicht nur um die Unterwäsche. Ich finde mich eben nicht schön, mit meinem dicken Busen, meinen Schwangerschaftsstreifen und den dicken Oberschenkeln. Weißt du, seit wie vielen Jahren ich keinen Sex mehr hatte?"

„Aber du weißt doch noch, wie es geht, oder?"

„Rein theoretisch bestimmt, aber in der Praxis ...? Außerdem, schau dir Rut doch mal genau an. Die Frau ist gertenschlank."

„Und flachbrüstig!"

„Mag sein, aber dagegen sehe ich doch aus wie 'ne Wuchtbrumme."

„Was Norgard aber auch nicht daran gehindert hat, sich in dich zu verlieben und eine Mördererektion zu bekommen, als er dir das erste Mal an deine dicken Brüste gefasst hat, oder?"

„Mathild, das ist mir jetzt peinlich. Lass uns das Thema wechseln. Norgards und meine Beziehung baut sich nicht auf eine animalische sexuelle Anziehung auf, sondern wir haben andere Verbindungspunkte."

„Ja, ich weiß! Seelenverwandtschaft!"

„Ja, genau, Seelenverwandtschaft, und das brauchst du gar nicht so ironisch zu sagen."

„Das meine ich auch gar nicht ironisch. Ich will dir nur klarmachen, dass du dir da etwas vormachst, wenn du es darauf reduzierst. Es geht auch um etwas Sexuelles, sonst hättet ihr die Probleme doch gar nicht. Wenn ihr euch einfach nur super gut unterhalten könntet, und eure Seelen dabei im anderen eine Übereinstimmung finden, dann hätte Rut nicht diese Panik im Nacken, dass ihr der Mann von der Fahne geht. Es geht hierbei auch um eure Konkurrenz als Frauen, als weibliche Wesen. Warum fällt es dir so schwer, das zu akzeptieren? Weil es etwas Verwerfliches ist, in unserem Alter geil zu sein, wenn ich es mal so profan ausdrücken darf? Und gibt es denn etwas Schöneres, als guten Sex mit einem Menschen zu haben, den man liebt? Was glaubst du, würde passieren, wenn ihr miteinander schlafen würdet, und auch in diesem Punkt euer Gegenstück gefunden hättet?"

„Ich weiß nicht?"

„Ich weiß es aber, Fleur. Dann gäbe es wohl kein Zurück mehr für deinen Norgard, oder zumindest würde es ihm dann noch viel schwerer fallen, sich auf seine, oder besser Ruts Argumentation zu berufen. Weißt du eigentlich, wie unglaublich schön es ist, das Gefühl zu haben, sich mit einem Mann total zu vereinigen, geistig, seelisch und körperlich? Das ist der ultimative Rausch! Das ist für mich die absolute Verschmelzung zweier Menschen. Aus zwei mach eins! Und davor hat Rut die helle Panik, und zu Recht, wie ich finde."

„Aber soweit sind wir doch noch gar nicht.

Vielleicht würde es auch genau das Gegenteil bei Norgard bewirken, und er würde sich danach sofort von mir zurückziehen, weil er spüren würde, dass er, wenn er sich weiterhin darauf einlassen würde, nicht mehr zurückkehren könnte. Vielleicht wäre dann auch irgendwann so etwas wie eine bestimmte Grenze überschritten, die eine Rückkehr unmöglich macht?"

„Alles wilde Spekulation, meine Liebe. Noch mal: Probieren geht über studieren. Ich kann dir nur den Rat geben, alles auszuprobieren, wonach dir ist, und dann zu entscheiden. So ist das Ganze doch nur ein Stochern im Nebel. Bekomme heraus, was deine gültigen Werte sind und lass dir nicht von einer sich in panischer Angst befindlichen Frau, Sand in die Augen streuen. Geh deinen Weg, oder finde ihn zumindest heraus, und gib nicht bei der ersten kleinen Hürde, die sich dir in den Weg stellt, auf. So, und nun vergiss mal die Idee, an die Küste zu fahren. Was hältst du davon, wenn wir beide für zwei Tage in Paris die Unterwelt unsicher machen? Ich muss zu meinem Kunstagenten, und der wohnt nun mal in Paris. Du kommst mit und wir machen uns ein paar schöne Frauentage, ohne ständig die Männer im Kopf zu haben, zumindest nicht die, die wir lieben. Die Großstadt hat, was das anbelangt, jede Menge Abwechslung zu bieten."

„Und die Hunde?"

„Die können wir mitnehmen. Ich wohne in einem schnuckeligen Hotel, mit einer sehr netten Hausdame. Die kümmert sich gerne um die beiden Racker, wenn wir ihr dafür eine Kleinigkeit rüberschieben."

„O.K, von mir aus kann es losgehen."

„In diesem Sinne: Paris wir kommen!"

29. Kapitel

~

Wir waren nicht nur zwei, sondern drei Tage in Paris geblieben und hatten eine wunderschöne Zeit miteinander verlebt. Während Mathild eine neue Ausstellung mit ihrem Kunstagenten plante, war ich im Louvre gewesen. Ich liebe dieses Museum und kann mich dort problemlos stundenlang aufhalten, ohne auch nur einen Hauch von Langeweile zu verspüren. Ich genieße es, mich vor ein Bild zu setzten, um es auf mich wirken zu lassen. Mein Lieblingsmaler Monet versteht es immer wieder aufs Neue, mich mit seinen Farben zu verzaubern.

Nach meinem Besuch im Louvre fühlte ich mich gestärkt und erfrischt. Mit Mathild traf ich mich zu einem Schaufensterbummel, den wir immer wieder durch kleine Pausen in schnuckeligen Cafés unterbrachen. Abends gingen wir entweder ins Kino oder in ein gutes Restaurant.

Am letzten Abend kauften wir uns zwei Flaschen guten Rotweins und setzten uns in den kleinen Park gegenüber von unserem Hotel. Gläser brauchten wir nicht; wir tranken den guten Tropfen direkt aus der Flasche und fühlten uns herrlich unkonventionell und an unsere jeweilige Studienzeit erinnert. Wir sprachen über Gott und die Welt, lachten viel und hatten alles in allem eine mehr als gute Zeit.

„Das machen wir jetzt öfter. Wir sollten sowieso viel mehr darauf achten, das zu tun, was uns gut tut", schlug Mathild vom Wein beschwingt vor.

„Und weißt du, was wir jetzt machen? Ich zeig dir mal, wo Phillip wohnt. Komm, wir nehmen die Metro und fahren kurz mal in seine Straße."

„Und was soll das bringen? Was, wenn seine Frau uns erwischt?"

„Die kennt mich doch gar nicht und ich kenne sie auch nicht, hab lediglich mal ein ziemlich altes Foto von ihr gesehen. Bitte, komm mit, es würde mir wirklich viel bedeuten, dir sein Haus zu zeigen."

„Ich versteh zwar nicht, warum, aber wenn es dir so wichtig ist, dann lass uns fahren."

Mathild hatte recht, es war nicht sehr weit weg von unserem Hotel, und ich fragte sie, warum sie sich denn nicht wenigstens einmal während unseres Parisaufenthaltes mit Phillip getroffen habe?

„Wir haben doch ausgemacht, dass wir uns jetzt erst einmal nicht sehen, damit seine Frau keinen Verdacht schöpft. Phillip verbringt im Moment die meiste Zeit mit Mildred und seinen Kindern."

„Und, weißt du, wie es ihm dabei geht?"

„Nicht wirklich, wir telefonieren ja kaum miteinander im Moment, aber ich denke, er kommt einigermaßen gut damit klar."

„Vermisst du ihn sehr?"

„Aber sicher, trotzdem kann ich diese Phase unserer Beziehung ganz gut aushalten, denn ich weiß ja, wofür wir das machen. Weißt du, Phillip bedeutet mit so viel, dass ich problemlos ein paar Wochen auf ihn warten kann. Außerdem weiß ich ja, dass er mich auch vermisst, weil er mich liebt."

„Aber in ein paar Wochen ist das Warten ja nicht wirklich vorbei. Ich meine, dann seht ihr euch zwar wieder, aber ihr könnt immer noch nicht so eure Zeit miteinander verbringen, wie ihr es gerne hättet. Meinst du, dass du damit in den nächsten Jahren zurechtkommst?"

„Weißt du, Fleur, mir ist viel wichtiger zu wissen, wie Phillip zu mir steht. Ich weiß doch, dass er eigentlich viel lieber mit mir leben würde, dass die ganze Familiennummer nur noch eine reine Farce ist. Das ist halt mein Preis, den ich für diese Liebe zahle. Ich kann es doch genauso wenig ändern wie du, mich in einen verheirateten Mann verliebt zu haben."

Wir stiegen drei Stationen später aus und mussten nur zwei Blocks weitergehen, bis wir zu einer sehr schöne Straße mit ziemlich herrschaftlichen Häusern kamen. Nach ca. 100 Metern blieb Mathild plötzlich stehen.

„Da vorne ist es. Das nächste Haus hinter dieser Hecke ist Phillips."

„Na, dann wollen wir mal schauen, ob er zu Hause ist", schlug ich beherzt vor.

Mathild ging nun hinter mir und setzte trotz der einsetzenden Dunkelheit ihre Sonnenbrille auf. Ich musste lachen bei ihrem Anblick, doch sie schubste mich weiter vor sich her.

„Geh du mal vor und schau, ob du etwas sehen kannst. Ich hab ein bisschen Angst, dass er mich entdecken könnte, falls er im Garten ist."

„Na prima, mich kennt er doch auch."

„Ja, aber trotzdem, bitte tu, was ich sage. Ist mir lieber so."

Ich schlich mich also an das Grundstück heran, in welches man sehr gut einsehen konnte, da die es umgebenden

Büsche nur zirka einen Meter hoch waren. Das Erste, was ich entdecken konnte, waren zwei kleine Mädchen, die in ihr Ballspiel im Garten vertieft waren. Auf der höher gelegenen Terrasse saßen sechs Erwachsene und unterhielten sich. Der Tisch war gedeckt und ließ vermuten, dass an diesem Abend gegrillt worden war. Der Duft von gebratenem Fleisch hing noch in der Luft, und die sich mir bietende Szene deutete auf eine glückliche Pariser Familie, die den herrlichen Sommerabend zusammen genoss.

Mir wurde unbehaglich, denn ich fragte mich, wie Mathild diese Idylle wahrnehmen würde.

Ich hatte nicht bemerkt, dass sie zwischenzeitlich neben mir stand und längst sah, was ich sah.

Phillip war aufgestanden und in den Garten zu den Kindern gekommen, um sich am Ballspiel zu beteiligen. Die Mädchen begrüßten ihn jubelnd und verwickelten ihn sogleich in eine herzliche Rauferei um den Ball. Phillip sah aus wie der Inbegriff eines glücklichen Großvaters, der es mit allen Sinnen genoss, mit seinen süßen Enkeltöchtern zu spielen. Auf der Terrasse hatte sich eine ältere Frau erhoben und sah den Dreien zu. Das musste wohl Mildred sein. Sie lächelte ihrem Mann zu, der wiederum die rechte Hand hob und ihr eine Kusshand zuwarf.

Das war der Moment, in dem Mathild sich umdrehte und den Weg zurückging, den wir gekommen waren.

Ich hatte Mühe, ihr zu folgen, weil sie schnellen Schrittes in Richtung Metrostation ging.

Als ich sie endlich erreicht hatte, sah ich sofort, dass sie weinte. Ich legte meinen Arm um sie, den sie wütend abschüttelte.

„Lass das bitte! Du weißt, dass ich es hassen kann, getröstet zu werden, wenn ich heulen muss."

„Dann bleib doch bitte kurz stehen und sag mir, was los ist?"

„WAS LOS IST? Hast du es nicht gesehen oder wolltest du es nicht sehen?

Das sah doch aus, wie aus einer Margarinewerbung entsprungen, wie sie da so schön auf Familie gemacht haben."

„Mathild, ist es nicht vielmehr so, dass du das Gefühl hattest, Phillip glücklich in seinem anderen Leben erwischt zu haben? Ich hatte nicht den Eindruck, dass er das alles nur spielt. Hast du nicht gesehen, wie innig er mit seinen Enkelkindern gespielt hat?"

„Streu du ruhig noch Salz auf meine Wunden. Tu dir keinen Zwang an, kommt jetzt auch nicht mehr drauf an."

Ich hielt sie am Arm fest und nahm sie gegen ihren Willen in meine Arme. Augenblicklich fing sie heftig an zu weinen. Ich streichelte nur leicht ihren Kopf und schwieg.

Als wir eine halbe Stunde später unser Hotel erreicht hatten, ließen wir uns erschöpft auf unsere Betten fallen.

„Haben wir noch etwas zu trinken in der Minibar? Ich besauf mich heute!"

„Mathild, das ist doch keine Lösung. Bitte versuch dich zu beruhigen und wir reden noch mal über alles."

„Es gibt aber keine Lösung in dieser Situation, zumindest nicht für mich, Fleur. Ich bin stinksauer auf Phillip.

Vor ein paar Tagen heult er mir noch was vor, dass er nicht ohne mich leben kann, und wie schwer es ihm fallen wird, weiterhin mit seiner Familie, respektive seiner Frau zu leben, und dann muss ich DAS sehen."

„Was hast du denn erwartet? Sodom und Gomora, Mord und Totschlag, Heulen und Zähneknirschen? Mathild, sei doch mal ganz ehrlich. Du hast dich doch nur auf das neue Arrangement eingelassen, weil du gehofft hast, Phillip würde es auf Dauer nicht durchhalten und sich früher oder später doch von seiner Frau trennen, stimmt´s?"

Ich hielt sanft ihre Hand, um ihr damit mein Verständnis für ihre Haltung auszudrücken. Mir brauchte sie doch nichts vorzumachen.

„Meinst du wirklich, ich hätte das im Hinterkopf gehabt?"

„Vielleicht nicht im Hinterkopf, aber ganz tief vergraben in deiner kleinen Wunschkiste im hintersten Winkel deines Herzen, oder?"

Sie sah mich offen an.

„Vielleicht hast du ja recht, Fleur, und ich hab mir selbst etwas vorgemacht. Er wird seine Familie niemals verlassen, und seit heute Abend hab ich noch nicht einmal mehr das Gefühl, dass er das jemals in Erwägung gezogen hat."

„Und, kannst du ihm das wirklich verübeln?"

„Nein, auch wenn es mir schwerfällt, ihm das zuzugestehen. Ich hab nun mal keine Familie und werde auch in diesem Leben keine mehr haben."

„Doch, du hast mich und meine Familie, in der du jederzeit willkommen bist, und das weißt du auch. Weißt du, Mathild, eine Familie ist eine Familie, nichts freiwillig Erwähltes, und man muss miteinander klarkommen, ob man will oder nicht. Aber Freunde, die haben sich freiwillig gefunden und bleiben auch auf freiwilliger Basis zusammen, und ich finde, es etwas ganz Wertvolles, treue Freunde zu haben. Du bist meine beste Freundin und somit mein größtes Kapital."

Mathild sah mich gerührt, aber auch tief traurig an.

„Und nun? Was mache ich nun? Ich meine, kann ich mich jetzt noch weiterhin auf unser Arrangement einlassen, in dem Wissen, ihn jedes mal aufs Neue zu seinem trauten Familienkreis zu entlassen?"

„Das kann ich dir nicht beantworten, das kann nur dein Herz tun. Ich nehme doch mal an, dass sich deine Gefühle für Phillip nicht geändert haben, oder?"

„Nein, Fleur, meine Gefühle nicht, aber meine Hoffnung ist gestorben, und du weißt doch: Die Hoffnung stirbt zuletzt."

„Das ist wohl wahr!"

30. Kapitel

~

Während meines Aufenthaltes in Paris hatte ich nur zweimal kurz von Norgard gehört.

Er hatte mir seine Besorgnis über meinen Entschluss, für ein paar Tage alleine sein zu wollen, mitgeteilt, mir aber trotzdem eine gute Zeit gewünscht. In seiner zweiten Kurzmitteilung hatte er mich wissen lassen, dass es ihm gut ginge, er viel nachgedacht hätte und mich sehr vermissen würde. Ich hatte ihm nicht geantwortet. Nicht, weil ich ihn nicht ebenso vermisste, sondern weil ich diese Zeit der Distanz auch wirklich als solche erleben wollte. Ich wollte diese Zeit nutzen, um mir klar darüber zu werden, wie es mit uns in Zukunft weitergehen würde. Das Erlebnis mit Phillip und seiner Familie war nicht spurlos an mir vorübergegangen und hatte mich gedanklich noch einmal gehörig aus der Bahn geworfen.

Kurz bevor ich in meine Hauseinfahrt einbog, hatte ich jedoch den Entschluss für mich gefasst, die Dinge auf mich zukommen lassen zu wollen. Mathilds Verhalten in den letzten Wochen hatte mir gezeigt, dass ich es drehen und wenden konnte, wie ich wollte. Die Dinge schienen sich doch selbstständig, fast wie in einer vorgegebenen Schicksalsbahn zu entwickeln, auf die wir keinen Einfluss zu haben schienen.

Meine Kopfentscheidungen würde sowieso von meinem Gefühl torpediert werden und umgekehrt; soviel hatte ich in den letzte Tagen über mich gelernt. Ich konnte im Moment nicht mehr tun, als zu akzeptieren, dass ich jegliche zuverlässige Bodenhaftung in meinem Leben verloren hatte und mich auf absolutem Neuland befand, welches es auszukundschaften galt.

Ich hatte mir gerade eine Tasse Kaffee gekocht, als ein Auto auf meinen Hof fuhr. Ich erkannte sofort, dass es Jerome war, der mich besuchen kam, und ich freute mich über die nette Abwechslung. Endlich mal ein Mensch, der mit diesem Thema nichts zu tun hatte und mit dem ich über andere Dinge sprechen konnte.

Wir umarmten uns herzlich und ich bot ihm ebenfalls eine Tasse Kaffee an.

„Mama, ich wollte dich um etwas bitten. Meine Familie und ich, wir möchten gerne für ein paar Tage an die Küste fahren.

Wir wollten dich fragen, ob du in dieser Zeit auf unser Haus und unseren Kleinzoo aufpassen könntest? In den letzten Monaten ist doch so viel in unserer Gegend eingebrochen worden und Melanie hat Angst, dass jetzt, in der Ferienzeit, unsere Abwesenheit dazu genutzt werden könnte, um unser Haus leer zu räumen. Außerdem wäre es auch viel einfacher, wenn du zu uns kommen würdest als die sieben Meerschweinchen und drei Kanarienvögel zu dir. Was sagst Du?"

„Das kommt jetzt aber überraschend. Du hast mich doch noch nie gebeten, auf euer Haus aufzupassen?"
„Aber diesmal tu ich es. Hast du ein Problem damit?"
„Nein, sicher nicht. Ich mache es auch bestimmt gerne, nur komme ich gerade selbst aus Paris und wäre am liebsten jetzt erst einmal wieder für ein paar Tage in meinem Haus."
„Kannst es dir ja noch überlegen. Vielleicht bis morgen? Wir wollen nämlich am Samstag losfahren?"
„Ich lass es dich ganz schnell wissen, wie ich mich entschieden habe. Willst du denn jetzt schon wieder gehen?"
„Ja, ich war gerade in der Gegend und wollte dich persönlich um den Gefallen bitten. Jetzt muss ich wieder zurück in die Bank. Pass gut auf dich auf, Mama. Hab dich lieb!"
Er küsste mich flüchtig auf die Wange und war schon wieder weg.

Ich brauchte nicht wirklich lange, um mich dazu zu entscheiden, ihm den Gefallen zu tun. Nach längerem Nachdenken wurde mir sogar bewusst, dass ich mich über seine Anfrage freute, verdeutlichte sie doch, unser neues innigeres Verhältnis.
Wie die Dinge sich doch ändern konnten!
Ich war gerade im Begriff unter die Dusche zu gehen, als Bertrand anschlug, und ich war mir sofort sicher, dass

Norgard mein Grundstück betreten hatte. Er klopfte laut an meine Haustür und bat darum, eintreten zu dürfen.

„Wie förmlich, Herr Richter? Kommen sie doch herein!" Ich lachte ihm freudig überrascht entgegen und er nahm mich sofort in die Arme, um mich leidenschaftlich zu küssen.

„Wie schön, dass du wieder da bist, meine kleine Blume der Provence. Ich hab dich so vermisst. Als ich vorhin deinen Wagen an unserem Haus hab vorbeifahren sehen, hab ich mich kurzfristig dazu entschlossen, dich zu besuchen."

„Und was ist mit Rut?"

„Die ist zum Einkaufen ins Einkaufszentrum gefahren. Wir erwarten am Wochenende nämlich Besuch aus der Heimat. Und nun rate mal, wer uns besuchen kommt?"

„Deine Kinder?"

„Falsch, meine kleine Schwester Stine kommt hierher. Ist dass nicht schön? Meine kleine Schwester kommt mich in meinem neuen Zuhause besuchen. Du glaubst gar nicht, wie sehr ich mich darüber freue. Ihr müsst euch unbedingt kennenlernen. Ich hab ihr soviel von dir erzählt und geschrieben. Nach unserem letzten Gespräch hab ich ihr eine lange E-Mail geschrieben und ihr meine Herz ausgeschüttet. Sie hat mir sofort geantwortet und seitdem telefonieren wir fast täglich. Sie hat sich dann ganz spontan dazu entschlossen herzukommen, damit wir in Ruhe über alles reden können. Das war wirklich eine gute Idee von dir, Fleur, mich meiner Schwester anzuvertrauen. Du wirst sie mögen. Manchmal erinnerst du mich sogar an sie. Weißt du, Stine ist eine ungewöhnliche Frau, die seit vielen Jahren als alleinerziehende Mutter und Ärztin ihren Mann steht. Sie steht mit beiden Beinen im Leben und ist eine sehr offene und herzliche Person."

„Und wie stellst du dir das vor? Soll ich zum Kaffeetrinken zu euch rüberkommen?"

„Nein, ich dachte eher, wir besuchen dich, wenn es dir recht ist?"

„Das wird an diesem Wochenende schlecht gehen, weil ich mich gerade dazu entschlossen habe, auf Jeromes Haus aufzupassen, der ein für paar Tage mit seiner Familie an die Küste fahren will."

„Oh, das ist schade. Aber vielleicht finden wir ja doch noch eine Lösung. Aber nun erzähl doch erst einmal, wie es dir an der See gefallen hat?"

„Ich war gar nicht am Wasser. Mathild und ich sind für ein paar Tage nach Paris gefahren. Es war herrlich und ich habe mich gut erholt."

„Hast du mich denn gar nicht vermisst? Warum hast du dich nicht bei mir gemeldet? Ich bin fast gestorben vor Sehnsucht."

„Weil ich wirklich ungestört nachdenken wollte, über alles."

„Das hört sich aber dramatisch an. Und, bist du zu einer Entscheidung gekommen, was uns anbelangt?"

„Höchstens zu der, dass ich im Moment nichts entscheiden kann. Ich will versuchen, offen für alles zu sein, was auf uns zukommt. Mehr kann ich im Moment nicht tun."

„Dann ist es ja in Ordnung. Ich bin zu einer ähnlichen Entscheidung gekommen. Ich habe Rut gesagt, dass ich mehr Zeit mit dir verbringen will, um dich besser kennenzulernen, um mich mit dir zusammen zu erleben."

„Wie ist denn die Stimmung bei euch daheim?"

„Mal so, mal so, aber eigentlich ganz gut. Wir haben viel geredet, viel mehr als in den ganzen letzten Jahren, und ich finde, das ist ein guter Nebeneffekt bei der ganzen Sache. Sie ist wütend auf dich, weil sie meint, du würdest versuchen auf Teufel komm raus unsere Beziehung zu zerstören."

„Na, dann ist der Schuldige an der ganzen Sache ja gefunden."

„Nun sei mal nicht so zickig. Kannst du sie denn nicht verstehen? Sie hat einfach Angst mich zu verlieren, und dass sie dabei eben nicht gerade verständnisvoll mit deinen Gefühle umgeht, kann man doch auch verstehen, oder?"

„Ehrlich gesagt ist es mir im Moment auch egal, ob sie Verständnis für mich hat oder nicht.

Wollen wir beide noch ein Stück zusammen spazieren gehen? Die Luft draußen ist herrlich und ich glaube Bertrand würde sich auch freuen."

Um meinen Hund hatte ich mir in Paris erneut Sorgen gemacht. Während der ganzen Fahrt nach Paris hatte er hinten auf der Rückbank neben Lulu gedöst, die immer wieder versucht hatte, ihn zum Spielen zu bewegen. In Paris dann war er nur mühsam dazu zu bewegen gewesen spazieren zu gehen, und die Rückfahrt hatte er komplett verschlafen.

Mathild schob seinen Zustand auf die Hitze der Stadt, das ungewohnte Umfeld und eben sein hohes Alter. Ich konnte mich nur schwer mit dem Gedanken anfreunden, dass Bertrand wirklich ein alter Knochen war, und erste Ermüdungserscheinungen bei ihm sichtbar wurden.

Auch jetzt trabte er nicht gerade wild entschlossen neben uns her, war aber zumindest ohne zweimalige Aufforderung mitgekommen.

Wir steuerten wie immer unseren kleinen See an und als wir ihn erreicht hatten, machte Norgard urplötzlich den Vorschlag schwimmen zu gehen.

Bevor ich noch antworten konnte war er bereits dabei sich auszuziehen, um nur mit seiner Boxershorts bekleidet zusammen mit Bertrand in das kühle Nass zu gleiten.

„Das Wasser ist herrlich. Ich habe so oft davon geträumt, in diesem kleinen See zu schwimmen. Komm auch rein Fleur. Du wirst es genießen?"

„Wir haben doch noch nicht einmal Handtücher dabei", versuchte ich mich aus der Affäre zu ziehen.

„Die Sonne wird uns trocknen, nun komm schon!"

„Nein, mir ist nicht nach schwimmen zumute. Ich schaue euch lieber vom Ufer aus zu."

Er grinste mich breit an. „Oder sind Madame etwas zu schüchtern, sich vor einem alten Herrn auszuziehen?"

„Und wenn? Wäre das so verwunderlich?"

„Ja, das wäre es. Glaubst du, ich weiß nicht, wie du aussiehst? Du bist wunderschön, Fleur, also komm endlich ins Wasser und ziere dich nicht so."

„Nein, heute nicht. Ein anderes Mal vielleicht."

Ohne ein weiteres Wort drehte er sich um und schwamm in Richtung des anderen Ufers. Dort angekommen stieg er aus dem Wasser und streckte sich genüsslich.

„Von hier sieht der See und die Landschaft ganz anders aus. Ich erkunde mal mit Bertrand diese Seite vom See. Du wartest doch auf uns?", rief er mir lachend zu.

„Nein, ich mache mich jetzt mit deinen Sachen aus dem Staub. Mal sehen, was Rut dazu sagt, wenn du nur mit Unterhose bekleidest und zudem nass nach Hause kommst."

Er hatte sich aber bereits umgedreht und schritt vorsichtig am dicht bewachsenen Ufer entlang. Auf einmal hörte ich ihn meinen Namen rufen.

„Fleur! Das musst du sehen. Hier liegt ein altes Ruderboot versteckt, sogar mit den Rudern drin. Ich werde mal versuchen, ob ich es aus dem Unterholz vorziehen kann.

Er mühte sich nach Kräften und Bertrand feuerte ihn mit lautem Bellen an.

Nach einigen Minuten war es ihm gelungen, das Boot zu Wasser zu lassen, und er sprang leichtfüßig hinein. Bertrand folgte ihm, entschloss sich aber umgehend wieder das Boot zu verlassen, weil ihm das Schaukeln und Schwanken doch wohl unheimlich war.

Einige Augenblicke später hatte Norgard meine Seite des Sees erreicht und forderte mich auf, wenigsten mit an Bord an zu kommen, um ein wenig auf dem See mit ihm zu fahren.

Ich tat ihm den Gefallen und fühlte mich augenblicklich wohl, als ich auf der kleinen Bank Platz genommen hatte.

„Ist es nicht einfach wunderschön hier, Fleur? Und jetzt haben wir sogar unser eigenes Boot. Was wollen wir mehr?"

„Aber das Boot gehört uns doch gar nicht. Hoffentlich erwischt uns keiner."

„Wie oft hast du hier schon andere Menschen außer uns gesehen, Fleur, wie oft?"

„Kein Mal!"

„Siehst du, also was denkst du, wem dies Boot gehört? Ich glaube, das liegt schon seit Urzeiten da versteckt und sein Besitzer hat es vergessen. Sieh doch, wie verwittert es ist."

Ich beugte mich über den Rand, um mir das Boot von außen anzusehen, soweit das im Wasser überhaupt möglich war.

„Da steht sogar ein Name? Norgard, unser Boot hat einen Namen!"

„Und, kannst du ihn lesen?"

„Wenn du dich bitte einmal eben zur anderen Seite lehnst, dann kippt das Boot ein wenig und ich kann den Namen besser erkennen. Norgard tat, wie ihm geheißen, und ich las: KOBLENZ

„Koblenz? Unser Boot heißt Koblenz? Ist das nicht eine Stadt in Deutschland? Komischer Name für ein Boot."

„Vielleicht verbindet der Besitzer mit dieser Stadt eine besondere Erinnerung? Sonst fällt mir auch keine Erklärung dafür ein, dass jemand sein Boot nach einer Stadt benennt."

„Ist ja auch egal. Wir haben ab jetzt ein kleines Boot, und das heißt Koblenz. Immer wenn ich mich in Zukunft mit dir hier am See treffen will, werde ich dir eine Kurzmitteilung schreiben und dich fragen, ob wir uns IN Koblenz treffen wollen. Und niemand wird je erfahren, was wir damit meinen. Fleur, ich fühle mich wie um 30 Jahre verjüngt. Ach was, wie um 50 Jahre.

Wenn ich mit dir zusammen bin, dann geht es mir gut, Fleur, dann blühe ich auf.

Ich liebe dich! ICH LIEBE DICH!!!"

Seine letzten Worte hatte er rausgeschrien und sie hallten über den See.

Ich sah ihn wortlos an und fühlte dasselbe.

Ich liebte diesen Mann und war im Begriff, ihm auf Ewig zu verfallen.

31. Kapitel

Es war irgendwie ein seltsames Gefühl, so allein in Jeromes Haus zu sein. Ich kannte sein Haus zwar, seit er es vor etlichen Jahren gebaut und mit Melanie und den Kindern bezogen hatte, trotzdem war ich nie ohne ihn oder seine Familie hier gewesen.

Es verfügt über 5 Zimmer und einen kleinen Garten. Melanie hatte es verstanden ein gemütliches Heim für die ihren daraus zu machen, und unter Jeromes Obhut blühte und gedeihte im Garten allerlei Buntes und Würziges.

Ich hatte mich im Arbeits- und Gästezimmer eingerichtet und sah mich unmotiviert um. Was sollte ich in den nächsten Tagen hier tun? Ich war zur Untätigkeit verdammt, da es weder etwas aufzuräumen oder zu putzen gab. Der Rasen war ordentlich gemäht und die Beete auf Vordermann gebracht. Mathild hatte sich, zu meiner Unterhaltung, erst für den nächsten Nachmittag angesagt und auch mit Norgard war an diesem Wochenende nicht wirklich zu rechnen, da er Besuch von seiner Schwester hatte.

Ich hatte weder Lust zu lesen noch fernzusehen, und ich musste mir eingestehen, dass mich die Langeweile plagte. Ein Gefühl, welches ich schon lange nicht mehr verspürt hatte und was nicht gerade leicht zu ertragen war.

Nachdem Bertrand und ich einen kurzen Spaziergang durch die Nachbarschaft unternommen hatten, ging ich wieder ins Arbeitszimmer, um nun doch Ausschau nach einem guten Buch für mich zu halten. Dabei stieße ich auf das Buch, welches ich Jerome zu seinem Geburtstag geschenkt hatte. Es stand allerdings nicht im Bücherregal, bei all den anderen Büchern, sondern lag auf einem Stapel Papier auf seinem Schreibtisch.

Als ich es hochnahm, um kurz hineinzuschauen, fiel mein Blick auf die unter ihm liegenden Blätter. Das oberste Blatt war nur mit einer Zeile beschriftet: Briefe an Fleur!

Mir stockte der Atem. Mein jüngster Sohn schrieb Briefe an mich? Warum? Wenn er wollte, konnte er doch mit mir sprechen, dafür brauchte er mir doch keine Briefe zu schreiben.

Vorsichtig hob ich das Deckblatt an, wohl wissend, mich in diesem Moment an seinen persönlichen Unterlagen zu schaffen zu machen, aber ich konnte nicht anders.

Der erste Brief an mich war mit dem Datum seines letzten Geburtstages versehen und ich fing ohne weiter darüber nachzudenken an, ihn zu lesen.

Jerome schrieb von seiner Freude über meinen Besuch bei seiner Party und das persönliche Geschenk, welches ich ihm gemacht hatte. Er ließ sich kurz darüber aus, wie viel Spaß ihm das Feiern mit seinen vielen Freunden und Bekannten gemacht hatte. Dann jedoch änderte sich sein Tonfall. Er wurde nachdenklicher, trauriger. Jerome schrieb von seinem Vater, und dass er sich gewünscht hätte, dass dieser bei diesem Fest ebenfalls anwesend gewesen wäre.

Zu meinem Erstaunen konnte ich lesen, dass er seinen Vater seit dessen Tod schmerzlich vermisste, er oft an ihn denken musste. Er fragte mich in seinem Brief, ob ich jemals darüber nachgedacht hätte, wie es für ihn gewesen sei, den Vater, wenn auch bereits im Erwachsenenalter, verloren zu haben?

Ich hielt inne, um nachzudenken. Die Antwort hatte ich schnell.

Nein, ich hatte nicht wirklich darüber nachgedacht. Als Theo noch lebte, vor allem in seinen letzten Lebensjahren, hatte ich nicht das Gefühl gehabt, dass ihn und die Kinder eine große Innigkeit verbunden hätte. Vielmehr war ich immer überzeugt davon gewesen, dass die Beziehung der Jungs zu ihrem Vater von respektvoller Distanz geprägt gewesen war. Theo war weder der Mann noch der Vater gewesen, der sich durch überbordende Gefühlsbekundungen hervorgetan hatte. Als unsere Söhne noch klein gewesen waren, hatte er sicher mit ihnen Fußball gespielt, oder war mit ihnen zum Schwimmen gegangen. Aber im Besonderen hatte er sich mehr dadurch ins Spiel gebracht, wenn es darum gegangen war, sie zu maßregeln oder ihnen wertvolle Vorträge über den Sinn und Zweck von Ordnung, Verbindlichkeit, Ehrlichkeit und Zuverlässigkeit im Leben zu halten.

Mein verstorbener Ehemann war gelernter Versicherungskaufmann gewesen, der es im Laufe seines Berufslebens bis zum Versicherungsinspektor gebracht hatte. Er stand, innerhalb einer großen Versicherungsfirma, der Brandabteilung vor, was de facto bedeutete, dass er darüber zu entscheiden hatte, wie ein Brand und dessen finanzielle Abwicklung gegenüber den Geschädigten zu bewerten war. Zu diesem Zweck fuhr er oft durchs Land und begutachtete zusammen mit Brandexperten der jeweils örtlichen Feuerwehr den Ort des Geschehens, um hinterher darüber zu befinden, ob es Brandstiftung oder ein unglücklicher Umstand gewesen war, der das Feuer verursacht hatte.

Ganz früher hatten wir nicht selten über einzelne Fälle gesprochen und nicht weniger selten darüber gestritten. Was ich Theo zum Vorwurf machte, war die Emotionslosigkeit, mit der er die Fälle, einen nach dem anderen, abwickelte. Ich wiederum sah die menschlichen Schicksale, die dahinter standen und die durch seine in meinen Augen oft sehr harten Urteile, noch verschlimmert wurden. In unseren Diskussionen darüber betonte er immer wieder, dass er sich gerade diese emotionale Seite bei seinen Entscheidungen eben nicht erlauben konnte. Das wäre ein Luxus, von dem er sich bei Antritt seiner sehr verantwortungsvollen Position verabschiedet hatte. Ich hatte vielmehr den Verdacht, dass er sich von diesem Luxus auch innerhalb seines Privatlebens verabschiedet hatte, worunter die Kinder und ich oft litten.

Nun jedoch musst ich in Jeromes ersten Brief an mich lesen, dass er seinen Vater auch anders in Erinnerung behalten hatte und seine ruhige und sachliche Art und Weise an vielen Stellen in seinem heutigen Leben vermisste. Er erinnerte mich zum Beispiel daran, wie sein Vater ihn bei seinem ersten Liebeskummer getröstet oder ihm zur Seite gestanden hatte, als er bei seiner ersten Bankprüfung durchgefallen war. Ich hatte das damals entweder nicht so wahrgenommen oder verdrängt. Für meinen Sohn jedoch war es so gewesen. Er hatte seinen Vater trotz vieler Auseinandersetzungen geliebt, was ich wohl eindeutig unterschätzt hatte.

Für mich war Theo in seinen letzten Lebensjahren ein wandelndes Versicherungshandbuch gewesen, der all seine persönlichen wie fachlichen Beurteilungen über Menschen und Situationen unter das Diktat jener sich darin befindlichen Paragraphen und Leitsätze gestellt hatte. Ich hatte ihn als verbohrt und rigide erlebt, ein Mann, für den der Ver-

ständnis für menschliche Schwächen und Toleranz Fremd-
wörter geworden waren. Wie also hatte mein Sohn diesen
Paragraphenreiter lieben können? Wie eine emotionale Beziehung zu ihm aufbauen, die über gut gemeinte Ratschläge
das Leben im Allgemeinen betreffend hinausgegangen war?

Ich konnte es nicht wirklich verstehen? War das nun meine Verbohrtheit, meine Wut, meine Gekränktheit bezogen
auf die Lieblosigkeit, die ich meinte von meinem Ehemann
erfahren zu haben?

Warum hatte ich bis dato nie wirklich darüber nachgedacht, wie meine Söhne ihren Vater erlebt und was er ihnen
wirklich bedeutet hatte? War ich in all den letzten Jahren
viel zu beschäftigt mit mir und meinem persönlichen Be-
freiungsschlag nach Theos Tod gewesen?

Wir drei waren nie zusammen zu Theos Grab gegangen,
und ich hatte die Jungs auch nie darauf angesprochen, wenn
ich sehr wohl bemerkt hatte, dass einer von ihnen Blumen auf
sein Grab gestellt haben musste. Theo war tot und mit ihm war
scheinbar auch die Unterhaltung über ihn gestorben.

Ich hatte letztendlich durch mein Schweigen und meine
Bitterkeit in den letzten Jahren mit dazu beigetragen, dass
der Vater meiner Söhne mit seinem Tod auch seinen Platz
in unserer Mitte verloren hatte.

Ich setzte mich auf Jeromes Schreibtischstuhl und wurde
sehr traurig. Ich dachte an Theo, nach all den Jahren dachte
ich an meinen Mann und mir fielen Begebenheiten ein, die ich
lange verdrängt hatte. Unser Glück der ersten Jahre, die ersten
gemeinsamen Urlaube, die Geburten der Kinder, ihre Einschu-
lungen, ihre Geburtstagsfeiern. Unser gemeinsamer Umzug in
das kleine Haus am Berg, welches ich noch immer bewohnte.
Wie wir es zusammen eingerichtet und den Garten angelegt
hatten. Sicher, es hatte in all den Jahren viel Streit und Stress

gegeben, und heute in der Rückschau möchte ich behaupten, es wäre für uns beide besser gewesen, wenn wir uns bereits viele Jahre vor seinem Tod getrennt hätten. Wir hatten uns mit den Jahren auseinander entwickelt, aber das wollten wir nicht wahrhaben. Zu schmerzlich wäre diese Erkenntnis gewesen, nach all dem, was wir uns zusammen aufgebaut hatten. Aber war es letztendlich nicht viel schmerzlicher gewesen, unser Leben weiterhin miteinander zu verbringen, und das obwohl wir uns schon lange nichts mehr zu sagen gehabt hatten? Warum hatten wir nie den Mut gefunden, gemeinsam darüber nachzudenken, uns zu trennen, in Freundschaft zu trennen, bevor die gegenseitige Wut aufeinander zu groß für diesen gütlichen Schritt geworden war?

Ich konnte es heute nicht mehr eindeutig für mich sagen. Ich hatte wohl Angst gehabt, diesen Schritt in die Unabhängigkeit, zumal mit zwei Kindern, zu tun. Aber warum war ich nicht gegangen, als die Kinder aus dem Haus waren? Warum hatte ich stattdessen weiterhin einmal wöchentlich seine Kakteensammlung entstaubt und mich meinem inneren Groll hingegeben?

Was hatte mich dazu bewogen, mein Unglück an der Seite eines Mannes zu ertragen, den ich nicht mehr liebte, anstatt für mich und mein Glück zu sorgen? Wie hatte Theo unsere Ehe empfunden? Was war mit seinen Träumen und Wünschen, mit seinen Sehnsüchten in all den Jahren passiert? Hatte er mich noch geliebt, als er gestorben war? Bis zum Schluss hatten wir es nicht geschafft, uns darüber auszutauschen, und heute bereute ich es, es irgendwann aufgegeben zu haben, mich ihm mitzuteilen.

Und was war mit meinen Kindern? Jerome schrieb mir heimlich Briefe, weil er sich noch immer nicht traute, sich mir mit all seinen Gefühlen, auch den Gefühlen für seinen Vater, anzuvertrauen. Ich war fassungslos. Hatte ich doch immer gedacht, eine gute Mutter gewesen zu sein. Eine, der ihre Kinder vertrauen konnten. Doch ich musste mir nichts mehr vormachen.

In den letzten Jahren hatte ich den emotionalen Kontakt zu beiden verloren. Hatte sie für ihre Lebensweise verurteilt, weil ich meinte, sie erinnerte mich zu sehr an mein unerfülltes, zuweilen sinnlos geführtes Leben. Was aber wusste ich wirklich über meine Söhne?

Was war los mit mir? Seit ich meine Gefühle für einen anderen Mann entdeckt hatte, war ich weicher, offener geworden. Nahm meine Umwelt wieder mit geöffnetem Herzen wahr und machte Entdeckungen wie diesen Brief meines jüngsten Sohnes an mich, die ich nie für mögliche gehalten hätte. Es gab keine Zufälle. Norgard war nicht umsonst in mein Leben getreten. Mit meiner Liebe zu ihm veränderte sich auch meine Liebe zu mir selbst. Ich spürte mich wieder, und irgendwie musste diese Veränderung auch auf meine Kinder übergegangen sein, zumindest auf Jerome.

Ich entschloss mich, nicht weiter in seinen Briefen an mich zu lesen. Vielmehr nahm ich mir vor, ihn nach seiner Rückkehr auf meine Entdeckung anzusprechen und ihm ein Gespräch anzubieten. Vielleicht war es endlich an der Zeit, mich meinen Kindern zu offenbaren, ihnen von mir zu erzählen, damit sie vielleicht eines Tages verstehen konnten, wer ihre Mutter gewesen war?

32. Kapitel

~

Gegen halb 10 klingelte mein Handy. Zu meiner Verwunderung war Norgard dran, der sich sehr fröhlich, geradezu aufgedreht anhörte.

„Fleur, meine Liebe, wir sitzen jetzt im Auto und würden dich gerne besuchen. Stine sitzt neben mir und ist sehr gespannt darauf, dich kennenzulernen. Ist es dir recht, wenn wir zu Jeromes Haus kommen und wir drei eine Flasche Wein zusammen trinken?"

Ich war verblüfft, hatte ich doch nicht wirklich damit gerechnet, das er seine Ankündigung, mir seine Schwester vorzustellen, wahrmachen würde.

„Ja, wenn ihr meint? Ist das den für Rut in Ordnung? Ich meine, Stine ist doch auch ihr Besuch?"

„Nun mach dir mal keinen Kopf um meine Probleme. Das ist alles geklärt. Also, was ist nun? Sind wir willkommen?

„In Ordnung. Soll ich dir den Weg beschreiben?

„Nein, es reicht, wenn du mir die genaue Adresse gibst, den Rest macht dein mein Navigationssystem. Also, ich höre?"

30 Minuten später fuhren die beiden vor. Ich war unheimlich aufgeregt. Norgard würde mich einem Mitglied seiner Familie vorstellen. Ich fühlte mich wie ein junges Mädchen, das das erste Mal auf die zukünftigen Schwiegereltern treffen sollte.

Dass Stine seine Schwester ist, konnte ich sofort erkennen. Sie hat die gleichen tiefblauen Augen wie Norgard, seine schmale Nase und ebenso leicht gewellte Haare wie er, nur ihre waren hellblond und eben nicht so grau wie seine.

Ich hatte versucht, mich etwas zurecht zu machen, wollte ich doch einen guten Eindruck auf seine geliebte Schwester machen. Mir rutschte das Herz in die Hose.

Was würde passieren, wenn sie mich nicht leiden konnte? Sie sich doch längst auf die Seite ihrer langjährigen Schwägerin geschlagen hatte und nun nur mitgekommen war, um die Sünderin in Augenschein zu nehmen? Aber ich sollte mich mit meinen Befürchtungen getäuscht haben.

Stine reichte mir die Hand und lachte mich herzlich an. Sie entschuldigte sich für ihr fehlerhaftes Französisch und hoffte, wir würden uns trotzdem gut unterhalten können.

Und das taten wir. Bereits nach einigen Minuten waren wir drei in ein lebhaftes Gespräch verwickelt, und ich hatte das Gefühl, Stine bereits viele Jahre zu kennen.

Sie erzählte mir unumwunden von ihrer gescheiterten Ehe mit Konrad, von ihren drei fast erwachsenen Kindern und ihrem stressigen Alltag in der Klinik.

Norgard saß entspannt daneben und genoss die Situation.

In jedem seiner Blicke konnte ich die Liebe zu seiner Schwester entdecken.

Als wir beim zweiten Glas Wein angekommen waren, nahm ich meinen ganzen Mut zusammen und fragte Stine, wie sie zu Norgards und meinem Verhältnis stehen würde.

Sie zuckte mit den Schultern und lächelte unsicher. Jetzt war er also gekommen, der Moment der Wahrheit, und ich rechnete damit, dass sie nun ihrem Unmut darüber Ausdruck verleihen würde.

„Wissen Sie, Fleur, zuerst einmal ist das eine ganz ungewohnte Situation für mich, dass sich mein älterer Bruder
mir anvertraut, zumal in so einer delikaten Angelegenheit.
Ich habe mich, ehrlich gesagt, sehr darüber gefreut, dass er
den Mut hatte, mir sein Herz auszuschütten, und ich war
überrascht, wie viel Gefühl er in seinem Herzen mit sich
herumträgt."

Während sie sprach, legte sie Norgard ihre Hand auf sein
Knie und lächelte ihn liebevoll an.

„Nicht, dass ich immer dachte, Norgard sei ein gefühl-
loser Klotz. Nein, ich habe ihn immer als so abgeklärt, so
innerlich aufgeräumt erlebt, und es ist eine ganz neue Erfahrung für mich, ihn so emotional zu erleben. Zur Sache
selbst möchte ich im Moment nicht viel sagen. Sie müssen
verstehen, ich habe ein sehr nettes Verhältnis zu meiner
Schwägerin und möchte ihr nicht durch unbedachte Äußerungen in den Rücken fallen."

Also doch Parteilichkeit! Ich war naiv gewesen zu hoffen,
in Norgards Schwester vielleicht so etwas wie eine Verbün-
dete für uns zu finden.

„Allerdings", fuhr sie fort, „habe ich vollstes Verständnis
dafür, wenn man sich verliebt, egal in welchem Alter. Nur
weiß ich eben aus eigener Erfahrung, dass das für eine bestehende Ehe immer ein großes Problem ist, insbesondere
wenn man so lange verheiratet ist wie mein Bruder und seine Frau."

„Und warum sind Sie dann mitgekommen, um mich kennenzulernen?"

„Weil es mir ein Bedürfnis war, die Frau kennenzulernen,
die meinen Bruder scheinbar so verändert hat. Sie müssen
wissen, als ich Norgards E-Mail gelesen habe, hatte ich das
Gefühl, einen völlig veränderten Menschen vor mir zu haben.

Ich habe noch nie erlebt, dass er so emotional über einen anderen Menschen schreibt, ihn in so vielen Farben beschreibt. Seine Sprache war auf einmal so blumig, so anrührend, so weich und liebevoll. Ich denke, Sie müssen eine bemerkenswerte Frau sein, wenn Sie das in meinem Bruder auslösen."

„Kennen Sie ihren Bruder nur als sachlichen Menschen?"

„Aber nein, er war immer mitfühlend und sehr humorvoll. Aber dies hier ist etwas anderes. Ich kann es gar nicht richtig in Worte fassen.

Vielleicht habe ich das erste Mal das Gefühl, meinem Bruder in die Seele zu schauen? Norgard war immer mein Vorbild, mein Ratgeber, mein Idol. Und nun auf einmal zeigt er sich schwach und verletzlich.

Das ist zwar neu für mich, bringt uns aber auch ein Stück weit näher, noch näher. Unsere Beziehung hat dadurch eine andere Qualität bekommen. Anders kann ich es nicht erklären."

Ich sah die beiden schweigend an. Auch in seiner Familie schien sich etwas zu verändern, sogar über Landesgrenzen hinaus. Die Macht der Liebe entfaltete sich vor unser aller Augen und tat ihre Wirkung.

„Ich freue mich sehr, Stine, dass Sie so für Ihren Bruder empfinden. Und ich freue mich für Norgard, dass er so eine großartige Person wie Sie als seine Vertraute hat. Egal, wie Sie zu unserer Sache stehen, Sie sind ihm im Moment eine Stütze."

Jetzt nahm sie meine Hand und sah mir direkt in die Augen.

„Wie auch immer Ihre Beziehung ausgeht, Fleur, sie hat ihren Sinn. Glauben Sie mir das, nichts im Leben geschieht ohne Sinn, auch wenn wir ihn nicht immer sofort verstehen.

Sie verzeihen es mir sicher, dass ich mich mit einer Beurteilung der Angelegenheit zurückhalte und auch nicht Partei ergreifen möchte, weder für Sie und Norgard, noch für Rut. Ich möchte versuchen alle Beweggründe zu verstehen, um eben nicht vorschnell zu urteilen, was mir auch gar nicht zusteht. Aber ich respektiere und achte sie als einen Menschen, den mein Bruder liebt. Und dass er das tut, hat er mir mehr als einmal versichert und jetzt, wo ich sie kennen gelernt habe, kann ich ihn auch verstehen. Sie strahlen für mich eine innere Schönheit aus, weil sie lebhafte Augen haben, Augen, die Ihre Liebe für meinen Bruder in sich tragen. Und das ist es, was ich respektiere und achte. Die Liebe zweier Menschen für einander, ungeachtet ihrer Umstände."

Sie hatte mich sehr angerührt mit ihren Worten und mir war nach Weinen zumute.

Mit Stine hatte ich eine Frau kennen gelernt, die bereit war mich unvoreingenommen anzunehmen, als die Frau, die ihr Bruder liebt und die ihren Bruder liebt. Nicht mehr und nicht weniger. Das war mehr, als ich erwartet hatte.

Nachdem die beiden mich wieder verlassen hatten, fühlte ich mich innerlich ruhig und zuversichtlich. Ich wollte in Zukunft versuchen, mir selbst unvoreingenommener zu begegnen. Mich so anzunehmen wie ich war, ohne mich für meine Gefühle zu verurteilen.

Ich war bereit, den Dingen ihren Lauf zu lassen.

33. Kapitel

Ich hatte nur kurz mit Jerome sprechen können, nachdem er mit seiner Familie aus seinem Kurzurlaub zurückgekehrt war, aber wir waren übereingekommen, uns in naher Zukunft für ein ausgiebiges Gespräch zu treffen. Er hatte mir meine Indiskretion bezüglich des Lesens seines Briefes an mich schnell verziehen.

„Vielleicht sollte es so sein, Mama? Warum sonst habe ich die Briefe im Arbeitszimmer auf dem Tisch liegen gelassen? Es scheint so, als wollte ich, dass du sie findest."

Von Norgard wusste ich, dass Stine ihren Besuch spontan um ein paar Tage verlängert hatte, weil sie begeistert war von der Gegend und mehr davon kennenlernen wollte.

Ein paar Tage, nachdem Norgard uns miteinander bekannt gemacht hatte, stand sie eines Nachmittags unangemeldet in meinem Garten und bat darum, mich besuchen zu dürfen.

Ich freute mich, sie wiederzusehen, und lud sie auf ein Glas selbstgemachte Limonade ein.

Wir saßen gemütlich auf einer Decke auf dem Rasen und unterhielten uns über meine vielen verschiedenen Kräuter.

„Ich finde, Ihr Garten entspricht Ihnen."

„Wie meinen Sie das? Empfinden sie mich als genauso wild wuchernd wie meinen Basilikum?", fragte ich sie scherzhaft.

„In gewisser Weise schon", antwortete sie mir lachend.

„In Ihrem Garten sieht es auf den ersten Blick so als, als wachse alles rein zufällig, gerade dort, wo die Sonne hinscheint und Platz ist. Macht man sich aber die Mühe und sieht sich Ihren Garten einmal genauer an, dann kann man sehr wohl eine Ordnung erkennen."

„Und Sie meinen, auf den ersten Blick erscheine ich unordentlich?"

„Nein, ganz bestimmt nicht. Auf den ersten Blick wirken Sie eher ungewöhnlich, eben nicht wie in Reih und Glied angeordnet, sondern mit dem Mut zum Wildwuchs und keiner Angst vor Unkraut. Sie verstehen, was ich meine?"

„Nicht so ganz, wenn ich ehrlich bin."

„Haben Sie sich einmal den Garten von Rut angesehen? Meine Schwägerin ist dafür bekannt, den grünen Daumen zu haben. Ihr Garten in Schweden war wie eine kleine Parkanlage, und hätte sie es darauf angelegt, dann hätte Rut damit bestimmt Preise gewinnen können. Sie hatte eine herrliche Rosenzucht, akkurat geharkte Beete, einen Golfplatz ähnlichen Rasen, der englischer nicht sein konnte. Kein Gänseblümchen hätte auch nur mit dem Gedanken gespielt, sich bei ihr niederzulassen. Alles war wohl dekoriert. Keine Bank stand zufällig dort, wo sie stand, keine Marmorstatur warf auch nur den Hauch eines Schattens auf ein Beet, wenn Rut es nicht wollte. Es war herrlich anzuschauen und ich habe sie immer um ihre Gabe beneidet. Aber es hat mir auch immer irgendetwas gefehlt. Und wenn ich mir jetzt ihren Garten anschaue, der bestimmt nicht weniger üppig ist als der von Rut in Schweden und ganz bestimmt auch bald ihr Garten hier, wenn erst alles richtig grünt und blüht, was sie in diesem Jahr angepflanzt hat, dann weiß ich, was mir immer gefehlt hat.

„Und, was hat Ihnen gefehlt? Der Komposthaufen dahinten? Oder vielleicht doch die alte Schubkarre am Zaun, die ich seit Tagen in den Schuppen stellen will und es doch immer wieder vergesse?"

„Ja, genau, das ist e,s was ich meine. Ihr Garten lebt, Fleur. Er lebt von seiner Ungezwungenheit, der Freiheit, wachsen zu dürfen und mitunter auch unordentlich sein zu dürfen. Gänseblümchen haben hier ein fantastisches Leben auf Ihrem Rasen, und Ihren wunderschönen Rosen geht es trotzdem gut. Verstehen Sie? Es unterliegt nicht einer zwingenden Ordnung und sieht trotzdem prächtig aus, so farbenfroh und heiter, als möchteIihr Garten jeden Moment aus allen Nähten platzen vor Lebensfreude."

„Na, ja, ich bin nicht gerade dafür bekannt, aus allen Nähten platzen zu wollen vor positiver Energie, um jetzt mal den Bogen von meinem Garten zu mir zu spannen."

„Merken Sie das denn gar nicht? Sie strotzen vor Energie, vor Lebensfreude.

Wenn Sie in den Spiegel sehen, was sehen Sie dann?"

„Das möchte ich Ihnen lieber nicht sagen."

„Gut, dann sage ich Ihnen, was ich sehe. Ich sehe eine dem Leben zugewandte Frau, die offen ist für all die Farben, die das Leben zu bieten hat. Sie sind für mich wie eine Kugel aus buntem Glas, rund und bunt eben."

„Na dann aber, vielen Dank, vor allem für das rund."

Wir mussten beide lachen.

„Sehen Sie, das meine ich. Sie können über sich selbst lachen. Ich bin mir sicher, Sie verstehen, was ich meine."

„Vielleicht nicht so ganz, aber trotzdem danke, auch im Namen meines Gartens."

„Ich glaube, das was ich Ihnen beschrieben habe, das ist es, was mein Bruder in Ihnen sieht; die vielen verschiedenen Farben des Lebens. Mit Ihnen blüht er auf, sieht wieder rot und gelb und orange und blau und, und, und."

„Dann bin ich wohl so etwas wie sein persönliches Kaleidoskop, durch das er im Moment die Welt sieht?"

„Finde ich ein gutes Bild."

„Mir wird immer schwindelig, wenn ich zu lange durch ein Kaleidoskop schaue und es dabei bewege."

„Ich glaube, meinem Bruder ist im Moment auch schwindelig, aber er genießt diesen Zustand.

Ich kenne meinen Bruder mein ganzes Leben lang und immer war er derjenige von uns beiden, der felsenfest mit beiden Beinen im Leben stand. Ihn schien nicht wirklich etwas zu erschüttern. Zu berühren ja, aber nicht wirklich aus der Bahn zu werfen. Für mich war es ungeheuer wohltuend, so einen Fels in der Brandung in meiner Nähe zu wissen. Ich konnte mich immer auf ihn verlassen und ich glaube, er konnte sich auch immer auf sich und seine Grundsätze verlassen. Sie müssen wissen, er war dafür bekannt, ein sehr strenger, aber immer gerechter Richter zu sein, und ich bin mir sicher, keines seiner Urteile wurde je angefochten."

„Hört sich sehr beeindruckend an."

„Ja, er ist eine beeindruckende Persönlichkeit, zumal er nie seinen tiefgründigen Humor und Charme verloren hat. Mit Norgard kann man herrlich lachen und zuweilen sogar albern sein."

„Sie lieben ihren Bruder sehr."

„Ich würde fast sagen, ich vergöttere ihn, weil ich ihm sehr viel zu verdanken habe in meinem Leben und viel von ihm gelernt habe. Und Ihnen bin ich dafür dankbar, dass Sie ihn dazu ermutigt haben, sich mir anzuvertrauen. Das ermöglicht es mir, ihn einmal schwindelig zu erleben. Eine ganz neue Erfahrung für mich und für ihn auch, innerhalb unserer ziemlich festgelegten Beziehung."

Ich schwieg und lächelte sie an. Ich mochte Stine sehr gerne, weil sie eine sehr tiefgründige Frau zu sein schien. Und eine Frau mit dem Herz am rechten Fleck.

„Wissen Sie, was ich glaube, warum Norgard Rut geheiratet hat?"

„Nein, weiß ich nicht. Wollen Sie es mir sagen?"

„Gern. Ich glaube, mein Bruder hat seine Frau geheiratet, damit sie ihn am Boden hält, damit er nicht seiner Sehnsucht nach den Farben des Lebens hinterherfliegt."

„Wie meinen Sie das?"

„Wussten Sie, dass mein Bruder eigentlich Tierarzt werden wollte? Nicht so einer, der eine noble Kleintierpraxis im Herzen von Stockholm unterhält, wo die Damen der Gesellschaft ihre verschnupften Pudel zur Kontrolluntersuchung hinbringen. Er wollte Tierarzt für große Tiere wie Pferde und Kühe, Schweine und Lämmer werden. Als er jung war, wäre er am liebsten den ganzen Tag in Gummistiefeln durch die Gegend gelaufen, mit einer alten Latzhose am Hintern und immer dreckigen Händen, die jederzeit zupacken können. Er ist ein Naturbursche und kann unheimlich gut mit Tieren umgehen. Sie spüren, dass er es gut mit ihnen meint und irgendwie ihre Sprache spricht."

„Das kann ich bestätigen. Bertrand liebt Norgard und Norgard liebt Bertrand."

„Er hat das Studium nicht geschafft, was ich bis heute nicht verstehe. Als ich Medizin studiert habe, hat er mir beim Lernen geholfen, selbst beim Physikum, durch das er selbst dreimal durchgefallen ist, und ich hatte nicht den Eindruck, dass er keine Ahnung davon hat."

„Vielleicht hat ihn damals der Erfolgsdruck scheitern lassen?"

„Ich habe heute vielmehr den Verdacht, er wollte unbewusst durchfallen, weil er nicht den Mut hatte, sich wirklich für seinen Traum und damit gegen den Willen unseres Vaters durchzusetzen. Norgard war immer sehr angepasst und wollte unserem Vater beweisen, dass er ein guter Sohn ist. Als Ältester fühlte er sich wohl in die Pflicht genommen, dem Wunsch des Vaters und somit beruflich in dessen Fußstapfen zu folgen. Mir hat das immer sehr leid getan, dass er sein Medizinstudium aufgegeben hat, um dann doch Jura zu studieren. Ich weiß, dass er das Studium mehr gehasst, als geliebt hat, weil es so gar nicht seinen eigentlichen Neigungen entsprach. Durch ganz viel Fleiß und Ehrgeiz hat er es bis zum Richter geschafft, und unser Vater ist mit Stolz im Herzen gestorben. Das Größte für Vater aber war, dass Norgard sogar noch seinen Doktor gemacht hat. Dr. jur. Norgard Amsung."

„Dabei hätte sich Dr. med. Norgard Dolittle doch auch ganz gut angehört."

„Besser, viel besser!"

„Und was hat jetzt damit Rut zu tun?"

„Als er Rut kennenlernte, hatte er sich gerade dazu entschlossen Jura zu studieren, und sie unterstützt ihn sehr dabei. Für Rut war es, glaube ich, immer sehr wichtig, einen Mann mit einem angesehenen Beruf zu haben, und was ist angesehener, als einen angehenden Richter zum Mann zu bekommen?"

„Das hört sich jetzt aber sehr berechnend an. Tun Sie ihrer Schwägerin damit nicht unrecht?"

„Bitte verstehen Sie mich nicht falsch. Ich war ja noch ein Kind, als die beiden zusammenkamen, und ich erinnere mich an Rut mehr als gerne in dieser Zeit. Sie war ein zauberhaftes junges Mädchen, das selbst mit 20 immer noch so aussah, als sei sie gerade erst 14 Jahre alt geworden. Bildhübsch und so zart wie eine Blume. Sie hat sich immer sehr lieb um mich gekümmert, und ich möchte hier auch nicht den Eindruck entstehen lassen, ich würde meiner Schwägerin irgendetwas unterstellen wollen. Rut ist ein lieber Mensch und zuverlässiger Freund. Sie kommt aus gutem Hause und ist sehr streng erzogen worden. Norgard hat mir einmal erzählt, dass es für ihn schlimmer war, seinem zukünftigen Schwiegervater vorgestellt zu werden, als das 1. Staatsexamen abzulegen. Norgard hat lange dafür gekämpft, von seinem Schwiegervater akzeptiert zu werden. Verstehen Sie, da war auf einmal nicht nur der eigene Vater, dem er es recht machen wollte, sondern der Vater seiner zukünftigen Frau stellte auch seine Ansprüche an ihn, denen er genügen wollte, denn er liebte Rut."

„Kein leichtes Unterfangen für einen jungen Mann, der eigentlich Tierarzt werden und auf dem Lande leben wollte, oder?"

„Ganz bestimmt nicht, aber er hat es geschafft. Kennen Sie den Spruch, das hinter jedem erfolgreichen Mann eine starke Frau steht?"

„Ja, den kenne ich."

„Diese Frau war Rut. Sie hat Norgard immer unterstützt, aber auch angetrieben und das nicht nur aus Liebe zu ihm. Sie wusste, was sie wollte, was sie ihrem Vater schuldig war, wenn der sich dazu bereit erklären sollte, den Schwiegersohn anzuerkennen. Mit Ruts Hilfe hat Norgard es geschafft, seiner Rolle als Sohn unseres Vaters doch noch gerecht werden zu können. Er hat sein Studium erfolgreich beendet, eine dementsprechende Frau mit heimgebracht und fürderhin ein Leben geführt, welches ihm wohl vorbestimmt schien."

„Das macht mich erst einmal traurig, wenn ich das so höre?"

„So, wie Sie die Dinge heute vielleicht sehen, hört sich das auch traurig an, aber Norgard war nicht traurig darüber. Er war glücklich, doch noch den von ihm erwarteten Weg erfolgreich beschritten zu haben und zudem eine Frau gefunden zu haben, mit der er genau dieses Leben teilen konnte. Norgard war nicht unglücklich: Er war zufrieden. Was wollte er mehr?"

„Hatte er mit der Zeit vergessen, was er an Mehr wollte?"

„Ich glaube, ja. Zumindest hat er es nicht mehr gespürt. Rut hat ihn durch ihre Kontrolle, ihre Art zu denken und zu leben, von diesen Gefühlen entfernt. Das soll jetzt kein Vorwurf sein, mehr eine Erklärung dafür, warum er genau so eine Frau geheiratet hat. Rut ist sehr diszipliniert, hat einen hohen Bildungsanspruch und ebenso feste Vorstellungen davon, wo sie gesellschaftlich stehen möchte. Gesellschaftliches Ansehen und Zugehörigkeit war ihr immer sehr wichtig. Beide sind sehr religiös erzogen worden und gläubige Christen. Sie waren auch immer stark in ihre Gemeinde eingebunden. Alles soziale Kontrollpunkte, verstehen Sie, Fleur? Norgard umgab immer ein soziales Geflecht, welches es ihm nie und nimmer erlaubt hätte, daraus auszubrechen. Ich will ihn nicht als Opfer all dessen hinstellen. Er hat es sich ja selbst ausgesucht, weil ihm all diese Werte und Normen sehr wohl immer etwas bedeutet haben. Er verdiente sich mit den Jahren Anerkennung und Respekt, und was will man mehr als Mann, zumal aus dieser Generation? Aber es gab auch immer eine andere Seite in ihm, eben jene besagte, nach Freiheit und Abenteuer strebende Seite, die dem Leben unvoreingenommen gegenübersteht. Im Grunde seines Herzens ist er ein sehr neugieriger und mutiger Mensch. Neugierig auf das Leben und mutig genug, jede Herausforderung anzunehmen. Ich kenne kaum einen Menschen, der so tolerant ist wie Norgard . Er ist sehr gebildet und kann sich über viele Dinge zu Recht eine Meinung bilden. Aber er hat sich seine Offenheit anderen Meinungen gegenüber bewahrt und seinen Respekt vor Andersdenkenden.

Ich hätte mir so viel für ihn vorstellen können. Selbst, dass er Schauspieler oder Sänger geworden wäre. Norgard singt für sein Leben gerne und gut. Wussten Sie das?"

„Nein, das wusste ich nicht, Ich denke, ich weiß überhaupt nur sehr wenig über ihn, und ich bin Ihnen so dankbar dafür, dass Sie mir das alles erzählen.

Das ist von unschätzbarem Wert für mich, Stine. Ich danke Ihnen von Herzen."

Ich nahm sie spontan in den Arm und drückte sie.

Sie lachte mich freundlich an.

„Ich erzähle Ihnen das gerne, weil ich glaube, verstanden zu haben, warum mein Bruder Sie liebt. Sie haben ihn erinnert! An all seine Sehnsüchte und Wünsche sein Leben betreffend erinnert! Was für ein schöneres Geschenk kann man einem Menschen machen, als ihn zu sich selbst zurückzuführen, zumal wenn er sich auf immer verloren glaubte? Sie haben Norgards andere Seite wieder zum Vorschein gebracht und sie freudig begrüßt. Sie haben ihn für keinen seiner Gedanken verurteilt oder ihm Tabus auferlegt. Sie haben seine alten verrosteten Ketten gesprengt und den Kontakt zu seiner Seele wiederhergestellt."

„Jetzt übertreiben Sie aber ein bisschen. Das ist mir peinlich, wenn Sie so sprechen."

„Dann sollten Sie mal seine E-Mails an mich lesen. Ich habe meinen eigenen Bruder nicht mehr erkannt. Und auch jetzt, hier bei meinem Besuch, erkenne ich ihn kaum wieder. Da sitzt mein Bruder in seinem Wohnzimmer und konfrontiert seine Ehefrau damit, dass er eine Geliebte hat, eine andere Frau liebt. Wenn Sie mir das vor ein paar Wochen vorhergesagt hätten, ich hätte Sie schlichtweg für verrückt erklärt."

„Und Rut? Was ist mit Rut?"

„Ja, Rut, die versteht die Welt nicht mehr. Ich habe versucht, mit ihr über all das zu sprechen, so wie ich die Dinge sehe, ohne Wertung, ohne Verurteilung, egal in welche Richtung. Ich glaube, sie kann das nicht begreifen. Fühlt sich zu sehr infrage gestellt, und ich kann das auch gut verstehen. Sie hat immer geglaubt, ihren Mann am besten von allen Menschen auf der Welt zu kennen, und nun gibt er sich in einer Art und Weise zu erkennen, die ihr nicht nur fremd ist, sondern sie zudem auch noch zutiefst ängstigt. Rut kann mit vielen Dingen nichts anfangen. Nicht, weil sie sie nicht kennt, sondern weil sie sich nie gestattet hat, sich selbst ihre tiefsten Träume und Wünsche zuzugestehen. Sie hat ihr System, das schon das ihrer Eltern war, nie wirklich verlassen. Dass Norgard das jetzt, zumindest teilweise, tut, empfindet sie als Verrat an ihrem bisherigen Leben, an allem, was sie meinte, mit ihrem Mann verbunden zu haben. Rut hat im Moment einfach nur Angst, denn sie hat mit Norgards Ausbruch ihre Orientierung verloren. Was also soll sie tun? Sie kann nichts tun, als abzuwarten und darauf zu hoffen, dass ihr Mann sich wieder besinnt und in das vertraute System zurückkehrt."

„Was denken Sie, wird er das tun?"

„Das kann Ihnen niemand beantworten, am wenigsten Norgard selbst, Fleur. Und somit gilt auch für Sie beide abzuwarten, auszuhalten und zu schauen, wie die Dinge sich entwickeln."

„Ich glaube, Sie sind ein wahrer Segen für uns alle, Stine."

„Es wäre schön, wenn ich helfen könnte, aber, ob ich wirklich etwas tun kann, weiß ich nicht.

Norgard hat mir erzählt, dass er sehr gerne mehr Zeit mit Ihnen verbringen würde, um Sie und auch sich besser kennenzulernen. Ist das auch in Ihrem Sinne?"

„Das wäre wunderschön, aber ich weiß nicht, wie es gehen soll?"

„Ich werde Rut den Vorschlag machen, mich für zwei Tage an die Küste zu begleiten. Ich werde ihr die Wahrheit sagen, dass ich das auch mache, damit Norgard und Sie einmal mehr Zeit füreinander haben. Aber das ist nicht der einzige Grund. Ich möchte Rut auch die Gelegenheit geben, einmal abzuschalten.

Sie ist auch körperlich ziemlich angeschlagen, hat abgenommen und nicht mehr viel Energie. Ich werde versuchen, uns eine schöne Zeit am Meer zu bereiten, und viel mit ihr über sich sprechen. So geht es nicht weiter. Sie traut sich im Moment kaum noch aus dem Haus, weil sie Angst hat, dass Norgard dann sofort zu Ihnen rüberkommt. Ich möchte versuchen ihr klar zu machen, dass sie dadurch nichts ändert. Sie alle drei haben in meinen Augen nur eine Chance: Sie müssen sich alle dem Neuen stellen, egal wie hoch das Risiko ist. So zumindest geht es nicht weiter."

Ich sah sie verblüfft an.

„Das wollen Sie wirklich für uns tun?"

„In erster Linie tu ich es für meinen geliebten Bruder, dem ich hoffe, dadurch etwas von dem zurückgeben zu können, was er mir in all den Jahren gegeben hat."

„Norgard kann sich glücklich schätzen, eine Schwester wie Sie zu haben!"

„Und ich mich, einen Bruder wie ihn!"

34. Kapitel

~

Als am Samstagmorgen gegen 7 Uhr das Telefon klingelte, schreckte ich aus tiefstem Schlaf hoch. Norgard! Wir waren seit Tagen nicht mehr früh morgens zusammen durch den Wald gelaufen, und ich konnte mich nicht daran erinnern, dass wir für diesen Tag verabredet gewesen wären.

Ich meldete mich schlaftrunken, um im gleichen Moment seine fröhliche Stimme zu hören.

„Fleur, du alte Schlafmütze, hab ich dich geweckt? Ich hab eine Überraschung für dich. Schaffst du es gegen 9 Uhr fertig zu sein? Ich bringe Brötchen mit, wir frühstücken in deinem Garten und danach machen wir einen Ausflug. Hast du Lust?"

„Sicher hab ich Lust, kommt alles nur ein bisschen überraschend."

„Das ist doch der Sinn und Zweck von Überraschungen. Also bis gleich. Ich freu mich auf dich."

Ich quälte mich müde aus dem Bett und unter die Dusche. Danach deckte ich den Tisch im Garten und las die Morgenzeitung. Um Viertel nach 9 war er immer noch nicht da und ich wurde unruhig. Ich wollte ihn gerade auf seinem Handy anrufen, als mich ein lautes Motorengeräusch aufschrecken ließ. Ich lief zur Vorderseite meines Hauses und musste zu meiner Verwunderung ein großes schwarzes Motorrad samt vermummten Fahrer vor meiner Haustür entdecken. Bestimmt wieder so ein Tourist, der sich verfahren hatte.

Als der Fahrer den Helm abnahm, traute ich meinen Augen nicht. Norgard strahlte mich spitzbübisch an, sich dem Gelingen seiner Überraschung voll bewusst.

„Was ist das denn? Bist du verrückt geworden? Willst du dich umbringen?"

Er stieg ab und kam leicht schwankend auf mich zu.

„Nein, meine Liebe. Das ist meine Überraschung für dich. Und, was sagst du?"

„Was soll ich sagen? Willst du wirklich, dass wir beide damit durch die Gegend fahren?"

„Und ob! Davon träume ich schon seit meiner Jugend, endlich einmal im Sommer mit einem Motorrad durch eine wunderschöne Landschaft zu fahren, zumal mit einer schönen Frau auf dem Sozius. Und nun ist es Wirklichkeit geworden."

Wir nahmen uns in die Arme.

Ich musste lachen und mich an Stines Worte erinnern. Es schien zu stimmen. Norgard entdeckte sich neu.

Rut hatte sich dazu bereit erklärt, das Feld zu räumen, wie sie es nannte, und war am frühen Morgen mit Stine an die Küste aufgebrochen.

Norgard war fast zeitgleich losgefahren, um das bereits vorbestellte Motorrad aus der nächsten Stadt abzuholen. Nun war er hier und wir frühstückten gemütlich. Bertrand schlief zu unseren Füßen.

„Heute kannst du uns ausnahmsweise einmal nicht begleiten, du alter Faulpelz." Liebevoll streichelte Norgard den Hund, der nur müde ein Auge öffnete.

„Was hältst du davon, wenn wir das Hinterland erkunden? Es soll wunderschöne kleine Dörfer hier in der Gegend geben, und die will ich mir alle ansehen?"

„Dann haben wir aber viel vor, mein Lieber. Was soll ich denn bloß anziehen? Ich bin gar nicht ausgerüstet für so ein Abenteuer?"

„Es reicht, wenn du dir eine bequeme Hose und eine leichte Jacke anziehst. Einen Helm für dich hab ich in der Gepäcktasche. Du siehst, ich habe an alles gedacht."

Er strahlte über das ganze Gesicht, und ich bekam eine Ahnung davon, wie er als junger Mann ausgesehen haben musste.

Eine Stunde später fuhren wir los und ich verlor schon sehr bald meine anfängliche Angst. Norgard war ein guter Fahrer, was daher rührte, dass er als junger Mann bereits oft mit einem kleineren Motorroller die Gegend unsicher gemacht hatte. Er war im Besitz eines Motorradführerscheins und machte seine Sache recht gut. Er fuhr vorsichtig, und wir hatten während der Fahrt reichlich Gelegenheit, die schöne Landschaft zu betrachten.

Wann immer uns danach war, hielten wir an und machten am Wegrand eine Pause. Gegen Mittag pausierten wir in einem hübschen kleinen Landgasthof, um uns zu stärken. Danach machten wir einen ausgiebigen Spaziergang, der uns in einen herrlich kühlen Wald führte.

An einer Bank machten wir Halt und saßen schweigend und uns an der Händen haltend im Schatten.

„Warum kann es nicht bloß immer so sein, Fleur?"

„Weil uns dann ganz schnell langweilig werden würde."

„Ach, du bist gemein. Warum versuchst du, alles kaputt zu machen."

„Vielleicht, weil ich Angst davor habe, mich an mein Glück zu gewöhnen?"

„Was wäre so schlimm, sich daran zu gewöhnen?" Er sah mich fragend an.

„Vielleicht hält es noch an, wenn wir diesen Zauberwald verlassen haben? Vielleicht ist es noch da, wenn wir heute Abend zurückgekehrt sind und in meinem Garten sitzen bei Kerzenschein. Und vielleicht haben wir sogar Glück und wir können es immer noch genießen, wenn wir morgen früh vielleicht sogar zusammen erwachen. Aber was kommt dann?"

„Ich will jetzt nicht darüber nachdenken, wann es aufhört und was danach kommt. Ich will es jetzt mit allen Sinnen genießen, Fleur. Dieser Tag ist ein Geschenk für mich, und ich werde ihn mir von nichts und niemandem kaputt machen lassen. Auch nicht von dir, du kleine Pessimistin!"

„Ich glaube, Realistin ist der treffendere Ausdruck für mich, du Träumer."

Er war aufgestanden und hatte sich von mir entfernt.

„Und was spricht dagegen, dass wir beide immer zusammen glücklich sein können?"

„Dein bisheriges Leben Norgard? Deine Verantwortlichkeiten den Menschen gegenüber, die dich bis hierher begleiten haben?"

„Vielleicht ist es an der Zeit, mich endlich einmal um meine Verantwortlichkeit mir selbst gegenüber zu kümmern? Du warst es doch, die mir lange Vorträge über die Selbstbestimmung des Menschen gehalten hat. Was ist jetzt damit, wo dein gelehrigster Schüler bereit ist, deine Lehre in die Tat umzusetzen? Bekommt Frau Lehrerin da vielleicht auf einmal Angst? Angst vor der Macht ihrer eigenen Worte?"

„Ja, ich habe Angst. Und zwar verdammt viel Angst."

„Aber wovor fürchtest du dich, Fleur? Was macht dir solche Angst, dass du nicht an uns glaubst?"

„Ich will doch an uns glauben. Meine Zweifel rühren aus meiner Vergangenheit und meinen Erfahrungen mit dem Glück, oder besser dem Unglück."

„Fleur, der Mensch handelt, wie er denkt, und nicht umgekehrt. Wenn du uns nicht wirklich eine Chance lässt es auszuprobieren, wenn deine Gedanken dazu bereits im Vorfeld düster und ängstlich sind, dann werden wir scheitern, weil wir einer Art sich selbst erfüllenden Prophezeiung folgen."

„Ich glaube, ich habe solche Angst, weil mit jedem glücklichen Moment mit dir, meine Verlustangst steigt. Mit dir hier zusammen zu sein, mit dir diesen wunderschönen Ausflug zusammen machen zu können, kommt der Erfüllung meiner tiefsten Sehnsüchte nach lieben und geliebt werden sehr nahe. So nahe, dass ich es kaum glauben kann. Norgard, ich kann mein Glück im Moment nicht fassen. Es ist geradezu unwirklich für mich. Als wären all meine Gebete endlich erhört worden und das zu einem Zeitpunkt, an dem ich jedwede Hoffnung aufgegeben hatte."
„Hab ich dir doch immer gesagt, dass es einen Gott gibt, selbst für uns."

Er nahm mich behutsam in die Arme und ich fing an zu weinen. Es war das erste Mal, dass ich weinte, seit ich Norgard kannte, und das erste Mal überhaupt seit Jahren. Ich fühlte mich wie ein kleines Mädchen, das sich verlaufen hatte und nun wieder daheim angekommen war, um dort in Liebe empfangen zu werden. Ich war endlich angekommen, am Ziel meiner lebenslangen Suche nach der einen großen Liebe, und es war so schwer zu ertragen.

Ich spürte, wie mein verrosteter Schutzpanzer sich langsam öffnete, um eine darunterliegende, weiche, verletzliche, bedürftige Fleur zu entblößen. Ich fühlte mich nackt und schutzlos und dennoch nicht ausgeliefert. Ich war daheim. Zuhause in den Armen eines Mannes, der mich liebte.

Als ich aufsah und seine Augen suchte, sah ich, dass auch er weinte.

„Egal, was mit uns passieren wird, Fleur, ich werde diesen Augenblick, die Zeit mir dir nie vergessen. In dieser Zeit, in jedem Moment unseres Beisammenseins, habe ich gelebt und gefühlt und ich werde diese Gefühle wie einen wertvollen Schatz immer in mir tragen. Das, was uns verbindet, wird mir niemand nehmen. Keine Moral dieser Erde kann sich darüber stellen und uns verurteilen, denn wir lieben uns aufrichtig."

Wir saßen noch eine Weile beieinander, um uns dann schweigend auf den Rückweg zur Gaststätte zu machen. Den Nachmittag verbrachten wir entweder fahrenderweise oder an den verschiedensten Aussichtspunkten die Landschaft genießend im Gras sitzend.

Wir sprachen nicht viel an diesem Tag, denn es schien alles gesagt zu sein, was uns betraf.

Alles?

Gegen 8 Uhr am Abend trafen wir erschöpft an meinem Haus ein. Bertrand begrüßte uns wild wedelnd und ließ keinen Zweifel daran, dass er es nun war, der zu seinem Recht kommen wollte. Norgard schlug vor, eine Decke mit zu unserem kleinen See zunehmen, ebenso zwei Gläser und eine Flasche guten Rotweins, den er ebenfalls, in weiser Voraussicht, besorgt hatte. Gemächlich trabten wir durch den langsam dunkler werdenden Wald und freuten uns auf unser Picknick am See.

Der See lag, wie für uns präpariert, in der untergehenden Sonne und bot ein Bild purer Romantik, wenn man denn romantisch gestimmt war. Bertrand stürzte sich sogleich in die kühlen Fluten und planschte ausgelassen vor sich hin. Norgard warf ihm kleine Stöcke ins Wasser, denen Bertrand aufgeregt hinterherschwamm, um letztendlich kaum einen davon wiederzufinden.

„Ich glaube, mein alter Freund wird immer blinder. Ich mache mir etwas Sorgen um ihn, weil er so träge geworden ist, in den letzten Wochen."

Ich finde, er macht einen guten Eindruck für sein Alter und passt ausgezeichnet zu unserem Seniorenclub, oder? Stell dir doch mal vor, Bertrand wäre noch so ein junger Hüpfer, der den ganzen Tag lang spielen und toben wollte? Das würden wir beide doch gar nicht mehr schaffen. Ich bin froh, dass der Hund sich unserer Leistungsfähigkeit anpasst und uns nicht überfordert." Norgard streichelte Bertrand, der sich dankbar dafür vor ihm ausschüttelte.

„Weißt du was? Ich bin jetzt schon nass, dank deinem Freund, und ich werde jetzt schwimmen gehen. Und diesmal kommst du mit. Ich dulde keine Ausreden mehr. Komm Fleur, ziere dich nicht. Es wird uns guttun nach diesem langen Tag auf dem Motorrad."

Ich wusste, ich hatte keine Wahl, Schamgefühl hin oder her.

Also zogen wir uns beide aus und ich hoffte auf die weiterhin einsetzende Dunkelheit, um mich, wie auch immer, vor seinen Augen verstecken zu können. Er sprang in seiner Boxershorts ins Wasser und juchzte laut auf.

Ich behielt, gleich einem Bikini, meinen BH und Slip an und folgte ihm, jedoch wesentlich bedächtiger.

Das Wasser war wunderbar kühl und weich, und ich ließ mich gerne einsinken und schwamm zu Norgard in die Mitte des Sees. Bertrand schien das alles nicht ganz geheuer zu sein, denn er blieb diesmal am Ufer liegen und beäugte uns misstrauisch.

Norgard umfasste unter Wasser meine Hüften und zog mich an sich heran. Wir küssten uns und gingen dabei immer wieder unter. Ich hatte das Gefühl, unter Wasser durch seine Küsse hindurch atmen zu können. Ich fühlte mich unglaublich leicht und beschwingt.

„Komm, wir schwimmen zur anderen Seite und holen die Koblenz. Er wird herrlich sein im Mondschein mit ihr auf dem See zu dümpeln."

Wir holten also das Boot, welches Norgard nach unserer letzten Bootstour vorsorglich an einem Baumstamm festgemacht hatte, und ruderten zurück zur Mitte des Sees. Obwohl wir beide klatschnass waren, fror keiner von uns. Es war immer noch herrlich warm und die Luft streichelte weich unsere Haut.

„Weißt du was? Lass uns den Wein und die Decke mit an Bord holen und wir picknicken hier."

„Ist es dafür nicht ein wenig zu eng hier?"

„Kein Problem, wir entfernen die kleinen Bänkchen und schaffen uns dadurch einen größeren Innenraum. Sollst mal sehen, wie gemütlich das wird, hier mit der Decke auf dem Boden zu sitzen und in die Sterne zu schauen."

Er sollte mal wieder recht behalten. Wenige Minuten später lagen wir nebeneinander auf unserer Decke, hielten unsere Gläser in den Händen und schauten gen Himmel.

„Was für eine Nacht, Fleur. Wie für uns gemacht! Eine Nacht für Liebende!"

Er kuschelte sich an mich heran und streichelte mein Gesicht. Ich spürte seinen warmen Atem und die Erregung in mir aufsteigen.

Er sah mich schweigend an. Lange, sehr lange!

Auf einmal nahm er mir das Glas aus der Hand und ließ es gemeinsam mit dem seinigen über Bord fallen. Dann zog er mich hoch und streichelte meine Arme.

„Ich werde dich jetzt ausziehen, Fleur, und dann werde ich mich ausziehen. Vertrau mir!"

Ich konnte und wollte mich nicht mehr dagegen wehren. Ich ließ es geschehen, dass er meinen BH öffnete und ihn mir behutsam über die Schulter runter zu meinen Händen zog.

Dann kniete er sich hin und entkleidete sich komplett. Ich kniete mich ebenfalls hin, ohne dass es einer weiteren Aufforderung von ihm bedurft hatte. Ich saß nackt vor ihm und sah ihn an.

Ohne Scheu ließ er seine Augen an meinem Körper herunterwandern und seine Blicke streichelten mich. Ich dagegen traute mich nicht, den Mann, den ich liebte, in seiner Gänze zu betrachten, sondern suchte Halt in seinen Augen. Er gab mir diesen Halt, indem er mich liebevoll anlächelte.

Er küsste meine Hand, dann meinen Arm, meinen Nacken, meine Haare, um schließlich begierig meinen Mund zu suchen. Ich ließ es geschehen und genoss jede seiner Berührungen.

Seine Hand streichelte meinen Busen und glitt sanft zu meinem Bauch. Ich traute mich immer noch nicht, ihn anzufassen. Behutsam nahm er meine Hand und führte sie zu seinem erigierten Glied.

„Hab keine Angst, Fleur. Wir tun nichts Verbotenes. Wir vollenden etwas, was nicht mehr in unserer Macht zu liegen scheint."

Ich streichelt ihn und spürte seine größer werdende Erregung. Er beugte sich über mich und küsste meine Brüste, meinen Bauch, meine Scham. Ich öffnete meine Beine und seine Zunge fand ihren Weg in mein Innerstes. Ich schloss die Augen und eine Woge tiefster Zufriedenheit und Glückseligkeit drohte mich ohnmächtig werden zu lassen. Mein Verstand schaltete sich aus und ich bestand nur noch aus

Gefühl. Einem Gefühl, gepaart aus Erregung und tief empfundener Liebe für diesen Mann. Er drang sanft in mich ein und ich umschloss ihn, mit dem Wunsch, ihn niemals wieder loslassen zu wollen.

Er bewegte sich langsam in mir und sah mir dabei in die Augen.

„Fleur, mein Gott Fleur, was ist das mit uns? Ich habe das Gefühl, es ist nicht das erste Mal, dass wir miteinander schlafen. Du bist mir mit jeder Faser deines Körpers vertraut. Ich kenne deinen Geruch, deinen Geschmack, deine Haut ist mir so vertraut wie meine eigene.

Ich liebe dich, Fleur, und ich werde dich immer lieben."

Ich war nicht in der Lage zu antworten, wollte es auch gar nicht. Ich spürte seine Kraft in mir, und meine unbändige Lust, diesem Mann in die orgastische Höhe unserer gemeinsamen Lust zu folgen, und gab mich ihm voll und ganz hin.

Erschöpft lagen wir nebeneinander und streichelten uns.

„Wir haben nicht nur miteinander geschlafen, Fleur. Wir haben uns endlich geliebt. Du weißt nicht, wie oft ich mir das vorgestellt habe und es ist genauso gewesen, wie ich es mir ausgemalt habe. Du bist eine so schöne, eine so sinnliche Frau, und ich kann gar nicht aufhören, dich immer wieder anzuschauen. Als deine Beine mich umschlungen haben, als wollten sie mich nie wieder gehen lassen, da hatte ich das Gefühl, voll und ganz mit dir zu verschmelzen."

„Ich will dich auch nie wieder gehen lassen, Norgard."

Er hob den Kopf und sah mich nachdenklich an.

„Wir werden uns auch nicht mehr verlassen, Fleur. Selbst, wenn uns Hunderte von Kilometern einmal trennen sollten, verlassen werden wir uns nie. Vergiss das nicht!"

„Ich werde es nicht vergessen, Norgard."

„Lass uns noch eine Runde schwimmen Ich liebe es, im Mondschein schwimmen zu gehen?"
Norgard war aufgestanden und sprang kopfüber ins Wasser.
„Das hört sich fast so an, als würdest du das öfter machen?"
„Ich habe es das letzte Mal gemacht, als ich noch ganz jung war, 16, 17 Jahre alt," prustete er mir vergnügt entgegen.
„Es gab bei uns in der Nähe am Stadtrand eine kleine Bewaldung, in der ein wunderschöner Weiher lag. Privatweiher, versteht sich. Ein reicher Schnösel aus der Stadt hatte ihn für sich und seine Familie als Sommeridyll angelegt, mit kleinem Sommerhaus und so. Ein paar Karpfen und Forellen durften sich darin tummeln, um zur Erbauung ihres Halters zum Geangeltwerden parat zu stehen. Schwimmen war natürlich strengsten verboten. Tja, wenn das keine Einladung für ein nächtliches Badevergnügen ist, dann weiß ich es auch nicht. Meine Kumpels und ich sind also in einer lauen Sommernacht hingeradelt, über den Zaun gestiegen, um nach Herzenslust mit den Fischen um die Wette zu schwimmen. Ein paar Mädels waren auch dabei und es war schon damals ein Vergnügen, sie nur in Unterwäsche zu sehen. Das Schönste an der Sache aber war das Verbotene, Fleur. Die Angst erwischt zu werden. Verbotene Nachtschwimmer zu sein, war damals das Größte für uns, der Inbegriff an Anarchie und Freiheit."
Er lächelte, zwinkerte mir zu und tauchte unter.

III. Teil

FEUER

~

*Und sollten mich auch tausend Feuer
brennen, ich tät es wieder, ein ums andere Mal.*

*Nur wer geliebt, vermag den Schmerz zu
kennen, doch fürchtet nicht die brennend Qual.*

Fleur Valleron

35. Kapitel

Irgendwann, tief in der Nacht, waren wir zu meinem Haus zurückgegangen, um den Rest der Nacht in meinem Bett zu verbringen. Wir schliefen eng umschlungen ein und erwachten ebenso, als hätten wir uns keinen Zentimeter bewegt.

Norgard sang fröhlich unter der Dusche und ich musste Stine recht geben; er hat eine wunderschöne, volle Stimme. Unser Frühstück nahmen wir diesmal in der Küche ein, weil es sich zugezogen hatte und ein schwerer Sommerregen sich anzukündigen schien.

„Ich muss bis um 3 Uhr heute Nachmittag das Motorrad zurückbringen. Du kommst mit, und auf der Rückfahrt mit meinem Auto machen wir noch einmal irgendwo Rast und trinken gemütlich Kaffe. Was hältst du davon?"

„Sehr viel, eine schöne Idee. Und was machen wir danach?"

„Ich hätte total Lust, heute Abend ins Kino zu gehen. Ich war schon unheimlich lange nicht mehr im Kino. Wie wär´s? Wir beide knutschend in der letzten Reihe?"

„Hört sich verlockend an. Aber eigentlich ist es mir auch fast egal, was wir machen, Hauptsache, ich kann noch etwas Zeit mit dir verbringen. Es ist so wunderschön, mit dir so entspannt zusammen zu sein."

„Kein Problem, meine Liebe. Ich erwarte Stine und Rut nicht vor morgen zurück. Der Tag und die Nacht gehören uns."

„Das hört sich himmlisch an. Im Moment sind wir Glücks-
kinder. Ich zumindest kann mein Glück kaum fassen."

Ich war gerade dabei den Tisch abzuräumen, als ich durch
das Küchenfenster Jeromes Auto auf den Hof fahren sah. Er
und seine komplette Familie stiegen aus und winkten mir
durch das Fenster zu.

Ich drehte mich zu Norgard um: „Jerome ist gerade vor-
gefahren. Mach dich bereit! Jetzt wird es peinlich."

Norgard stand auf, um meinen Sohn samt Frau und Kinder zu begrüßen. Er wirkte dabei so selbstbewusst, als wäre
es das Normalste von der Welt für ihn, meine Familie in
meiner Küche zu begrüßen.

Jerome hingegen wirkte leicht irritiert und er sah mich
mit hochgezogenen Augenbrauen an.

„Stören wir? Ich wusste nicht, dass du Besuch hast, Fleur."

„Nein, gar nicht. Immer nur hereinspaziert. Was verschafft mir die Ehre?"

„Wir wollten einen Ausflug machen und fragen, ob du
vielleicht mitkommen willst? Aber diese Frage hat sich
ja wohl erübrigt." Jerome war hinter mich getreten und
zwickte mich in meinen Hintern. Als ich mich zu ihm umdrehte, lachte er mich an.

„Sie sind leider zu spät, Jerome. Ich habe Ihre Mutter für
heute bereits in Beschlag genommen." Als wollte er seine Worte bekräftigen, zog Norgard mich vor den Augen
meines jüngsten Sohnes an der Hand zu sich rüber und
legte den Arm besitzergreifend um mich.

„Ähm, ja, das sehe ich. Vielleicht ein anderes Mal?"

„Ein anderes Mal, bestimmt. Danke, dass ihr an mich gedacht habt, aber heute geht es wirklich nicht. Ruft doch vor-

her am besten an, wenn ihr vorhabt, mich zu entführen."

„Das mache ich ganz bestimmt, worauf du dich verlassen kannst! Bringst du uns noch zur Tür, Mama?"

Ich löste mich von Norgard und folgte meiner Familie zum Ausgang. Melanie und die Kinder verabschiedeten sich herzlich von mir und gingen zurück zum Auto, während Jerome neben mir stehen blieb.

„Jetzt ist mir auch klar, warum ich dich so selten erreiche in der letzten Zeit und du oft so abwesend erscheinst, wenn ich mit dir spreche."

„Das ist ja gar nicht wahr. Es ist nicht, was du denkst."

„So, was denke ich denn?"

Ich sah meinem Sohn verlegen in die Augen und fragte mich, warum ich versuchte, mich vor ihm aus der Affäre zu ziehen.

„Jerome, ich liebe diesen Mann. Lass uns ein anderes Mal darüber sprechen, nicht hier so zwischen Tür und Angel."

„Und er liebt dich, Mama, das konnte ich vorhin sehen. Ich hoffe nur, ihr wisst, worauf ihr euch da einlasst."

„Schön wär's, mein Lieber. Aber was soll ich dagegen machen? Es ist bereits zu spät."

„Wenn du darüber reden willst, ich bin für dich da."

Er küsste mich auf die Wange und verließ mich, ohne sich noch einmal nach mir umzudrehen.

„Was sollte das denn? Warum hast du mich vor Jerome in den Arm genommen? Jetzt weiß er Bescheid und ich muss demnächst meinem Sohn Rede und Antwort stehen?"

„Erst einmal musst du niemandem Rede und Antwort stehen, und zweitens war mir danach, dich in den Arm zu nehmen. Es sollen ruhig alle wissen, dass ich dich liebe. Ich will mich nicht mehr verstecken. Hörst du? Ich will das alles nicht mehr! Ich stehe zu meinen Gefühlen. Du aber scheinbar nicht?"

„Das stimmt doch gar nicht. Ich habe vielmehr an dich gedacht, denn schließlich bist du verheiratet, nicht ich."

„Dann musst du mir aber auch überlassen, wie ich damit umgehe."

„Jawoll, Herr Richter!"

Es hatte, Gott sei dank, nicht angefangen zu regnen, und wir verlebten einen weiteren wunderschönen Nachmittag in der Sonne sitzend und leckeren Kuchen genießend.

Gegen halb 6 entschlossen wir uns heimzufahren, um uns für den Abend umzuziehen. Als wir an Norgards Haus vorbeifuhren, um mich bei meinem Haus abzuladen, fiel unser Blick auf seine Einfahrt. Stines Auto stand vor dem Haus und Rut und sie waren gerade dabei auszuladen. Beide Frauen sahen wie bestellt in unsere Richtung und mir entfuhr ein unkontrolliertes: SCHEIßE!

Bei meinem Haus angekommen blieben wir beide wie hypnotisiert im Wagen sitzen und sahen uns an.

„Und jetzt?", fragte ich hilflos in seine Richtung.

„Weiß ich nicht. Wenn ich jetzt da auflaufe, dann werde ich mich wohl nicht so einfach wieder verdrücken können. Schöne Scheiße."

„Dann lass uns das mit heute Abend vergessen. Ich glaube nicht, dass es dir gut dabei gehen wird, wenn du jetzt nicht zu deinem Haus fährst, nur um mit mir ins Kino gehen zu können."

„Du hast wahrscheinlich recht. Selbst wenn ich es schaffen würde, heute Abend mit dir auszugehen, hätte ich doch ein sehr schlechtes Gewissen, auch Stine gegenüber."

„Kann ich gut verstehen. Mach dir um mich keine Sorgen. Ich mache es mir mit Bertrand im Garten gemütlich, und vielleicht kannst du ja nachher noch für eine halbe Stunde auf einen Spaziergang rüberkommen? Es ist schon in Ordnung, Norgard. Rom wurde auch nicht an einem Tag erbaut. Geh erst einmal nach Hause und schau, wie die Stimmung ist. Und dann sehen wir weiter."

„Ich danke dir für dein Verständnis, meine kleine Blume. Es waren wunderschöne zwei Tage mit dir, und auch dafür danke ich dir. Ich bin so gerne mit dir zusammen. Ich melde mich später noch mal bei dir, o. k.?"

„Geht klar und grüße bitte Stine von mir."

„Mach ich, und du gib Bertrand eine dicken Kuss von mir. Er soll gut auf dich aufpassen."

Als er vom Hof fuhr, hatte ich ein unbestimmtes Gefühl. Was würde ihn zu Hause erwarten? Eine innerlich aufgeräumte Rut, gewappnet für alle neuen Geständnisse ihres Mannes? Wohl kaum. Würde er ihr von unserer gemeinsamen Nacht erzählen? Würde er den selbstbewussten Norgard von heute morgen mit rüberretten können? Es war bestimmt etwas ganz anderes, sich vor der eigenen Frau in letzter Konsequenz zu seinen Gefühlen zu bekennen, als vor dem Sohn der Geliebten. Ich wollte ihm vertrauen, aber verlangte ich nicht einfach viel zu viel?

Meine Zuversicht der letzten 24 Stunden war verflogen, und ich saß wieder in meinem Karussell, angetrieben von Hoffnung und Verzweiflung, Mut und Angst, Wut und Naivität.

Wie lange konnte ich diesen dauernd wechselnden Zustand noch aushalten?

Ich hatte zu nichts Lust. Saß gelangweilt in meinem Garten und konnte mich ebenso wenig an etwas erfreuen, wie mich zu irgendeiner Handlung aufraffen. Bertrand schien auch keine große Lust auf einen Spaziergang zu haben, denn er lag mal wieder schläfrig zu meinen Füßen.

Ich glitt zu ihm auf den Boden und streichelte ihn sanft.

„Was meinst du, alter Kumpel, was ich tun soll? Du magst ihn doch auch, oder? Könntest du dir vorstellen, immer mit ihm zusammenzuleben? Dann dürftest du aber auch nicht mehr heimlich in meinem Bett schlafen, wenn wir nicht da sind, weil das möchte Herr Richter nicht, bei aller Liebe. Dafür würde dann aber noch einer mehr mit dir rausgehen und du wärst nicht mehr nur auf meinen guten Willen angewiesen. Dein Platz auf dem Sofa wäre dann allerdings von ihm belegt. Im Gegenzug dafür würde dich aber ein angehender Tierarzt im Blick haben und dich streicheln, wenn dir danach ist.

Tja, mein Lieber, es hat alles seine Vor- und Nachteile. Selbst für einen Hund. Überleg es dir gut und lass mich dann deine Entscheidung wissen, ja?"

Bertrand grunzte genüsslich vor sich hin und schlummerte weiter. Was für ein Leben so ein Hund doch hatte. Brauchte sich um nichts einen Kopf zu machen, bekam regelmäßig sein Fressen und seine Streicheinheiten und konnte den ganzen Tag faul in der Sonne liegen, oder ein Bad im Gartenteich nehmen, obwohl strengsten verboten, wenn ihm danach war. Aber Norgard hatte mir ja erklärt, warum gerade das Baden in verbotenen Teichen so verlockend war. Wie konnte ich es da meinem alten Hund verdenken, wenn er sich nicht an das Verbot hielt, wenn selbst ein gestandener Richter der Versuchung nicht widerstehen konnte?

Es wurde immer später, aber ich hörte nichts von Norgard. Ich konnte mich beim besten Willen nicht auf mein

Buch konzentrieren, welches ich mir doch noch zur Vertreibung meiner Langeweile geholt hatte. Mir schwante Böses. Das war kein gutes Zeichen, dass er mir noch nicht einmal eine kurze Mitteilung schrieb, und ich traute mich nicht, ihn anzuklingeln.

Wahrscheinlich ging im Hause Amsung gerade die Post ab, weil Herr Richter geständig gewesen war. Ich sah Rut vor meinem geistigen Auge durch das Haus toben, und Norgard sich darum bemühen, die Wogen zu glätten. Scheiß Spiel! Mir blieb nichts anderes übrig, als zu warten, und gerade das wollte mir nicht gelingen. Ich lief genervt in meinem Wohnzimmer auf und ab, immer wieder mit Blick auf mein Handy und auf die Uhr. Gegen 1 Uhr ging ich erschöpft ins Bett, konnte aber nicht schlafen und wälzte mich von einer auf die andere Seite. Um 3 Uhr stand ich wieder auf, um mir einen Tee zu kochen. Um 4 Uhr entschloss ich mich, zu Norgards Haus zu gehen, um einen Blick in sein Inneres zu erhaschen.

Sein Haus lag komplett im Dunkeln. Man schien zu schlafen. Na prima, die da drüben schliefen den Schlaf der Gerechten und ich wusste nicht, wie ich die Nacht rumbringen sollte.

Ich wurde wütend. Norgard hätte mir doch wenigsten eine kleine Kurzmitteilung schicken, irgendein Zeichen senden können, und sei es, um mir zu zeigen, dass er an mich dachte.

Es sollte noch schlimmer für mich kommen, denn auch am nächsten Morgen hörte ich nichts. Gegen Mittag entschloss ich mich, zu Mathild zu fahren, um mit ihr meine weitere Vorgehensweise zu besprechen.

Schon als ich eintrat, sah sie mir an, dass irgendetwas nicht mit mir stimmte.

„Wie siehst du denn aus? Bist du krank, Fleur? Du hast ja autoreifengroße Ringe unter den Augen. Was ist los?"

Ich erzählte ihr alles. Jedes Detail unserer gemeinsamen Nacht, jedes Wort von Norgard wiederholte ich letztendlich, um es mir selbst wieder und wieder, gleich einer Haltestange, ins Gedächtnis zu rufen. Ich schloss meinen Bericht mit meiner letzten, so miserabel verbrachten Nacht und meinem Gefühl der aufkeimenden Wut Norgard gegenüber.

„Was denkt der Mann sich? Ich meine, wenn ich ihm sage, er soll sich keine Sorgen um mich machen, dann heißt das doch nicht, dass er mich aus seinem Gedächtnis streichen soll, bis sich bei ihm daheim die Wogen vielleicht wieder geglättet haben? Wie lange also soll ich auf Nachricht von ihm warten? Was ist denn mit mir und meiner Angst in dieser Zeit? Macht er sich darüber keine Gedanken? Er muss doch wissen, dass ich Todesängste ausstehe, wenn er so lange nichts von sich hören lässt?"

„Vielleicht ist er im Moment zu sehr mit seinen Todesängsten beschäftigt, Fleur?"

„Wie meinst du das? Denkst du, Rut droht damit, ihn im Schlaf umzubringen?"

„Fleur, bitte. Jetzt reiß dich mal zusammen und denk nach. Was weißt denn du, was da im Moment abgeht? Vielleicht hat er seiner Frau gesagt, dass er mit dir geschlafen hat. Was denkst du, wie das bei ihr angekommen ist? Da hätte er doch besser eine Bombe in den gepflegten Vorgarten seiner Frau schmeißen können, als ihr das zu sagen. Ich bin mir sicher, das hätte sie weniger entsetzt als diese Offenbarung."

„Vielleicht hat er es ihr aber auch nicht gesagt? Was weiß denn ich?"

„Genau, du weißt gar nichts, und darum geht es hier doch in erster Linie. Um deine Unsicherheit. Vertraust du denn so gar nicht auf eure Liebe? Hast du dir vorhin selbst zugehört, als du mir von eurem Wochenende erzählt hast? Mensch Fleur, das war gelebte Liebe per Excellence. Was brauchst du noch als Beweis?"

„Mathild, es war alles ganz anders, nachdem er gesehen hat, das Rut wieder da ist. Verstehst du denn nicht? In dem Moment, wo das wahre Leben uns wieder hatte, sind wir aufgeschlagen auf dem Boden der Tatsachen, und zwar nicht gerade sanft aufgeschlagen.

Ich hab doch die Angst in seinen Augen gesehen, als er von mir weggefahren ist. Mathild, da war nicht mehr viel von dem selbstbewussten Mann vom Vormittag."

„Ich würde auch nicht gerade hocherfreut in die Höhle des Löwen fahren. Fleur, der Mann befindet sich quasi an einem Scheideweg in seinem Leben und du verübelst ihm da Unsicherheit?"

„Ich verübel ihm gar nichts, ich bin nur wütend auf ihn, dass er sich nicht bei mir meldet. Kein Mensch hat von ihm verlangt, dass er heim zu seiner Frau fährt, um ihr zu sagen, dass er sie verlassen wird. Kein Mensch!"

„Bist du dir da so sicher? Vielleicht erwartet er das ja von sich selbst, zumal nach eurer gemeinsamen Nacht? Vielleicht erwartet aber auch Rut klare Fronten, denn die Frau ist doch nicht blöd. Selbst wenn er ihr nichts von eurem Stelldichein am See erzählt, selbst wenn er die ganze Sache auf ein erträgliches Maß abmildert, Rut wird nicht auf Dauer in diesem Zustand der Ungewissheit leben wollen. Vielleicht hat ihr ihre Distanz am Wochenende die Augen geöffnet und sie will Fakten schaffen. Weißt du das denn?"

„Ich weiß gar nichts. Schöne Scheiße. Was soll ich denn jetzt bloß tun. Ich ertrage diese dämliche Warterei nicht mehr."

„Dann fahr hin und verschaff dir einen Eindruck über den Stand der Dinge, oder aber besauf dich. Soll auch helfen, wenn man Alkoholikern glaubt."

„Sag mal, nimmst du mich nicht ernst? Ich schütte dir hier mein Herz aus, und du rätst mir allen Ernstes mich volllaufen zu lassen?

Hab ich mich über dich lustig gemacht, als es dir mit Phillip schlecht ging?"

„Nein, hast du nicht, aber du hast mich auch nicht mit deiner ehrlichen Meinung verschont, wofür ich dir bis heute dankbar bin. Mehr mache ich im Moment auch nicht, ich sage dir, wie ich die Dinge sehe. Sorg für dich selbst oder lass es, aber erwarte nicht, dass Norgard das im Moment für dich übernehmen kann. Der hat viel zu viel mit sich selbst zu tun."

„Und? Haben meine Ratschläge dir weitergeholfen? Ich glaube doch wohl eher nicht?"

Mathild setzte sich in ihrem Sessel zurück und sah mich nachdenklich an.

„Doch, ich glaube schon. Die Rosskur in Paris hat ihre Spuren bei mir hinterlassen."

„Was heißt das? Willst du Phillip nun zwingen sich von seiner Familie zu trennen?"

„Genau das Gegenteil ist der Fall, Fleur. Ich werde versuchen ihm sein anderes Leben, das ohne mich, zuzugestehen, ohne weiterhin darauf neidisch zu sein, ohne weiterhin mehr für mich zu fordern, als er mir geben kann."

„Sind wir dann nicht wieder beim Ausgangspunkt eurer letzten Vereinbarung?"

„Nein, denn das heißt nicht für mich, dass ich mich weiterhin auf unser Versteckspiel einlasse. Wenn ich ihm zugestehen kann, dass er eine Familie hat, die er auch liebt und die ihm wichtig ist, dann muss er mir auch meine Würde zugestehen, meinen Anspruch auf eine respektvolle Behandlung. Ich finde es nicht mehr respektvoll, wie er mit mir umgeht. Er meldet sich im Moment gar nicht mehr, weil wir uns ja darauf geeinigt haben, erst einmal so etwas wie eine Zwangspause einzulegen. Aber er alleine scheint zu bestimmen, wie lange diese Phase gehen soll, und mich scheint es in dieser Zeit nicht mehr zu geben. Nicht sichtbar in seinem Leben zu geben. Sicher, er wird an mich denken und mich vermissen, aber das genügt mir nicht mehr, seitdem ich gesehen habe, was er in der Zwischenzeit genießt. Es geht ihm nicht schlecht mit unserem Arrangement, aber mir, weil ich mich wie eine Puppe im Schrank fühle, die bei Belieben herausgeholt wird."

„Meine Worte, Mathild, und ich freue mich, dass du das für dich erkannt hast."

„Ja Fleur, aber ICH musste das für mich erkennen. Meine Erkenntnis kann nicht aus deinem Mund kommen, wenn du verstehst, was ich meine. Was nützen noch so gut gemeinte Worte, wenn mein Herz an einem ganz anderen Punkt steht und ich sie somit gar nicht hören kann? Und so ist das nun mal, wenn man liebt. Das Herz versteht nur diese eine Sprache und übersetzt sich alles, was es hört, in seine Nomenklatur."

„Und was heißt das jetzt im Alltag für euch beide?"

„Das heißt, dass ich mich gerne weiterhin mit Phillip treffen will, er sich für mich auch nicht von seiner Familie zu trennen braucht, ich aber nicht mehr bereit bin, in der Versenkung oder Dunkelheit zu leben, wie eine Verbrecherin oder ein Mensch, für den man sich schämen muss. Ich schäme mich nicht für meine Gefühle zu Phillip und das gleiche kann ich auch von ihm erwarten: Ich würde ihm wünschen, dass er voll und ganz zu seiner Familie stehen kann, auch wenn die Liebe zu seiner Frau nicht mehr dieselbe ist, die es einmal war. Und wenn er sich dafür entschieden hat, weiterhin im Kreise seiner Familie zu leben, dann sei ihm das gegönnt. Aber ich bin nicht mehr bereit, mich selbst oder eben von ihm zu verleugnen. Wenn er weiterhin mit mir Kontrakt haben will, dann nur, wenn er allen gegenüber mit offenen Karten spielt. Ich möchte ihm schreiben, ihn anrufen können. Mich mit ihm an öffentlichen Plätzen verabreden können, wenn mir danach ist. Ich hab jetzt zu lange in unserer Unterwelt gelebt. Ich möchte endlich ans Licht, Fleur, für dunkle Tage bin ich zu alt, außerdem macht das nur zusätzliche Falten."

„Ein mutiger Entschluss, den du da getroffen hast, meine Liebe. Ich fürchte nur, Phillip wird sich nicht darauf einlassen wollen oder können."

„Dann hat er, so leid es mir tut, Pech gehabt, Fleur."

„Wo nimmst du auf einmal diese Stärke und Klarheit her, Mathild. Wenn ich da an Paris oder die Wochen davor denke? Da warst du ein heulendes Elend, weil dieser Mann dich verlassen wollte, und jetzt?"

„Ich sage ja nicht, dass es mir leichtfallen wird, aber es geht nicht mehr anders. Ich habe mich in Paris so beschissen, aber auch so betrogen gefühlt, nachdem ich ihn mit seiner Familie gesehen habe. Im Nachhinein ist mir klar geworden, dass dieses Gefühl noch viel schlimmer war, als die Vorstellung, von ihm verlassen zu werden. Ein Zaungast im Leben eines anderen Menschen zu sein, als hätte ich kein eigenes Leben und wäre darauf angewiesen, ab und zu mal in den Garten des Lebens eingeladen zu werden. Nein Fleur, das ist nicht meine Vorstellung vom Leben und auch nicht von der Liebe."

„Und was will mir das Ganze jetzt sagen?"

„Ich will dir überhaupt nicht sagen, was du zu tun hast. Ich kann dir nur raten, so wie du mir damals geraten hast, auf dich aufzupassen und deinen eigenen Weg zu gehen. Deine Definition von Leben und Liebe kannst nur du selbst dir geben. Ob du weiterhin auf eine Nachricht von Norgard warten willst oder nicht, kannst nur du selbst entscheiden. Dein Risiko bleibt in jedem Fall auf deiner Seite, egal was du tust. Höre in dich hinein und entscheide dann, was für dich das Beste ist. Lass dir Zeit mit deiner Entscheidung, aber vertrau drauf, wenn du meinst, sie gefunden zu haben. Mehr kann ich dir dazu leider nicht sagen."

Ich küsste sie auf die Wange und fuhr heim. Ich wusste, was ich zu tun hatte.

36. Kapitel

~

Zu Hause angekommen fand ich einen Zettel an meine Haustür und mein Herz machte Freudensprünge. Er war also hier gewesen, hatte mich sehen wollen, mich aber leider nicht erreicht. Bestimmt würde er mir nun ein baldiges Treffen vorschlagen.

Weit gefehlt. Der Zettel war von Stine, die sich bei mir verabschieden wollte, mich aber leider nicht angetroffen hatte.

Sie schrieb mir, dass es für sie schön gewesen sei, mich kennenzulernen, und wir uns bestimmt einmal wieder sehen würden. Ich sollte mich melden, falls mich meine Wege einmal in den hohen Norden verschlagen würden. Ansonsten würde sie darauf vertrauen, dass wir irgendeinen anderen Weg finden würden, wieder in Kontakt zu treten. Sie wünschte mir von Herzen Glück und Kraft, für alles was noch kommen würde.

Kein Wort über Norgard oder die aktuelle Situation im Hause Amsung.

Obwohl ich mich über ihre Nachricht freute, war ich wütend darüber, dass die Nachricht nun eben doch nicht von Norgard gewesen war, und meine Wut bestätigte mich immer mehr in meinem Entschluss, mich nicht weiterhin meinem Schicksal auszuliefern und die Wartende zu spielen.

Ich schminkte mich kurz, zog mir bequeme Sachen an und machte mich auf den Weg.

Ohne weiter darüber nachzudenken, klingelte ich an Norgards Haustür. Er öffnete mir, um mich verschreckt anzusehen.

„Fleur, was machst du denn hier? Ich wollte mich doch bei dir melden. Was ist los?"

„Was los ist? Ich warte nun seit fast 48 Stunden auf eine kurze Nachricht von dir. Ich mache mir Sorgen, außerdem finde ich dein Verhalten mir gegenüber nicht fair. Hast du eigentlich eine Ahnung davon, wie es mir im Moment geht?"

„Fleur, bitte, nicht hier und jetzt. Ich will dich nicht kränken, aber ich kann im Moment wirklich nicht. Hier brennt die Luft und ich versuche zu retten, was zu retten ist?"

„Und das wäre?"

„Norgrad? Wer ist denn da an der Tür?" Ich hörte Ruts Stimme aus dem Wohnzimmer und im selben Augenblick stand sie auch schon im Hausflur hinter ihrem Mann und sah mich nicht weniger verwundert und erschreckt an.

„Fleur? Na, Sie haben ja Mut, hier so einfach aufzukreuzen?"

Sie schob Norgard wie eine Puppe zur Seite und baute sich wütend vor mir auf.

„Ich kreuze hier nicht einfach auf, sondern ich möchte wissen, was los ist. Norgard hat sich seit fast zwei Tagen nicht mehr bei mir gemeldet, und ich habe ein Recht darauf zu erfahren, was hier gespielt wird."

SIE haben ein Recht darauf? SIE? Was erlauben SIE sich?

Ihre Stimme war schrill und ihr Atem ging hörbar schnell.

Norgard schob sich zwischen uns.

„Bitte, lasst uns wie Erwachsene damit umgehen. Rut, ich bitte dich, lass Fleur hereinkommen, und wir drei reden miteinander. Das ist bestimmt das Beste."

Rut drehte sich um und ging in Richtung Wohnzimmer.

„Sie soll hereinkommen, wenn sie will!"

Mit einer einladenden Bewegung bat Norgard mich in sein Haus und ich fühlte mich mehr als unbehaglich. Jetzt gab es kein Zurück mehr. Ich hatte es darauf angelegt und musste nun damit klarkommen.

Im Wohnzimmer nahmen wir drei Platz und Norgard fragte mich höflich, ob ich etwas trinken wollte. Ich lehnte ab und sah ihn fragend an. Was sollte das hier bringen? Und warum war er so förmlich zu mir? Nichts war im Moment zu spüren von unserer Vertrautheit, geschweige denn von seiner Entschiedenheit, zu mir stehen zu wollen.

Rut ergriff unumwunden das Wort.

„Sie wollen wissen, was los ist? Norgard sag es ihr. Sag ihr, was wir besprochen haben!"

Er druckste sichtbar verlegen herum und traute sich nicht, mich anzusehen.

„Fleur, Rut und ich haben alles besprochen. Wir sind übereingekommen einen Paartherapeuten aufzusuchen, um unsere Beziehungsprobleme in den Griff zu bekommen."

Ich nickte fassungslos.

„Paartherapie? Um was in den Griff zu bekommen? Deine Liebe zu mir?"

„Sie glauben doch nicht allen Ernstes, dass mein Mann Sie liebt", fauchte Rut aufgebracht dazwischen, „zumindest so liebt, wie er mich liebt? Das können Sie nicht wirklich glauben? Gut, er mag im Moment verliebt sein, mehr aber auch nicht. Und seine Verliebtheit deutet auch bestimmt darauf hin, dass in unserer Ehe etwas nicht zum Besten steht, was es zu bearbeiten gilt. Aber wir wollen die Sache hier doch nicht willkürlich hochspielen, oder? Fleur, bei allem Verständnis für Ihre Gefühle, aber Sie müssen die Kirche im Dorf lassen. Mein Mann hat mir erzählt, dass Sie ein nettes Wochenende zusammen verbracht und einen Ausflug gemacht haben und abends noch nett zusammen spazieren gegangen sind. Alles Dinge, mit denen ich leben kann. Ich kann allerdings nicht weiterhin damit leben, dass Sie meinem Mann in dieser penetranten Art und Weise nachstellen, wie Sie es tun. Ihr unangemeldeter Besuch bei uns zeigt mir genau das. Sie nehmen im Moment keine Rücksicht auf andere Menschen und Ihre Gefühle, und dagegen weiß ich mich zu wehren, vielmehr noch, weiß ich meine Ehe dagegen zu verteidigen."

Ich saß stocksteif im Sessel und starrte Norgard an. Keine Reaktion von ihm.

„Norgard? Ist es so, wie deine Frau es sagt? Stelle ich dir penetrant nach? Bin nur ich es, die liebt? NORGARD?"

Er sah mich lange schweigend an, erhob sich dann und verließ das Zimmer.

Ich hätte auf der Stelle gleichzeitig losheulen und mich übergeben können. Das war ein Alptraum, in den ich mich selbst hineinmanövriert hatte. Ich konnte es einfach nicht glauben. Ich sah Rut ungläubig an, starrte zur Tür, in der Hoffnung, Norgard möge doch wiederkommen, um mich aus meiner mehr als peinlichen Lage zu befreien, aber er kam nicht.

Ich war nicht mehr in der Lage etwas zu entgegnen. Ich war schachmatt, um nicht zu sagen, mausetot. Somit waren meine Todesängste sehr wohl berechtigt gewesen, ich hatte nur die Richtung verkannt, aus der die vernichtenden Schläge, Schüsse, oder wie auch immer man das nennen wollte, was mir widerfahren war, gekommen waren.

Mein eigentlicher Gegner war nicht Norgards Frau gewesen, auf die ich mich innerlich vorbereitet hatte. Norgards Feigheit, nicht zu mir zu stehen, sein Verrat an mir, mich als die einzige Verursacherin allen Übels in dieser Affäre zum Abschuss durch seine Frau freizugeben, um letztendlich dann im Moment höchster Bedrängnis für mich, mir den Rücken zuzuwenden und mich zu verlassen; das war mein Feind in dieser Situation gewesen. Ein Feind, wie er schlimmer nicht sein konnte, weil er sich als Geliebter getarnt Zutritt zu meinem Innersten, meinem Vertrauen erschlichen hatte. Ich war noch nie so verraten worden in meinem Leben. Noch nicht einmal Theo hatte es in all den Jahren verstanden, mich derart zu verletzen und zu verraten.

Mit gesenktem Haupt und ohne ein weiteres Wort verließ ich den Schauplatz meiner totalen Niederlage, mit dem Schwur auf den Lippen, nie wieder hierher zurückzukehren.

37. Kapitel

Ich heulte den ganzen Abend. Versuchte immer wieder Mathild zu erreichen, die aber ihr Handy ausgeschaltet hatte, weil sie, wie ich wusste, bei einer Lesung im Gemeindehaus war.

Ich trank Unmengen an Rotwein und als der alle war, machte ich mich über den alten Sherry von Theo her. Hauptsache Alkohol. Hauptsache nichts mehr fühlen von der Pein, dem unerträglichen Schmerz, den blutenden Wunden, die mir zugefügt worden waren. Trotz aller Verzweiflung hoffte ich auf ein Zeichen von Norgard.

Er musste doch wissen, wie es um mich stand? Hatte er keine Angst um mich? War ich ihm mit einem Mal egal geworden?

Ich konnte das Erlebte nicht fassen. Schrie meine Wut durchs Haus und sah aus den Augenwinkeln, dass Bertrand sich unter dem Sofa verkrochen hatte, weil ihn die sich ihm bietende Szene wohl mehr als Angst zu machen schien.

Gegen 11 Uhr am Abend konnte ich nicht mehr. Ich lag laut schluchzend auf dem Wohnzimmerteppich, wie von Krämpfen geschüttelt, und wollte nur noch sterben, als auf einmal das Telefon klingelte.

„Mathild, Gott sei Dank. Du musst sofort herkommen, sonst tu ich mir was an", schrie ich verzweifelt ins Telefon.

„Mama, bist du das? Um Himmels Willen, was ist los? Soll ich kommen? Ich bin sofort bei dir. Halte durch! Soll ich einen Arzt anrufen?"

Es war Jeromes Stimme, die durch mein Gewimmere hindurch an meine Ohren drang.

„Ja, bitte komm sofort her. Ich kann einfach nicht mehr. Ich will nur noch sterben."

Bevor er antworten konnte, hatte ich aufgelegt, weil eine neue Welle heftigsten Weinens mich erfasst hatte.

20 Minuten später war er da. Er musste geflogen sein, um die Entfernung zwischen seinem und meinem Haus in dieser kurzen Zeit überwunden zu haben.

Er hob mich vom Boden auf, auf dem ich immer noch lag, setzte mich behutsam aufs Sofa und reichte mir Taschentücher.

Dann nahm er mich einfach nur in den Arm und ich weinte um meine Seele, mein ganzes Unglück, weinte um die größte Liebe meines Lebens an der Brust meines jüngsten Sohnes.

Er ließ mich gewähren, versuchte nicht durch lästiges Fragen meinen Tränen Einhalt zu gebieten. Als ich nach einiger Zeit aufblickte, konnte ich ebenfalls Tränen in seinen Augen sehen. Mein Unglück rührte ihn zu Tränen und mir wurde in diesem Moment klar, dass ich einen Freund an meiner Seite hatte. Einen Menschen, der sich nicht dafür schämte, mit mir und um mich zu weinen. Er schlug mir vor, uns einen starken Kaffee zu kochen, und bat mich derweil auf dem Sofa sitzen zu bleiben. Wie um mich an einer möglichen Flucht zu hindern, packte er mich eng in eine Decke ein und streichelte kurz über meine Haare. Erst jetzt bemerkte ich, wie sehr ich fror, obwohl es draußen und im Haus immer noch sehr warm war.

Als er einige Augenblicke später mit zwei Tassen und einer dampfenden Kanne heißen Kaffees wieder ins Wohnzimmer kam, hatte ich mich etwas beruhigt und empfand

Scham dafür, dass Jerome mich so aufgelöst vorgefunden hatte. Ich setzte mich gerader hin und wischte meine Tränen ab. Ich muss wohl ein grauenhaftes Bild abgegeben haben, mit meiner total verschmierten Wimperntusche im Gesicht und den geschwollenen Augen, denn er sah mich verstört an.

„Kannst du mir jetzt erzählen, was passiert ist, oder möchtest du lieber schweigen. Ich bleibe gerne hier, egal wonach dir ist."

„Ich kann gerne versuchen, dir zu erzählen, was mir passiert ist, aber du musst verzeihen, wenn ich etwas unkonzentriert rüberkomme. Ich habe schon einiges an Alkohol intus."

„Das hab ich schon gerochen", lachte er mir freundlich zu. „Macht gar nichts, wenn es dir hilft?"

„Mir kann im Moment nichts mehr helfen, ich bin einfach nur am Ende."

Und dann erzählte ich ihm die ganze Geschichte, von Anfang an, ließ nichts aus, auch nicht den Sex am See.

Jerome hörte geduldig zu, unterbrach mich auch nicht, als ich für einige Momente schwieg, um mich zu sammeln. Immer wieder musste ich weinen, konnte meine Gefühle nicht in den Griff bekommen, aber ihm schien es nichts auszumachen.

Als ich geendet hatte, setzte er sich neben mich aufs Sofa und umarmte mich erneut.

„Das tut mir alles so leid für dich, Fleur. Du weißt gar nicht, wie leid es mir tut, vor allem die Geschichte heute Abend. Ich könnte den Typ umbringen. Gestern Morgen noch spielt er den Selbstbewussten vor mir und am Abend ist er das Arschloch schlechthin. Ich hätte nicht übel Lust rüberzugehen und ihm eine reinzuhauen. Verdient hätte er es, allein schon für sein Verhalten in seinem Haus. Was für ein Weichei ist der Mann? Ich meine, mit dir schlafen und dir schöne Worte sagen, kann er, aber wenn seine Rut auf der Bildfläche erscheint, um ihrem Jungen zu sagen, das macht man aber nicht, dann kann der Typ nicht schnell genug die Kurve kratzen und dich alleine im Regen stehen lassen? Er hat zugesehen, wie seine Frau dich mit Dreck beschmissen hat, und hat nichts Besseres zu tun, als das Zimmer zu verlassen? Mein Gott ,Fleur, sei froh, dass er sich so geoutet hat, auch wenn es verdammt weh tut. Stell dir mal vor, ihr wärt zusammengezogen und du hättest erst viel später bemerkt, was für eine feige Ratte er wirklich ist. Nicht auszudenken."

Ich war Jerome dankbar für seine Anteilnahme und trotzdem trösteten mich seine Worte nicht wirklich. Vielmehr hatte ich das Gefühl, Norgard paradoxerweise vor ihm in Schutz nehmen zu müssen.

„So einfach ist das nicht, Jerome. Ich glaube nicht, dass Norgard sich seine Entscheidung leicht gemacht hat. Es geht hier auch um sein Leben, seine Zukunft, aber auch seine Vergangenheit."

„Ich will auch nicht seinen Entschluss, zu seiner Frau zurückzukehren, trotz all dem, was euch verbindet, in Zweifel ziehen. Das ist erst einmal seine Sache. Mir geht es darum, wie er dich behandelt hat, wie er dir in den Rücken gefallen ist. Er hat seiner Rut doch gar nicht erzählt, dass er sie diesmal richtig mit dir betrogen hat. Ist dir das gar nicht aufgefallen? Die Frau weiß doch gar nicht die ganze Wahrheit, und trotzdem versteckt der Mann sich hinter dir und gibt dich und deine Gefühle zu ihm vor ihr preis, um sich dahinter zu verstecken. Fehlt nur noch, dass er ihr deine Kurzmitteilungen gezeigt hat, um zu beweisen, wie sehr du ihn doch bedrängst. Wenn du mich fragst, ich finde so ein Verhalten schlichtweg zum Kotzen und habe dafür Null Verständnis. Tut mir leid, Mama. Das geht über meinen Verstand. Der Mann ist deiner doch gar nicht würdig, wenn er sich so verhält. Ist mir gerade der Richtige. Von Beruf Richter, also einer, der über andere richtet, um selbst bei der ersten Gelegenheit, die sich ihm bietet, den eigenen Kopf aus der Schlinge zu ziehen, zum Verräter zu werden an allem, was ihm lieb und teuer war, nämlich an dir. Wegen solcher Leute war es den Deutschen damals auch möglich, Millionen von Juden zu vergasen. Von wegen neutrales Schweden. Eine Meute von opportunistischen Schwanzeinziehern ist das für mich."

Bevor es mir selbst bewusst wurde, hatte ich ihm eine schallende Ohrfeige gegeben. Entsetzt wich er zurück.

„Jerome, ich liebe diesen Mann, den du da gerade aufs Mieseste beleidigst. Schämst du dich denn gar nicht? Was maßt du dir an?

Du hörst dich ja schon genauso verbohrt an wie dein Vater. So hilfst du mir nicht. So gibst du mir vielmehr das Gefühl, ein kompletter Idiot gewesen zu sein, mich in so ein opportunes Arschloch, wie du ihn beschreibst, verliebt zu haben. Mein Herz hat sich aber nicht getäuscht in ihm, auch wenn er mich so gekränkt hat."

Jerome rieb sich die Wange und sah mich mit weit aufgerissenen Augen an. Dann schwieg er.

Es tat mir unendlich leid, ihn wie einen dummen Jungen geschlagen zu haben, und ich schob meine Überreaktion auf den vielen Alkohol, den ich noch im Blut hatte.

„Wie sehr musst du diesen Mann lieben, der dich so kränken darf, und du verteidigst ihn trotzdem?"

„Ich versuche immer noch, fair zu bleiben, selbst wenn er

nicht fair zu mir war. Er muss seine Gründe dafür haben, das weiß ich."

„Und darum weinst du dir auch so die Augen wegen ihm aus, weil du ja immer noch Verständnis für ihn hast? Mensch Mama, auch diese Liebe hat ihre Grenzen, und zwar dort, wo sie deine Grenzen eindeutig überschreiten. Und das hat er heute für mich getan. Er hat deine Grenzen missachtet, dich respektlos behandelt, dich der Wölfin zum Fraß vorgeworfen, und als die angefangen hat, dich zu zerfleischen, hat er sich abgewandt, um nicht auch noch zuschauen zu müssen. Ich kann dich wirklich nicht verstehen. Was muss er dir sonst noch antun, damit du endlich wach wirst? Der Mann ist deiner nicht würdig, wahrscheinlich ist er gar keiner Frau würdig, noch nicht einmal seiner Rut, die er doch auch weiterhin belügt. Oder nennst du das eine gute Ausgangsbasis für den Besuch beim Eheberater?"

„Nein, und du hast mit ganz viel von dem, was du sagst, recht, Jerome. Ich bin einfach nur total durcheinander. Das war ein bisschen viel für mich, aber ich bin dir sehr dankbar, dass du gekommen bist, auch wenn wir uns jetzt gestritten haben."

„Ich werde heute Nacht hier bleiben, Mama, damit du nicht alleine bist. Ich kann morgen auch von hier aus zur Arbeit fahren."

„Das ist sehr nett von dir und ich nehme dein Angebot sehr gerne an. Ich fühle mich besser, seit du hier bist. Danke dafür."

„Ist doch selbstverständlich. Hab ich gerne gemacht. Und jetzt lass uns ins Bett gehen. Heute ändern wir eh nichts mehr an dieser traurigen Geschichte."

Norgard versuchte in dieser Nacht noch, an dieser traurigen Geschichte etwas zu ändern. Er kam tief in der Nacht zu meinem Haus und versuchte mich durch sein Rufen zu wecken. Ich hörte ihn, aber ich reagierte nicht. Ich fühlte mich zu schwach und wütend zugleich, ihm jetzt zu begegnen. Außerdem hatte ich die Befürchtung, Jerome würde sich auf ihn stürzen, um ihn zu schlagen, wenn er seiner ansichtig werden würde.

Es tat schon gut, einen starken Beschützer im Haus zu haben.

Einen, der so stark war, mich sogar vor mir selbst zu beschützen.

38. Kapitel

~

Es war Jerome zu verdanken, dass Mathild am nächsten Morgen mit einer Tüte Brötchen und ihrer Reisetasche vor der Tür stand. Ich öffnete ihr verschlafen, denn der Alkohol des letzten Abends hatte letztendlich doch seinen Tribut gefordert und mir zu einer traumlosen aber durchschlafenen Nacht verholfen.

Sie schob mich forsch zur Seite, drückte mir im Vorbeigehen einen Kuss auf die Wange und ging direkt in die Küche.

„Geh schon mal ins Wohnzimmer, ich serviere dir dein Frühstück heute dort. Leg dich aufs Sofa und deckt dich zu, ich komme gleich."

„Aber ich bin doch nicht krank?"

„Ach nein? Wie würdest du den Zustand einer Frau nennen, die am Abend zuvor in den Rücken geschossen worden ist? Ich würde ihn schwerverletzt nennen. Und schwer Verletzte brauchen nun mal Pflege!"

„Was hat Jerome dir erzählt?"

„Eigentlich nicht viel, nur dass er gestern Abend seine Mutter im Zustand eines totalen Nervenzusammenbruchs erlebt hat, zudem ziemlich angetrunken und zu Gewalttätigkeiten neigend. Mehr nicht!"

„So war es nicht. Er hat übertrieben."

„Das glaube ich nicht, meine Liebe, und glaube mir, ich hätte noch viel schlimmer ausgesehen, wenn mir das passiert wäre, was dir passiert ist. In meinem Fall hätte Jerome mich wahrscheinlich gleich im Knast besuchen können, wo ich wegen Mordes wohl den Rest meines Lebens verbringen müsste. Also mach dir keine Vorwürfe, ich finde, du hast dich tapfer geschlagen. Und nun wollen wir beide mal zusammen überlegen, welche Strategie wir ab heute in Sachen Norgard Amsung fahren!"

„Welche Strategie? Spinnst du? Mir ist nicht nach strategischen Schachzügen. Mir ist nach einem neuen Leben, aber nicht nach einer weiteren Partie eines Spiel, das ich bereits vor meinem ersten Zug verloren habe. Vergiss es, außerdem habe ich keinen Hunger. Ein Kaffee reicht für mich."

„Wie du meinst. Ich hingegen brauche immer feste Kost, wenn ich vorhabe, einen Kriegsschauplatz zu betreten." „Mathild, bitte, das hilft mir auch nicht weiter. Ich werd schon drüber hinwegkommen."

„Darum geht es doch gar nicht, Fleur. Es geht doch darum, dass du deine Würde wieder erhältst."

„Und wie bitte schön, soll das gehen? Ich meine, Rut hat mir gestern die volle Breitseite verpasst und mich mit einem Treffer versenkt. Ich kann es drehen und wenden wie ich will. Ihr Kanonenfutter war dabei ihr Ehemann, mein Geliebter, und eine bessere Munition hätte sie sich gar nicht aussuchen können. Da sag noch einer, die Schweden verstünden sich nicht auf moderne Kriegsführung, um mal in deinem Jargon zu bleiben."

„Aber die Franzosen sind auch nicht schlecht, was das anbelangt, denk an Napoleon!"

„Jeder weiß, wie der geendet hat. Einsam und verlassen auf einer Insel, fern der Heimat. Und genau da wünsche ich mich auch hin; auf eine einsame Insel, fern jedweder Zivilisation."

„Meinetwegen, aber vorher holen wir noch zum Gegenschlag aus, und dann kannst du auswandern!"

„Ich will aber keinen Krieg führen. Ich bin heute Nacht aufs Schmählichste verraten worden. Dem gibt es nichts mehr hinzuzufügen."

„Fleur, versteh doch, wenn du diesen Verrat so auf dir sitzen lässt, wenn du dich all dem unwidersprochen unterwirfst, dann wirst du nie wieder in der Lage sein, einem Mann zu vertrauen, dich hinzugeben."

„Was glaubst du denn, wie vielen Männern ich in meinem Leben noch begegnen werde, mit denen ich, die mit mir, eine Liebesbeziehung anfangen wollen? Ich für meinen Teil hab mit diesem Kapitel abgeschlossen. Hab mich noch einmal komplett zum Affen gemacht, das reicht wohl für die nächsten zwei Leben, oder was meinst du?" Ich kämpfte erneut mit den Tränen. Mathild stellte zwei Tassen mit Kaffe auf den Tisch, der so schwarz war, dass man annehmen konnte, sie hätte Teer verflüssigt, um ihn mir mit etwas Milch zu kredenzen.

„Ich will aus dir keine Kriegerin wider Willen machen. Eine Kriegerin bist du nämlich schon, hast es im Moment nur vergessen. Wenn du deine Würde wiederhaben willst, dann solltest du noch heute schnurstracks zu deiner lieben Nachbarin rübergehen und ihr das Genick brechen."

„Damit mich Jerome dann ab morgen doch noch im Knast besuchen kann?"

„Erzähl ihr deine Version von der Geschichte, vielleicht mit dem klitzekleinen Zusatz von dem netten kleinen Ausflug zum See , inklusive all dieser schlüpfrigen und neckischen Details, an denen ich mich auch schon erfreuen durfte. Nur mit dem Unterschied, dass es sie vielleicht nicht ganz so erfreuen wird wie mich." Mathild sah mich provozierend an und ich musste zumindest lächeln.

„Das wäre Hochverrat gegenüber Norgard."

„Oh ja, sicher, ich verstehe. Dem Verräter gebührt der Schutz durch die Verratene-n. Logisch! Und was ist das jetzt für eine Form von Kriegsführung? Willst du ihn weiterhin in der Hand haben? Soll er keine ruhige Minute mehr haben, weil er jeden Moment damit rechnen muss, dass du mit der Wahrheit um die Ecke kommst?"

„Ich will weder einen Krieg gegen ihn führen, noch will ich ihn erpressen. Für mich ist das Kapitel Norgard seit gestern beendet. Ich werde versuchen, meine Wunden zu lecken, so gut es geht, und auf die Zeit hoffen, die ja bekanntlich alle Wunden irgendwann heilt."

„Für eine Frau mit der Fülle von Schwangerschaftsstreifen eine mutige Entscheidung."

„Was haben die denn damit zu tun?"

„Ich hatte immer den Eindruck, du hasst jede dieser vernarbten Stellen auf deinem Körper und willst ganz bestimmt nicht noch mehr davon haben?"

„Schwangerschaftsstreifen sind keine Narben, sondern Hautdehnungen, die sich nie mehr zurückbilden. Das ist etwas ganz anderes."

„Ist es nicht scheißegal, wie die Narben nun genau heißen, die einen Körper und deine Seele verunstalten? Entscheidend ist doch, dass sie auf ewig sichtbar bleiben, selbst wenn sie bestenfalls verblassen. Willst du immer durch diese Narben, die Norgard dir zugefügt hat, daran erinnert werden, was er dir angetan hat? Und noch darüber hinaus, dass du dich nicht gewehrt hast?"

„Ich kann es jetzt eh nicht mehr ändern. Die Verletzungen sind da und werden irgendwann verheilen. Es wäre naiv zu glauben, dass keine Narben bleiben. Was ich auch mache, sie sind und bleiben da."

„Das stimmt, aber man kann mit den verschiedensten Narben die unterschiedlichsten Erlebnisse verbinden. Sogar gute, oder?"

„Und mich an ihm zu rächen wäre eine gute Erinnerung?"

„Zumindest eine bessere, als die, die du jetzt daran hast, oder?"

Ich war duschen gegangen, weil ich das dringende Bedürfnis hatte, mich vom Dreck der letzten Nacht zu reinigen. Ich schrubbte meine Haut, bis sie rot wurde, und weinte dabei weitere bittere Tränen. Danach begab ich mich, zumindest einigermaßen erfrischt, mit Bertrand in den Wald.

Ich hatte Mathild gesagt, dass ich alleine sein wollte, und sie hatte sich dazu bereit erklärt, mein Wohnzimmer aufzuräumen und mein Bett frisch zu beziehen. Wenn ich wiederkommen würde, würde das Haus von frischer Luft durchflutet sein und kein Härchen in meinem Bett sollte mich an Norgards einmaligen Besuch dort mehr erinnern. Sein Duft würde dann allerdings auch verschwunden sein. Ich würde mich eh daran gewöhnen müssen, warum also nicht gleich.

Ich hatte es nicht vorgehabt, aber meine Füße trugen mich unweigerlich zum kleinen See. Ich war in Gedanken versunken vor mich hin gelaufen und hatte erst wieder hochgeschaut, als ich schon fast am See angekommen war.

Traurig, müde und innerlich fast taub setzte ich mich ans Ufer. Bertrand legte sich neben mich und sah mich an. Er hoffte wohl, dass ich Stöckchen für ihn werfen würde, aber mir war nicht danach. Also tat er nach ein paar Minuten das, was er in den letzten Wochen fast nur noch machte; er schlief. Meine Erinnerung an meine gemeinsame Nacht mit Norgard auf der Koblenz holten mich ein und ließen mich erneut anfangen zu weinen. Ich fing an, mich dafür zu hassen, dass ich fast unkontrollierbar anfing zu heulen. Heulen war nie eine meiner Stärken gewesen, vielmehr war es meine Stärke gewesen, es nicht zu tun. Jetzt schien ich jeglicher Stärke beraubt zu sein. Ich weinte, als wollte ich den See mit meinen Tränen füllen, ihn tiefer machen, um hernach gänzlich darin untergehen zu können.

Vielleicht sollte ich die Koblenz zerstören? Vielleicht wäre das ja eine Form von Rache, die mir gut tun würde? Aber ehrlich gesagt war mir nicht nach Rache zumute. Um Rache zu üben, musste man stark sein. Man musste mit Kalkül an die Sache rangehen, mit einem klaren Kopf. Unüberlegte, blindwütige Rache führte letztendlich nicht selten nur zu weiteren Selbstverletzungen. Ich wollte nicht noch mehr verletzt werden, weder durch mich selbst, noch durch irgendjemand anderen. Ich wünschte mir in diesem Moment, gefühllos zu sein, weil ich nicht wusste, wie ich diesen Schmerz des Verlustes, des an mir begangenen Verrats, noch weiter ertragen sollte. Wie sollte mein weiteres Leben ohne Norgard aussehen? Auf was sollte ich mich freuen? Was sollte mich zum Lächeln bringen, wenn nicht die Hoffnung darauf, seine Stimme zu hören, ihn zu riechen, seine Lippen auf meinen zu spüren? Meine Hoffnung hatte ich seit gestern Nacht verloren. Selbst wenn er kommen würde, um sich bei mir für sein Verhalten zu entschuldigen, es würde nichts ändern. Unser Band der Verbundenheit war von ihm zerschnitten worden und nichts würde es wieder zusammenfügen können. Selbst wenn ich mir große Mühe geben würde, ihn zu verstehen, ich würde ihm nie wieder vertrauen können, womit unsere Basis auf immer zerstört war.

Ich wollte seine Haltung so gerne nachvollziehen können und konnte es doch nicht. Was war geschehen, was ihn hatte nicht nur umkehren, sondern mich sogar verraten lassen?

Konnte es eine Angst geben, die größer war, als alle noch so tief empfundene Liebe zwischen zwei Menschen?

Es wäre ihm doch nicht ans Leben gegangen. Das hätte ich vielleicht noch verstanden, wenn es für ihn um sein Leben gegangen wäre, das es durch sein Verhalten zu retten galt.

Konnte es möglich sein, dass die sich zuspitzende Situation für ihn lebensbedrohliche Züge angenommen hatte? Womit hatte Rut ihm gedroht? Was war ihm wichtiger gewesen als unsere Liebe? Was hatte ihn so weit gehen lassen, mich judasgleich zu verleugnen? Was waren ihre 50 Silberlinge gewesen, mit denen sie ihn gekauft hatte?

Ich hatte doch nichts von ihm verlangt, weder dass er sich von Rut trennen würde, noch dass er von jetzt auf gleich sein Leben, wie auch immer, für uns umstellen sollte. Aber hatte er nicht bereits damit angefangen sein Leben umzustellen, in dem Moment, als er sich seiner Liebe zu mir bewusst wurde und sie zugelassen hatte?

Was, wenn er mich gar nicht geliebt hatte, und sich und mir nur etwas vorgemacht hatte?

Nein, daran wollte und konnte ich nicht glauben. So sehr hatten weder er noch ich mich irren können. Warum gab es keine einleuchtende Erklärung für mich? Aber selbst wenn, hätte sie etwas an meinem Schmerz ändern können? Können rationale Erklärungen den tief empfundenen Schmerz eines Menschen wirklich relativieren? Wenn überhaupt, dann konnte ich nur darauf hoffen, irgendwann einen Sinn in der ganzen Sache entdecken zu können. Wie hatte Stine bei unserem ersten Treffen gesagt? Alles hat seinen Sinn, nur manchmal erkennen wir ihn nicht sofort?

Möge Norgards Gott mir dabei helfen, diesen Sinn eines Tages herauszufinden, um dann vielleicht zu verstehen und letztendlich verzeihen zu können. Bis dahin hieß es zu überleben, irgendwie, Hauptsache überleben.

Ich wollte mich gerade zum Gehen wenden, da fiel mein Blick auf etwas in der Sonne Glitzerndes, was auf dem See schwamm. Bei genauerer Betrachtung erkannte ich unsere beiden Weingläser, die in zufriedener Eintracht nebeneinanderher auf dem Wasser trieben. Sie waren weder gesprungen, noch waren sie bis jetzt untergegangen, hatten scheinbar ihren Sturz über Bord unbeschadet überlebt.

Ich nahm mir vor, bei meinem nächsten Besuch erneut nach ihnen Ausschau zu halten.

Mal sehen, wie lange sie sich noch auf dem Wasser würden halten können, bis sie letztendlich untergingen?

39. Kapitel

~

Die folgenden Wochen erlebte ich wie in einer Art Trance. Es war mir egal geworden, wann oder ob überhaupt ich morgens aufstand. Ich lag an die Decken starrenderweise stundenlang im Bett oder las irgendwelche Bücher, die Mathild mir mitgebracht hatte. Jerome besuchte mich regelmäßig, nicht ohne mir jedes Mal seine Besorgnis um mich wissen zu lassen. Gerard hatten wir erzählt, ich hätte eine altersbedingte depressive Verstimmung--en, denn selbst ihm war mein veränderter Zustand bei einem seiner mehr als seltenen Besuche aufgefallen. Ihm reichte das als Erklärung und ließ ihn lediglich zu dem Hinweis hinreißen, dass es heutzutage ganz wunderbare Mittelchen gab, die die Laune eines Menschen wieder besser werden lassen würden. Manchmal dachte ich wirklich daran, mir von meinem Hausarzt Stimmungsaufheller aufschreiben zu lassen, aber dafür hätte ich aufstehen und meine Haus verlassen müssen. Soviel war mir die Aussicht auf eine bessere Laune nicht wert. Eigentlich war mir nichts mehr besonders viel wert. Bertrand begnügte sich mit einem Spaziergang täglich, den ich neuerdings auch nicht mehr in den Wald hinter unserem Haus unternahm, sondern ich schlug einen Weg rechts neben meinem Haus in Richtung Dorf ein, ohne jedoch jemals dort anzukommen. Mathild hatte es seit Wochen für mich übernommen, einkaufen zu gehen, und überhaupt kümmerte sie sich rührend um mich. Ich weiß nicht, was ich ohne sie gemacht hätte, in dieser für mich so dunklen Zeit.

Die Tage wurden kürzer und die drückende Hitze war einem kühlen, frischen Wind aus dem Norden gewichen. Mein Garten wuchs mittlerweile wild vor sich hin, und hätte sich meine Schwiegertochter Melanie nicht ab und zu dazu bereit erklärt, sich meiner Blumen und Kräuter in pflegender Weise anzunehmen, wäre wohl alles vertrocknet.

Von Norgard hatte ich seit jenem unheilvollen Abend nichts mehr gehört. Durch Mathild hatte ich jedoch davon erfahren, dass das Ehepaar Amsung sich auf eine Amerikareise begeben hatte. Vielleicht spielten sie ja jetzt mit dem Gedanken dorthin auszuwandern? In Frankreich würden sie allerdings verbrannte Erde hinterlassen.

Obwohl wir so nah beieinander wohnten, hatte ich keinen von beiden mehr zu Gesicht bekommen, was ich darauf schloss, dass meine Gebete diesbezüglich erhört worden waren.

Es war an einem Abend Ende September, der den herannahenden Herbst fühlbar machte, indem es angefangen hatte zu regnen und ein frischer, für die Jahreszeit recht kalter Wind durch meinen Garten fegte. Ich saß gerade vor dem Fernseher, als ich ein vertrautes Geräusch vernahm: Piep, piep! Mein Handy zeigte mir an, dass ich eine Kurzmitteilung erhalten hatte.

Eigentlich nichts wirklich Ungewöhnliches, denn ab und zu schrieben Mathild oder Jerome mir während des Tages ein paar liebe Zeilen. Dennoch, dieses Piepen war anders. Ich wusste, noch bevor ich nachsah, wer mir eine Nachricht geschrieben hatte, von wem sie war.

Mein Herz klopfte mir bis zum Hals und ich bekam kaum Luft, als ich auf das Display sah.

NORGARD!

Mit zittrigen Händen öffnete ich per Tastendruck das Textfeld.

`Bitte, Fleur, ich muss dich sehen. Bitte komm gegen 10 Uhr zum kleinen See. Ich werde auf dich warten.`

„Natürlich gehst du nicht! Hast du mich verstanden, Liebes? Ich verbiete dir, dich mit ihm zu treffen!" Mathild war außer sich, als ich ihr ca. 10 Minuten später am Telefon von dieser Neuigkeit berichtete.

„Und was, wenn er sich mir endlich erklären will?"

„Dafür hat er sich aber verdammt lange Zeit gelassen. Nix da, du gehst nicht. Das hätte der gute Mann sich früher überlegen müssen. Jetzt ist es zu spät. Was denkt der sich denn? Macht erst mal einen entspannen Versöhnungsurlaub mit Frau Gemahlin, um dich dann frisch und erholt anzufunken? Er hat ja noch nicht einmal die Courage, dich anzurufen, um dich persönlich nach einem Treffen zu fragen. Wenn du mich fragst, dann ist das ein blöder Test. Der Mann will seinen Marktwert erneut abklopfen. Ohne uns, meine Liebe. Hast du verstanden?"

„Warum bist du eigentlich so sauer auf ihn? Dich hat er doch nicht verraten, sondern mich?"

„Hast du schon mal was von Solidarität gehört, Fleur? Ich habe hautnah miterleben müssen, wie dieser Mann dich durch seine Feigheit innerlich fast zerstört hat, und du bist meine beste Freundin. Ich wäre eine schlechte Freundin, wenn ich nicht sauer auf ihn wäre."

Trotz ihrer heftigen Reaktion rührte sie mich an. Sie hatte sicher recht, Sie war es gewesen, die mir letztendlich dabei geholfen hatte, meine Seelenscherben aufzufegen.

Ihr hatte ich es zu verdanken, dass ich nicht komplett in meinem Schmerz untergegangen war. Sie hatte mich gefüttert, wenn ich mich geweigert hatte, zu essen, hatte mir so lange vorgelesen, bis ich einschlafen konnte, weil ich tagelang Angst davor hatte, alleine ins Bett zu gehen, um dort nicht von meinem Schmerz mitgerissen zu werden. Sie hatte mich wie eine Mutter umsorgt, meine Tränen getrocknet, mir Mut zu gesprochen, mich nach Wochen sogar wieder zum Lachen gebracht.

Und trotzdem. Ich wusste, ich würde gehen, und sie wusste es auch. Ich weiß nicht warum, aber ich wollte ihn wiedersehen, nur einmal noch in seine Augen schauen. Wenn mir jemand in den vergangenen Wochen die Erfüllung eines freien Wunsches, egal welcher Art, angeboten hätte, ich hätte mir gewünscht, nur ein einziges Mal mit ihm zu tanzen. Ganz leicht und sanft zu tanzen. Ich wusste nicht, warum ich dieses Bedürfnis hatte, wir hatten noch nie zusammen getanzt. Und trotzdem war ich mir sicher, dass wir im perfekten Gleichschritt über die Tanzfläche gleiten würden. Aus Zwei mach Eins!

Ich wollte ehrlich zu ihr sein und sagte ihr, dass ich gehen würde. Zuerst schwieg sie lange, so lange, dass ich schon dachte, sie hätte vielleicht aufgelegt. Dann sagte sie mit ganz weicher Stimme: Tu, was du tun musst. Ich selbst habe dir vor einiger Zeit einmal gesagt, dass meine Erkenntnis nicht aus deinem Mund kommen kann. Das Gleiche gilt nun auch für dich. Ich werde hier sein, wenn du mich brauchst. Ruf mich an, wenn dir danach ist. Pass gut auf dich auf. Versprich mir wenigstens das, Fleur. Pass auf den letzten Rest von deinem Herzen auf. Viel ist nicht mehr davon da. Vergiss das nicht!" Dann legte sie auf.

Kurz vor 10 machten Bertrand und ich uns auf den Weg. Er hatte mich fragend angesehen, als ich ihm mitgeteilt hatte, dass wir noch einen kleinen Spaziergang machen würden, war mir dann aber bereitwillig gefolgt. Seine Bereitschaft mitzukommen erhöhte sich sichtbar, als er merkte, dass wir in den Wald gingen, den er immer so geliebt hatte und den ich ihm in den letzten Wochen so grausam vorenthalten hatte. Ich brauchte Bertrand an meiner Seite, dessen war ich mir voll und ganz bewusst. Ohne ihn hätte ich mir diesen Gang nicht zugetraut. Ich wollte wenigstens einen Freund an meiner Seite wissen, wenn ich noch einmal den Weg zum kleinen See antreten würde.

Es hatte, Gott sei Dank, aufgehört zu regnen, und wir beide trabten mit einer Taschenlampe und einem Regenschirm ausgerüstet durch den dunklen Wald. Es war noch stiller als sonst, nur ab und zu konnte man die Laute von Tieren wahrnehmen.

Er war bereits da, als wir ankamen, und wartete auf mich. Bertrand erkannte ihn trotz der Dunkelheit und seiner Blindheit sofort und sprang erfreut an ihm hoch. Er schien sich nicht weniger zu freuen, den Hund zu sehen.

Wir standen uns sprachlos gegenüber und schwiegen. Es vergingen Minuten und keiner von uns sagte ein Wort. Wir sahen uns nur an. Er schien älter geworden zu sein, in den letzten Wochen. Seine Haut schien mir faltiger geworden zu sein, seine Augen matter. Er hatte wohl versucht, ein kleines Feuer anzumachen, was ihm aufgrund des feuchten Holzes, welches er zusammengesucht hatte, mehr schlecht als recht gelungen war. Es brannte lustlos vor sich hin und verursachte ziemlich viel Qualm. Nicht gerade eine gemütlich zu nennende Situation.

Aber er hatte auch eine Decke mitgebracht, die er vor dem Feuer ausgebreitet hatte.

Mit einer einladenden Bewegung lud er mich ein, darauf Platz zu nehmen, doch ich zog es vor, in sicherer Entfernung stehen zu bleiben.

„Möchtest du vielleicht einen Schluck Wein?" Selbst an Gläser und eine Flasche Rotwein hatte er gedacht, fast so, als wäre er zu einem Rendezvouz aufgebrochen, als er sein Haus verlassen hatte. Ob Rut von unserem Treffen wusste?

Als hätte er meinen letzten Gedanken erraten, erzählte er mir von sich aus, dass er seiner Frau gesagt hatte, dass er sich mit mir treffen wollte.

„Soll ich dir nun Wein eingießen oder nicht?"

„Danke nein, mir liegt noch der Wein von unserem letzten Gelage schwer im Magen."

„Danke, dass du trotzdem gekommen bist."

„Bitte, bin ja schließlich nicht zum Trinken hier."

„Willst du die ganze Zeit dort stehen bleiben, wenn wir uns unterhalten? Ist das nicht ein bisschen zu ungemütlich?"

„Ich finde die ganze Szenerie hier ungemütlich, inklusive dem Anlass, also, was macht es da, dass ich lieber stehe als zu sitzen?"

„Fleur, bitte, mach es mir doch nicht noch schwerer, als es ohnehin schon für mich ist."

„Ich mache es dir schwer? Oh, das tut mir wirklich leid. Ich hatte nie vor, dir dein Leben schwer zu machen", entgegnete ich mit nicht zu überhörendem Sarkasmus.

Er kam auf mich zu, blieb nur wenige Zentimeter vor mir stehen und sah mich direkt an.

„Ich habe dich um dieses Treffen gebeten, weil ich dich um Verzeihung bitten wollte. Ich weiß, dass das, was ich getan habe, was ich dir angetan habe, wohl nicht zu verzeihen ist. Trotzdem, ich möchte es versuchen. Gestehst du mir einen Versuch zu?"

„Auch wohl zwei Norgard. Ich bin gar nicht so kleinlich, wie man mir nachsagt. Ich bin nur ziemlich penetrant, also pass auf, auf was du dich hier einlässt."

Er schüttelte den Kopf und ging wieder einige Schritte weg von mir, holte sich ein Glas und schenkte sich ein.

„Bitte entschuldige, aber ich brauche jetzt dringend einen Schluck Wein."

„Tu dir keinen Zwang an. Ich habe mittlerweile größtes Verständnis für Menschen, die in einer, sagen wir mal, angespannten oder belastenden Situation Alkohol brauchen, um sich besser zu fühlen. Bin ja mittlerweile selbst ein glühender Verfechter dieser Praxis."

„Danke für dein Verständnis." Jetzt hörte auch er sich ironisch an. Ich ging nun ebenfalls einige Schritte zurück. Bertrand saß zwischen uns und sah uns einer nach dem anderen an. Er machte keinerlei Anstalten schlafen zu wollen. Die herrschende Anspannung schien auf ihn überzugehen.

„Du hast dich sicher gefragt, warum ich mich an unseren letzten Abend in meinem Haus so verhalten habe?"

„Nein, warum sollte ich? War doch eine ganz adäquate Reaktion von dir, mich deiner Frau auszuliefern. Nennt man so etwas nicht Bauernopfer, Norgard, oder, um in deiner Sprache zu bleiben, warst du nicht sogar der Zeuge der Anklage? Weißt du, mein Lieber, ich war eigentlich nur dankbar dafür, dass ich nicht sofort standrechtlich erschossen worden bin von deiner Frau, die an diesem Abend doch wohl die Rolle des Richters innehatte, oder? Dem Himmel sei Dank, dass sie sich nicht auch noch vorgenommen hatte, die Rolle des Henkers gleich mit zu übernehmen. Aber wenn ich es mir recht überlege, hat sie sehr wohl das Todesurteil gleich mit vollstreckt, und du, mein Lieber, warst ihr Gehilfe dabei. Wie nennt man das doch gleich? Mitschuld durch unterlassene Hilfeleistung? Oder warst du nicht sogar direkt daran beteiligt, indem du ihr vorher schon das Seil geknüpft hast, mit dem sie mich dann aufgehangen hat?"

„Ich kann gut verstehen, dass es für dich so gewesen ist."

„Da bin ich aber dankbar!"

„Herrgott, Fleur, was soll das jetzt bringen? Bist du nur gekommen, um mich niederzumachen? Willst du denn gar nicht wissen, was meine Beweggründe waren, so zu handeln?"

Er war lauter geworden und wieder einige Schritte auf mich zugegangen.

Ich wiederum ging abermals einige Schritte zurück. Bertrand verfolgte uns mit seinen Blicken, blieb ansonsten aber da sitzen, wo er zuvor Platz genommen hatte.

„Wenn ich ehrlich bin, bin ich hier, um dich zu erschießen, aber ich habe in der Eile meine Pistole nicht finden können."

„Gut, ich will das hier trotzdem mal als meine Exekution akzeptieren, auch wenn du deine Waffe nicht mit dabeihast. Mach mit mir, was du willst, aber vorher hat jeder Delinquent das Recht auf ein letztes Wort. Und ich besteh auf diesem Recht."

„Dann sei es dir gewährt, wenn du meinst, es bringt noch was?"

„Bitte sei so nett und komm mit mir ans Feuer. Es ist mir hier zu kalt. Oder willst du immer weiter in den Wald hineingehen, jedes Mal, wenn ich einen Schritt auf dich zukomme?"

Er hatte recht. Wenn wir so weitermachen würden, wäre wir bald in meinem Garten angekommen. Also folgte ich ihm zur Decke und ließ mich neben ihm nieder. Bertrand war augenblicklich neben mir und legte sich zu meinen Knien. Guter Hund! Obwohl er Norgard sehr gerne mochte, schien er zu spüren, dass sein Platz an meiner Seite zu sein hatte.

346

„Du denkst also, ich habe dich zur Schlachtbank geführt? Aber so war es nicht, Fleur, auch wenn es ganz den Anschein hat. Als ich an dem besagten Samstagabend nach Hause gekommen war, hat mich eine hysterische Rut empfangen. Die kurze Zeit an der Küste mit meiner Schwester hatte wohl genau das Gegenteil von dem bewirkt, was Stine mit ihrem Vorschlag beabsichtigt hatte. Rut war von Minute zu Minute aggressiver und wütender geworden, nachdem die beiden unser Haus verlassen hatten. Sie hat Stine schwere Vorwürfe gemacht, sie dazu überredet zu haben, und muss wohl die ganze Zeit über geweint und getobt haben. In der Nacht muss es dann besonders schlimm gewesen sein, denn wie Stine mir erzählt hat, war für beide an schlafen nicht zu denken gewesen. Rut war sich sicher, dass wir beide miteinander schlafen würden, und hätte sich sogar fast zu Fuß auf den Weg nach Hause gemacht, um zu verhindern, was sie zu verhindern hoffte. Stine hatte sie mit letzter Kraft davon abhalten können, indem sie ihr eben die Autoschlüssel weggenommen hat und sie quasi im Hotelzimmer mit Gesprächen festgenagelt hat. Bis zum nächsten Mittag hat sie es wie auch immer geschafft, Rut von einer verfrühten Heimkehr abzuhalten, aber dann musste sie ihrem Drängen nachgeben, weil Rut angefangen hatte, damit zu drohen, sich etwas anzutun. Sie war außer sich, als sie uns hat an unserem Haus vorbeifahren sehen, und auf mich eingeprügelt, als ich nach Hause kam. Ihre ganze Selbstbeherrschung war mit einem Mal weg und sie brach komplett zusammen. Sie hat geweint und geschrien, mit Geschirr geschmissen, Fotos aus den Bilderalben rausgerissen, mich bespuckt und beschimpft mit Worten, von denen ich nicht einmal wusste, dass sie sie kennt. Erst durch Stines Eingreifen in Form einer Beruhigungsspritze haben wir es geschafft, die Situ-

ation einigermaßen wieder in den Griff zu bekommen."
„Hört sich hoch dramatisch an, Norgard, und ich bin mir
sicher, dass es für alle Beteiligten eine sehr belastende Situation war. Trotzdem rechtfertigt es dein Verhalten mir gegenüber nicht. Was denkst du, hab ich getan, nachdem du
mich verraten hast? Ferngesehen?"

„Ich erzähle dir das hier jetzt nicht alles, damit ich Mitleid
von dir ernten kann, weder für mich noch für Rut. Ich versuche dir klar zu machen, worauf sich meine Beweggründe
aufgebaut haben, mehr nicht. Vielleicht gibst du mir Gelegenheit, meine Geschichte zu Ende zu erzählen?"

„Sicher!"

„Nachdem Rut sich beruhigt und eine Stunde geschlafen
hatte, war ein Gespräch zu dritt möglich. Stine hatte mir in
der Zwischenzeit von Ruts besorgniserregendem Zustand
am Meer erzählt und mich gebeten, meine Worte an diesem
Abend wohl zu überdenken.

Rut saß mir, nachdem sie aufgewacht war, ganz ruhig gegenüber und hat mich gefragt, ob wir miteinander geschlafen hätten. In diesem Moment, Fleur, ist mein ganzes Leben
mit ihr an mir vorübergezogen. Alles, was mich mit meiner Frau all die Jahre über verbunden hat. Ich habe unsere Kinder gesehen, als sie klein waren. Meine Enkelkinder.
Unser Haus in Stockholm, unsere gemeinsamen Urlaube.
Habe mich auch an Streits und Diskussionen in der Vergangenheit erinnert und ganz zuletzt ist mir unsere Hochzeit
eingefallen. Wie wir vor dem Pastor gestanden und uns geschworen haben, in guten wie in schlechten Tagen, bis dass
der Tod uns scheidet, zueinander zu stehen."

„Auf den Teil der Geschichte habe ich gewartet, Norgard, und doch gehofft, du würdest ihn mir ersparen. Findest du das jetzt nicht alles ein wenig billig? Wo waren deine Erinnerungen in den Wochen davor, als du deine Liebe zu mir entdeckt hast, als du mit mir geschlafen hast und mir wieder und wieder deine Liebe beteuert hast? Hast du da an Amnesie gelitten? Versuchst du mir DAS zu sagen?"

„NEIN, das versuche ich nicht. Ich versuche noch immer, mich dir zu erklären, mit aller mir zur Verfügung stehenden Ehrlichkeit, und mir geht es dabei weiß Gott nicht darum, mich billig aus der Affäre zu ziehen. Fleur, als Rut mir diese Frage gestellt hat, hat sie mir in die Augen gesehen und ich ihr. Ich wusste, meine Antwort und mein damit verbundener Entschluss, sie zu verlassen, würden in diesem Moment über Leben und Tod entscheiden. Über ihren Tod und mein Leben, oder aber über unser beider Tod?"

„Versteh ich nicht ganz?"

„In diesem Moment hielt ich ihr und mein Leben in Händen und fühlte mich wie ein Scharfrichter, der zu entschieden hatte, wen von beiden er zu töten hat. Sie zu töten wäre Mord gewesen. Mich zu töten Selbstmord. Keine leichte Entscheidung. Ich habe mich für Selbstmord entschieden, Fleur. Ich habe es nicht übers Herz gebracht, meine Frau zu töten, und nichts anderes wäre es gewesen, wenn ich ihr nach all den Jahren, nach all der gemeinsam verbrachten Lebenszeit, die ganze Wahrheit gesagt hätte. Ihr gestanden hätte, dass wir uns am See geliebt haben und ich dabei das Gefühl gehabt habe, mit dir eins zu werden. Ihr zu sagen, dass ich dich liebe und immer lieben werde, komme, was da wolle. Ihr zu sagen, dass ich gehen würde, um mit dir meine restliche Lebenszeit zu verbringen, um, wenn der Zeitpunkt da sein würde, in deinen Armen und nicht in ihren zu sterben. Ihr zu sagen, dass mir nichts mehr wichtiger sei, als deine Liebe. Fleur, wenn du in diesem Moment das gesehen hättest, was ich gesehen habe, wenn du ihre flehenden Augen, ihre Todesangst gesehen hättest, dann hättest du es auch nicht übers Herz gebracht, um der Wahrheit willen alles zu sagen und konsequent deinem Herzen zu folgen.

Erinnerst du dich an unsere Diskussion, um den Wert der Wahrheit um jeden Preis? Ich war an diesem Abend in so einer Situation, über die wir gesprochen haben. Ich saß einer Todgeweihten gegenüber und hatte zu entscheiden, ob ich sie ihrem Schicksal überlasse, oder sie weiterhin an eine Illusion glauben lasse. An die Illusion, dass ich mein vor dem Priester gegebenes Versprechen einhalten werde, bis dass der Tod uns scheidet. Als ich ihre Frage verneinte, habe ich mir gleichzeitig ein Messer ins Herz gestoßen, so tief es nur ging, in der Hoffnung, auf der Stelle sterben zu können. Ich starb innerlich mit jedem weiteren Wort, mit dem ich ihr gegenüber meinen Willen bekundete, bei ihr bleiben und sie nicht verlassen zu wollen, Komme, was da wolle. Ihre Augen fanden in diesem Moment den Weg ins Leben zurück und meine haben sich innerlich verschlossen. Meinen Blick auf meine Seele habe ich seit jenem Abend vermieden. Als ich Stine ansah, wusste ich, dass sie sah, was ich innerlich sah. Sie nickte mir zu und versuchte zu lächeln, aber es wollte ihr nicht gelingen. Sie weinte. Sie weinte um mich, und ich war ihr dankbar dafür, denn ich selbst war nicht mehr in der Lage dazu.

Meine Liebe zu dir, Fleur, war mein lang ersehnter Ritt auf einem Feuerdrachen, von dem ich immer geträumt hatte. Mit dir zusammen habe ich mich wiedergefunden, mich neu definiert, meine Seele geschaut. Doch der Drache hat mich abgeworfen, weil ich für derartige Ritte einfach zu alt bin. Ich war mit meiner alten Rüstung aufgestiegen, die ich nicht so ohne Weiteres abwerfen kann. Vielleicht wäre es mir möglich gewesen, mit dir zusammen Stück für Stück davon mit der Zeit abzulegen. Aber damals war ich eben noch nicht so weit, wagte aber dennoch den gefährlichen Ausflug auf dem Drachen. Ich habe mich überschätzt. Aber ich wollte und konnte zudem nicht auch noch zum Mörder werden, zumal an der eigenen Frau.

Es gab Momente in der Zeit unseres Zusammenseins, da dachte ich wirklich, wir können das schaffen. Ich könnte alles hinter mir lassen, um mit dir noch einmal ganz neu anzufangen. Aber dazu gehören nun mal nicht nur wir beide. Rut gehört auch dazu, ob ich will oder nicht. Fleur, ich liebe meine Frau nach wie vor, wenn es auch eine andere Liebe ist, als die, die mich mit dir verbindet. Und sie hat ein Recht auf ihren Platz in meinem Leben. Meine Selbstbestimmung kann nicht so weit gehen, dass ich sie dafür opfere."

„Du hast mich geopfert!"

„In erster Linie hab ich MICH geopfert, aber ich will hier nicht den Eindruck entstehen lassen, mich als Opfer zu sehen. Ich habe zu spät erkannt, was mich außer meinem bisher gelebten Leben auch noch ausmacht. Erst durch dich habe ich Einblick in Teile meiner Seele erhalten, die ich vorher wohlweißlich im Dunkeln gehalten hatte. Diese Teile von mir in all den Jahren meiner Ehe mit Rut zu verleugnen, war meine Entscheidung, nicht ihre. Vielleicht hätte sie mich verstanden, wenn ICH mich verstanden hätte. Ich habe ihr, uns, nie die Chance dazu gegeben. Erst durch meine Begegnung mit dir, bin ich wach geworden, aber das war nicht ihre Schuld. Und ich kann sie nicht für etwas verantwortlich machen, was ganz alleine meine Verantwortung ist. Ich hatte einfach nicht früher den Mut, mich zu mir und all meinen Anteilen zu bekennen."

„Aber heute bekennst du dich doch auch nicht zu all deinen Anteilen. Deine Liebe zu mir ist doch auch ein Teil von dir?"

„Sicher, da hast du recht, nur mit dem Unterschied, dass

ich heute um diese Anteile weiß und mich frei entscheiden kann, was davon ich ausleben will und was nicht. Und das verdanke ich dir und deiner Liebe für mich."

„Na, so frei scheint deine letzte Entscheidung ja nicht gewesen zu sein."

„Im Grunde genommen schon, denn ich habe all meine Werte, meine Moral und meine Verantwortung in meine Entscheidung mit einbezogen, ebenso wie meine Liebe zu ihr und zu dir."

„Dann liebst du sie also doch mehr als mich?"

„Nein, Fleur, ich liebe sie anders. Ich habe in diesem Moment sicher für dich mit entschieden, wer von euch beiden die Stärkere ist, und meine Wahl ist auf dich gefallen. Ich war mir in jedem Moment bewusst, was ich dir antun, dir zumuten würde, und ich habe trotzdem für mich entschieden, dir das zuzumuten?"

„Und warum? Bist du dir meiner Liebe so sicher. So sicher, dass du denkst, ich würde dir alles verzeihen?"

„Oh Gott, nein. Ich bete jeden Abend darum, dass du mir irgendwann verzeihen mögest, aber ich bin mir dessen nicht sicher. Aber ich war und bin mir sicher, dass du es schaffen wirst, mit meiner Entscheidung zu leben, denn du bist eine ganz starke Frau, Fleur, die stärkste, die ich je kennengelernt habe. Und auch dafür bin ich dir dankbar. Nenn mich schwach, nachdem, was ich getan habe. Nenn mich einen Verräter. Ich werde damit leben müssen. Aber was ist Verrat wirklich? In deinen Augen habe ich dich vor meiner Frau verraten und im Stich gelassen. Aber innerlich hab ich dich keinen Tag seit dem verlassen, Fleur. Ich stehe jeden Tag mit dir auf und gehe jeden Tag mit dir zu Bett, und das wird immer so bleiben. Ich bin immer bei dir, egal wo du dich befindest. Mein Herz hat dich nicht verraten, keinen Moment lang."

„Davon habe ich in den letzten Wochen aber nicht viel gemerkt. Hast du überhaupt eine Ahnung davon, wie ich mich gefühlt habe?"

„Ich wollte es mir nicht ausmalen, weil ich es nicht ertragen hätte. Dazu war ich zu schwach. Nicht aus Scham dir gegenüber, ich kann zu meiner Entscheidung und zu meinem Verhalten mittlerweile stehen. Aber mir klarzumachen, wie sehr du mich vermissen würdest, hätte mich daran erinnert, wie sehr ich dich vermisse, in jeder verdammten Minute meines Lebens vermisse. Und das war es, was ich nicht ertragen habe. Und ehrlich gesagt weiß ich auch nicht, wie ich den Gedanken je ertragen soll, nicht mehr mit dir zusammen sein zu können, meine kleine Blume der Provence."

„Aber warum hast du das Zimmer verlassen, MICH in dieser unwürdigen Situation verlassen?"

Er lachte bitter auf.

„Weil ich es nicht ertragen habe, dich so zu sehen. Weil ich hilflos war. Ich bin in mein Schlafzimmer gegangen, und in diesem Moment habe ich das erste mal in meinem Leben daran gedacht, mir das Leben zu nehmen, so sehr habe ich mich geschämt. Ich musste dich ausliefern, du warst das Pfand, welches das Überleben meiner Ehefrau gesichert hat, und ich fungierte als Unterhändler. Das war die schwerste Rolle meines Lebens. Ich kann dich dafür nur immer wieder um Verzeihung bitten. Mehr kann ich nicht tun. Ich bitte dich, mir zu verzeihen, Fleur."

„Aber weißt du, was ich immer noch nicht ganz verstehe? Warum hast du uns nicht noch etwas Zeit gelassen, Zeit, unser höchstes Glück miteinander zu genießen. Warum hast du, direkt nachdem wir uns, wie du es vorhin beschrieben hast, in jeder Beziehung vereinigt hatten, unser Band der Liebe zerschnitten?"

„Fleur, wir beide hatten den Gipfel unseres Glücks erreicht, als wir miteinander geschlafen haben. Wir haben in diesem Moment unsere Seelen aufeinander gelegt und sie sind miteinander verschmolzen.

Als wir uns noch auf unserem Weg zum Gipfel unserer Glücks befunden haben, da war unser Blick nach oben, dem Ziel entgegen, gerichtet. Aber auf dem Gipfel zu stehen bedeutet nicht nur, sein Ziel erreicht zu haben, womit ich nicht sagen will, dass es mein einziges Ziel war, mit dir zu schlafen."

„Ich glaube, ich versteh schon, was du mit unserem ZIEL meinst!"

„Auf dem Gipfel zu stehen bedeutet auch, den Blick frei zu haben, über alles was unter, sprich hinter einem liegt. Ich war meiner Seele so nah wie nie zuvor, und dadurch war ich auch in der Lage alles wahrzunehmen, was mich ausmacht. Alles, Fleur, und dazu gehören auch meine Gefühle zu Rut, meine Wertvorstellungen, meine Moral, meine Liebe zu meinen Kindern und Enkelkindern, meine Wünsche und Träume. Einfach alles. Mit dieser Klarsicht ausgestattet traf ich an besagtem Samstagabend auf meine Frau und ihre abgrundtiefe Verzweiflung. Es sollte so sein, Fleur. Es ist, wie es ist. Wir können uns nicht immer den Zeitpunkt aussuchen, in dem wir Entscheidungen treffen müssen, schon gar nicht, wenn diese Entscheidungen auch das Leben anderer Menschen betreffen.

Weißt du, das Verrückte an der Geschichte ist, dass ich den Verdacht habe, dass ich meine Entscheidung, Rut nicht zu verlassen, erst dadurch treffen konnte, weil wir beide uns so nahe und ich dadurch mir selbst so nahe gekommen war. Es hört sich paradox an, aber es scheint wirklich so zu sein. Erst dadurch, dass ich einmal in meinem Leben das Gefühl hatte, und sei es auch nur für diesen kurzen Moment unserer gemeinsamen Nacht, ganz ICH zu sein, meine Seele geschaut zu haben, hatte ich den Mut, eine Entscheidung zu treffen, die mich fürderhin zwingen wird, gewisse Teile meines Seelenlebens auszublenden, nicht leben zu können. Jetzt, wo wir beide darüber sprechen, wird es mir noch einmal ganz deutlich. Fleur, vielleicht war das doch die freieste Entscheidung meines Lebens, zu der ich sicher zugunsten eines anderen Menschenlebens gefunden habe, und dennoch. Ich hätte gehen können, niemand hätte mich zwingen können zu bleiben. Aber ich wollte bleiben, weil ich eben aus ganz vielen Anteilen bestehe. Zu gehen hätte bedeutet, all die Anteile, die mich bis heute ausgemacht haben, die mich bis hierher gebracht haben, auszublenden, sie zu verleugnen, und das wäre auf Dauer nicht machbar gewesen.

Ich werde dich wohl nie wieder sehen, und wenn, dann allenfalls zufällig, aber ohne große Berührungspunkte. Aber ich trage dich immer in meinem Herzen, und alles, was mich mit dir, mit unserer Zeit verbindet. Und unser Band der Liebe habe ich nie zerschnitten!

Ich bin, wie ich bin, Fleur, aber WIE ich wirklich bin, habe ich erst durch diese Geschichte heraus gefunden."

Ich war nicht mehr in der Lage zu antworten. Meine Kehle war wie zugeschnürt, meine Traurigkeit hatte ihren Tiefpunkt erreicht. Vor mir saß der Mann, den ich über alles liebte und von dem es nun hieß, endgültig Abschied zu nehmen. Ein Abschied ohne Wiederkehr! Konnte es etwas Traurigeres geben? Ja. Eine Liebe, die sinnlos gewesen wäre. Diese Liebe zwischen uns war nicht sinnlos gewesen, auch wenn ich ihren Sinn in seiner Gänze im Moment noch nicht fassen konnte. Sinnlos war sie nicht!

Nachdem wir das Feuer gelöscht und uns zum Aufbruch für unseren letzten gemeinsamen Spaziergang fertiggemacht hatten, drehte ich mich noch einmal, mit Blick auf den kleinen See, um.

„Warte bitte einen Moment."

„Was hast du vor? Willst du die Koblenz noch einmal sehen?"

Er folgte mit seinem Blick dem Schein meiner Taschenlampe über das Wasser.

„Nein, nicht die Koblenz. Ich suche unsere beiden Weingläser."

„Wie bitte? Fleur, die sind doch sofort unter gegangen, nachdem ich sie Bord geworfen habe."

„Nein, sind sie nicht. Ich habe sie danach noch einmal auf dem See schwimmen sehen."

„Da musst du dich getäuscht haben, das ist doch, rein physikalisch gesehen, gar nicht möglich."

„Es geht nicht immer nur um die Einhaltung von Gesetzmäßigkeiten, Norgard. Aber du scheinst insofern recht zu haben, weil sie jetzt nicht mehr da sind.

Sie sind wohl doch endgültig untergegangen.

Aber den Zeitpunkt ihres Untergangs haben sie anscheinend selbst bestimmt."

ENDE

Epilog

~

Es sind einige Jahre vergangen, seit ich Norgard das letzte Mal gesehen oder von ihm gehört habe. Er hat in letzter Konsequenz zu seiner Entscheidung gestanden und sich bis heute nicht mehr bei mir gemeldet. Ich hingegen habe für ein einziges Mal unser Abkommen, keinen Kontakt mehr zu haben, gebrochen, um ihm ein Abschiedsgeschenk zu machen. Ich sei rund und bunt, hatte Stine über mich gesagt. Eine gläserne Murmel mit allen nur erdenklichen Farben in ihrem Inneren hab ich ihm geschickt, damit er nie die Farbenvielfalt des Lebens vergisst.

Zu Stine unterhalte ich, wenn auch sporadisch, bis dato eine lockere Email-Beziehung. Wir schreiben uns, wie es uns geht, was uns umtreibt, und tauschen vielfältige Gedanken aus. Ihren Bruder und sein heutiges Leben zu erwähnen vermeiden wir unabgesprochen, und das ist gut so.

Norgard und Rut wohnten noch ca. ein Jahr in meiner Nachbarschaft, dann sind sie zurück nach Schweden gegangen. Wie ich von Mathild, die noch ab und an Kontakt mit Norgard hatte, wusste, weil sein Heimweh für ihn mit der Zeit unerträglich geworden war. Er wollte in seiner Heimat sterben, in Heimaterde begraben werden. Ihr Haus stand danach für einige Zeit leer, um dann für eine junge Familie aus Lyon ein neues Zuhause zu bilden. Nette Leute mit zwei reizenden kleinen Kindern, die mich ab und zu besuchen kommen, um mit mir, zumindest im Sommer, im kleinen See baden zu gehen.

Bertrand, mein treuer Freund hat mich kurz nach meinem Abschied von Norgard auch verlassen. Er lag eines Morgens, wie friedlich schlummernd, in meinem Bett und war im Schlaf in das Reich des Todes übergegangen. Ein schöner Tod nach einem hoffentlich für ihn schönen Leben, zumindest was seine Zeit bei mir anbelangt. Ich habe ihm am Ufer des Sees begraben, direkt neben der Koblenz, die immer noch vergessen von ihrem Besitzer, halb im Wasser liegend, auf einen neuen Eigentümer zu warten scheint. Ich habe sie längst freigegeben, wenn mich auch bis heute freundschaftliche Gefühle mit ihr verbinden, sofern man das über die Beziehung zu einem alten Kahn sagen kann.

Mathild, meine liebe und beste Freundin, hat sich von Phillip getrennt, auch bereits vor vielen Jahren. Es war gekommen, wie es kommen musste: Er war nicht bereit gewesen, seine Beziehung zu ihr öffentlich zu machen, und sie war nicht mehr bereit dazu gewesen, ein Leben im Schattendasein als seine Geliebte zu führen. Eine mutige Entscheidung, um die ich sie immer beneidet habe. Ich weiß bis heute nicht, ob ich in der Lage gewesen wäre, sie zu treffen. Seit ein paar Monaten nun ist Mathild mit einem um Jahre jüngeren Mann aus Paris liiert, den sie auf einer ihrer Ausstellungen dort kennengelernt hat. Er ist wie sie bis dahin nie verheiratet gewesen und hat auch keine Kinder. Die beiden zusammen zu erleben, ist eine Freude, denn ihre größte Gemeinsamkeit ist ihre Liebe zur Kunst. Mathild hat mir erzählt, dass es anders wäre als mit Phillip, auch sehr schön, aber eben anders. Aber sie wäre selbst auf ihre alten Tage noch bereit, sich dem Mysterium der Liebe erneut zu öffnen und zu lernen, dass jede Liebe anders ist und sein darf. Auch etwas, um das ich sie beneide.

Mit meinen beiden Söhnen verbindet mich mittlerweile eine sehr herzliche und wesentlich innigere Beziehung, als das Jahre zuvor der Fall gewesen war. Wir haben es geschafft, uns miteinander zu unterhalten, ohne Tabus und falsche Scham uns einander zu erkennen zu geben. Meine Beziehung zu Norgard hatte dabei als Türöffner zu den Herzen meiner Kinder gedient, denn ich war bereit gewesen, meinen Söhnen von all meinen Gefühlen, Sehnsüchten und Qualen diesbezüglich, aber auch im Allgemeinen zu erzählen. Über diesen Weg hatten wir es geschafft, auch Theo wieder in unsere Mitte zu holen. Unsere kleine Familie war somit also wieder komplett. Ein schönes, erfüllendes und wahrhaftiges Gefühl. Wenn ich heute zu seinem Grab gehe, dann um ihm von mir zu erzählen, um mich gemeinsam mit ihm an unsere Zeit zu erinnern, uns an unseren Kindern und Enkelkindern zu erfreuen, die mich mittlerweile nicht selten begleiten.

Was ich nun aus meiner Beziehung zu Norgard gelernt habe? In erster Linie habe ich wohl etwas über meine Liebesfähigkeit erfahren. Dass ich in der Lage bin, einen anderen Menschen in meine Seele schauen zu lassen. Dass ich bereit bin, zu vertrauen, mich zu öffnen, um Liebe zu geben und zu empfangen, wenn ich es denn will. Eine schöne, wenn auch von Schmerzen begleitete Erfahrung, die ich um keinen Preis der Welt mehr missen möchte. Auch nicht, um den Preis des Verlassenwordenseins.

Ich bete zu Norgards Gott, dass ich eines Tages noch einmal den Mut finden werde, mich wieder auf das Abenteuer der Liebe einzulassen. Trotz aller damit verbundenen Angst.

Angst ist ein schlechter Ratgeber, wenngleich auch eine gute Orientierungshilfe, mich und meine Grenzen selbst zu erkennen, um immer wieder neu zu überdenken.

Egal wie alt ich bin.

Für die Liebe bin ich nie zu alt.

Ich sitze in meiner Küche und sehe aus dem geöffneten Fenster. Ein schier unendliches Feld mit blühendem Lavendel ergießt sich am gegenüber liegenden Hang. Ich schließe meine Augen und atme ein. Ich kann den Lavendel bis hier her riechen und inhaliere seinen Duft, bis tief in meine Seele. Und für einen kurzen Moment glaube ich, einen Hauch von Thymian wahrzunehmen. Ein Duftsplitter......

Fleur Valleron

Ein-Raum-Wohnung

Trag mich in deinem Herzen,
fernab von allen Schmerzen,
ganz sanft und ohne Hast,
denn ich bin keine Last.

Ich mache mich ganz leicht,
es einer Feder gleicht,
was du im Herzen spürst,
wenn du es zart berührst.

Als wär´ ich fast nicht da,
an jedem Tag im Jahr,
als würd es mich kaum geben,
in diesem, deinem Leben.

Ein winzig kleiner Raum,
in einem alten Traum,
für dich und mich gezimmert,
als Licht die Liebe schimmert.

Die Türe immer offen
und in ihm wächst das Hoffen,
das Sehnen sitzt daneben
Und lässt die Seele leben.

Dort sitz ich in der Mitte
und hab nur eine Bitte:
Schick mich nicht von hier fort!
Uns bleibt nur dieser Ort!

V. R.

Danksagung

Ich danke den tollsten Söhnen von der ganzen Welt, Oskar und Lasse, für jedes mitreißende Lachen, jedes ermutigende Wort, jede warme Umarmung, jeden wissenden Blick und vor allem ihren Glauben an mich. Eure Liebe trägt und inspiriert mich jeden Tag aufs Neue! Und unserem Hund Rudolf danke ich dafür, dass er seit nunmehr 15 Jahren der beste Hund ist, den eine Familie sich nur wünschen kann!!!

Ferne danke ich all meinen "persönlichen Lektoren":
Siegrid, ohne deine Leselust und Neugierde hätte ich das Buch wohl nie zu Ende geschrieben. Hardy, Du darfst auf keinen Fall unerwähnt bleiben, denn Dich mit meinem Buch berührt zu haben, ehrt mich geradezu. Ganz besonders bedanken möchte ich mich bei Dir, Frank. Deine intensive Auseinandersetzung mit meinem Buch, Deine gefühlvollen Anmerkungen, Deine differenzierte Kritik haben mir immer Mut gemacht und aufkeimende Zweifel vertrieben. Martin, Dir danke ich dafür, dass Du nicht nachgelassen hast, mich zur Veröffentlichung zu ermutigen.

Axel, ohne Deinen technischen Support wäre ich wohl schier verzweifelt, bei meinem Kampf mit dem Laptop.

Hans, Oskar, Lasse, Marielle und Frank dafür, dass sie sich auf ein Brainstorming eingelassen haben, damit das Buch einen treffenden Titel erhält.

Bei Suse und Melanie bedanke ich mich für ihre Begeisterung und das Mut-Machen, immer wieder!

Meiner Freundin Rike danke ich für ihre jahrelange

Freundschaft und Jens dafür, dass er immer da ist, wenn ich ihn brauche!

Und last but not least danke ich meinem Verleger und allen an der Veröffentlichung Beteiligten, für die angenehme Zusammenarbeit, und nicht zu vergessen, der Schwiegermutter meines Verlegers!

Ich Lese !

IMAGINE | Verlag
WWW.IMAGINE-VERLAG.DE

LOKOMOTION   hansanord

Auf und davon … nach Dominica.

Den zehnten Flug würde ich nehmen. Meine Augen hakten die Ziele ab. Los Angeles, das würde mir gefallen. Las Palmas klang nach Erholung. Aber das lag auf Platz sechs. Sieben, acht, neun, zehn … Lara Juliette Sanders wagt, wovon andere nur träumen. Morgens auf dem Weg zur Arbeit kündigt sie ihren sicheren Job per Handy in der Straßenbahn, fährt spontan zum Flughafen und nimmt den zehnten Flug, der sie irgendwo dorthin führen soll, wo sie ihren Lebenstraum verwirklichen kann: Einen eigenen Film zu drehen. Sie lässt München zurück, ihren Mann, ihre Eltern, ihre Freunde. Ohne zu wissen wo die Reise hingeht, ist sie überzeugt, dass das Schicksal sie lenken wird. So kommt es.

Autor: Lara Juliette Sander
Titel: Einfach davongeflogen

Seitenanzahl: 320
Preis: € 19,90 (D), € 20,50 (A), CHF 33,80*
ISBN 978-3-940873-03-3

* unverbindliche Preisempfehlung

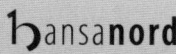

Bestellen Sie jetzt unter: www.hansanord-verlag.de

America's First German Topmodel

Rita Jaeger wird als Sechzehnjährige bei einer Misswahl in Stuttgart entdeckt und für erste Mode- und Werbeaufnahmen verpflichtet. Das ist der Beginn einer steilen Karriere als Topmodel, die sie, beginnend mit einem Anruf von Eileen Ford persönlich schließlich über Paris, Rom, New York und Tokio durch die ganze Welt reisen lässt.

Nach dem Ende ihrer aktiven Modelkarriere gründet Rita Jaeger die erste Modelagentur in Deutschland und führt sie über 30 Jahre lang erfolgreich durch und über die Hindernisse des deutschen Bürokratendschungels.

Autor: Rita Jaeger
Titel: »Fräuleinwunder, Topmodel, Agenturchefin – ein Leben auf Hochglanz«
....

Seitenanzahl: 220
Preis: € 19,90 (D), € 20,50 (A), CHF 33,80*
ISBN 978-3-940873-00-2

* unverbindliche Preisempfehlung

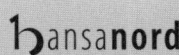

Liebe Leserinnen und liebe Leser,

haben auch Sie eine spannende und abwechslungsreiche
Geschichte, die erzählt werden muss ?

Möchten Sie selbst ein Buch verfassen oder haben Sie schon ein
Manuskript in der Schublade ?

Dann zögern Sie nicht und melden Sie sich bei uns unter:
Telefon: +49 8157 59 69 48
oder per
eMail: info@imagine-verlag.de